LES COMBATTANTS

DE

1870-71

LES
COMBATTANTS
DE 1870-71

PAR

LE COMMANDANT L. ROUSSET

BREVETÉ D'ÉTAT-MAJOR

Préface du Général THOUMAS

ILLUSTRATIONS DE M. PALLANDRE

PARIS
A LA LIBRAIRIE ILLUSTRÉE
8, RUE SAINT-JOSEPH, 8

PRÉFACE

Les nations subissent, aussi bien que les individus, des crises douloureuses pendant lesquelles leur vie semble menacée et leur mort imminente. Quelques-unes sombrent, d'autres en sortent amoindries, d'autres encore, soutenues par une impérissable vitalité, ne fléchissent un instant que pour se relever plus grandes et plus fortes, telle la France après Crécy et Poitiers, après Azincourt, après Ramillies et Malplaquet, après Waterloo, et qu'il nous soit permis désormais d'ajouter après Metz et Sedan.

Ces chutes et ces relèvements font le grand intérêt de notre histoire militaire ; mais pour que l'étude en

soit vraiment instructive, elle doit être entreprise dans
un ordre d'idées sincère et viril, complètement dégagé
d'une faiblesse à laquelle nous sommes tous plus ou
moins sujets. Lorsque nous lisons l'histoire des
guerres si fréquentes et si terribles que notre pays a
eu à soutenir pendant les diverses phases de son
existence, nous nous arrêtons avec complaisance aux
récits de victoires, à l'exposé des périodes de gloire
et d'heureuse chance ; nous en recherchons avidement
les détails, nous y sentons notre fibre guerrière et
notre orgueil patriotique doucement chatouillés. Viennent les jours de défaite et les crises menaçantes : les
pages glissent sous nos doigts avec une rapidité fié-
vreuse, comme si nous avions hâte d'arriver à la fin
des chapitres, pour reposer nos yeux sur des tableaux
plus riants. Qui donc parmi nous a eu le courage de
suivre jusqu'au bout, en les lisant pour la première fois,
les péripéties émouvantes du drame de Waterloo ?

Disons-le hautement, une telle manière de lire et
d'étudier l'histoire est dangereuse, parce qu'elle entretient les illusions qui peuvent devenir funestes. La
prospérité ne donne trop souvent que de mauvaises
leçons ; elle amollit les âmes. Les rudes enseignements
du malheur, en nous arrachant à un engourdissement
mortel, sont bien autrement profitables et salutaires.
L'heureuse expédition de Crimée et les faciles succès
de la campagne d'Italie de 1859 ont été une des grandes
causes de nos défaites en 1870 ; ces défaites à leur
tour peuvent devenir pour nous l'origine de nouveaux
triomphes si nous savons en reconnaître et en méditer
les motifs.

L'histoire d'une guerre peut être envisagée à un
double point de vue : on peut y étudier l'organisation et
la préparation des armées, le plan des opérations

militaires, les marches, les manœuvres, les dispositions plus ou moins habiles, les talents déployés ou
les fautes commises par les généraux, l'instruction des
troupes, etc. ; on peut, d'autre part, y rechercher les
traits collectifs ou individuels de bravoure et d'énergie,
les exemples de fermeté à supporter les revers, les
privations et les fatigues des défaillances morales, les
actes d'indiscipline... Cette recherche presque toujours
facile après une victoire, alors que les rapports officiels
et les ordres du jour en fournissent les éléments,
devient plus laborieuse après une série de défaites, en
l'absence de documents qu'il a été impossible d'établir.
C'est seulement quand la guerre est terminée, et quel-
quefois longtemps après, que la vérité se fait jour
sur bien des circonstances restées inaperçues au milieu des revers. Il est juste et bon cependant de mettre
en relief des actes dont les auteurs ont mérité tout au
moins la reconnaissance de leurs concitoyens et dont
le récit est de nature à élever les sentiments de la nation en réconfortant les cœurs. C'est donc faire œuvre
à la fois patriotique et utile que d'étudier à ce point
de vue la dernière guerre de la France et de l'Allemagne, pour démontrer que nos soldats n'avaient pas
dégénéré et qu'ils étaient bien en 1870 les dignes fils
des héros de Bouvines, de Fontenoy, de Zurich et
d'Austerlitz. Mais aussi quels beaux exemples leur
avaient légués ces glorieux ancêtres, et dans nos fastes
militaires quelle mine inépuisable d'actions inspirées
par la bravoure, le dévouement, le culte de l'honneur,
l'amour de la patrie !

Les qualités maîtresses du soldat français ont été de
tout temps l'élan, l'ardeur, l'entrain et l'audace, en
un mot la *furie française*. Nos pères ont dû à cette furie, passée en proverbe, plus d'une victoire dans des

circonstances où le succès paraissait à l'avance impossible. Quand les gardes françaises enlevaient sous les yeux de Louis XIII les formidables retranchements du pas de Suse, lorsque les hardis mousquetaires de Louis XIV escaladaient les remparts de Valenciennes, que les défenseurs de Berg-op-Zoom reculaient devant l'audace irrésistible des soldats de Louis XV et que les Anglais étonnés voyaient les fantassins du duc de Richelieu appliquer leurs échelles contre les murailles escarpées de Port-Mahon, gardes françaises, mousquetaires, vétérans des régiments de Picardie, de Piémont, de Navarre et de Champagne semblaient avoir porté à son comble l'antique *furie française*. Les guerres de la Révolution devaient cependant montrer à l'Europe que les soldats de la République savaient marcher pour le moins aussi fièrement à l'assaut des redoutes de Jemmapes, des retranchements de Wattignies, des forts de Toulon, des batteries de la Montagne-Noire ; traverser en vue des ennemis surpris et terrifiés le Rhin à Khel, l'Adda à Lodi, le Danube à Blenheim ; débusquer des sommets glacés des Alpes les Autrichiens et les Piémontais retranchés sur les cimes inaccessibles, franchir les précipices sur des troncs d'arbres, grimper avec agilité dans les anfractuosités du roc pour aller planter le drapeau tricolore au sommet des pentes les plus escarpées, sous une grêle de balles et de pierres. Avec cette même *furie française*, les soldats de la Grande-Armée, entraînés par Ney, Soult, Lannes, s'emparaient des hauteurs d'Elchingen et de Pratzen, culbutaient l'armée prussienne sur le plateau d'Iéna, escaladaient les vieilles murailles de Ratisbonne. Transportés en Espagne, ils enlevaient dans des assauts furieux Lerida, Tortose, Tarragone. D'incroyables coups de main, tels que la

prise de l'île de Capri par le général Lamarque en
1808, tels que le passage du Cavado en 1809, par
l'avant-garde de Soult, démontraient cette vérité que le
mot *impossible* n'est pas un mot français. Puis, quand
la Grande-Armée, dispersée à toutes les extrémités de
l'Europe, s'était effondrée sous les neiges de la Russie
ou épuisée dans des luttes stériles au milieu de
l'Espagne insurgée, les conscrits de 1813 retrouvaient
sur le champ de bataille de Lutzen, en face des bandes
coalisées contre la France, toute la valeur et tout l'élan
de leurs illustres aînés. Enfin, jusque dans les tristes
jours de 1815, les troupes de Vandamme et de Gérard,
luttant à Saint-Amand et à Ligny avec un acharnement
jusque-là sans exemple, domptaient à force d'énergie
et de fougue la résistance furieuse des Prussiens, et
deux jours plus tard, dans l'écrasement de Waterloo,
on voyait la garde impériale, suivant l'expression du
poète,

Tranquille, souriant à la mitraille anglaise.

Quant à nos escadrons, Lassalle à Rivoli, Kellermann à Marengo, Montbrun à Somo Sierra, Grouchy
à Prenzlow, Murat à Eylau, affirmèrent par des charges
foudroyantes leur suprématie sur les plus brillantes
cavaleries.

Que de faits individuels, attestés par les récits des
contemporains et dont le souvenir a été conservé précieusement par la légende nationale, témoignent de
l'intelligence, de la présence d'esprit, de l'audace de
nos officiers, de nos sous-officiers et de nos soldats,
déjouant un danger imprévu par une résolution soudaine et hardie. Ici, c'est le lieutenant Chatelain, qui
avec vingt dragons culbute sur la digue d'Arcole deux
bataillons Autrichiens, s'empare de cinq pièces de

canon et décide la victoire. Là, c'est le sergent Aune,
qui, après avoir, le premier de toute l'armée, passé le
Mincio sur les poutres du pont de Borghetto, détruit
par l'ennemi, se trouve seul en présence d'un fort détachement, fond sur ce détachement et fait prisonnier
de sa main l'officier qui le commandait. Un pareil
mélange de sang-froid et d'audace en face d'un adversaire dont la supériorité numérique semblait écrasante
assure la victoire de Dupont à Haslach, de Kellermann
à Albo de Tormès, du 13ᵉ cuirassiers à Lérida. De
même dans nos guerres d'Algérie le général Korte,
se heurtant avec 250 chasseurs d'Afrique à une émi-
gration considérable d'Arabes escortés par 3,000 combattants, fond sans hésiter sur cette multitude, culbute
et disperse l'escorte, s'empare d'un riche butin et de
nombreux prisonniers. C'est une résolution semblable
qui livre au duc d'Aumale la smalah d'Abdel-Kader.
De même pendant la guerre du Mexique 3,000 jua-
ristes, infanterie et cavalerie, solidement retranchés
au Cerro de Majamo et protégés par 26 canons sont
enfoncés et mis en déroute par l'attaque soudaine de
500 hommes que commandaient le colonel Martin et,
après lui, le chef de bataillon Japy. Toutes les traditions
de la grande époque ne se sont-elles pas conservées
dans les armées d'Algérie, de Crimée, d'Italie et du
Mexique? Aux assauts de Tarragone, de Tortose, ne
peut-on pas comparer ceux de Constantine et de Zaat-
cha? L'assaut de Sébastopol ne dépasse-t-il pas par
le nombre des combattants, par le développement du
front d'attaque, par l'impétuosité des assaillants, par
l'énergie des défenseurs, tous ceux qui l'avaient pré-
cédé?

Cette initiative, cette audace, cet élan, qui étaient
pour notre armée une vieille habitude, nos soldats

les ont retrouvés pendant la funeste guerre de 1870 toutes les fois qu'ils n'ont pas été paralysés par des causes indépendantes de leur valeur personnelle. On le verra bien en suivant, dans les récits du commandant Rousset, le combat de Wissembourg, les batailles de Frœschwiller et de Rezonville, la prise de Noisseville par le 95° de ligne, l'attaque de Ladonchamps par les chasseurs à pied et les voltigeurs de la garde impériale, l'enlèvement de Coulmiers par les troupes improvisées des généraux d'Aurelle et Chanzy, la pointe hardie du général de Sonis et du colonel de Charette sur le village de Loigny.

Dans la défensive comme dans l'offensive, l'armée de l'ancienne monarchie a légué aux soldats de la République les plus nobles exemples. De ces soldats à ceux de la Grande-Armée, à nos troupes d'Algérie et aux armées plus modernes, ces exemples se transmettent comme un héritage imprescriptible. Le sergent Lafleur à Graves, en 1674, n'était-il pas le digne précurseur du sergent Blandan, le héros de Beni-Mered ? Le 84° de ligne à Grätz en 1809, le 1er bataillon d'Afrique à Mazagran, la légion étrangère à la ferme de Camarone, dans la guerre du Mexique, quel qu'ait été leur héroïsme, ont été égalés, sinon surpassés, par les francs-tireurs de Saint-Denis au combat de Binas le 26 octobre 1870, par la résistance du 37° de marche dans Loigny·le 2 décembre, par l'héroïsme de l'infanterie de marine à Bazeilles pendant la bataille de Sedan, par la sublime défense du Bourget sous les murs de Paris.

Notre histoire militaire est pleine des récits de défenses glorieuses soutenues par des garnisons qu'animait le souffle de l'honneur et du patriotisme. Les noms de Graves et du marquis de Chamilly, de. Lille et du duc de Boufflers, de Mayence et de Kléber, de Gênes et de Masséna, d'Huningue et de Barbanègre, brillent d'un même éclat sur le livre d'or de nos glorieuses victoires et de nos honorables défaites. Si les annales de la guerre de 1870 ne peuvent inscrire à côté de ces noms que ceux de Phalsbourg et du commandant Taillant, de Bitche et du commandant Teyssier, de Belfort et du colonel Denfert, la faute, on le verra bien, n'en fut pas à nos soldats. La défense de Tuyen-Quan n'a-t-elle pas, depuis l'année terrible, démontré cette vérité en immortalisant les noms du commandant Dominé et du sergent Bobillot ?

Malgré l'issue funeste de la plupart des batailles de 1870, ces batailles ont prouvé plus d'une fois la ténacité de nos soldats et de nos généraux au milieu des circonstances les plus critiques. Comme le régiment de *Picardie* à Seneff, victoire sanglante et douteuse du grand Condé; comme *Piémont* et *Royal Vaisseaux* à Luzzara, lutte acharnée et indécise soutenue par Vendôme contre le prince Eugène; comme *Champagne* à Malplaquet, glorieuse défaite subie par Villars, les soldats de la première République, sur le champ de bataille de Fleurus, répondaient aux exhortations de Jourdan par le cri unanime de : « Pas de retraite; » à Marengo, les troupes de Victor et de Lannes disputaient pied à pied le terrain aux Autrichiens vainqueurs, jusqu'au moment où Desaix, survenant, changeait la défaite en une victoire éclatante.

N'a-t-on pas vu, sous Napoléon Ier, le maréchal Davoust et le 3e corps d'armée briser à Auerstaedt tous les efforts de l'armée royale de Prusse et, après être restés fermes comme le roc sous les attaques réitérées d'une nombreuse cavalerie, infliger à cette armée une défaite écrasante; à Essling, la division

Molitor rentrer six fois dans le village d'Aspern, enveloppé et conquis par les masses autrichiennes; Lannes et Masséna contenir par leur fière attitude ces masses victorieuses par le nombre; puis, après la mort glorieuse et à jamais regrettable de Lannes, Masséna, seul avec une poignée d'hommes, bravant un épouvantable feu d'artillerie, garder contre l'ennemi la tête de pont de l'île Lobau jusqu'après le passage du dernier bataillon et du dernier canon? Tous ces exemples bien connus d'indomptable fermeté ont été suivis sous Napoléon III par les soldats de Bosquet et de Bourbaki à Inkermann, par les grenadiers de la garde impériale à Magenta, par les troupes de Niel à Solferino.

A côté de ces glorieux faits d'armes, dont il serait facile de grossir la liste, l'histoire enregistrera en lettres d'or la sublime défense de Saint-Privat par Canrobert dans la journée du 18 août 1870. Le général Decaen, commandant le 3° corps de l'armée du Rhin, blessé mortellement à la bataille de Borny, le 14 août 1870, reste à cheval jusqu'à la fin de la journée et continue de donner des ordres tant que la nuit ne vient pas interrompre le combat. Ainsi Villars, blessé à Seneff, avait combattu à côté du grand Condé jusqu'à ce qu'il tombât évanoui à force de perdre son sang. Ainsi un chef d'escadron du 4° cuirassiers, à la bataille d'Helsberg, avait reçu quarante et une blessures sans quitter le champ de bataille, avant de succomber à la fatigue et à la faiblesse. Ainsi Morand et Friant, sur le champ de bataille de la Moskova, ainsi Clauzel aux Arapiles, etc. Un soldat du régiment *du Maine*, pendant la guerre d'Amérique, a le bras emporté par un boulet; avec un couteau, il tranche le tendon auquel pendait encore son bras et ne se rend à l'ambulance qu'après avoir rempli la mission dont il était chargé. On verra de même à Spickeren, le 6 août 1870, un soldat et un sergent du 63° de ligne ne renoncer à la lutte que lorsqu'il ne leur reste plus un seul membre valide. La vieille énergie du soldat français n'est donc pas éteinte, l'Algérie et le Tonkin nous en ont donné des preuves éclatantes depuis la guerre de 1870.

Et quels soldats furent jamais plus dévoués que les nôtres? Le nom du chevalier d'Assas a été popularisé par le fameux cri : « A moi, Auvergne, ce sont les ennemis! » Pour avertir sa troupe, qui allait être surprise, d'Assas avait affronté une mort certaine. Cet acte tant admiré a été imité vingt fois, ou plutôt vingt officiers ou soldats ont agi comme d'Assas dans des circonstances analogues, obéissant d'instinct comme lui à la voix du devoir. Le nom du trompette Escoffier a rencontré la même popularité : dans un combat contre les Arabes, le cheval de son capitaine est tué ; Escoffier met pied à terre, donne à cet officier son propre cheval et se laisse faire prisonnier par les cavaliers d'Abdel-Kader. Combien d'Escoffier ne trouve-t-on pas dans les annales de l'armée française, depuis le hussard qui, au combat de Boblingen, dans la campagne de 1796, sauva le chef de brigade Van Marisy des mains de l'ennemi en le faisant monter sur son propre cheval, jusqu'au cuirassier de la garde impériale qui, à la bataille de Rezonville, donna le sien au colonel Dupressoir et se retira du champ de bataille en menant tranquillement par la figure le cheval blessé du colonel.

On a parlé maintes fois des sacrifices de la cavalerie se précipitant au-devant du vainqueur pour arrêter sa marche et favoriser la retraite ou le retour offensif

de sa propre infanterie. A Crefeld, pendant la guerre
de Sept ans, le jeune comte de Gisors, qui promettait
à la France un héros, trouve la mort en chargeant
ainsi à la tête de la belle brigade des carabiniers ; à
Marengo, Kellermann et Champeaux, celui-ci qui fut
blessé mortellement, chargent à outrance et sans relâche pour protéger la retraite de Victor et de Lannes,
laissant sur le terrain les deux tiers de leurs cavaliers
et de leurs chevaux ; à Essling, les cuirassiers d'Espagne et de Nansouty, les chasseurs et les hussards
de Lasalle et de Marulaz, sous le feu violent d'une
puissante artillerie, se jettent à corps perdu au-devant
de la cavalerie et de l'infanterie autrichiennes qui menacent d'envelopper les troupes de Lannes et de
Masséna ; à Leipzig, les cuirassiers de la ligne et les
cavaliers de la garde impériale se sacrifient de même
pour écarter les masses autrichiennes et russes du
village de Prostbheyda. Nous verrons ainsi accomplir
le même sacrifice par la brigade Michel à Morsbronn,
par la division Bonnemain à Elsasshausen, par les
cuirassiers de la garde impériale à Rezonville, par le
5ᵉ cuirassiers à Mouzon, par les chasseurs et les hussards de la division Margueritte à Sedan.

Quant à la constance au milieu des rigueurs de la
saison et des privations de toutes sortes, nos soldats
furent, pendant l'hiver de 1870-1871, tels qu'avaient
été leurs aïeux sous la République, conquérant le sol
gelé de la Hollande, escaladant les sols neigeux des
Alpes et des Pyrénées, ou mourant de froid dans les
bivouacs du blocus de Mayence ; tels que s'étaient
montrés leurs pères sur le plateau de Chersonèse,
passant les nuits glaciales dans les tranchées du siège
de Sébastopol.

Toutes ces qualités : bravoure, audace, énergie,

dévouement, endurance, on les trouve à des degrés
divers chez les soldats d'autres nations ; ce qui dis-
tingue entre tous notre soldat sous l'antique monarchie comme sous la première République et sous l'Empire, comme à des époques plus récentes, c'est sa
gaieté et sa bonne humeur. Le général Bosquet écrivait de Crimée : « Les Anglais restent tout étonnés
de voir nos soldats rire et s'égayer par tous les temps :
ils viennent demander qu'on les aide à rire, eux aussi,
et à s'installer. »

Mais le proverbe a dit : « Aide-toi, le ciel t'ai-
dera, » et les Anglais ne s'aidaient guère eux-mêmes
dans la tâche de devenir gais. Ils avaient le courage
triste ; la bravoure française a toujours eu les allures
joyeuses et plus dégagées. Aussi nos camps ne res-
semblaient guère à ceux de nos alliés du moment. Le
théâtre des zouaves pendant le siège de Sébastopol,
celui d'Orizaba 'au Mexique, rappelaient un peu la
troupe dramatique par laquelle se faisait accompagner
le maréchal de Saxe dans ses campagnes de Flandre.

Cette bonne humeur du soldat, nous la retrouvions
jusque chez les blessés entassés dans une ambulance
au lendemain d'une bataille sanglante. Ici je me per-
mets de faire appel à mes souvenirs personnels : Le
perruquier de la batterie d'artillerie à cheval que je
commandais en Crimée avait eu la jambe emportée
par un boulet. Il venait de subir l'amputation lorsque
j'allai le voir à l'ambulance : « Ai-je de la chance,
mon capitaine, me dit-il gaiement dès qu'il m'aperçut ;
si aussi bien j'avais perdu un bras, je n'étais plus bon
à rien ; tandis qu'avec une jambe de bois j'aurai une
bonne pension, je me marierai avec une gentille
payse, j'ouvrirai une boutique de coiffeur à l'enseigne
du *Brave Canonnier*, et ma fortune sera faite. » Voilà

ce que fut de tout temps le soldat français, et voilà ce qu'il est resté pendant la guerre de 1870-1871, comme le démontrera, s'il était nécessaire, la lecture du livre de M. le commandant Rousset, à qui j'ai hâte de laisser enfin la parole.

Il ne faut donc pas désespérer des destinées de notre chère patrie.

Déjà relevée dans la paix par l'industrie, par les sciences, par les lettres et les arts, en un mot par tout ce qui fait la grandeur intellectuelle d'une nation, elle se relèvera dans la guerre par la puissance de ses armes, par l'énergie et le dévouement de ses soldats.

Oui, elle se relèvera, mais à deux conditions : c'est qu'elle n'éprouve ni découragement énervant ni décevantes illusions.

Le découragement! Les souvenirs de notre glorieux passé sont bien faits pour nous en préserver.

Relisons constamment l'histoire des vainqueurs de Bouvines, de Rocroy, de Fleurus, de Jemmapes, d'Austerlitz, de Sébastopol ; des héros intrépides et malheureux de Malplaquet, de Waterloo et de Sedan. Soyons pleins de confiance dans nos fils pour perpétuer les vertus guerrières de nos aïeux et de nos pères.

Quant aux illusions, les leçons terribles et sanglantes que nous avons reçues doivent nous en avoir à jamais guéris. Nous savons maintenant que dans l'état actuel des nations, avec leurs formidables armements, avec les puissants moyens de transports dont elles disposent, les vertus guerrières ne suffisent plus pour donner la victoire ; qu'il ne suffit pas de courir à la frontière dans un élan d'enthousiasme lorsque vient le moment du danger, et qu'il est indispensable de se préparer de longue main à une lutte de l'issue de laquelle dépendra le salut ou la ruine de notre pays. Enfin, qu'avant de crier : « A Berlin ! » il faut tout d'abord barrer à nos adversaires la route de Paris.

Pour cela, nous devons accepter virilement dès le temps de paix tous les sacrifices nécessaires et contribuer, chacun dans notre sphère d'action, à doter la France d'une armée solidement organisée, parfaitement instruite et disciplinée, admirablement préparée par son éducation morale aux terribles épreuves qui lui sont réservées. Puissions-nous savoir aussi que, pour en arriver là, il nous faut élever nos fils dans le respect de ce qui doit être respecté, dans l'obéissance à ce qui doit être obéi.

Notre pays, si agité depuis cent ans par les orages politiques, offre parfois un singulier spectacle : quelques écrivains semblent chercher les occasions d'amoindrir la discipline militaire et d'en relâcher les liens. Nous comptons environ 26,000 officiers et assimilés (non compris les officiers de réserve et de l'armée territoriale); nos sous-officiers sont au nombre de 45,000. Que quelques-uns d'entre eux prêtent le flanc à la critique par leur conduite et par leur caractère, immédiatement une littérature d'exploitation s'empare de ces faits exceptionnels, les dénature ou les exagère et les généralise, pour obtenir un succès de scandale et d'argent.

Eh bien ! il appartient à quiconque est inspiré par le sentiment du patriotisme de réagir contre des errements qui ne tendent à rien moins qu'à désorganiser la force défensive du pays.

Or, le procédé le plus efficace pour combattre l'effet des caricatures tracées par un pinceau malveillant consiste à mettre en regard de ces caricatures le véri-

table portrait de ceux qu'on a cherché à déshonorer;
à montrer, dans un tableau consciencieusement des-
siné, l'armée telle qu'elle fut hier encore aux jours des
malheurs, telle qu'elle sera demain à l'heure du combat suprême. N'eussent-elles que ce mérite, indépen-
damment de l'exactitude et de l'intérêt du récit, les
pages écrites par M. le commandant Rousset auraient
droit à être lues et méditées avec une patriotique
attention.

Général **THOUMAS**.

AVANT-PROPOS

On a tellement écrit sur la guerre de 1870-71 que
le sujet paraît épuisé, et les auteurs futurs semblent
n'avoir plus qu'à glaner dans le champ des menus faits
anecdotiques, s'ils ne veulent tomber dans les redites.

Cependant, pour qui connaît à fond cette bibliothè-
que spéciale, il est aisé d'y percevoir l'impression d'une
lacune, due à la multiplicité des points de vue auxquels
ont dû se placer les narrateurs et à la nécessité où ils
se sont trouvés de s'adresser à des publics essentielle-
ment différents.

Certains livres, en effet, traitent des questions pu-
rement militaires et exposent les mouvements stratégiques ou tactiques des armées dans le but d'en tirer

des enseignements pour l'avenir. D'autres, plus techniques encore, étudient le mode d'emploi des différentes armes, leur action sur les champs de bataille, leurs ordres de mouvement et de combat. D'autres enfin, abordant l'ordre d'idées le plus général, constituent une histoire complète de la campagne, mais avec une multiplicité de détails qui en rendent la lecture laborieuse parfois, longue toujours.

Il résulte de tout cela que bien des gens, de ceux surtout à qui les nécessités de la vie mesurent les loisirs, ignorent encore, après vingt ans, la plupart des événements de cette guerre qui a si profondément modifié l'état de l'Europe, ou, tout au moins, ne savent comment expliquer soit l'enchaînement des faits, soit les causes qui les ont produits.

J'ai donc pensé qu'un livre où se résumerait le plus succinctement possible l'histoire pénible, mais instructive, de nos malheurs ne serait pas inutile, et que je ferais, en l'écrivant, œuvre de vulgarisation. Estimant que le temps des récriminations est passé et que, d'autre part, l'heure n'a pas encore sonné où l'histoire pourra, avec son impassibilité sereine, décerner à chacun sa part de responsabilité, je me borne à raconter, je ne juge pas.

Mais ce que j'ai tenu surtout à mettre en lumière, c'est la somme d'héroïsme dépensée par les acteurs de cette défense désespérée, c'est l'inépuisable fonds de patriotisme, d'abnégation et de dévouement que ce pays possède; c'est l'immense trésor des ressources que la France peut, quand elle le veut, tirer de ses flancs féconds et employer au rachat de son honneur et de sa liberté.

Ce que j'ai voulu montrer surtout, c'est que les soldats de 1870-71 n'ont pas mérité leur défaite, qu'ils se sont battus en Français et en braves, et qu'avant de succomber ils ont porté des coups terribles que l'ennemi n'a pas oubliés. Le nombre et la science les ont vaincus : point le courage. Les hommes de Wœrth, de Gravelotte, de Coulmiers ou de Bapeaume ont été dignes de leurs ancêtres, ceux de Rivoli et de Marengo, comme ceux d'Austerlitz, de Constantine, de Malakoff et de Solferino.

J'ai donc cherché à rappeler, selon le vœu du général Chanzy, le souvenir des grands dévouements de la dernière guerre. Malheureusement, il en est qu'on ignorera toujours et dont la mémoire s'est perdue dans l'anonymat du tombeau. Que ceux que j'aurai oubliés me pardonnent ! Si leur sacrifice reste dans l'ombre, il n'a point été inutile pour cela. Au-dessus des gloires humaines, au-dessus des récompenses et des honneurs, il reste le plus noble des sentiments, celui du devoir accompli. Et la patrie immortelle, avec son intuition divine, reconnaît bien tôt ou tard ceux qui ont cru en elle et l'ont aimée.

Maintenant que la France, régénérée et forte, a repris sa place dans le monde ; maintenant que sa merveilleuse vitalité, sa fière attitude, ses efforts et sa sagesse ont assuré définitivement son indépendance et sa sécurité, c'est un devoir pour nous de penser à ceux qui, par leur sacrifice, ont permis un relèvement si prompt à ceux dont les os blanchis reposent dans cette terre sacrée qu'ils ont défendue jusqu'à la mort. C'est un devoir pour nous de garder à leur mémoire le culte pieux des grands morts et de les admirer vaincus, comme nous les aurions honorés vainqueurs.

Ce livre a donc un double but : retracer brièvement les différentes phases de la mémorable lutte d'il y a vingt ans et exalter les courages au souvenir des nobles actions qu'ont prodiguées soldats et populations. Puisse ma plume n'être pas impuissante à faire partager à ceux qui me liront et l'émotion patriotique que m'a fait éprouver l'étude de ces grandes choses, et la foi robuste qu'un passé plein de tant d'héroïsmes me donne en l'avenir.

L. R.

Le drapeau du 2ᵉ tirailleurs. (Page 14.)

CHAPITRE I

WISSEMBOURG. — FRŒSCHWILLER

Commencements de la guerre. — La division Douay. — Bataille de Frœschwiller. — Le général Raoult. — Le drapeau du 2ᵉ tirailleurs. — Le 1ᵉʳ tirailleurs. — Lo drapeau du 36ᵉ. — Le vaguemestre Javogue. — Le volontaire du 3ᵉ zouaves. — Les cuirassiers de Reichshoffen. — Le drapeau du 96ᵉ de ligne. — Le 3ᵉ zouaves. — Les masses allemandes.

Le 2 août 1870, l'armée allemande, complètement mobilisée et prête à entrer en campagne, se trouvait rassemblée autour de Coblentz, de Mayence et de Landau, en trois grandes masses dont la force totale se montait à 460,000 combattants. Placées respectivement sous les ordres du général de Steinmetz (Iʳᵉ armée), du prince Frédéric-Charles de Prusse, propre

1

neveu du roi (II° armée) et de l'héritier de la couronne des Hohenzollern, prince royal Frédéric-Guillaume (III° armée), les forces allemandes, où étaient venus se fondre les contingents badois, bavarois et wurtembergeois, avaient reçu de leur généralissime la mission de faire face à l'offensive française, si celle-ci se produisait dès le début comme on le croyait, ou bien de menacer le flanc gauche de nos forces engagées dans la vallée du Main. Si l'offensive française, tardait au contraire à se produire, les Allemands devaient attaquer vigoureusement la frontière, et décrire vers l'ouest un grand mouvement concentrique, pour rejeter les Français dans l'intérieur du territoire, et les acculer soit à Paris, soit à la frontière belge, soit à la place de Metz, soit même à la mer, suivant les éventualités.

C'est en exécution de ce plan que les trois armées allemandes, groupées savamment de façon à se prêter un appui réciproque, entamèrent le 3 août leur mouvement en avant, et se préparèrent à aborder notre frontière où six corps d'armée français, à peine organisés et manquant encore du strict nécessaire, étaient disséminés dans un désordre qui n'accusait que trop nettement l'irrésolution de leurs chefs.

Le 4, la III° armée se mit en marche à la pointe du jour. Ses cinq corps d'armée forts de 150,000 hommes occupaient un front de 20 kilomètres à peine, et une profondeur à peu près égale, tandis que les trois corps d'armée de Mac Mahon (1er), du général de Failly (5e) et du général Félix Douay (7e), auxquels était dévolue la tâche de défendre l'Alsace, se trouvaient éparpillés de Sarreguemines à Belfort, sur une étendue d'au moins 50 lieues. Bien plus, une division du 1er corps, celle du général Abel Douay, avait été laissée en pointe dans Wissembourg, toute seule, sans appui possible, pour calmer, dit-on, les inquiétudes de l'intendance et protéger une manutention et des magasins (1) : encore cette malheureuse division, épuisée par de nombreux détachements, était-elle réduite à 4,900 hommes, 18 bouches à feu et 6 escadrons.

Le 4 août, la matinée était sombre et pluvieuse. Une buée chaude et épaisse couvrait le sol d'un manteau grisâtre, qui cachait le fourmillement des masses allemandes. Soit inhabileté professionnelle, soit impossibilité de voir, une reconnaissance française exécutée vers les abords de la Lauter, rentra à 7 heures sans avoir rien découvert des mouvements de l'ennemi, et endormit le général Douay dans une sécurité trompeuse.

Cette faute, hélas! allait être payée bien cher!

Huit heures venaient à peine de sonner à l'horloge de la ville : nos soldats, en bras de chemise, étaient disséminés tout autour de leur camp, les uns pour préparer le feu de la soupe, les autres pour nettoyer leurs armes ou laver leur linge à la Lauter, quand tout à coup un petit nuage de fumée blanche creva sur les hauteurs de Schweigen, situées à un kilomètre au nord de la ville, une détonation retentit, suivie bientôt d'une seconde, puis d'une troisième, et sur Wissembourg, réveillé comme par un cauchemar, s'abattit une pluie de fer et de plomb. C'étaient les batteries du II° corps bavarois qui, voyant l'insouciance de nos malheureuses troupes, avaient ouvert brusquement sur elles un feu meurtrier.

Cette voix brutale du canon, éclatant tout à coup

(1) CANONGE, *Histoire militaire contemporaine*. Paris, Charpentier, 1882.

dans le silence, et portant la mort dans nos régiments stupéfaits, c'était, dès le début, le procédé allemand dévoilé d'un seul coup. Des masses puissantes, appuyées par une formidable artillerie, amenées savamment sur un point déterminé, surgissant à l'improviste des bois et des couverts, et écrasant des adversaires qui ne savaient leur opposer que leur courage, voilà, en effet, tout le secret des victoires prussiennes. Telle débutait la guerre, telle malheureusement elle devait se continuer et finir.

Cependant les bataillons du général Douay courent aux armes. Malgré le feu ininterrompu de 96 bouches à feu, ils tiennent bon et se font hacher sur place plutôt que d'abandonner un combat si inégal. Wissembourg n'est pris qu'après une lutte acharnée, et la hauteur du Geissberg, dernier réduit de la défense, voit périr ce qui reste de cette poignée de héros. Dans cette journée, de 8 heures à 2 heures, 7,000 Français ont lutté désespérément contre 70,000 hommes, un contre dix, et cependant le soir, 1,550 ennemis étaient étendus sur cette terre sanglante, que leur nombre seul venait de conquérir !

« Les pertes éprouvées par les Allemands les avaient
« tellement étonnés et leur avaient donné une idée si
« exagérée des forces qui leur avaient résisté, que la
« retraite de la division Douay put s'effectuer sans
« être inquiétée (1).

Nous avions malheureusement perdu un général, modèle de bravoure et de valeur militaire ; ses services lui eussent mérité de tomber en pleine victoire, mais il ne pouvait mourir sur un champ de bataille plus glorieux !

(1) CANONGE, loc. cit.

Le soir, Guillaume de Prusse adressait ce télégramme à la reine Augusta :

« Brillante mais sanglante victoire aujourd'hui, sous
« les yeux de Fritz. Prise d'assaut de Wissembourg
« et de la montagne du Geissberg. Les corps engagés
« étaient *le Ve et le XIe prussiens et le IIe bavarois.* L'en-
« nemi est en fuite. 500 prisonniers sans blessures, un
« canon entre nos mains. Le général de division Douay
« tué. De notre côté, le général de Kirschbach légère-
« ment atteint. Mon régiment et le 58e fortement
« éprouvés. »

Certes, rien ne ressemble moins aux éclatants bulle-
tins de la grande armée, ni même aux cris de triomphe
poussés plus tard par les Allemands rassurés, que ce
bulletin hâtif, où se trahit une sorte de surprise avec
le parti pris de se défendre d'un enivrement trop
prompt. Dans la réalité, les résultats du combat de
Wissembourg étaient bien plus importants que ne le
laissait entrevoir cette dépêche, où pour la seule fois
peut-être, de toute la guerre, une victoire allemande
était annoncée sans fracas ni exagération, diminuée
même, pourrait-on dire, par l'état-major triomphant.

La vérité est, comme le dit M. Alfred Duquet, que
« l'effet de cet échec fut immense en Europe. La France
« demeura consternée, l'Europe étonnée, l'Allemagne
« ravie et effrayée tout à la fois... Tout manquait
« (aux Français) : les soldats, les approvisionnements,
« les munitions, et pas un grand capitaine ne se levait
« pour suppléer à tout ce qui manquait (1) ».

Si les Allemands n'ont pas eu, dès le premier moment, l'intuition de cette situation lamentable, c'est

(1) Alfred DUQUET, *Frœschwiller, Châlons, Sedan.* Charpentier, 1880.

que, par une bravoure admirable, nos soldats leur avaient donné le change sur leur petit nombre et sur notre manque de cohésion. En cela, bien que vaincus, ils ont rendu à la patrie un précieux service, parce qu'ils ont tué toute hardiesse chez l'envahisseur. Tombés et désarmés, ils surent encore en imposer aux vainqueurs; leur fière attitude les a sauvés d'un anéantissement complet!

Le lendemain du combat de Wissembourg, la IIIᵉ armée reprenait sa marche vers Strasbourg. Le maréchal de Mac Mahon, qui venait d'être investi par l'empereur du commandement supérieur des 1ᵉʳ, 5ᵉ et 7ᵉ corps, alla occuper, avec le 1ᵉʳ corps, la position de Frœschwiller, derrière la rive droite de la Sauër. Il espérait avoir le temps d'appeler à lui les deux autres corps d'armée dont il disposait, être assez fort ainsi pour couvrir les routes des Vosges septentrionales, et, en menaçant directement le flanc droit de la 3ᵉ armée allemande, l'empêcher de continuer son mouvement vers la capitale de l'Alsace. Malheureusement, par suite de retards et d'ordres mal donnés, cette concentration des forces françaises ne put s'effectuer assez tôt : une division du 7ᵉ corps (général Conseil-Duménil) et une division de cuirassiers (général de Bonnemain) purent seules joindre le maréchal. En sorte que celui-ci n'eut en tout que 45,000 hommes au maximum à opposer aux 150,000 du prince royal.

Celui-ci avait connu dès le 5 au soir la position de l'armée française. Voulant aussi concentrer toutes ses troupes, dont quelques-unes étaient encore assez éloignées, avant d'attaquer le maréchal, il s'arrêta et décida que la journée du 6 serait consacrée à des mouvements préparatoires. A ses yeux donc, comme à ceux de Mac Mahon, la lutte définitive ne devait être engagée que le 7. Le hasard en décida autrement.

C'était dans un ravissant paysage, rafraîchi par un ruisseau tout bleu, où se reflétaient les oseraies et les saules, que les deux adversaires avaient établi leurs campements face à face, et échangeaient aux avant-postes quelques coups de fusil répercutés par les collines boisées, comme pour préluder par ces escarmouches sans importance à la sanglante tuerie du lendemain. Perdus dans des vergers, des houblonnières et des vignes, on apercevait des villages pimpants, accrochés aux coteaux ou baignant dans l'eau, des fermes coquettes, des moulins frais et riants. Au centre, le clocher de Wœrth, orné de faïences vertes, étincelait au soleil.

« Le paysage est gai, plein de fraîcheur et d'horizons
« charmants ; le fond du vallon est coupé de prairies
« et de champs labourés ; les collines de l'est sont gar-
« nies de vignes en échelles et de vergers ; les ondula-
« tions qui s'élèvent en pentes douces vers Morsbronn
« et Frœschwiller sont émaillées de champs de tabac,
« de houblonnières, de champs de lin et, près des som-
« mets, de bosquets de bois de hêtre et de chêne. A
« l'horizon, les collines se succèdent, déclinant gra-
« duellement dans un moelleux brouillard ; au delà, on
« rêve les flots bleus du Rhin, et c'est le beau fleuve,
« en effet, qui coule à quelques heures, derrière le ri-
« deau mystérieux et menaçant qu'étale la forêt de
« Haguenau (1). »

Cette riante nature, ces villages paisibles allaient être le théâtre d'une des plus terribles luttes qu'enregistre l'histoire ; et de tout cela il ne devait rester,

_____

(1) Émile DELMAS, _De Frœschwiller à Paris._ Alphonse Lemerre, 1871.

le lendemain, que des ruines fumantes et des monceaux de cadavres étendus sur le sol déchiqueté par les obus!

Le 6 août, vers 6 heures et demie du matin, un général de brigade allemand, croyant voir chez les Français s'accuser un mouvement de retraite, ouvrit le feu sur les troupes du général Raoult, placées en face du village de Wœrth. Celles-ci en ripostant amenèrent l'entrée en ligne de la division de Lartigue, placée à leur droite, et le combat devint tout à coup si vif que les Bavarois, convaincus que la lutte était engagée par ordre du prince royal, marchèrent à leur tour contre le général Ducrot, qui occupait la gauche de la ligne française. L'État-Major allemand, dont cette bataille prématurée dérangeait les plans, fit de vains efforts pour l'arrêter, et jusque vers midi sembla n'avoir d'autre préoccupation que celle d'empêcher un engagement général.

Quand, à ce moment, le prince royal eut reconnu que toute tentative en ce sens deviendrait inutile désormais, il donna l'ordre d'attaquer vigoureusement partout à la fois, et fit approcher ses réserves. Deux heures après, toute la IIIᵉ armée prussienne, forte de cinq corps d'armée, se ruait sur les lignes françaises, défendues par cinq divisions, en sorte que chacune de ces divisions avait à combattre un corps d'armée allemand. En dépit de l'admirable ténacité de nos généraux, de l'indomptable courage de nos fantassins, de l'héroïque dévouement de notre cavalerie, l'issue ne pouvait être douteuse. 150,000 hommes qui attaquent doivent fatalement venir à bout de 45,000 qui se défendent, si grande que soit la bravoure, si fortes que soient les positions des défenseurs. Débordés sur leurs ailes par une nuée d'assaillants qui semblaient sortir

LE BL\(CIRCLE DU 36e. (Page 10.)

de terre, mitraillés par une formidable artillerie dont le nombre et la puissance avaient eu trop rapidement raison de la nôtre, attaqués de front, de flanc et presque par derrière, les soldats de Mac Mahon, repoussés, après dix heures d'une lutte acharnée, de toutes leurs positions, se réfugièrent dans Frœschwiller, leur réduit suprême, et s'y défendirent jusqu'à l'épuisement complet.

« C'est ici, a écrit un des narrateurs de cette lutte
« de géants, c'est ici qu'il faudrait la plume des grands
« historiens pour raconter dignement l'agonie gigan-
« tesque des régiments qui ne fuient point. Oui, parmi
« ces décombres fumants, derrière ces haies déchirées,
« ces murs ébranlés, dans cette église crénelée, rem-
« plie tout à la fois de blessés affolés et de combattants
« furieux ; au milieu de Frœschwiller embrasé, s'agite
« encore, sublime de désespoir, une phalange qui meurt
« et ne se rend pas. C'est rue à rue, maison par mai-
« son, pied à pied, que les Français disputent le terrain ;
« et lorsque les Allemands ont achevé leur rude be-
« sogne, ils savent ce qu'il en coûte, combien il faut
« sacrifier de bataillons pour coucher à jamais par terre
« les survivants de Malakoff et de Magenta (1)!... »

Enfin, à 5 heures du soir, le dernier village est au pouvoir des Allemands et nos troupes se replient sur Reichshoffen. L'ennemi exténué veut entamer une poursuite. Il trouve devant lui, débouchant des Vosges, la division Guyot de Lespart, du corps de Failly, qui par sa fière attitude, l'arrête net et sauve les débris de ce qui fut l'armée de Mac Mahon.

« Le soir de ce jour fatal, le prince royal parcourait
« à cheval le champ de carnage, salué par les hour-

(1) Alfred DUQUET, loc. cit.

« ras sauvages de ces Germains tout étonnnés d'avoir
« vaincu ces soldats légendaires, et tout fiers de
« s'être mis six contre un pour mener à bon fin cette
« glorieuse besogne (1) ».

Mais cette victoire, ils l'avaient chèrement achetée.
10,642 des leurs, dont 489 officiers, jonchaient le sol
qu'ils venaient de conquérir. Le général de Kirschbach, commandant une division du V⁰ corps, le général de Bose, commandant le XI⁰ corps, et 15 colonels
tués ou blessés restaient sur le champ de bataille.
Deux corps prussiens étaient presque entièrement désorganisés. Quant à nous, par suite de l'effroyable dé-
pense de projectiles faite par l'armée allemande, et à
cause de l'opiniâtreté de notre résistance, nous avions
malheureusement à enregistrer des pertes immenses :
760 officiers et 15,800 hommes dont 6,000 prisonniers,
avec 28 pièces de canon, 5 mitrailleuses, et les convois.

Parmi les morts, il faut citer le général de division
Raoult (2) ; les généraux de brigade : *Colson*, chef d'état-

----

(1) Alfred Duquet, *loc. cit.*

(2) Ancien major de tranchées à Sébastopol, le général
Raoult, que ses fonctions appelaient constamment aux avant-
postes pour la réception des parlementaires et les échanges de
prisonniers, avait connu là le fameux général Totleben, chargé
du côté russe de l'accomplissement des mêmes formalités. Une
estime réciproque et bientôt même une sympathie réelle rap-
procha ces deux hommes, si remarquables tous deux, bien qu'à
des points de vue différents. Aussi, lorsqu'après la guerre
d'Orient, Totleben, venu en France, fut conduit par l'empereur
Napoléon III au camp de Châlons, qui recevait cette année là
des troupes pour la première fois, les deux officiers se retrou-
vèrent-ils avec un plaisir non dissimulé. Il arriva même que
l'empereur, entendant chaque jour prononcer par son hôte dans
les termes les plus élogieux le nom de Raoult, demanda des
renseignements sur lui à ses généraux. Le résultat fut la nomination du colonel Raoult au poste très envié de chef d'État-
Major général de la garde impériale.

« Grièvement blessé à Frœschwiller, le général fut secouru

major général ; *Maire*, commandant la 1ʳᵉ brigade de la division *Conseil-Duménil ;* les colonels de *Franchessin*, du 96ᵉ de ligne, tué à l'attaque d'Elsasshausen ; *Suzzoni*, du 2ᵉ régiment de tirailleurs algériens, tué à l'assaut de Wœrth : *Lafutsun de Lacarre*, du 3ᵉ cuirassiers et *Poissonniers*, du 2ᵉ lanciers ; ces deux derniers tués dans les charges légendaires dònt nous parlerons tout à l'heure.

« Les pertes de l'ennemi atteignirent 7 0/0, les « nòtres 21 0/0 de l'effectif. L'armée française fit donc « preuve, dans cette terrible journée, d'une énergie « qui honorait et relevait sa défaite. Frœschwiller « est une bataille dont le souvenir, malgré la douleur « qu'il réveille , mérite d'être religieusement con- « servé (1).

Qu'ajouter maintenant à ce douloureux récit? Que dire encore de cette néfaste bataille qui nous coûtait l'Alsace, si ce n'est que les Allemands eux-mêmes n'ont pu s'empêcher de rendre hommage à l'intrépidité des vaincus.

« Comme on le voit, dit la relation du grand État- « Major prussien, le commandant en chef des troupes

---

« par le commandant Duhousset, qui resta à ses côtés jusqu'à « l'arrivée des Allemands. Le général von der Thann (com- « mandant le Iᵉʳ corps bavarois), avait connu Raoult en Afrique ; « le trouvant étendu au pied d'un arbre, il fit prévenir le prince « royal qui accourut au galop. L'énergique blessé eut encore « la force de lui présenter le commandant Duhousset : « Mon- « sieur le major, dit le prince à ce dernier, en raison de votre « belle conduite, vous êtes libre. » Quant au général, trans- « porté au château du comte de Leusse (à Reichshoffen), il y « mourut le 10 août (a) ».

(*Spectateur militaire*, liv. du 15 août 1874, p. 187 et 188.)

(1) Colonel V. DERRECAGAIX, *La Guerre moderne*. Paris, Baudoin et Cⁱᵉ, 1885.

(a) La date donnée ici par le *Spectateur militaire* est erronée. C'est le 3 septembre seulement qu'est mort le général Raoult.

« françaises avait lutté jusqu'à la dernière extrémité
« contre les forces supérieures des Allemands. Par-
« tout son armée avait combattu avec grand courage ;
« sa cavalerie tout entière s'était volontairement sa-
« crifiée pour dégager les autres armes. Mais quand
« il fut entouré de toutes parts, quand l'unique ligne
« de retraite se trouva sérieusement menacée, la ré-
« sistance dut enfin cesser. »

Ainsi, fidèle à son passé glorieux, l'armée française,
trahie par la fortune, avait cependant sauvé l'honneur.
Prêts à tous les dévouements, décidés à tous les sacrifices, nos soldats s'étaient conduits en braves, tout
comme ils l'avaient fait autrefois, quand la victoire
encore fidèle planait au-dessus de leurs phalanges
triomphantes. De combien de pages admirables on
pourrait enrichir le livre étincelant écrit par nos ancêtres à la pointe de leur glaive ! Quelles actions superbes et héroïques il y aurait à conter, que ne désa-
voueraient pas les grenadiers légendaires de Napoléon,
les vainqueurs de Rivoli et d'Austerlitz ! Nous sommes
forcés de faire un choix. Puisse le monument que nous
voulons élever à la gloire de nos compagnons d'armes,
ne pas paraître trop indigne de leur courage invincible
et de leur grand cœur.

Le drapeau du 2e tirailleurs. — Un des épisodes les
plus émouvants de la bataille est sans contredit le sau-
vetage du drapeau du 2e tirailleurs algériens. Il montre
quel amour sacré des trois couleurs françaises, engen-
dre dans les cœurs les moins accessibles aux idées que
nous nous faisons de l'honneur militaire, la solidarité
des armes et l'éducation virile du soldat. Il est à la
fois un encouragement et une leçon.

C'est au moment où les troupes allemandes, après
avoir franchi la Sauër au prix d'une lutte acharnée,

ont gravi les pentes de la rive droite et assaillent le
bois de Frœschwiller. Le 2e tirailleurs, les 8e et 13e bataillons de chasseurs placés sur la lisière, soutiennent
le combat avec une énergie désespérée, tandis que
deux bataillons du 36e placés plus au nord, cherchent
à arrêter l'enveloppement dont les menacent les Bavarois. Notre artillerie, réduite au silence, a dû se retirer.
Les obus, la mitraille, les balles pleuvent sur cette
poignée de héros, que rien ne peut décider à lâcher
pied, et qui veulent mourir là, de la mort des braves,
plutôt que de fuir.

« Le drapeau du 2e turcos est encore debout, criblé
« de balles, noir de poudre, en lambeaux. Ce symbole
« sacré du dévouement et de l'honneur, flotte toujours
« au-dessus des débris du régiment. Il va tomber au
« pouvoir de l'ennemi, qui s'approche de plus en plus.
« Suzzoni (le colonel du 2e tirailleurs) veut le conser-
« ver à la France. Il appelle le vieux sergent indigène
« Mohamed ben Dakich et lui dit :
« Prends notre drapeau et sauve-le ! — » — « Bien !
« mon colonel ! » répond simplement le sergent. Réu-
« nissant autour de lui une vingtaine de turcos, il serre
« la main que lui présente son colonel, puis, roulant
« la flamme du drapeau autour de la hampe, se jette
« dans les bois, suivi de sa petite escorte. Là, les tur-
« cos reprennent leurs habitudes de la montagne, s'a-
« britant dans les buissons, se glissant comme des
« serpents dans des fourrés impénétrables, demeurant
« immobiles derrière des arbres pour ne pas être dé-
« couverts. Plusieurs fois ils se séparent et se rejoi-
« gnent pour tromper la poursuite de l'ennemi, qu'ils
« sentent partout sus leurs traces. Fusillés par l'in-
« fanterie, chargés par les hulans, ils se cachent dans
« les roseaux du Sauërbach. La nuit favorise leur

« salut. Sortant alors de leur humide retraite, les tur-
« cos marchent rapidement dans les ténèbres. Ils vont
« ainsi, pendant deux jours, dans un pays ennemi, ne
« parlant ni la langue allemande, ni la langue fran-
« çaise, se nourrissant de fruits sauvages et de ra-
« cines !

« Enfin, le troisième jour, ces vaillants Africains,
« qu'une bizarre destinée a amenés des plaines arides
« de Chéliff dans les luxuriantes forêts de l'Alsace,
« exténués de fatigue et de faim, les pieds ensanglan-
« tés, les vêtements en lambeaux, atteignent Stras-
« bourg. Ils y rentrent, leur drapeau déployé. Salués,
« acclamés par la population, ils sont portés en triom-
« phe chez le gouverneur. Celui-ci monte aussitôt au
« balcon de l'hôtel de l'État-Major, et montre ce dra-
« peau, orné d'une couronne de lauriers, à la foule
« qui est massée sur la place Kléber. La vue de cet
« étendard arraché à l'ennemi est accueillie par les
« cris de : « Vive la France ! »

« Ces braves Alsaciens étaient en effet bien dignes
« de comprendre et d'apprécier la valeur de ces héroï-
« ques et sublimes indigènes, et leur inexprimable at-
« tachement à l'image sacrée de la Patrie, dont ils
« étaient les enfants adoptifs (1). »

Le 1er tirailleurs. — Certes oui, la valeur de ces
pauvres et simples Arabes fut sublime, et il faut que
la France n'oublie jamais le dévouement absolu qu'à
Wissembourg, à Wœrth et à Sedan, ils ont mis à la
servir. Des trois régiments de *turcos*, il n'est presque
rentré personne là-bas, au *bled*, où vit encore comme
une légende le souvenir de ceux qui sont partis, et qui
ne sont pas revenus !..... Les neiges d'Allemagne ont

(1) Dick DE LONLAY, *Français et Allemands*.

achevé l'œuvre du champ de bataille... Mais pas un de ces pauvres diables n'a eu en mourant un mot de colère ou de haine contre nous, les ennemis d'autrefois, à qui la destinée leur faisait maintenant mêler leur sang. *Mektoub !* C'était écrit ! murmurait le *nase* (1) blessé à mort, ou dévoré par la phtisie ; et rassuré, sinon consolé, il s'endormait doucement du sommeil éternel.....

Le 2ᵉ tirailleurs fut décimé à Frœschwiller, le 1ᵉʳ y fut presque anéanti. Mais ces braves ont signé de leur sang le pacte qui lie pour jamais l'Algérie à la France ! Que ceux qui veulent encore considérer les indigènes comme un bétail, taillable et corvéable, et les traitent à l'égal de parias, lisent ces pages : ils y verront ce qu'ont voulu faire et fait pour nous ces déshérités.

Elsasshausen venait d'être pris. Les cuirassiers de la division de Bonnemain, impuissants à arrêter le flot montant des ennemis, s'éparpillaient sous la fusil-lade et la mitraille, et malgré leur admidable courage, ne réussissaient qu'à se faire tuer, sans pouvoir mettre au cœur de ceux pour qui ils s'étaient dévoués une lueur d'espérance. L'artillerie de la réserve générale, se dé-ployant à son tour, avait essayé de faire reculer les Allemands ; assez nombreux pour pouvoir sans cesse combler les vides que la mitraille creusait dans leurs rangs, ceux-ci avançaient quand même, entraient dans les batteries, tuaient servants et chevaux à bout por-tant, et s'emparaient de treize pièces !

Alors le 1ᵉʳ tirailleurs intervint.

« Le 1ᵉʳ turcos n'avait pas encore donné. Ce n'était
« certes pas que son moral eût été ébranlé par les

_____

(1) Nom sous lequel sont familièrement désignés les soldats indigènes.

« pertes qu'ils avait éprouvées au combat de Wis-
« sembourg. On va s'en convaincre.

« Au moment où la réserve générale d'artillerie se
« déployait, ce régiment était formé en bataille un
« peu en arrière d'Elsasshausen, défilé par la crête
« du terrain, les bataillons disposés en ordre inverse.

« Lorsque les tirailleurs prussiens débouchant d'El-
« sasshausen envahirent les batteries du 9ᵉ placées
« près de ce village, un frémissement d'impatience
« parcourut les rangs des turcos. Le 3ᵉ bataillon,
« commandant de Lammerz, se porta en avant contre
« les tirailleurs que suivaient de grosses masses sor-
« tant de tous les côtés des bois qui se trouvent au
« sud.

« Les Prussiens s'arrêtent à cette vue et hésitent à
« faire demi-tour. Les 2ᵉ et 4ᵉ bataillons, commandants
« Sermensan et de Coulanges, se portent vivement à
« hauteur du bataillon Lammerz. Le régiment mar-
« chant en bataille, le cri de « En avant! » se fait
« entendre d'un bout à l'autre de la ligne. Les turcos,
« poussant leur cri de guerre, se précipitent sur l'en-
« nemi baïonnette baissée, et déterminent la retraite
« sans tirer un coup de fusil. Les Prussiens fuient en
« désordre et vont se réfugier dans le Petit-Bois, puis
« dans le Niederwald. Les turcos reprennent les six
« pièces des batteries du 9ᵉ dont les Allemands s'étaient
« emparés, et qu'ils n'avaient pu encore emmener ; ils
« franchissent le Petit-Bois à la suite des fuyards, et
« arrivent en face du Niederwald dont la lisière est
« fortement garnie par les Prussiens refoulés. Alors
« éclate contre les turcos une fusillade terrible partant
« de tous les points ; en un instant, une foule d'offi-
« ciers et de soldats sont frappés. Les turcos recevaient
« aussi des balles par leur flanc droit. Elles leur

« étaient envoyées par les troupes qui poursuivaient
« l'accomplissement du mouvement tournant contre la
« droite et les derrières de l'armée française, en re-
« montant l'Eberbach. Après avoir perdu la moitié de
« son effectif, ce brave régiment dut se jeter dans le
« Grosserwald, et en border la lisière pour arrêter la
« poursuite des Prussiens. Ce n'est qu'à bout de forces
« et après avoir épuisé toutes ses munitions, qu'il bat-
« tit en retraite à travers la forêt, et gagna la route
« de Frœschwiller à Reichshoffen.

« Dans ce mouvement qui causa une vive inquiétude
« aux Prussiens et qui fit l'admiration de tous les
« témoins oculaires, ennemis comme amis, le 1er tur-
« cos perdit en un clin d'œil 800 hommes, presque
« tous tués ou blessés. Il ajouta ainsi de nouveaux ti-
« tres de gloire à ceux qu'il avait conquis à Wissem-
« bourg (1) ».

Dans son livre *A travers les ténèbres de l'Afrique*,
Stanley parle de ces « mariages de sang » qui créaient
entre l'explorateur et les tribus sauvages de la grande
forêt équatoriale, un lien indissoluble, une entière
communion d'alliance et d'intérêts. N'est-ce pas que
par leur conduite à Wissembourg et à Frœschwiller,
les braves Arabes ont conclu eux aussi avec la France
cette alliance intime, qui nous force maintenant à les
aimer et à les protéger ?

Le drapeau du 36e. — Nous avons dit qu'au moment de l'attaque de Frœschwiller le 36e de ligne,
placé au nord-est du village, avait essayé d'arrêter les
Bavarois. Accablé par le nombre, menacé d'être com-

(1) *Wissembourg, Frœschwiller, retraite sur Châlons*, par
le commandant de CHALUS. Paris, Dumaine, 1882.

plètement enveloppé, ce régiment, qui perdit dans
cette journée 45 officiers et 960 hommes, dut enfin
céder le terrain. Conduit par le commandant Laman,
seul officier supérieur encore debout, ce qui restait
battit en retraite, fièrement, enseigne déployée, et se
replia sur le village, où les nôtres luttaient encore en
désespérés. Dans cette marche exécutée sous une
pluie de fer, le porte-drapeau, blessé, tombe tout à coup.
Les Bavarois se précipitent avec des hourras fréné-
tiques pour lui enlever son précieux trophée ; déjà, les
quelques braves qui l'entourent ont succombé, et le
drapeau va être pris, quand, à leur suprême appel,
une poignée d'hommes, ayant à sa tête quatre ou cinq
officiers, se jette en avant, baïonnette basse, et dégage
l'étendard.

Alors commence une héroïque odyssée. Dans la
grande rue de Frœschwiller, où la petite troupe, toujours tiraillant, s'est enfin engagée, débouchent en
même temps, par l'autre côté, des bataillons allemands,
qui viennent de s'emparer du village par le sud. Les
projectiles pleuvent sur le groupe valeureux qui se
serre autour de son drapeau. L'officier qui porte celui-
ci tombe, et avec lui presque tous ses compagnons
d'armes. Il ne reste bientôt debout que deux officiers,
deux sapeurs et une dizaine de soldats; mais ces débris d'un régiment qui s'est battu noblement pendant
toute la journée ne veulent pas laisser tomber entre
les mains de l'ennemi ce qu'ils possèdent de plus sacré et de plus cher. Ils se jettent dans une grange ouverte et s'y barricadent; puis, allumant un tas de fagots,
ils essayent de brûler le drapeau. Impossible : la soie,
mouillée de sang, ne flambe pas. Que faire? Le sous-
lieutenant Pihet, prenant une résolution désespérée,
arrache ces franges sanglantes de leur hampe à demi

brisée et les cache sous un tas de bois. Cependant les Bavarois se sont rués à l'assaut de la grange; la porte vole en éclats, et sur nos braves désarmés et impuissants tombe une horde sauvage, grisée par l'acharnement de la lutte, qui frappe sans quartier tout ce qu'elle trouve devant elle. Un officier arrache au soldat qui la tenait l'aigle d'or et sa cravate tricolore, tandis que la hampe, brisée en mille pièces, jonche de ses fragments épars le sol ensanglanté; puis il donne l'ordre d'entraîner hors de la grange les quelques survivants de ce combat suprême, pour les promener devant les rangs ennemis.

La relation officielle prussienne accuse, parmi les trophées conquis à Frœschwiller, *une aigle*. Voilà, dans toute sa vérité, l'histoire de cette conquête. Il nous semble qu'elle ajoute plus à la gloire des vaincus qu'à celle des vainqueurs.

Quant à la soie du drapeau caché dans la grange de Frœschwiller, le 36° ne l'avait pas perdue sans retour. Cette noble relique fut retrouvée après la guerre par un prêtre qui portait la charité dans ces pays dévastés, et restituée au régiment dont elle attestait l'héroïsme. Celui-ci lui rendit les honneurs suprêmes, et salua en défilant devant elle le sang dont l'avaient teinte en mourant les frères tombés pour la patrie...

Eh bien! ces soldats qui se battaient si crânement à armes inégales n'étaient pas seulement des braves : leur probité était à hauteur de leur courage, comme le prouve l'anecdote suivante, empruntée à M. Dick de Lonlay.

« Dans Reichshoffen, où se précipitent pêle-mêle les escadrons allemands à la fin de la bataille, le sergent-major vaguemestre Javogue se trouve seul, avec un homme de l'escorte, à la garde des bagages du 21° de ligne. Attaqués par les hussards prussiens, les deux braves se défendent héroïquement. Javogue tue l'officier commandant et ne se rend qu'après avoir reçu sur la tête et les mains douze coups de sabre qui le renversent sans connaissance.

« La veille, ce valeureux soldat avait touché à Mulhouse, pour des soldats du régiment, la somme de 744 francs qu'il rapporta de captivité, ayant plutôt préféré emprunter l'argent qui lui était nécessaire, que de toucher au précieux dépôt qui lui avait été confié. »

N'est-il pas admirable aussi, ce volontaire du 3e zouaves qui mourut à l'ambulance de Wœrth et sur lequel on trouva une somme de 3,000 francs, quelques bijoux et un portefeuille contenant le testament que voici : « Avant de partir pour l'armée du Rhin et de m'exposer aux chances de la guerre, je confie à ces lignes l'expression de ma dernière volonté. Orphelin, n'ayant que des parents très éloignés que je ne connais pas, je désire, en cas de mort, que l'argent et les bijoux trouvés sur moi soient versés à la caisse des secours aux blessés. »

Les cuirassiers de Reichshoffen. — Cette dénomination, qui rappelle un mémorable fait d'armes et un acte de sublime dévouement, est aujourd'hui tellement populaire qu'on serait mal venu à essayer de la changer. On peut cependant dire, sans rien enlever à la gloire légitime des cuirassiers, qu'elle est absolument erronée. Au surplus, elle a produit une confusion regrettable en laissant dans l'ombre une des deux charges accomplies, dans la journée du 6 août, par les régiments appartenant à la division Duhesme d'une part, à la division de Bonnemain d'autre part.

Voici l'histoire vraie, dans sa simplicité grandiose, qui suffit à forcer l'admiration et le respect.

Il était une heure. Le XIᵉ corps prussien, déjà de ce côté de la Sauër, lançait ses masses épaisses à l'assaut des positions de notre droite, défendue par la division de Lartigue. Son commandant, le général de Bose, venait de tomber grièvement blessé ; ses bataillons désunis, ses compagnies rompues, décimées par un feu terrible, ne gagnaient du terrain que grâce à leur nombre, qui permettait de remplacer sans cesse les rangs entiers disparus. Cependant il venait de s'emparer du village de Morsbronn, que le défaut de monde nous avait empêchés d'occuper fortement, et comme ce village, situé au pied des pentes où s'étendait notre aile droite, était à peu près abrité de nos coups, l'ennemi en avait profité pour se ressaisir et se reformer un peu.

Tout à coup, le général de Lartigue, qui n'avait pas cessé pendant tout ce temps de lutter contre l'attaque de front, s'aperçoit que des troupes nombreuses sortent de Morsbronn et vont le prendre en flanc, peut-être le tourner. Il fait prier le maréchal de lui envoyer des secours. Mais celui-ci a engagé jusqu'à son dernier homme. Alors Lartigue demande à ses troupes un suprême effort et tâche de faire tête au danger croissant qui le menace maintenant de deux côtés à la fois.

« Mais nos soldats étaient épuisés ! Sans artillerie
« pour les protéger, sans réserves pour les secourir,
« ils commencent à perdre courage. . . . . . .
« le général de Lartigue dut s'avouer que la cohésion
« de son corps était brisée et que ses troupes étaient
« hors d'état de continuer la lutte. Il ordonna alors la
« retraite et demanda au général Duhesme (comman-

« dant la division de cavalerie du 1ᵉʳ corps) de le cou-
« vrir en contenant l'ennemi.

« Aussitôt la brigade Michel, composée du 8ᵉ cui-
« rassiers (colonel Guyot de la Rochère) et du 9ᵉ cui-
« rassiers (colonel Waternau), vint se former au sud
« d'Eberbach, face au sud. Malgré un terrain des plus
« défavorables, elle prit ses dispositions pour charger.
« Chaque régiment se forma en colonnes par peloton,
« le 8ᵉ cuirassiers en première ligne, le 9ᵉ en deuxième
« ligne, le débordant à droite ; en dernier lieu venaient
« deux escadrons du 6ᵉ lanciers.

« Le général Michel, en tête de sa brigade, l'épée
« haute, entraînant ses cuirassiers, s'élance sur Mors-
« bronn au cri de *Vive la France !* C'est alors que s'ac-
« complit, à travers une grêle de balles et sous le feu
« écrasant des batteries de Gunstett, cette charge dé-
« sormais légendaire.

« Nos cavaliers, tombant sur l'infanterie prussienne,
« qui se reformait en avant de Morsbronn, furent reçus
« par un feu terrible. Passant à travers les intervalles,
« ils pénétrèrent dans le village, se jetèrent au milieu
« des masses ennemies qui encombraient les rues, et
« vinrent s'entasser devant les barricades qui en in-
« terdisaient l'accès. Ils furent alors fusillés à bout
« portant. La plupart furent tués, blessés ou pris.
« Ceux qui parvinrent à sortir de Morsbronn eurent
« encore un engagement avec des hussards prussiens
« et avec des troupes qu'ils rencontrèrent dans la
« plaine. Mais tout espoir de ralliement fut perdu
« pour eux. . . . .
« Les pertes causées à l'ennemi par cette charge
« étaient insignifiantes, mais l'héroïque effort de la
« brigade Michel n'avait pas été inutile. Il avait arrêté
« l'élan de l'adversaire et permis de dégager le 56ᵉ

« de ligne qui était compromis. Enfin, la division de
« Lartigue avait pu se retirer en arrière (1). »

Au moment où le 9ᵉ cuirassiers s'engouffrait dans la
fatale rue de Morsbronn, le colonel Waternau eut son
cheval tué sous lui. Le maréchal des logis chef Man-
sart lui donna le sien. Le colonel put alors réunir les
débris de son régiment et tenter une sortie par l'autre
extrémité du village. Cette sortie échoua, et le colonel,
démonté une seconde fois, resta au pouvoir de l'ennemi ainsi que le maréchal des logis chef qui s'était si
courageusement dévoué. D'ailleurs, de la brigade Michel, pas plus que du 6ᵉ lanciers, il n'existait rien à
l'heure présente.

« La brigade Michel pouvait être considérée comme
anéantie, ainsi que le 6ᵉ régiment de lanciers : bien
peu de leurs cavaliers durent rejoindre l'armée sains
et saufs (2). »

Mais ce n'était pas là le seul sacrifice que les cuirassiers, dignes héritiers des héros d'Eckmühl, de la
Moskova et de Mont-Saint-Jean, dussent accomplir
dans cette journée sanglante. Six régiments, sur dix
qui existaient alors de cette arme, étaient destinés à
voir dans une seule bataille leurs escadrons jonchés,
et le lendemain, le maréchal de Mac Mahon pouvait
dire tristement en songeant à ces nobles victimes du
dévouement militaire : « Les cuirassiers, il n'en reste
plus ! »

La charge de la division Bonnemain, si elle fut
aussi héroïque que celle de la brigade Michel, ne fut
malheureusement pas aussi utile. Lancés sur un terrain encore plus défavorable que les cuirassiers de

(1) V. DERRÉCAGAIX, *La Guerre moderne*.
(2) *Guerre Franco-Allemande*, par le grand État-Major
prussien.

Morsbronn, ces quatre régiments furent écrasés par le feu de l'ennemi avant de pouvoir le joindre, et leur sacrifice inutile, si généreusement accepté, ne servit qu'à montrer leur bravoure indomptable et leur stoïque mépris de la mort !

C'est au moment où le maréchal de Mac Mahon, inébranlable devant le flot d'ennemis qui se ruait sur lui de toute part, cherchait à maintenir encore le combat avec la poignée d'hommes qui lui restait. Deux villages, Elsasshausen, menacé de tout côté, et Frœschwiller, où luttait en désespérée la division Ducrot avec les débris de la division Raoult, demeuraient seuls entre nos mains.

Il était 3 heures du soir.

« Dans la situation où se trouvait l'armée française, dit le colonel Derrecagaix, continuer la résistance devenait impossible ; le maréchal dut penser à la retraite et aux moyens de la protéger. »

Massée dans un pli de terrain, près de Frœschwiller, la division de Bonnemain (1er, 2e, 3e et 4e cuirassiers), dernière réserve de l'armée, attendait des ordres, quand le Maréchal accourut vers elle :

« Général, en avant ! cria-t-il, le salut de l'armée l'exige ! »

Puis, montrant l'artillerie prussienne qui s'avançait au grand trot pour prendre une position plus rapprochée :

« Arrêtez ces batteries pendant vingt minutes seulement », ajouta-t-il d'un accent où perçait l'angoisse dont il était déchiré.

Alors les quatre beaux régiments, dont les armures étincèlent au soleil, rompent en colonne et s'élancent. Mais le 1er cuirassiers, colonel Leforestier de Vendœuvre, rencontre dès le début un fossé qui coupe son élan. Le 4ᵉ, colonel Billet (1), obligé de faire un immense détour pour trouver un terrain favorable, « est également dispersé par le feu d'un adversaire qu'il ne lui est même pas permis d'apercevoir » (2). La 2ᵉ brigade essaye d'être plus heureuse. Criblée de balles et d'obus, elle est démolie en un clin d'œil. C'est là, spectacle inoubliable, qu'on voit le colonel Lafutsun de Lacarre, commandant le 3ᵉ cuirassiers, la tête emportée par un obus, rester en selle sur son cheval emballé. « Ce fantôme, balancé par la mort, chargeait en tête des escadrons, le sabre en main ! (3). »

Les Allemands ont été forcés de rendre hommage à la bravoure superbe de nos régiments de cuirassiers. Ils l'ont fait en des termes qui sont le plus beau titre de gloire des survivants de ces charges immortelles :

« Les cuirassiers français se jetèrent sur nos troupes avec une sauvage impétuosité et un héroïque esprit de sacrifice (4). »

Quelle gloire d'arracher ainsi à des vainqueurs aussi implacables un cri d'admiration pareil !

Le drapeau du 96ᵉ de ligne. — Peu d'instants avant la charge de la division Bonnemain, le 96ᵉ de ligne, envoyé à Frœschwiller sur la prière du Maréchal par le général Ducrot, avait, lui aussi, fait une charge vigoureuse pour reprendre le hameau d'Elsasshausen.

---

(1) Le colonel Billet, blessé, fut fait prisonnier. Rentré de captivité et ayant repris le commandement de son régiment, il fut lâchement assassiné dans une émeute, à Limoges, en 1871.

(2) *Guerre Franco-Allemande* (Grand État-Major prussien). Le commandant de Négroni prit, après la blessure du colonel Billet, le commandement du 4ᵉ. Son cheval fut tué et il allait être pris par le 58ᵉ prussien, quand le trompette Dedoux sella, sous le feu de l'ennemi à peine éloigné de 200 mètres, un autre cheval qui sauva le commandant.

(3) Général AMBERT, *Récits militaires.*

(4) Grand État-Major allemand.

« Comptez sur moi jusqu'à la mort », dit le colonel de Franchessin au général Colson, chef d'état-major général, qui lui montrait Elsasshausen comme le point à atteindre.

A peine arrivé sur le terrain où il doit combattre, le 96ᵉ de ligne se déploie : les Prussiens, déconcertés par la brusquerie de son attaque, plient et se débandent; le colonel veut profiter tout de suite de ce succès et poursuivre l'ennemi l'épée dans les reins : — « En avant! mes enfants! » crie-t-il, le sabre haut et debout sur ses étriers. Malheureusement un obus tue raide son cheval et le blesse trois fois de ses éclats. N'importe, il ne veut pas quitter le champ de bataille; on lui fait un pansement sommaire, et il reprend la tête de ses troupes. Le sabre en main, un pied entouré de linges sanglants, il entraîne ses soldats, électrisés par tant de bravoure... Mais tout à coup une balle le frappe au ventre. Cette fois, c'est fini! Le colonel tombe en s'écriant : « Mes amis, en avant! vengez votre colonel! »

A ce moment, le feu est terrible. Le drapeau du régiment, sa hampe brisée par un coup de feu, tombe à terre, et le sous-lieutenant Henriet, qui le portait, est tué. Un autre officier, M. Bonade, se précipite alors à la tête de quelques vaillants soldats et le saisit. Après avoir reçu lui-même deux blessures, le brave officier allait succomber, quand l'adjudant-major Obry parvient à prendre à son tour le drapeau que lui tendait Bonade. Les balles pleuvaient sur ce groupe héroïque : Obry et Bonade criaient de toutes leurs forces : « Au drapeau, mes amis, sauvez le drapeau! »

De nouveaux défenseurs accoururent, la lutte redouble d'acharnement, enfin l'adjudant-major parvient à se relever, tenant toujours son précieux trophée, et à sauter sur un mulet, tandis que les hommes, groupés en avant de lui, repoussent les Allemands à coup de baïonnette et protègent sa retraite.

Mais la noble loque n'avait été sauvée à Frœsch-willer que pour courir encore une fois, à Sedan, le risque d'être prise. Là, elle fut préservée par le colonel Bluem, qui ordonna de la faire enfouir ! Le sous-lieutenant porte-aigle Lemonnier l'enterra avec l'aide d'un sapeur à dix pas de la porte près de laquelle le régiment était campé.

Après la signature de la paix, Lemonnier vint à Sedan, où se trouvait encore l'ennemi ; deux braves citoyens de la ville, le tisserand Chernand et son fils, escaladèrent alors la palissade à dix pas d'une sentinelle prussienne et se mirent à fouiller le sol de leurs mains jusqu'à ce qu'ils eussent retrouvé l'aigle. Lemonnier coupa ce qui restait de la hampe, cacha le drapeau sous ses vêtements, et rentra dans la ville, à la barbe du poste prussien.

Le lendemain, il traversait les lignes allemandes, rejoignait son régiment, et le 29 mars 1871, le drapeau du 96ᵉ, tout maculé de sang, percé de balles et souillé de boue, mais faisant encore flotter au vent les trois couleurs de la patrie, était remis aux mains du colonel et salué par le régiment, qui pleurait d'émotion.

Le 3ᵉ zouaves. — Avant de quitter ce champ de bataille de Wœrth, témoin de tant d'héroïsme, saluons encore un régiment, le 3ᵉ zouaves, dont la ténacité et le courage furent pendant toute la journée dignes des souvenirs laissés par lui en Afrique, en Crimée et en Italie.

Le 3ᵉ zouaves défendait le Niederwald, bois situé au-dessus de Morsbronn, à droite de la division de Lartigue. Après la charge de la brigade Michel, quand cette division commença la retraite, une de ces chances fatales qui se présentent si souvent à la guerre fit que le 3e zouaves ne reçut pas à temps l'ordre de se retirer, et continua à disputer le Niederwald aux assaillants. « Bientôt, cependant, le colonel Bocher s'aperçut que son régiment était tourné et compromis : il fit cesser le feu, rallia ce qu'il put autour de lui, et, formant sa troupe en échelons, il parvint à joindre le gros de la division. Mais un grand nombre d'hommes étaient restés sous bois. Avec quelques officiers, ils continuèrent le feu jusqu'à l'épuisement de leurs munitions. Ils finirent par succomber et furent tous tués ou pris.

« Ce régiment comptait alors 40 officiers sur 65 et 1,580 hommes sur 2,190, tués ou blessés. Dans ce nombre, on retrouva, plus tard, 300 prisonniers. Il avait donc perdu à Frœschwiller près des deux tiers de ses officiers et 50 0/0 de son effectif. Le combat du 3e zouaves dans le Niederwald restera dans les souvenirs de notre armée comme un fait de guerre digne d'être cité et honoré (1). »

Chose singulière, qui montre bien que le nombre, à défaut d'audace, est certainement le plus puissant facteur des succès des Allemands.

Après la bataille de Frœschwiller, comme après celle de Wissembourg, *l'armée battue ne fut pas poursuivie.*

A la suite d'une victoire comme celle du 6 août, avec une cavalerie intacte, et ayant à peine paru sur le champ de bataille, Napoléon aurait infligé à ses adversaires une chasse à outrance, menée sûrement jusqu'à leur complète destruction. Qu'on se souvienne

(1) Colonel DERRECAGAIX, *La Guerre moderne.*

des chevauchées exécutées à travers l'Allemagne par Murat, par Lasalle, par Lannes, aux trousses des débris d'Iéna et d'Auerstædt !

Ici, rien de semblable ; le 7 août, la IIIᵉ armée se repose et sa cavalerie perd notre contact. L'État-Major allemand reste persuadé que l'armée de Mac Mahon s'est retirée sur Metz, tandis qu'elle a traversé les Vosges et se dirige sur Châlons ! Et le 8, quand M. de Moltke s'aperçoit de la réalité, il n'a qu'une préoccupation : masser encore ses forces, pour pouvoir toujours aborder les nôtres à dix contre un, sans plus se préoccuper des corps en retraite, qu'il pourrait anéantir si aisément.

Tant il est vrai que si la conduite de la guerre a donné de notre côté prise à des critiques justifiées, les combinaisons des Allemands sont loin d'être marquées au coin de ce génie qui force la victoire et assure les triomphes les plus éclatants. Les batailles gagnées péniblement à coups d'hommes sont profitables sans doute, mais combien elles ajoutent moins à la gloire d'un général et à celle d'un peuple que les succès préparés par les conceptions fécondes d'un grand capitaine, qu'il s'appelle Condé, Turenne ou Napoléon (1)!

_____

(1) « Il est à noter, qu'après avoir reconnu leur erreur, les chefs des armées allemandes, ne furent préoccupés que de _l'idée de s'avancer réunis_ sur nos lignes de défense. En réalité, nos 1ᵉʳ, 5ᵉ et 7ᵉ corps ne furent pas poursuivis. Combinaison prudente assurément, mais que l'immense supériorité numérique de nos adversaires ne semblait pas rendre absolument nécessaire. Elle montrait du moins que le culte de l'avantage du nombre est, dans les applications de leur stratégie, un principe absolu et sans limites. » (Colonel DERRECAGAIX.)

Le général Decaen à Borny. (Page 54.)

CHAPITRE II

LA RETRAITE. — FORBACH. — BORNY

La Compagnie de l'Est. — M. Jacqmin. — Désobéissance du
général de Steinmetz. — Bataille de Forbach. — Le général
von François. — Le soldat Krœuter. — Le sergent Morizur.
— Défense de Forbach. — Le maréchal Bazaine commandant en chef. — Bataille de Borny. — Le général Decaen. —
Passage de la Moselle.

Les troupes du 1ᵉʳ corps d'armée, réduites de près
de moitié, et désorganisées par la lutte de géants
qu'elles venaient de soutenir, se mirent en retraite le
7 août, à travers les Vosges, entraînant avec elles les
5ᵉ et 7ᵉ corps. Ici, il faut bien l'avouer, le commandement se montra au-dessous des circonstances, et cette
marche rétrograde, que la valeur des soldats eut permis

d'exécuter avec ordre et méthode, finit par prendre, grâce à l'absence de toute mesure d'ensemble, les caractères d'une vraie déroute.

Tout d'abord on négligea de faire sauter derrière soi les tunnels du chemin de fer. La Compagnie de l'Est, dont le dévouement patriotique et l'intelligente activité furent, pendant cette campagne, dignes des plus grands éloges, avait demandé des instructions au Gouvernement. Le Ministre de la guerre donna bien alors l'ordre de préparer les fourneaux de mine, mais nullement celui d'y mettre le feu.

« Les représentants locaux de l'autorité militaire n'osèrent rien prendre sur eux et deux ou trois jours furent ainsi perdus. Lorsqu'enfin, à Paris, on sut que Mac Mahon et de Failly ne se reformaient pas, comme on le supposait, sur le versant oriental des Vosges, des instructions furent lancées pour la destruction des ouvrages, il était trop tard ; ceux-ci étaient occupés par les Allemands, *dont rien n'égala la joie*, dit un de leurs historiens, *lorsqu'ils découvrirent qu'aucun obstacle n'arrêtait leur marche dans la traversée de la ligne des Vosges* (1). »

A Sarrebourg, le maréchal trouva un ordre de l'Empereur qui prescrivait aux 1er et 5° corps de se retirer sur Nancy.

« Il pleuvait à verse, écrit un témoin oculaire. Sur toute la route, spectacle de plus en plus triste. Artillerie, cavalerie, infanterie, tout était pêle-mêle : les hommes marchaient, les uns isolément, les autres par groupes ; ils n'avaient pas reçu de vivres ; aussi quelques-uns se livraient à la maraude ou plutôt au pillage

---

(1) JACQMIN, *Les chemins de fer pendant la guerre de* 1870-1871. Paris, Hachette, 1872.

dans les villages près de la route. On en voyait étendus inertes dans les fossés pleins d'eau, rompus de fatigue et ne voulant pas suivre. Au milieu de cette agglomération de pauvres diables marchant sans effets, sans souliers, circulaient lentement, péniblement quelques voitures de bagages et d'éclopés (1). »

La retraite continua au milieu d'émotions répétées jusqu'au 14, jour où le 1er corps arriva à Neufchâteau (2).

De là, on se transporta à Châlons par chemin de fer. De leur côté les 5e et 7e corps arrivèrent à Reims le 22, après une marche remplie de douloureuses péripéties. L'armée dite de Châlons, celle qui devait échouer si misérablement à Sedan, allait être constituée, et repartir à bref délai pour la frontière.

La Compagnie de l'Est. Mais avant de continuer le récit succinct des opérations militaires, cadre nécessaire des tableaux que nous voulons retracer, il faut s'arrêter pour rendre un solennel hommage au personnel du chemin de fer de l'Est, qui a accompli en ces jours de malheurs, un tour de force que le patriotisme le plus ardent et le plus désintéressé a seul rendu possible. Ce n'était pas assez d'avoir transporté, sans accidents, sans mécomptes, presque sans aucun retard, les immenses convois de troupes, de munitions, d'approvisionnements, qui se rendirent pendant la dernière quinzaine de juillet de Paris à la frontière, alors que rien n'était préparé d'avance, que tout devait être improvisé, que ni un horaire ni une fiche de transport n'existait pour

---

(1) *De Frœschwiller à Sedan*, journal d'un officier du 1er corps. Paris, Dumaine.

(2) La façon dont s'exécuta cette retraite déprima beaucoup plus le moral des soldats du 1er corps que n'avait pu le faire l'insuccès du 6 août. (Colonel CANONGE, *loc. cit.*)

indiquer d'avance aux agents de la compagnie le service qu'ils auraient à faire. Il fallait ramener maintenant tout ce monde en arrière, et sauver le matériel
roulant épars sur la ligne et ses embranchements
divers. Rien qu'à Nancy se trouvaient plus de cent
machines locomotives, et un nombre énorme de voitures.

Un homme, dont le nom ne doit pas être oublié des
Français, un ingénieur émérite doublé d'un courageux
citoyen, M. Jacqmin, mort récemment directeur de la
Compagnie de l'Est, trouva dans son dévouement et
dans celui de ses agents le moyen de sauver des mains
de l'ennemi tout cet immense et précieux matériel. Dès
le 11 août, à huit heures du matin, l'évacuation avait
commencé ; le 13, elle était terminée, et les Allemands,
en entrant ce même jour à Nancy, n'y trouvèrent
qu'une machine de gare hors de service.

Bien plus, le maréchal de Mac Mahon avait demandé
de Neufchâteau par télégramme à la compagnie, à
Paris, de transporter à Châlons 22,000 hommes,
3,500 chevaux et 500 pièces ou voitures. En scindant
très habilement les unités de transport, et en employant
à la fois toutes les voies disponibles, la compagnie vint
à bout de cette tâche difficile. Du 14 au 17, le corps
du Maréchal fut porté à destination, et quand les Allemands se présentèrent à Neufchâteau pour couper la
voie, il y avait 24 heures que le dernier train était
parti.

En même temps, le 7ᵉ corps d'armée venu de Belfort et de Lyon (sauf la division Conseil-Duménil qui
se trouvait avec Mac Mahon), fut transporté à Châlons
et à Reims en traversant Paris. 108 trains, de 50 voitures, se succédant à quelques minutes d'intervalle,
amenèrent en 48 heures, de la gare de Lyon à celle

de Reims, en passant par la ceinture et la Villette,
50,000 hommes, 12,000 chevaux et 1,300 canons ou
voitures. Il n'y eut ni désordre, ni accident à déplorer.
Un journal technique allemand signale ce transport
par chemin de fer de l'armée de Châlons comme dépassant tout ce qui a été fait sur les voies allemandes (1).

Qu'un pareil exemple nous donne confiance. Si à
une époque où nulle mesure préventive n'était prise,
le personnel des chemins de fer a pu, avec ses seules
ressources et sa seule ingéniosité, satisfaire aussi complètement à des besoins considérables, et répondre aux
exigences de toute sorte d'une mobilisation hâtive et
désordonnée, il est bien évident qu'on peut envisager
avec toute sécurité l'éventualité d'une guerre, du moins
au point de vue des transports. Car à l'heure actuelle,
tout est préparé d'avance, tout est prévu ; chaque unité
a son train, constitué en personnel et en matériel, son
point de départ et d'arrivée: des stations *halte-repas*
assureront la nourriture en route aussi bien aux hommes
qu'aux chevaux: des rampes mobiles permettront le
débarquement en pleine voie si les quais manquent.
Dès le temps de paix les compagnies de chemins de fer
trouvent à l'État-Major de l'armée des *directives*, comme
disent les Allemands, qui leur permettent de prévoir
tout, jusqu'au moindre détail, et de ne rien laisser à
l'imprévu. La situation est donc très améliorée et tout
à fait rassurante. Seuls, la bonne volonté et le dévouement des agents n'ont pas changé.

Nous allons laisser maintenant un moment la
IIIᵉ armée continuer son mouvement vers la Moselle,

(1) J\cqmin, *loc. cit.*

pour nous occuper des deux autres armées allemandes et de leurs opérations contre le maréchal Bazaine. Nous retrouverons plus tard les deux adversaires de Frœschwiller de nouveau face à face sur le douloureux champ de bataille de Sedan.

Au moment où le Prince Royal, marchant à la conquête de l'Alsace, abordait la Lauter le 4 août, la Iʳᵉ et la IIᵉ armée (généraux de Steinmetz et prince Frédéric-Charles) étaient dans le Palatinat Bavarois, à environ une journée de marche de la Sarre entre Hombourg et Saint-Wendel. Du côté français trois corps d'armée, le 2ᵉ (général Frossard) le 3ᵉ (maréchal Bazaine) et le 4ᵉ (général de Ladmirault) bordaient la frontière, de Sarreguemines à Boulay, le 2ᵉ placé en flèche dans la boucle que fait cette frontière en avant de Forbach. La garde, campée à Courcelles, sur la route de Metz à Sarrelouis, formait réserve en arrière. Les trois corps ci-dessus avaient été mis le 5 par l'empereur sous la direction de Bazaine, mais pour les opérations seulement. Quant au 5ᵉ corps (de Failly) qui occupait Bitche, il avait été le même jour, comme on l'a vu, rattaché aux troupes du maréchal de Mac Mahon.

Ainsi, ici comme en Alsace, nos troupes sont exposées au moindre mouvement offensif des Allemands à être écrasées séparément sans pouvoir se prêter aucun appui réciproque. A la rigueur les 2ᵉ et 3ᵉ corps séparés de 16 à 20 kilomètres peuvent se soutenir mutuellement : mais le 4ᵉ est déjà beaucoup trop loin pour pouvoir intervenir à temps dans un combat où seraient entraînés les deux autres. Quant à la Garde, il n'y faut pas songer.

Avouons que si les Allemands possédaient la science du nombre, nous lui étions, nous, absolument étrangers.

Le général de Steinmetz et le prince Frédéric-Charles reçurent, le 4 août, du grand quartier général, l'ordre de se porter en avant vers la Sarre, en suivant des lignes de marche qui leur étaient rigoureusement tracées par M. de Moltke. Mais le général de Steinmetz, jaloux de l'avance qui allait en résulter pour le prince, et « rêvant d'attirer à lui une partie des forces ennemies, ainsi que cela lui avait si bien réussi, au commencement de la campagne de 1866 » (1), n'hésita pas à désobéir et poussa son armée vers la gauche, de façon à couper la route aux troupes de son royal camarade.

Ce mouvement excentrique eut pour résultat immédiat la bataille de Forbach, victoire il est vrai, pour les armes allemandes, mais cause première de la disgrâce où tomba peu après le général de Steinmetz.

Bataille de Forbach ou de Spicheren. — Le 6 août au matin, à l'heure même où l'armée du prince royal attaquait les positions du maréchal de Mac Mahon, les avant-gardes du VII° corps allemand, éclairées en avant par la 5° division de cavalerie, abordaient les ponts de la Sarre, à Sarrebrück. Cette ville, occupée le 2 août après un simulacre de combat, avait été abandonnée par nous pour des raisons tactiques très justifiables ; mais comme toujours, nous avions négligé de détruire ses ponts, et les Allemands purent, sans difficulté, reconnaître la position occupée par le 2° corps français, sur les hauteurs de Spicheren, situées entre Sarrebrück et Forbach, à l'est de la route qui relie ces deux villes.

Cette position, outre que nous n'y étions pas en forces, était défectueuse. « Elle favorisait les attaques

(1) Colonel CANONGE, *loc. cit.*

de l'ennemi sur nos flancs, et lui assurait d'avance, pour le développement de ses feux, une supériorité marquée. Ces circonstances plaçaient le 2e corps dans une situation périlleuse, qu'une attaque résolue de la part de l'ennemi pouvait en peu de temps rendre des plus critiques (1). »

Au surplus, tout le terrain mamelonné, compris entre la rivière et le Rother-berg, ou éperon de Spicheren, était libre. Une avant-garde prussienne, aux ordres du général-major de François, un Français de l'Édit de Nantes, l'occupa aussitôt. Puis, de proche en proche, la bataille s'engagea, et bientôt, trois corps d'armée renforcés d'une division de cavalerie, tombèrent ensemble sur le 2e corps français. C'était 70,000 hommes, avec 132 pièces, qui se ruaient sur 28,000 hommes ne possédant que 50 canons. L'issue d'une pareille lutte n'était pas douteuse, étant donné surtout l'inaction du maréchal Bazaine, dont pas un bataillon n'arriva au secours du 2e corps.

La bataille dura huit heures. Le courage qu'y déployèrent nos soldats fut, comme toujours, incomparable et tel que l'ennemi n'osa, pas plus ici qu'à Vissembourg, pas plus qu'à Wœrth, entamer la moindre poursuite. Ces vaillants, qui ne laissaient sur le champ de bataille, si glorieusement disputé, ni un drapeau, ni un canon, purent se retirer sans être inquiétés.

Le soldat Krœuter. — « Au plus fort de l'action, le soldat Krœuter, du 63e de ligne, était couché avec sa

---

(1) Colonel DERRECAGAIX. Chose étrange, à 7 kilomètres à peine en arrière de Spicheren, se développait une ligne de hauteurs dont Cadenbronn est le point culminant et qui forme une excellente position défensive. Elle avait été étudiée par le général Frossard lui-même, en 1867. Il est regrettable qu'il ne l'ait pas occupée en 1870.

compagnie à l'extrémité de l'éperon de Rother-berg. Déjà, il avait sali plusieurs fusils et tirait consciencieu- sement en ajustant bien son homme et manquant ra- rement son coup, lorsqu'une balle lui à fait l'épaule une légère blessure ; sans se déranger, Krœuter con- tinue à tirer, mais bientôt une nouvelle balle lui enlève son képi avec une forte mèche de cheveux et un mor- ceau de peau ; notre homme trouve que ça n'est encore rien ; toutefois, comme le sang qui coulait de sa blessure l'empêchait de viser, il prie le lieutenant de Virieu qui se trouvait à côté de lui de lui arranger son mouchoir autour de la tête, ce qui fut fait. Puis Krœuter se remet à fusiller les Prussiens de plus belle.

« Peu après, comme il était en joue, une troisième balle vint lui briser les doigts de la main droite. Cette fois, le brave Alsacien se fâcha tout rouge; d'un bond il fut sur ses pieds et frappant le sol avec la crosse de son fusil, tandis que sa main mutilée se tendait mena- çante vers l'ennemi, il s'écria : « Ah çà, n..... de D..... on tire donc toujours sur les mêmes ici ! » Il fallut un ordre formel de son capitaine pour que Krœuter, qui voulait quand même continuer à combattre, quittât sa place et fût se faire panser.

« A la paix, il fut médaillé (1). »

C'est aussi au 63° qu'appartenait le sergent Morizur:

« Voyant tomber blessé son capitaine, M. Le Join- dre, il sort du bois dans lequel il était déjà rentré, et sans s'inquiéter des balles qui faisaient rage en cet endroit, il va vers son officier, le ramasse et le charge sur ses épaules. Mais, presque aussitôt, il le laisse re- tomber ; Morizur venait d'avoir le poignet fracassé

_____

(1) Capitaine MOLARD, *Historique du 63° régiment d'infan- terie.*

par une balle ; presque au même instant, trois autres
projectiles l'atteignent encore ; un lui brise le coude,
l'autre lui traverse l'épaule, le troisième lui laboure la
cuisse gauche.

« Se voyant dans l'impossibilité de sauver son capitaine, Morizur n'a plus qu'une idée, rejoindre sa compagnie, et il se dirige péniblement vers le bois. En y
entrant, il se trouve face à face avec un officier prussien qui, lui mettant son revolver sur la figure, lui dit
en français : « Sergent, rendez-vous prisonnier de
guerre ou je vous brûle la cervelle. » Morizur refuse
et l'officier prussien voyant qu'il est blessé, se con-
tente de le prendre au collet et de le jeter par terre.

« Peu après, Morizur était frappé à la tête par une
cinquième balle.

« Le sergent Morizur a été cité à l'ordre général de
l'armée ; il eût été décoré alors si on ne l'avait cru
mort.

« Relevé le lendemain de la bataille par des Prussiens, il fut porté à Sarrebrück, où on lui fit l'amputation
du bras droit. Renvoyé ensuite en France, il vint vers
la fin de janvier rejoindre à Cette le dépôt du régiment.
Là, la première chose que fit Morizur fut de demander
à repartir pour combattre encore.

« Il écrivait à son capitaine : « Je crois n'avoir pas
assez mérité de la Patrie et je ferai tout mon possible
pour pouvoir entrer encore dans l'armée active. J'ai
déjà demandé de partir une fois depuis mon arrivée
au dépôt, mais le major m'a refusé... »

« Morizur avait alors vingt-quatre ans de services et
il était médaillé depuis longtemps déjà. Ce fut seulement par décret du 8 septembre 1872, qu'il reçut la
croix de chevalier de la Légion d'honneur qu'il avait
si noblement gagnée.

« Il est mort en 1884 à Plouider, canton de Les-
neven (Finistère) (1). »

Les pertes étaient sanglantes et témoignaient de
l'acharnement de la lutte. Le 2ᵉ corps français comptait 37 officiers et 283 hommes tués, 168 officiers et
1,494 hommes blessés, 174 officiers et 1,922 hommes
disparus, ces derniers presque tous tués ou grièvement blessés. Au total 4,078 hommes hors de combat.
Quant aux Allemands, leur succès leur avait aussi
coûté cher ; 49 officiers et 794 hommes tués, 174 officiers et 3,482 hommes blessés, 372 disparus : au total
4,871 hommes hors de combat.

Parmi les morts français étaient le général de brigade Doëns (2) et le colonel de Saint-Hillier du 2ᵉ de
ligne. Parmi les blessés 4 lieutenants-colonels, 10 chefs
de bataillon, enfin le capitaine Béguin du 15ᵉ d'artillerie. Ce brave officier avait un moment, sur l'éperon
de Rother-berg, soutenu avec sa seule batterie tout
l'effort de l'artillerie prussienne.

Les Allemands avaient perdu le général-major von
François, celui-là même qui avait commencé la bataille avec l'avant-garde qu'il commandait.

Défense de Forbach. — Il était 7 heures du soir et
la bataille était définitivement perdue. La 13ᵉ division prussienne, débouchant de la vallée de la Ros-
selle, petit affluent de la Sarre, s'avançait vers
Forbach et menaçait de couper la ligne de retraite du
2ᵉ corps. Autour de la ville se trouvaient seuls deux
escadrons du 12ᵉ dragons et une compagnie du génie

---

(1) Capitaine MOLARD, *Historique du 63ᵉ régiment d'infanterie*.

2) Cet homme de devoir mourut à l'ambulance des suites de
ses blessures et reçut des Allemands les honneurs funèbres
qu'il méritait. (Colonel CANONGE.)

de 105 hommes, au total 225 hommes sans artillerie, placés sous les ordres du lieutenant-colonel Dulac. Les dragons avaient mis pied à terre, et rangés comme les sapeurs derrière la tranchée creusée le matin en travers de la route par la brigade Valazé, ils avaient engagé une vive fusillade contre les Allemands qui, trompés sur leur nombre par l'obscurité, hésitaient à risquer l'attaque. La défense allait cependant succomber faute d'un effectif suffisant pour occuper toute la tranchée quand un renfort inattendu survint. Le sous-lieutenant Arnaudy qui amenait au 2ᵉ de ligne un détachement de 200 réservistes, trouva en arrivant à la gare de Forbach, la ville évacuée par toutes les troupes à l'exception des dragons du lieutenant-colonel Dulac et de la compagnie du génie. Au lieu de chercher à rejoindre le gros du 2ᵉ corps ou même de rétrograder par le chemin de fer, il courut se ranger sous les ordres du colonel Dulac qui, grâce à ce secours imprévu, put tenir jusqu'à 9 heures du soir, moment où, n'ayant plus de munitions, il se décida à la retraite.

Cette poignée d'hommes, par son sang-froid, sa fermeté, l'énergie de son chef et l'heureux esprit d'initiative du sous-lieutenant Arnaudy, avait arrêté l'ennemi, augmenté sensiblement ses pertes, interdit l'entrée de Forbach (1) et sauvé le 2ᵉ corps.

La retraite s'effectua donc sans être inquiétée. Le

---

(1) Une inscription placée sur un monument du cimetière de Forbach rappelle la brillante conduite de ces vaillants. Elle est ainsi conçue :

> HONNEUR AUX BRAVES DU 12ᵉ DRAGONS
> TOMBÉS AU COMBAT DE FORBACH ;
> C'EST A LEUR VALEUR QUE
> LA VILLE DUT SON SALUT.

Il est regrettable toutefois que l'inscription soit incomplète, et ait oublié de mentionner les sapeurs et les fantassins.

LE 4ᵉ CORPS A BORNY. (Page 53.)

lendemain, 7 août, l'Empereur ordonnait à tous les corps de se concentrer à Metz, et le mouvement commença aussitôt, bien que le temps fût affreux. Il était terminé le 12, par l'arrivée du 6e corps (maréchal Canrobert) transporté de Châlons à Metz par voies ferrées, mais dont une partie avait malheureusement dû rebrousser chemin, en raison de l'occupation de Pontà-Mousson par la cavalerie du prince Frédéric-Charles. Ce même jour, jour néfaste entre tous, l'Empereur poussé par l'opinion publique, incité par un discours que venait de prononcer Jules Favre au Corps législatif, l'Empereur, malgré ses répugnances pour l'homme auquel trois ans auparavant il avait refusé les honneurs militaires à son retour du Mexique, nomma le maréchal Bazaine commandant en chef de l'armée du Rhin.

Or, cette armée, une des plus belles qu'ait jamais eu la France, comptait quatre corps d'armée (2e, 3e, 4e, 6e), la garde impériale, une légère fraction du 5e corps d'armée (4,000 hommes environ), six divisions de cavalerie et la réserve générale d'artillerie, au total :

178,000 hommes ;
39,502 chevaux ;
446 pièces ;
84 mitrailleuses.

Composée d'officiers pleins d'énergie et de dévouement, de soldats aguerris, vétérans de rudes et glorieuses guerres, animés d'un puissant esprit de discipline et de bravoure, une pareille force, bien commandée, conduite par un chef décidé et vigoureux, était capable bien certainement d'enrayer net les incroyables succès que les Allemands avaient dus, depuis le début de la guerre, à l'éparpillement de nos forces et à l'incohérence de notre direction.

Peut-être même qu'un homme de guerre digne de ce nom aurait trouvé dans la valeur de ses soldats les moyens de reconquérir la victoire.....

« Le Maréchal, lui, n'appela à son aide qu'une somnolence égoïste, une sorte d'indifférence pour les intérêts généraux, un petit esprit et de petits moyens...(1). »

En donnant à Bazaine le commandement suprême, l'Empereur lui envoya également « l'ordre impératif de passer la Moselle sans retard » (2), et de se retirer en Champagne. Dans ce but, il fallait jeter des ponts sur la rivière : cette opération, retardée par une crue, fut terminée le 13, et cependant l'ordre de commencer le mouvement ne fut expédié que pour le 14, dans la journée.

Bataille de Borny. — « Cependant les Allemands avaient continué leur marche d'une façon prudente et méthodique (3). » Toujours fidèles à leur plan primitif, ils s'avançaient en un grand arc de cercle, la Ire armée à droite (au nord) servant de pivot, la IIe au milieu, la IIIe à gauche, se dirigeant sur Nancy.

Entre temps, et pour assurer leurs derrières, ils assiégeaient ou bombardaient toutes les places petites et grandes, qui se trouvaient sur leur passage et pouvaient les gêner. Certaines d'entre elles ont été l'occasion d'une résistance si honorable et de si glorieux faits d'armes, que nous leur consacrerons un chapitre spécial.

Le 14 août donc, vers midi, l'armée française, qui avait passé la journée du 13 campée à l'est de Metz et en vue de la place, commençait son mouvement en arrière, et se préparait à passer sur la rive gauche de

(1) *Armée de Metz* 1870, par le général DELIGNY.
(2) *L'Armée du Rhin*, par le maréchal BAZAINE.
(3) Colonel CANONGE, *loc. cit.*

la Moselle. Déjà les 2ᵉ et 6ᵉ corps et une partie du
4ᵉ avaient franchi les ponts qui leur étaient assignés,
et il ne restait plus sur le plateau que le 3ᵉ corps
(commandé par le général Decaen depuis que le Maréchal commandait en chef), la Garde et une division
(Grenier) du 4ᵉ corps, quand tout à coup, vers quatre
heures du soir, un petit nuage de fumée blanche sortit
du bois, dans la direction de l'est, et un obus vint
éclater au beau milieu des troupes du 3ᵉ corps. On
court aux armes, le général Ladmirault fait repasser
la rivière à ses troupes (les 2ᵉ et 6ᵉ corps étaient déjà
trop loin), gravit avec elles les rampes qu'il venait de
descendre une heure avant, et accourt au pas de
charge secourir les régiments du général Decaen. Ah!
l'inoubliable spectacle dont le souvenir soulève encore,
après vingt ans, une émotion poignante dans les cœurs
des vétérans de l'armée de Metz! Sur la route en
lacets qui grimpe de la vallée, les fantassins, tout
poudreux, ruisselant de sueur, [mais superbes d'ardeur et d'énergie, couraient penchés en avant, l'œil
enflammé, et grimpaient la côte d'un pas rapide que
rythmaient les roulements ininterrompus de la charge.
Les artilleurs, fouaillant leurs chevaux lancés au
galop, passaient dans une trombe de poussière, et
jetaient aux coteaux boisés d'alentour des bruits de
tonnerre que l'écho renvoyait aux bataillons déjà engagés, comme pour leur donner confiance. Tous ces
vaillants, las de reculer, écoutaient enfin sonner
l'heure de la bataille attendue depuis si longtemps, et
promise comme une revanche des longues journées
de retraite, devant un ennemi qu'on ne voyait jamais.
Et, dans le bruit croissant du combat, s'élevait une
clameur immense, un cri poussé à la fois par des milliers de poitrines, cri d'amour de la Patrie, cri de joie

et d'espérance, où se résumaient tous les sacrifices, tous les dévouements, tous les courages, où se fondaient les amertumes des revers dans la foi robuste en l'avenir, le cri de « vive la France! » Ce jour-là, à cette heure solennelle, l'âme de la Patrie a passé devant nous.

Cependant, la lutte engagée si inopinément par une simple avant-garde allemande, a pris rapidement un caractère d'intensité qui témoigne de ce désir ardent qu'avait l'armée française d'en venir aux mains. Les Prussiens, un peu effrayés des conséquences de leur audace inconsidérée, ont successivement porté en ligne deux corps d'armée et demi, qui trouvent dans nos 3e et 4e corps des adversaires redoutables et décidés. Un moment, une charge à la baïonnette, exécutée par les troupes de la division de Cissey, porte le désordre dans les rangs ennemis. Malheureusement le maréchal Bazaine, contusionné fortement à l'épaule par un éclat d'obus, s'est retiré. Ses généraux n'ont point d'ordres, point d'instructions d'ensemble. D'ailleurs, la nuit est venue, et force est de cesser le combat sur toute la ligne.

Nous restions maîtres du champ de bataille où gisaient 4,906 Allemands, dont 222 officiers, et 3,608 Français, dont 200 officiers, parmi lesquels on comptait le général Decaen, commandant le 3e corps d'armée, et le colonel Fournier, du 44e.

« En approchant du 71e de ligne, qui se fusille avec rage avec les Prussiens, au milieu d'un épais nuage de fumée, le Maréchal aperçoit en arrière de ce régiment et en avant du 3e chasseurs à cheval, le général Decaen, qui observe tranquillement, sous la mitraille, les mouvements de l'ennemi.

« Voyant le pantalon de ce brave général, déchiré

à hauteur du genou droit et maculé de sang :

« — Je gage que vous êtes blessé ? lui dit le Maréchal Bazaine.

« — Oui, Monsieur le Maréchal. J'ai une balle dans la jambe.

« En effet, vers cinq heures du soir, le brave commandant du 3ᵉ corps a été blessé. Une balle l'a frappé au genou droit, et, contournant la rotule, est venue se loger profondément dans les chairs. A ce moment, le général ne prononce ni une parole ni une plainte. Son aide de camp, le commandant Munier, lui propose, à voix basse, d'aller chercher un cacolet pour le transporter à l'ambulance ; mais l'héroïque blessé ne veut pas y consentir. « Ce n'est rien ! » dit-il. Et malgré sa blessure il reste encore à cheval pendant trois quarts d'heure, donnant ses ordres avec autant de calme que s'il était dans son cabinet........

« ..... Au moment où le général Decaen veut changer de position pour rejoindre le Maréchal, qui s'est porté en avant, son cheval reçoit une balle dans l'encolure et, tombant raide mort, entraîne son cavalier dans sa chute et lui froisse très douloureusement sa jambe blessée.

« Le commandant Munier saute aussitôt à bas de son cheval, et, aidé de quelques chasseurs de l'escorte, qui ont également mis pied à terre, dégage son chef de dessous sa monture et le place tout meurtri sur un cacolet. Malgré cet état, l'intrépide Decaen ne veut pas quitter le champ de bataille ; mais heureusement le maréchal Bazaine revient à cet instant vers lui, et le détermine à se retirer, en lui disant que sa présence n'est plus nécessaire (1). »

(1) Dick de Lonlay, *Français et Allemands.*

Le général Decaen mourut, peu de jours après, à l'ambulance de Metz.

Le combat de Borny, considéré en lui-même et abstraction faite de toute idée stratégique, était pour les armes françaises un succès incontestable. C'était la première fois, depuis le commencement de la campagne, que nous couchions sur le champ de bataille et que nous repoussions victorieusement les attaques d'un ennemi supérieur. Tous, nous crûmes y lire l'augure de jours meilleurs, et dans les bivouacs établis le soir au milieu des morts et des mourants que la lune éclairait de sa lueur blafarde, les cœurs de cent mille Français enflammés d'espérance, saluèrent avec enthousiasme le retour des gloires évanouies, la fin des angoisses mortelles, et l'aurore des triomphes nouveaux. Hélas ! que pouvait l'héroïsme de tant de braves contre une fatalité qui semblait nous poursuivre avec un acharnement sans exemple ! Ce premier succès, si ardemment désiré, si joyeusement acclamé, nous était en réalité plus préjudiciable qu'utile. « Le but que se proposaient les Prussiens était amplement rempli. En cédant à la tentation bien naturelle d'accepter la bataille au lieu de se retirer sous la protection des ouvrages avancés de Metz, les Français avaient commis une faute qui devait avoir des suites sérieuses, car ils perdaient ainsi une journée qui fut gagnée par leurs adversaires ; or, ce combat du 14 rendit possibles les batailles du 16 et du 18, qui eurent pour conséquence immédiate l'investissement de la principale armée française, et plus tard sa ruine (1). »

(1) Colonel CANONGE, loc. cit.

Le cavalier Mangin et le drapeau du 93ᵉ. (Page 70.)

CHAPITRE III

REZONVILLE. — SAINT-PRIVAT

Départ de l'Empereur. — Surprise de la brigade Murat par la 5ᵉ division de cavalerie allemande. — Bataille de Rezonville. — Charge des cuirassiers de la garde impériale. — Le maréchal Bazaine exposé. — Charge de la brigade de Bredow repoussée. — *La chevauchée de la mort.* — Le lieutenant Boutal. — Le cavalier Mangin et le drapeau du 93ᵉ. — Combat de la division de Cissey. — Prise du drapeau du 16ᵉ allemand par le lieutenant Chabal. — Charge de la division Legrand. — Journée du 17 août. — Bataille de Saint-Privat. — Prise de deux pièces allemandes par le chasseur Hamoniaux. — Panique de la droite allemande. — Le maréchal Canrobert à Saint-Privat. — Le tombeau de la garde prussienne. — Retraite des 4ᵉ et 6ᵉ corps. — Conséquences de la bataille de Saint-Privat.

L'affaire de Borny n'interrompit que pour quelques heures le mouvement commencé le 14 août, et qui,

suivant les vues de l'Empereur, devait amener sur la
rive gauche de la Moselle, et de là à Châlons, toute
l'armée du Rhin. Dès une heure du matin, le 15, la
marche en retraite fut reprise par les corps qui venaient de combattre. Mais des trois routes qui, con-
duisant de Metz à Verdun, passent respectivement par
Mars-la-Tour, Étain et Briey, le Maréchal, malgré les
observations les plus motivées de son état-major, ne
voulut utiliser que la première, en sorte que plus de
150,000 hommes durent marcher en une seule colonne,
et que le mouvement s'effectua avec une désespérante
lenteur. Était-ce déjà calcul de sa part? Nul ne le
saura jamais. Mais le fait suivant tendrait à le faire
croire. D'après les ordres du Maréchal, l'armée, arri-
le 15 au soir sur le plateau de Gravelotte (sauf cependant le 4ᵉ corps) devait reprendre sa marche le lendemain à 4 heures 1/2 du matin dans la direction de
Verdun. Or, ce jour-là même, l'Empereur, jusque-là
inquiet et irrésolu, se décidait à quitter l'armée et par-
tait en voiture pour Châlons, à 5 heures du matin,
escorté par une brigade de cavalerie. Aussitôt après
son départ, le mouvement de l'armée fut contre-
mandé !

Pendant ce temps, les Prussiens avaient franchi la
Moselle en amont de Metz, dans le but de tomber sur
notre flanc gauche tandis que nous marcherions sur
Verdun. Non seulement Bazaine les laissa faire, mais
il n'envoya pas même une patrouille pour les surveiller. Bien plus, le général Margueritte, qui s'était, dès
le 12 (1), porté avec le 1ᵉʳ chasseurs d'Afrique sur
Pont-à-Mousson, et y avait fait prisonniers 80 cava-

(1) La Iʳᵉ armée seule (Steinmetz) livra le combat de Borny.
L'armée du prince Frédéric-Charles (IIᵉ), marchant plus au
sud, continuait pendant ce temps son mouvement en avant.

liers allemands, reçut l'ordre formel de rentrer à Metz. Quant aux avis pressants envoyés par les maires des communes où les Prussiens arrivaient en masse, on n'en tint aucun compte.

L'armée du Rhin, maintenue par son chef dans une sécurité trompeuse, se trouvait donc, le 16 au matin, installée au bivouac près de la grand' route Metz-Gravelotte-Rezonville-Vionville-Mars-la-Tour. Elle avait devant elle, sur la route même, la brigade de dragons prince Murat de la division de Forton, qui, pas plus que les autres troupes, ne possédait le moindre renseignement sur la situation. Cette brigade attendait les ordres annoncés pour se mettre en route, quand tout à coup, vers 9 heures et quart du matin, au moment même où ses cavaliers conduisaient leurs chevaux à l'abreuvoir, une grêle d'obus vint s'abattre dans les rangs. C'était l'artillerie de la 5e division de cavalerie allemande (général de Rheinbahen) qui, patrouillant depuis le matin en face de Rezonville, jugeait le moment opportun de porter le désordre dans nos camps.

Bataille de Rezonville. — La première impression de surprise dissipée, tout le monde court aux faisceaux, et les 2e et 6e corps prennent leur formation de combat. Mais le 6e (maréchal Canrobert), placé assez loin en arrière, ne peut arriver en ligne immédiatement, en sorte que le 2e corps, dont une division (Laveaucoupet) a été laissée à Metz afin de garder la place, se trouve seul pendant plus de deux heures, pour résister au choc du IIIe corps allemand. Celui-ci mettant à profit les bois épais dont sont couvertes les pentes descendant vers la Moselle, a bientôt en effet gravi ces pentes et est venu à la rescousse de sa cavalerie, qui se retire un peu en arrière, laissant le champ libre à

25,000 fantassins, appuyés de 114 pièces de canon. Vers 11 heures et demie, la division Texier, du 6ᵉ corps, peut enfin prolonger la droite du 2ᵉ et augmenter la puissance des feux de notre ligne. Malheureusement, le 2ᵉ corps, écrasé par l'artillerie allemande, décimé par des pertes énormes, privé de deux de ses chefs, les généraux Bataille et Valazé grièvement blessés, est obligé de reculer et d'abandonner à l'ennemi des positions précieuses qui sont immédiatement utilisées contre nous. On appelle pour le renforcer la division de grenadiers de la Garde que le Maréchal a placée, avec toute la Garde d'ailleurs, à son extrême gauche (1) sur un point où elle n'est d'aucune utilité. ·

Mais avant qu'elle n'arrive, qui pourra tenir tête à l'offensive allemande ? Il ne reste pas à portée un fantassin disponible ! Ce sera donc au tour de la cavalerie, qui avec son habituelle abnégation, va se dévouer encore une fois pour sauver ses frères d'armes. Une première charge est exécutée sans succès par le 3ᵉ lanciers ; les tirailleurs ennemis à peine entamés avancent toujours !.. Que faire ?... Le général Frossard aperçoit près de lui le magnifique régiment de cuirassiers de la garde, que le colonel Dupressoir, un géant bardé de fer, fait évoluer dans la plaine..... « Colonel ! lui dit-il, faites charger votre régiment ou nous somme f....s ! » (sic). Le colonel envoie immédiatement un officier demander à son chef direct, le général Desvaux, l'autorisation nécessaire, puis, celle-ci obtenue, commande de sa voix de stentor, dont l'éclat strident domine le

---

(1) La préoccupation constante de Bazaine a été, pendant tout le combat, de ne pas se laisser couper de Metz. A cette date on ne peut encore alléguer qu'une funeste irrésolution. Mais comment concilier cette crainte avec le projet de marcher sur Verdun ? (Colonel CANONGE.)

bruit de la bataille : « — Escadrons en avant! Escadron de droite, escadron de direction ! »

Charge des cuirassiers de la Garde.— Alors tous les capitaines commandant font à leur tour retentir le cri de « Sabre, main ! Au galop, marche ! »

« Je crois que je ne serai pas démenti, a écrit un
« témoin oculaire, le capitaine Sainte-Chapelle, alors
« fourrier du 4e escadron, si j'affirme que le mouve-
« ment rapide fit succéder une impression de bien-être
« et de véritable joie à l'espèce d'énervement moral
« que l'immobilité sous le feu de l'artillerie avait engen-
« dré et qui se traduisait par un silence presque absolu.
« Dès qu'on eut le sabre à la main, les langues se
« délièrent, et d'un bout à l'autre des escadrons s'é-
« changèrent des interpellations : « Hein ! il n'est que
« temps ! — Ça va bien ! — Oùs qu'y sont qu'on leur-
« z-y cause deux mots ! »

La gaieté française ne perd jamais ses droits.

Cependant, les cuirassiers ont gagné du terrain. Les voici à 150 mètres des Prussiens. « Spontanément, et
« d'un seul mouvement, dit encore le capitaine Sainte-
« Chapelle, toutes les lames de sabre sont en l'air, les
« cris de « Chargez! » et de « Vive l'Empereur! » par-
« tent de tous côtés, tant l'homme a besoin de joindre
« l'ivresse du bruit à celle du mouvement...

« Chaque temps de galop nous rapproche, nous dis-
« tinguons tous les détails d'uniforme, puis les figures ;
« ils se forment en un groupe compact, s'alignent sur
« les trois côtés d'un triangle, c'est du moins mon
« impression visuelle, et nous présentent un front sen-
« siblement égal à celui de l'escadron. Ils apprêtent
« l'arme au commandement «Debout!» nous approchons
« toujours, je prends ma direction sur l'angle du groupe
« que forme la droite des Prussiens. Un commande-

« ment allemand, et tous les fusils s'abaissent; manie-
« ment d'arme très correct. Un léger frisson nous par-
« court l'échine à l'idée de l'inconnu qui va surgir de
« là ! La salve attendue éclate; c'est un soulagement
« pour nous; on ne voit pas ceux qui tombent, nos
« chevaux ne ralentissent pas, mais les Prussiens ont
« disparu dans la fumée, et leur feu à volonté se mani-
« feste surtout par le carillon des culasses mobiles.

« Les Prussiens nous ont tiré à 50 ou 60 mètres;
« aussitôt après leur premier feu, je me suis senti
« débordé par mes voisins et je criais : « marchez donc
« droit » en tapant sur les chevaux à coup de plat de
« sabre. J'avais à côté de moi mon ordonnance, un
« vieux cuirassier picard nommé Pariset, qui avait été
« mon premier camarade de lit à mes débuts, et
« comme tel, me traitait assez familièrement. Cet
« homme me dit tranquillement : «Si vous aviez ce que
« j'ai, vous ne gueuleriez pas si fort! » (Pariset avait
« une balle dans la jambe.) Je n'eus pas même le temps
« de lui demander : « Qu'est-ce que tu as ? » nous
« étions déjà sur les baïonnettes et mon cheval tom-
« bait à l'extrémité postérieure de la face droite du
« groupe ennemi. »

Nous avons voulu citer textuellement et laisser à ce
récit mouvementé, toute sa saveur vécue et son caractère à la fois si humain et si vrai. Continuons par des
extraits d'un document, l'historique du régiment, qui
dira les prodiges de valeur déployés dans cette charge
mémorable.

« Le premier échelon des cuirassiers de la Garde est
conduit par le lieutenant-colonel Letourneur et le chef
d'escadrons de Saluqué ; le second, mortellement atteint, tombe comme un héros au milieu des rangs ennemis. Auprès de lui est l'adjudant vaguemestre Fuchs,

qui a abandonné ses voitures pour charger avec ses camarades, et se fait tuer à côté de son commandant.

« .... Tous les officiers et sous-officiers du 4° escadron restent sur le terrain.....

« Le maréchal des logis Chabert a pénétré dans le groupe prussien, où son cheval renverse quelques hommes, et est tué à coup de baïonnettes. Son cavalier va avoir le même sort, quand il est sauvé par un officier allemand.

« ... Il restait 18 hommes du 4° escadron.

« ... Le 6° escadron n'est guère moins éprouvé ; une partie des chevaux tombent dans un large fossé devant la compagnie de droite ennemie, une terrible décharge désorganise le reste...

« La seconde ligne a suivi de près la première, entraînée par le chef d'escadrons de Vergès : à côté de lui est le général du Preuil (1) qui charge la canne à la main. Le régiment était parti sans son ordre direct, et il a couru après lui pour le rejoindre et le mener au feu lui-même (2). »

Cette seconde ligne mitraillée également à 60 mètres ne peut jeter que quelques hommes dans les rangs allemands ; il en est de même de la troisième, conduite par le colonel Dupressoir en personne. Chevauchant dans les cadavres qui entravent leur marche, mis en désordre par les chevaux démontés qu'affolent le feu et la fumée, ces braves escadrons sont bientôt hors d'état de renverser l'obstacle qui leur est opposé.

« Il ne restait plus qu'à se rallier ; les débris des cinq escadrons, 200 hommes à peine arrivent au point

---

(1) Commandant la brigade de grosse cavalerie de la Garde (cuirassiers et carabiniers).

(2) Lieutenant R. DE PLACE, *Historique du 12° cuirassiers.*

de départ, harcelés par les 11° et 17° hussards prussiens, qui achèvent les blessés et courent sus aux
hommes démontés; le 77° de ligne dégage enfin nos
cuirassiers par une salve qui arrête les cavaliers allemands.

« Pendant cette retraite, le cheval du colonel Dupressoir, frappé d'une balle dans l'avant-bras, s'abat en
entraînant son maître sous lui; le lieutenant Davignon,
resté à côté du colonel, le relève; un brave garçon, le
cuirassier Puiboulot, qui se repliait de ce côté, vient lui
donner son cheval, et emmène tranquillement l'animal
blessé par la figure sous le feu de l'ennemi. (Il fut
médaillé pour cet acte de dévouement, et le lieutenant
Davignon cité à l'ordre de l'armée.)

« D'autres se distinguent par des traits de courage.
Le cuirassier Dormayer démonté et resté pris sous son
cheval, voit à côté de lui son capitaine grièvement
blessé. Le brave soldat parvient à se dégager, et,
malgré le feu terrible de l'ennemi, au lieu de songer
à sa propre vie, il court à son officier, qu'il parvient à
traîner dans un fossé à l'abri des balles : il est cité à
l'ordre du jour du 5 octobre. Le brigadier Gardebled,
du 3° escadron, rapporte sa main droite coupée par le
sabre d'un hussard prussien; il la tient dans sa main
gauche comme un objet ramassé sur le champ de bataille. Il meurt à l'hôpital des suites de cette blessure (1). »

Les pertes du régiment de cuirassiers de la Garde
étaient de 22 officiers, 208 sous-officiers et soldats,
243 chevaux tués, blessés ou disparus (2). Le général
Desvaux rendit hommage à la bravoure déployée par

(1) Lieutenant R. DE PLACE, *Historique du 12° cuirassiers*.
(2) Le régiment comptait au départ 47 officiers et 651 hommes.

CHARGE DES CUIRASSIERS DE LA GARDE. (Page 61.)

ces héroïques cavaliers, dans un ordre ainsi conçu :

« Les cuirassiers de la Garde, sous les ordres du général du Preuil, ont fait preuve d'une grande intrépidité à l'attaque des carrés prussiens soutenus par une nombreuse artillerie, en avant du hameau de Flavigny. Un grand nombre d'officiers, de sous-officiers et de soldats ont péri dans ces luttes sanglantes. La division de cavalerie de la Garde conserve précieusement le souvenir de ces braves. »

Le maréchal Bazaine est entouré ! — A peine les débris de ce noble régiment avaient-ils regagné la grande route que deux régiments de hussards prussiens se lancèrent à leurs poursuite. A ce moment le Maréchal, pour remplir le vide laissé par la retraite du 2e corps, et permettre aux grenadiers d'arriver, faisait en personne placer une batterie à cheval de la Garde en avant de Rezonville. En un clin d'œil, les hussards allemands sont sur nos pièces. Les servants se défendent de leur mieux à coups de crosse et d'écouvillons. Ils ne réussissent point à arrêter l'élan des cavaliers ennemis qui les traversent, bousculant leur faible soutien, et se ruent sur l'État-Major général lui-même, qui tout entier, y compris le Maréchal, met le sabre à la main et charge intrépidement l'ennemi. Une véritable mêlée s'engage.

« Le commandant en chef de notre armée, la tête
« cachée par un couvre-nuque blanc, chevauche un
« moment côte à côte avec un officier prussien, qui
« ne le connaît pas ; finalement, il est recueilli par
« le 3e bataillon de chasseurs, qui est arrivé au pas
« gymnastique (1). »

De son côté, l'escorte du Maréchal accourt au

_____

(1) Dick de Lonlay, *loc. cit.*

galop. Les deux troupes se heurtent à toute allure, et l'attaque des nôtres est si vive, si rude, si imprévue que les cavaliers ennemis s'arrêtent, tourbillonnent et s'enfuient.

Bazaine était sauvé! mais le grand État-Major était dispersé, et ce ne fut qu'au bout de plusieurs heures qu'il lui fut possible de se reconstituer.

Il est difficile assurément de rappeler cet épisode sans songer aux conséquences qu'auraient entraînées pour l'armée et pour le pays la prise du maréchal Bazaine. Lui disparu, le commandement en chef revenait par droit d'ancienneté au noble et illustre Canrobert, au soldat sans peur et sans reproche dont le nom était déjà synonyme de loyauté et d'honneur, et qui devait, deux jours après, se couvrir à Saint-Privat d'une gloire immortelle. Et alors, c'en eût été fait des compromissions louches, des hésitations funestes, des négociations criminelles, où devait sombrer la fortune de la France! C'était la lutte dégagée de toute pré-occupation personnelle ou ambitieuse, la lutte franche et sans l'arrière-pensée fatale de mettre entre l'ennemi et soi les murs d'une forteresse et la protection d'un rempart! Peut-être, ce jour-là même, eussions-nous jeté l'armée de Frédéric-Charles dans la Moselle, et puni enfin les Allemands d'une témérité que condam-naient tous les principes et toutes les leçons de l'expé-rience. C'était possible, et l'inertie du commandement fut seule capable de l'empêcher. Peut-être eussions-nous à brève échéance donné la main à Mac Mahon, et présenté à l'envahisseur une muraille de poitrines que toute sa science eût été impuissante à renverser... En tous cas, il n'est pas un soldat en France qui hésite à se porter garant de ceci, que le maréchal Canrobert n'aurait jamais signé la capitulation de l'armée de Metz!

Suite de la bataille. — Cependant la division de grenadiers de la Garde (général Picard) est venue se placer en avant de Rezonville : le 6ᵉ corps, déployé à son tour, prolonge notre ligne vers le nord-ouest et s'oppose à tout progrès des Allemands, auxquels des renforts arrivent cependant par groupes successifs et presque sans interruption. Le général d'Alvensleben, commandant le IIIᵉ corps allemand, voyant ses troupes à bout de forces, demande à la cavalerie de l'appuyer. La brigade de Bredow (7ᵉ cuirassiers et 16ᵉ uhlans) se précipite alors, traverse les batteries du 6ᵉ corps et arrive sur l'infanterie qui la couvre de projectiles.

« La division de Forton, impatiente de saisir sa revanche, se précipita à son tour sur ces cavaliers, les prit en flanc et à revers et les rejeta sur Flavigny (1). »

La brigade Bredow avait perdu 16 officiers et 409 chevaux : ce sont les chiffres qui figurent sur le monument élevé à sa mémoire sur le champ de bataille même, au nord de Rezonville. La charge accomplie par elle est restée douloureusement célèbre en Allemagne sous le nom sinistre de *Todtenritt* (chevauchée de la mort).

Le lieutenant Boutal. — Dans la ligne d'artillerie traversée par les cavaliers allemands, une pièce dont tous les servants avaient été tués allait être emmenée. Six uhlans, dont deux montés sur les porteurs de l'attelage, cherchaient à l'entraîner, quand leur manège fut aperçu, au milieu de la fumée et du tourbillonnement des escadrons, par le lieutenant Boutal, du 12ᵉ dragons.

Ce brave officier prend quelques hommes qui se trouvent là sous sa main. Ce sont les dragons Laguer-

(1) Colonel DERRECAGAIX, *La Guerre moderne.*

ret et Daubresse de son régiment ; le brigadier Borgne et le cavalier Leymat du 15° chasseurs. La petite troupe fond sur les uhlans, en tue ou blesse cinq, capture le sixième, et ramène la pièce à son régiment, non sans avoir eu la précaution de laisser les munitions de son avant-train à une batterie qui tire.

La croix d'honneur pour le lieutenant Boutal, la médaille militaire pour ses cinq compagnons et une citation à l'ordre de l'armée furent les récompenses bien méritées que ces braves gens reçurent en raison de leur courage, de leur audace et de leur présence d'esprit,

Le cavalier Mangin et le drapeau du 93°. — Au moment où la charge, dans sa furie première, traversait les tirailleurs de la ligne d'infanterie, le sous-lieutenant Labbrevoit, porte-aigle du 93°, entouré de toute part, menacé d'être tué ou fait prisonnier, et ne voulant pas que le précieux dépôt confié à sa garde tombât entre les mains de l'ennemi, avait pris le parti de l'enfouir sous un tas de cadavres, espérant venir le reprendre une fois la bourrasque passée. Malheureusement un uhlan, fuyant après le désastre des siens, avait aperçu par terre le bout de la hampe, s'était lentement laissé glisser à bas de son cheval et, saisissant le trophée que personne ne pouvait à cet instant lui disputer, était reparti ventre à terre en poussant un « hourra » retentissant. C'en était donc fait du drapeau si, par un hasard singulier, le uhlan n'était pas venu passer juste devant un cavalier du 5° chasseurs, le nommé Mangin, qui, séparé de son corps pendant la charge, cherchait à le regagner et à s'orienter dans la plaine après avoir mis pied à terre.

Mangin d'un seul bond est à cheval. Il bondit sur les traces du Prussien, qu'il parvient à joindre et à renverser de deux coups de sabre en pleine figure, lui arrache le drapeau et vient l'apporter à son colonel.

« Ce Mangin était très connu, paraît-il : bon soldat, mais mauvaise tête, il sortait du pénitencier de Metz, et c'est pour cela qu'on eut quelque peine à obtenir pour lui les galons de cavalier de 1ʳᵉ classe (1). »

Après l'insuccès de la charge de la brigade Bredow le moment semblait propice pour dessiner une offensive vigoureuse. Le maréchal Canrobert voulait foncer de l'avant avec son 6ᵉ corps et bousculer une bonne fois l'infanterie prussienne exténuée et haletante.

« Mais un ordre du maréchal Bazaine, qui craignait
« toujours pour sa gauche, vint l'en empêcher. Il était
« trois heures. La lutte semblait tourner en notre
« faveur. L'épuisement de l'ennemi était manifeste,
« partout les feux diminuaient d'intensité et notre
« droite gagnait du terrain. Le moment était venu de
« marcher en avant et d'attaquer à notre tour. Mais le
« maréchal Bazaine, consulté à ce sujet, répondit par
« un refus. Nous allions ainsi renoncer aux chances
« qui s'offraient à nous et conserver une attitude de
« défense passive (2). »

Cependant, des deux côtés, les lignes se garnissent et s'allongent par l'arrivée de renforts successifs. Pour nous, le 3ᵉ corps s'est déployé à la suite du 6ᵉ : voici maintenant le 4ᵉ qui débouche, après une marche très rapide à travers champs, et vient se placer à droite du 3ᵉ.

Chez les Allemands, trois corps d'armée, bientôt quatre, et deux divisions de cavalerie sont en ligne

(1) Dick DE LONLAY, *loc. cit.*
(2) Colonel DERRECAGAIX, *loc. cit.*

Le prince Frédéric-Charles lui-même a fait à 4 heures son apparition sur le champ de bataille et pris la direction des opérations. C'est une grande bataille qui se livre, et qui peut-être va décider du sort de la guerre?... Le prince ordonne une attaque générale, appuyé par des masses énormes d'artillerie. Mais à gauche et au centre, l'ennemi échoue. A droite, il est écrasé et presque anéanti par les troupes du 4ᵉ corps. Voici comment.

Combat de la division de Cissey. Prise du drapeau du 16ᵉ allemand. — A peine arrivée sur le champ de bataille, la division de Cissey, du 4ᵉ corps, trouve devant elle, marchant à sa rencontre, les têtes de colonne de la 19ᵉ division allemande (brigade Wedel). Ces troupes, qui viennent de parcourir 40 kilomètres, sont harassées de fatigue, mais nos fantassins, partis de Metz le matin à 9 heures, et marchant depuis ce temps-là dans les terres labourées, ne le sont guère moins.

... On s'aborde, à 60 pas de distance, de chaque côté d'un petit ravin qui coupe en biais le champ de bataille; nos soldats, après une décharge qui couche par terre la moitié des ennemis, descendent dans le ravin à la suite des débris de la brigade prussienne, et engagent avec eux un combat furieux. On se larde à coups de baïonnette, on se tue à coups de revolver. L'acharnement est tel, que personne, à ce moment, ne serait capable de remettre un peu d'ordre dans cette masse confuse qui s'agite, grouille, tourbillonne, et sur laquelle semble planer une buée sanglante... Enfin, les Allemands foudroyés, anéantis, cèdent la place : leurs débris remontent péniblement le revers du ravin et s'enfuient dans un inexprimable désordre.

La brigade Wedel qui comptait 95 officiers et

4,546 hommes, a perdu 72 officiers, 2,542 hommes et 400 prisonniers non blessés.

Il y avait dans les rangs du 57e de ligne un sous-lieutenant nommé Chabal, que ses fonctions d'officier payeur auraient pu dispenser de prendre part au combat, mais qui n'avait pas voulu se séparer de ses camarades. Au plus fort de la mêlée, il aperçut un porte-drapeau prussien, celui du 16e régiment, qu'une balle avait renversé, et qui gisait, tenant fiévreusement son drapeau maculé de poussière et de sang. Chabal se précipita sur lui et chercha à lui enlever son trophée : mais l'autre se défendait vigoureusement, et peut-être que le sous-lieutenant n'en serait pas venu à bout s'il n'avait eu l'heureuse idée de briser la hampe et de laisser le tronçon aux mains crispées de son adversaire.

« Mais, épuisé par les fatigues de cette rude journée,
« il doit se servir d'un aide pour porter ce drapeau.
« Et, comme l'élément comique côtoie presque tou-
« jours le drame, l'aide dont il se sert est un sous-
« officier hessois, son prisonnier, un colosse qui s'est
« volontairement rendu et qui s'acquitte de cette
« désagréable corvée de la meilleure grâce du monde
« jusqu'au moment où M. Chabal peut enfin remettre
« le drapeau à son colonel qui le fait parvenir aussitôt
« au général de Cissey (1). »

M. Chabal, aujourd'hui capitaine dans la garde républicaine, a été fait, le 14 juillet 1880, chevalier de la Légion d'honneur (2).

---

(1) Dick de Lonlay, loc. cit.
(2) En 1870, dès la déclaration de guerre, raconte M. Dick de Lonlay, un patriote français, M. Joly Polard, de Jussy (Aisne), avait versé une somme de *deux cents francs* pour être remise, à titre de don patriotique, au soldat français qui pren-

Quant au drapeau conquis, il resta longtemps exposé sur l'esplanade de Metz, réconfortant les pauvres blessés qui gisaient là, sur leur lit d'ambulance, et donnant aux vieux soldats de Crimée et d'Italie comme une vision de leur ancienne gloire. Celui-là, au moins, avait été pris sur le champ de bataille, les armes à la main, et non pas traîtreusement arraché à des gens désarmés, victimes du plus odieux subterfuge!

Il est aujourd'hui suspendu aux Invalides, plus précieux certainement à lui tout seul que les 53 drapeaux livrés aux Prussiens le 27 octobre, par un soldat indigne dont cet acte suffirait seul à justifier la terrible condamnation!

Le désastre essuyé par la brigade Wedel avait jeté l'alarme dans l'État-Major allemand. Voulant à tout prix arrêter nos progrès, le général de Woigts-Retz, qui commandait sur ce point du champ de bataille, appela à lui le secours de la cavalerie, et lança contre la division de Cissey le 1er régiment de dragons de la garde prussienne. En un clin d'œil, celui-ci avait perdu 11 officiers, 125 cavaliers et 250 chevaux!

Cependant nos fantassins, pour faire face à cette trombe de cavaliers, s'étaient arrêtés un instant. L'ennemi s'en aperçoit et lance immédiatement sur nous la 5e division de cavalerie et la 1re brigade de la garde (cuirassiers et garde de corps). Mais le général de Ladmirault n'est point de ceux que l'on prend sans vert. Depuis quelque temps déjà il a massé sur la droite la

drait le premier drapeau prussien sur le champ de bataille. Onze ans plus tard, en 1881, ce legs fut délivré à M. le capitaine Chabal, de la garde de Paris, sous la forme d'un revolver d'honneur portant gravé sur une plaque de cuivre cette inscription : « *Arme d'honneur délivrée par le Ministre de la Guerre, au nom de M. Joly Polard, au capitaine Chabal, qui a pris un drapeau à l'ennemi, le 16 août 1870.* »

division de cavalerie Legrand, une brigade de la Garde (dragons et lanciers) et le 2ᵉ chasseurs d'Afrique. Sur un mot, cette masse s'ébranle et tout aussitôt fond résolument sur l'ennemi. « Les deux lignes de cava-
« lerie s'abordent sur tout leur front avec la plus
« grande impétuosité. Vainqueurs sur un point, rompus
« sur un autre, les escadrons des deux partis s'effor-
« cent, chacun pour son compte, de gagner le flanc
« de l'adversaire. Un épais nuage de poussière s'élève
« bientôt et voile cette furieuse mêlée de plus de
« 5,000 cavaliers (1). »

Le général Legrand tombe mortellement frappé : le général de brigade de Montaigu, grièvement blessé, est fait prisonnier... Bientôt les deux lignes se séparent et regagnent leur point de départ. Mais le terrain devant nous est libre...

Il était alors 7 heures du soir, une offensive vigoureuse pourrait encore nous donner une victoire décisive...

L'ordre n'en fut pas donné...

Quant aux Allemands, leurs efforts pour nous chasser de nos positions étaient partout restés infructueux. Bien plus, nous avions gagné du terrain en avant, puisque notre ligne bordait maintenant la grande route que les Allemands voulaient nous interdire. Vers huit heures, Frédéric-Charles essaya un nouvel assaut de Rezonville. Il fut repoussé avec de grandes pertes par la Garde et rétrograda définitivement.

A dix heures du soir, après plus de douze heures d'une lutte acharnée, le feu cessait sur toute la ligne et les deux armées bivouaquaient en face l'une de l'autre, séparées par quelques centaines de mètres à

(1) Grand État-Major allemand.

peine, et convaincues toutes deux que le combat recommencerait à l'aube du lendemain.

« La bataille de Rezonville, dit le colonel Canonge, est la plus sanglante de toute la guerre et une des plus meurtrières du siècle : des deux côtés on avait, en effet, combattu avec une rare opiniâtreté. »

Nous avions perdu 16,959 hommes dont 837 officiers : les Allemands comptaient 15,790 hommes hors de combat dont 470 officiers, c'était donc un total de 32,749 hommes restés sur le carreau, la population d'une ville !

Parmi nos morts figuraient les généraux Legrand, Brayer et Marguenat ; les colonels Cousin du 3ᵉ grenadiers et Amadieu, du 75ᵉ de ligne, 147 officiers de toutes armes et de tout grade. Près d'un tiers des blessés ne devaient pas survivre plus de quelques jours !

Eh bien ! tout ce sang généreux avait été répandu inutilement. Ce succès si chèrement acheté et que le moindre effort pouvait maintenant rendre décisif, non seulement la patrie ne devait pas en profiter, mais le commandant en chef allait presque le renier. Il allait quitter les positions conquises, livrer à l'ennemi un terrain sur lequel celui-ci s'était efforcé, au prix de sanglantes hécatombes, de prendre pied, sans pouvoir y réussir de toute une journée. Il allait justifier les fanfaronnades habituelles des Allemands et leur donner le droit de s'attribuer une victoire alors qu'ils avaient subi une défaite. Enfin, et surtout, il allait leur abandonner des lignes de communication avec l'intérieur, de la possession desquelles, comme l'a dit très justement le colonel Canonge, dépendait le salut de l'armée ! C'est avec une stupeur mêlée de rage, que l'armée, dans cette nuit glacée qu'elle passa sans nour-

riture, sans eau, sans abri, sur le plateau de Gravelotte, apprit les intentions du Maréchal. Ces hommes
qui n'avaient pas fait entendre un murmure, qui, le
ventre vide et le dos à la belle étoile, ne pensaient
qu'à la victoire éclatante du lendemain, ces officiers
dévoués et ces soldats stoïques eurent comme un frisson de révolte qui passa dans leur chair! Un moment
il sembla que cette masse d'êtres humains, dans l'intuition qu'elle était conduite à sa perte, allait refuser
de tourner honteusement le dos à ceux qu'elle venait
de terrasser... mais la discipline, *qui fait la force des
armées*, reprit le dessus. Tristement les régiments
s'ébranlèrent aux rayons du soleil levant. Puis, on
chercha des excuses... le Maréchal devait avoir ses
raisons... C'était pour attirer les Prussiens dans un
piège... on se retrouverait le lendemain et, cette fois,
ce serait la bonne!... On se retrouva, en effet, mais
ce fut pour voir tendre autour de l'armée de Metz la
dernière maille d'un filet dont elle ne devait jamais
sortir.

Le Maréchal, sous prétexte qu'il n'avait plus de
munitions, ce qui était faux (1), et qu'il manquait de
vivres, ce qui ne l'était pas moins, abandonna ses
blessés, fit brûler un convoi de 2,063,000 rations de
vivres de toute espèce, et se retira avec son armée
dans la direction du nord pour venir prendre position,
le 17 au soir, face à l'ouest, sur une ligne de hauteurs
situées à huit ou dix kilomètres de Metz et allant de
Gravelotte à Saint-Privat-la-Montagne.

Les raisons embarrassées qu'il a données plus tard
de cette détermination désastreuse n'ont pas trouvé

---

(1) Le 17 au matin, il restait dans les coffres 16 millions
580 mille cartouches et 80,500 projectiles d'artillerie.

grâce devant ses juges et ne réussiront point à sauver
sa mémoire de la juste réprobation qui la poursuit. Il
était très évident, dès ce moment, que l'idée maîtresse
de Bazaine était de ne pas abandonner Metz, de dégager son sort de celui du souverain dont le trône
chancelant paraissait près de s'abattre, et d'attendre
les événements. Ces tristes calculs n'ont réussi qu'à
le perdre et nous avec lui.

Donc, le 17 août au soir l'armée occupait des positions allant de Gravelotte à Saint-Privat-la-Montagne
par le Point-du-Jour, Montigny-la-Grange et Amanvillers, le 2ᵉ corps à gauche, puis les 3ᵉ, 4ᵉ et 6ᵉ, ce
dernier dans le village de Saint-Privat. La garde était
en réserve loin derrière la gauche. Toujours cette fatale
idée de ne pas se séparer de Metz.

Le 18, à la pointe du jour, l'armée de Frédéric-
Charles ayant eu tout le loisir de se réunir et de se
renforcer des corps de Steinmetz, commença un déploiement qui devait la conduire face à nos positions,
lui permettre de déborder notre droite, de nous rejeter
définitivement sous les murs de Metz et de nous y
bloquer étroitement. On la vit défiler, mais on ne lui
tira pas un coup de canon. Bazaine, rentré à Plappe-
ville, près de Metz, n'était pas avec ses troupes, et en
son absence, aucun commandant ne crut pouvoir prendre sur lui d'engager une action.

Bataille de Saint-Privat. — Vers 11 heures et demie
du matin, l'artillerie du IXᵉ corps allemand, arrivée
en face d'Amanvillers, où l'ennemi supposait que se
trouvait notre extrême droite, ouvrit le feu. Les troupes du 4ᵉ corps, prenant les armes en un instant, se
déploient devant le village et ripostent si vigoureusement que les artilleurs ennemis sont obligés d'abandonner leurs pièces.

Prise de deux pièces allemandes par le chasseur Hamoniaux. — Un brave soldat, le nommé Hamoniaux, de la 2ᵉ compagnie du 5ᵉ bataillon de chasseurs, avait remarqué, tout en faisant feu, que les canons ennemis venaient de cesser de tirer. Se glissant à travers les sinuosités de terrain, il parvint, au bout d'un instant, jusqu'à la batterie abandonnée, et appelant à lui un caporal et un clairon du 13ᵉ de ligne, qui se trouvaient vis-à-vis, il s'assura avec eux que deux pièces étaient restées en bon état. Les trois courageux troupiers revinrent alors prévenir l'artillerie ; un lieutenant, M. Palle, arriva avec des attelages, et un quart d'heure après les deux trophées, sous une grêle de balles, étaient ramenés triomphalement à Amanvillers.

Le lieutenant Palle et le chasseur Hamoniaux, furent, en raison de leur belle conduite, nommés chevaliers de la Légion d'honneur.

Cependant le combat se développait de proche en proche, au fur et à mesure de l'entrée en ligne des corps allemands, sans qu'une seule de nos positions ait été entamée. Cela dura jusque vers cinq heures du soir. A ce moment, le général de Steinmetz, qui commandait l'aile droite allemande, fit prévenir le roi que de son côté le succès était prochain. Guillaume et M. de Moltke arrivèrent, venant de Gravelotte, et Steinmetz, comptant sur la présence du souverain pour électriser ses troupes, ordonna un assaut général.

Mais il avait affaire à forte partie. Les 2ᵉ et 3ᵉ corps français retranchés sur les fermes de Saint-Hubert, du Point-du-Jour, de Leipsik, couverts par des tranchées-abris et décidés à se défendre jusqu'à la mort, repoussèrent toutes les attaques imprudentes de l'ennemi. Les trois corps d'armée allemands, réduits de près d'un tiers, désorganisés et rompus, furent obligés de battre en retraite dans un affreux désordre et entraînèrent dans leur déroute l'État-Major du roi. La panique gagna les généraux et les princes qui étaient venus là comme à un spectacle, convaincus que leurs troupes n'allaient faire des nôtres qu'une bouchée... Guillaume rentra à Gravelotte la mort dans l'âme, et M. de Moltke lança des ordres pour préparer la retraite et assurer à son armée battue le passage de la Moselle et les routes de l'arrière... Mais le roi ne pardonna pas à Steinmetz la peur qu'il lui avait causée. Deux jours après il le renvoyait en Allemagne et incorporait son armée dans celle du prince Frédéric-Charles.

Malheureusement, au moment même où la Ire armée subissait ce sanglant échec, la IIe, mieux dirigée, écrasait la droite française à Saint-Privat et changeait en une victoire pour les armées allemandes le résultat de cette journée qui, sans la criminelle inertie de Bazaine, aurait dû voir leur anéantissement.

Le maréchal Canrobert à Saint-Privat. — Le prince Frédéric-Charles s'était aperçu, vers 3 heures, que nos positions dépassaient Amanvillers et s'étendaient jusqu'au village de Saint-Privat qu'occupait le 6e corps (Canrobert). Il maintint alors la garde en face de ces deux positions et ordonna au XIIe corps (saxon) de se porter plus au nord pour envelopper les troupes de Canrobert et les tourner par leur droite, tandis que la garde les attaquerait de front.

Les Saxons se mirent en route, mais impatient d'attendre, le prince Auguste de Wurtemberg, commandant de la garde royale, crut pouvoir brusquer le mouvement, et vers 5 heures et demie du soir lança

LA CHEVAUCHÉE DE LA MORT. (Page 69.)

son infanterie à l'attaque des villages. Il ne savait
peut-être pas que devant lui se trouvait Canrobert, le
soldat par excellence, le noble héros de Crimée et
d'Italie, et que là où commande Canrobert germent les
héros! Il ne savait pas non plus qu'aux côtés de l'illustre Maréchal, et prêts à le soutenir jusqu'à l'épuisement complet, étaient Ladmirault et ses trente mille
hommes, dignes, le chef et les soldats, d'une aussi glorieuse fraternité d'armes! que des troupes commandées par des hommes de cette trempe n'ont jamais
reculé, et qu'il faut les écraser et les anéantir pour
pouvoir mettre le pied sur le terrain qu'elles gardent!

La garde royale prussienne, avec ses régiments de
grenadiers qui portent les noms des empereurs et des
rois, ses fusiliers, ses artilleurs, ses bataillons d'élite
où les princes héritiers de la couronne des Hohenzollern font leur apprentissage du métier militaire, se
lance à l'assaut des positions françaises avec un courage auquel il faut rendre hommage. Négligeant de
faire appuyer son attaque par l'artillerie, elle monte
pendant près de 3 kilomètres en lourdes masses
épaisses qui semblent de loin une fourmilière immense
qui se déplacerait. Les officiers déploient, pour enlever leurs hommes, une incontestable énergie et une
remarquable bravoure. Mais nos soldats, calmes et
résolus devant cette mer qui monte, attendent que les
bataillons prussiens soient à bonne portée; puis, abais-
sant leurs chassepots, ils dirigent sur eux un feu tellement épouvantable que, en moins de temps qu'il ne
faut pour le dire, ces magnifiques régiments sont aux
trois quarts détruits. La masse noire s'arrête, tourbillonne et s'éparpille, tandis que le sol se jonche de
cadavres, et que des chevaux sans cavaliers galopent
en tous sens en poussant de lugubres hennissements.

Toujours la fourmilière, mais dans laquelle on aurait plongé un bâton.

Le bataillon des tirailleurs de la garde a dix officiers tués et neuf blessés, c'est tout son cadre. Il est commandé par un *porte-épée fœnrich* (adjudant). Le régiment de grenadiers n° 1 (empereur Alexandre) qui n'a engagé que deux bataillons, a 847 hommes hors de combat, 13 officiers tués et 14 blessés. Le régiment n° 3 (reine Elisabeth) en compte à peu près autant. Au total 6,500 hommes et 240 officiers prussiens sont par terre, morts ou mourants. La cohésion est détruite, l'attaque manquée, il faut s'arrêter... Cet assaut livré par 23,000 hommes a été repoussé par 18,600 hommes qui n'ont que deux batteries !

Le lendemain, en parcourant au pas de son cheval, la route qui monte doucement de Sainte-Marie-aux-Chênes à Saint-Privat, le vieux roi Guillaume ne put s'empêcher de laisser couler une larme sur tous ces braves qui gisaient là, de chaque côté de cette *voie sacrée*. Et plus tard, quand on discutait les préliminaires de paix, il exigea de la façon la plus positive que le village de Sainte-Marie-aux-Chênes fût livré à l'Allemagne afin que le terrain qu'il appelait « le tombeau de sa garde » se trouvât tout entier sur le territoire allemand !

Braves défenseurs de Saint-Privat ! Pouvaient-ils se douter que leur héroïsme serait cause du martyre du pauvre village de Sainte-Marie-aux-Chênes qui, depuis vingt ans, n'a pas cessé de porter le deuil touchant de la patrie française, et pour le salut duquel ils eussent tous donné volontiers tout leur sang !

Cependant, la terrible attaque qu'il venait de subir avait clairement prouvé au maréchal Canrobert que c'était à sa position qu'on en voulait et qu'il aurait

bientôt à supporter de nouveaux assauts. Le mouvement des Saxons se dessinait; dans un instant on serait tourné et les coups viendraient de front, de flanc,
par-derrière même! Et pas moyen de prendre l'offensive à ce moment suprême où elle aurait tout culbuté!
Le Maréchal expédiait officier sur officier à Bazaine,
le suppliant de lui envoyer des secours, de lui donner
la Garde qui se morfondait avec son chef, le brave
Bourbaki, loin du champ de bataille et sur un point
où elle ne servait absolument à rien! Mais le commandant en chef, qui n'avait daigné monter à cheval qu'à
3 heures, était presque aussitôt rentré à son quartier général.

— C'est une affaire d'avant-postes! disait-il négli-
gemment, et il restait sourd aux appels pressants de
son lieutenant!

Canrobert réduit à ses propres forces, à bout de
munitions, obligé de demander quelques gargousses
à son collègue, le général Ladmirault, écrasé dans
Saint-Privat sous le feu meurtrier d'une formidable
batterie que les Prussiens devenus prudents venaient
de démasquer, Canrobert cependant tenait bon! Seul,
à pied, ne voulant pas exposer inutilement son état-
major où son aide de camp, le commandant Bousse-
nard, venait d'avoir le bras emporté, ses longs cheveux tombant sur le cou, des larmes sillonnant parfois
son rude visage, le Maréchal parcourait les rangs des
troupiers et les encourageait par un mot, une poignée de main, un geste d'affectueuse protection.

— Eh bien! mon brave! nous ne lâcherons pas,
hein!

— Non, monsieur le Maréchal, soyez tranquille!

C'était un beau spectacle que cet homme chargé
d'honneur, de gloire et de dignités, ce Maréchal res-

pecté partout et vénéré de ses soldats, devenu simple combattant pour donner du cœur à ses troupes, risquant mille fois son existence et communiquant à tous un peu de ses nobles vertus guerrières, de son énergie et de son indomptable ténacité! Certes, la défense de Saint-Privat est un fait admirable entre tous, une page sublime parmi toutes les pages de l'histoire étincelante de ce pays! Le maréchal Canrobert en fut l'âme irrésistible et c'est avec un sentiment d'émotion profonde qu'un soldat de l'armée de Metz peut, en écrivant ces pages, donner au doyen des maréchaux de l'Europe ce faible témoignage de son admiration et de son respect.

Jusqu'à 7 heures du soir le 6e corps se maintint sous ce terrible feu d'artillerie auquel il ne pouvait plus répondre. Puis, tourné vers le nord par les Saxons, attaqué de front par la garde royale, criblé de projectiles que lançait concentriquement sur lui une batterie de 210 pièces de canon, il dut reculer enfin. Voici en quels termes simples et émouvants le maréchal Canrobert a raconté sa retraite dans la séance du 21 octobre 1873 au conseil de guerre de Trianon:

« Saint-Privat était en feu : cet endroit était le point de mire de toutes les batteries qui convergeaient de la gauche, de front et de la droite : l'armée saxonne avait fait son mouvement vers Roncourt que je n'avais pu fortifier...

« A ce moment arrive ce vaillant officier qui a été tué depuis devant Paris et qu'on appelait le général Péchot, et je suis heureux de profiter de cette circonstance pour rendre hommage à son courage et à son dévouement. Il arrive à Saint-Privat avec le 9e bataillon de chasseurs, le 4e et le 10e de ligne. Ils se précipitent pour arrêter l'ennemi ; *mais comme l'ennemi envoyait des masses de fer et ne venait pas lui-même, que c'étaient les obus qui arrivaient,* ils ne purent tenir.

« Péchot m'en avertit. Nous dûmes alors nous retirer : nous effectuâmes notre retraite par échelon au centre et nous gagnâmes en bon ordre, — je souligne le mot — les hauteurs qui se trouvent du côté du bois de Saulny, où une batterie de mon corps d'armée commença un feu soutenu en s'alimentant de ce qui nous restait, c'est-à-dire quatre ou cinq coups par pièce. . .

« Je montais tout doucement en m'arrêtant toutes les dix minutes ; *j'espérais toujours recevoir des renforts.* Enfin, voyant que je ne recevais rien, j'envoyai un officier de mon état-major rendre compte à M. le Maréchal commandant en chef de l'obligation où j'avais été de battre en retraite, *et lui demander de vouloir bien me donner des ordres.....* »

« A huit heures du soir, dit la relation allemande, le vainqueur, cruellement éprouvé lui-même, se trouvait en possession de cette clef de la position, défendue avec tant d'acharnement par l'ennemi. »

Des deux villages d'Amanvillers et de Saint-Privat il ne restait qu'un monceau de ruines, de murs éventrés et crépitants qui s'écroulaient, écrasant les blessés râlant. Une division de la Garde impériale, envoyée par Bourbaki qui prit sur lui de la mettre en route, arriva à la nuit avec l'artillerie de réserve... Elle ne put que protéger la retraite des 4° et 6° corps, car il était trop tard pour disputer aux Allemands leur conquête, que déjà les vainqueurs saluaient de hourras triomphants !... L'armée française était enveloppée, et Bazaine, arrivé à ses fins, pouvait la replier sous les murs de Metz et alléguer maintenant sans crainte d'être démenti, qu'aucun mouvement vers Mac Mahon n'était plus possible.

Cette bataille gigantesque avait mis en face les uns des autres 200,000 Allemands soutenus par 726 pièces de canon et 140,000 Français. Mais malgré cette énorme disproportion de forces les vainqueurs laissèrent sur le champ de bataille 20,159 hommes tandis que nous n'en avions perdu que 12,275. La garde royale était anéantie, mais pour se défendre contre ses assauts furieux combinés avec les attaques des Saxons et du IX° corps prussien, nos 4° et 6° corps avaient déployé un héroïsme dont la France a le droit d'être fière parce qu'il donne à nos drapeaux une auréole ineffaçable de gloire et à nos cœurs cette suprême consolation que sous un autre chef nous n'eussions pas été vaincus!

Oui, c'est le maréchal Bazaine seul qui doit porter devant la patrie et devant l'histoire le poids du désastre sans nom où il a entraîné cette armée magnifique... L'opprobre dont il a couvert son nom en abandonnant ses troupes sur le champ de bataille et en laissant écraser sans secours ses deux meilleurs lieutenants est éternel comme sa mémoire. Sa réponse cynique aux demandes pressantes de secours : « Ils ont de belles positions, qu'ils les gardent! » suffit pour effacer les souvenirs du brillant divisionnaire de Crimée et d'Italie, et ôter toute pitié à ceux qui en auraient encore pour le condamné de Trianon!

Cependant le grand État-Major du roi croyait si bien à une défaite que la relation allemande dit textuellement ceci : « ... Quant à la II° armée, on ignorait encore dans la soirée son succès définitif. C'est seulement pendant la nuit et le lendemain matin qu'arrivèrent de tout côté des indications plus précises... » En attendant, M. de Moltke prenait les dispositions néces-

saires pour livrer le lendemain une nouvelle bataille.
Il n'en eut pas la peine, car dans la nuit du 18 au 19
l'armée française, dont trois corps étaient encore en
position, reçut l'ordre de se replier sur Metz dans des
bivouacs que *dès le 18 au matin, le commandant en chef
avait désignés et fait reconnaître.* C'est là ce que Bazaine a appelé « exécuter un changement de front (1). »

Combien malheureusement les Allemands ont eu une
plus saine appréciation de la situation quand ils ont
écrit ces lignes, terribles dans leur concision, et implacables comme un arrêt de mort :

« Les batailles du 14, du 16, du 18 août peuvent
réellement être considérées dans l'ensemble de leurs
détails et de leurs conséquences comme la préparation,
l'exécution, l'accomplissement définitif d'une action
considérable et unique ayant pour conséquence d'enfermer la principale armée française dans un cercle de
fer qu'elle ne devait désormais franchir qu'en déposant
les armes (2). »

Le 19, en effet, nous étions investis. Toute communication avec la France était coupée et l'agonie commençait avec ses désespérances, ses angoisses, ses
efforts impuissants et convulsifs auxquels devait seule
mettre un terme la capitulation fatale qui enlevait à
la patrie ses meilleurs défenseurs !

---

(1) Dans son rapport à l'Empereur, le maréchal Bazaine disait : « Je compte toujours prendre la route du nord et me rabattre ensuite par Montmédy sur la route de Sainte-Menehould
à Châlons. » Il était difficile, comme le dit M. le colonel Canonge, de pousser plus loin, volontairement ou non, l'illusion.
(2) *La Guerre Franco-Allemande.*

Siège de Phalsbourg. (Page 96.)

CHAPITRE IV

LES PLACES FORTES

Les places prussiennes en 1806. — Siège de Lichtemberg. —
La Petite-Pierre et le sergent-major Bœltz. — Siège de Phalsbourg. — Le commandant Taillant. — Le conseil d'enquête.
— Siège de Bitche. — Le commandant Teyssier. — Le régiment de Champagne. — Le mobile Dumont. — La commission
municipale. — Le bûcheron vosgien. — Le lieutenant Mondelli et M. Erhardt. — Espion fusillé. — La paix. — Bitche
ne se rend pas. — Le drapeau du 54ᵉ. — Siège de Belfort. —
Le colonel Denfert-Rochereau.

La France, pendant la guerre de 1870-71, a vu tomber
entre les mains de l'ennemi 24 de ses places fortes. Le
conseil d'enquête devant lequel, conformément à la
loi, ont été traduits les officiers qui les commandaient,
s'est montré rigoureux, et s'appuyant sur une inter-

prétation très stricte des règlements militaires, a pro-
noncé des blâmes sévères contre ceux d'entre eux qui
n'avaient pas, avant de capituler, épuisé tous les
moyens qu'ils avaient de se défendre.

En cela, le conseil d'enquête a bien fait, parce que
les conditions, si déplorables qu'elles aient été, où se
se trouvaient en 1870 la plupart de nos forteresses sous
le triple rapport des fortifications, de l'armement et
des garnisons, ne sauraient excuser la faiblesse montrée
par certains commandants de place, même si l'on tient
compte de leur grand âge et de leur usure morale et
physique.

Toutefois, nous pouvons affirmer hautement que
jamais, dans les périodes les plus sombres de ses revers, la France n'a donné au monde le lamentable
spectacle d'une nation à ce point démoralisée que des
villes fortes se rendissent à la première sommation,
sans même savoir quelles forces elles avaient devant
elles. C'est cependant ce que nos pères avaient pu voir
en 1806 à Stettin, où dans une place de premier ordre,
6,000 hommes mirent bas les armes devant deux régiments de hussards; à Custrin, où quatre compagnies
d'infanterie s'emparèrent sans coup férir de 4,000 hommes et de 92 canons; à Magdebourg, où toute une
armée se rendit sans combattre, sous la seule menace
d'un bombardement, au corps du maréchal Ney; enfin
à Czenstochau, où 500 hommes avec 25 canons capitulèrent devant 120 chasseurs à cheval, tout simplement parce que ceux-ci avaient mis leurs plumets et
leurs épaulettes de manière à figurer de l'infanterie (1).

Bien plus, certaines de nos forteresses, commandées

(1) Général THOUMAS, *Les Capitulations*. Berger-Levrault,
Paris, 1886.

par des hommes plus jeunes ou encore suffisamment énergiques, se défendirent jusqu'à la dernière extrémité, immobilisant ainsi devant elles des forces ennemies imposantes, qu'une telle opiniâtreté confondait de surprise, et irritait jusqu'à l'exaspération. Les sièges de Bitche, de Phalsbourg, de Belfort sont légendaires : ceux de Lichtenberg et de la Petite-Pierre, quoique moins célèbres et aussi moins importants, ne doivent pas être laissés dans l'oubli, parce que la bravoure de leurs défenseurs reste à la fois un exemple et une consolation.

Siège de Lichtemberg. — Nous avons vu (chap. II) qu'après Frœschwiller l'armée du Prince Royal s'était mise en marche à travers les Vosges, se dirigeant sur Nancy et Pont-à-Mousson. Le 9 août, la division wurtembergeoise se heurta contre la petite place, ou, pour mieux dire, le fort de Lichtemberg, bicoque perdue dans les forêts montagneuses, où se trouvaient 27 hommes de garnison, commandés par le sous-lieutenant Archer du 96ᵉ de ligne, et 4 canonniers avec un maréchal des logis, plus quelques épaves de l'armée de Mac Mahon, échappées au désastre de Wœrth, en tout 213 hommes, avec 7 canons.

Le général de Hügel, à la tête d'un détachement fortement pourvu d'artillerie, ouvrit aussitôt contre la place un feu très vif. Bientôt 2 canonniers sur les 4 sont tués ; les magasins s'enflamment, 34 hommes sont hors de combat... « Cependant la garnison résiste toujours, et ne laisse même pas approcher un parlementaire qui la somme de capituler (1)... »

« Les défenseurs de Lichtemberg, dit la relation

(1) Alfred Duquet, *loc. cit.*

allemande, tout entiers à l'action, ne paraissent pas se préoccuper de combattre l'incendie. »

Mais, vers 8 heures du soir, toute prolongation de lutte devint impossible. Une fumée noire et épaisse aveuglait les défenseurs que les murs, en s'écroulant, ensevelissaient sous leurs décombres. Le fort n'était plus qu'un immense brasier, jetant au loin des gerbes d'étincelles... Archer donna l'ordre de détruire tout le matériel, de noyer ce qui restait de poudre, d'enclouer les canons. Il distribua à ses hommes le reliquat des vivres, puis il arbora un drapeau blanc, et se rendit à discrétion...

Il avait tué aux Wurtembergeois un colonel et 12 hommes, blessé un capitaine et 24 soldats.

Après la guerre, Archer reçut du conseil d'enquête des éloges mérités sur sa conduite : le maréchal Baraguey-d'Hilliers, qui présidait, déclara qu'il avait fait tout ce qu'exigeaient le devoir et l'honneur. Un pareil témoignage en dit plus dans sa concision toute militaire que n'importe quel commentaire.

La Petite-Pierre. — Il y avait, non loin de Lichtemberg, et à cheval sur la route de Saar-Union à Bouxviller, un autre petit fortin, large comme un mouchoir de poche, mais pourvu d'un assez bon armement. On y avait placé une petite garnison, détachée du 96° de ligne, et commandée par un capitaine, dont le premier soin fut de faire mettre les pièces en batterie. Malheureusement, le 8 août, cet officier, tombé gravement malade, dut être évacué sur l'hôpital de Phalsbourg, et, comme il n'avait pas de lieutenant, le poste passa aux ordres d'un sous-officier, le sergent-major Bœltz.

La garnison était trop faible pour tenter la moindre défense : Bœltz demanda des secours qui lui furent refusés. Il jugea alors que le seul parti à prendre était d'éviter la captivité, de tâcher de se rendre utile ailleurs, et d'abandonner la place, mais sans y laisser rien dont l'ennemi pût profiter.

Dans la nuit du 8 au 9, le sergent-major fit donc enterrer les cartouches, noyer les poudres, et jeter ses 8 pièces dans la vieille citerne du fort. Il était temps, car le lendemain, dès l'aube, des coureurs ennemis se présentaient devant la place et le sommaient de se rendre, en lui donnant une heure pour réfléchir.

Mais Bœltz avait déjà tout réfléchi. Il réunit ses hommes, gagna une poterne qui donnait sur les rochers, puis, une fois hors des murs, forma sa petite colonne en ordre de marche, avec une avant-garde, une arrière-garde, des flanqueurs, et se dirigea sur Phalsbourg. Parti à 9 heures, il entrait dans la ville à midi et demie. Quand, à 10 heures du matin, les Allemands se présentèrent pour traiter de la capitulation, ils trouvèrent quatre murs, sans un kilogramme de matériel de guerre.

La récompense que la Patrie décerna au vaillant sous-officier, dont l'intelligence et le sang-froid avaient conservé à l'armée une poignée de braves, fut digne et de la grande nation qui l'accordait, et de celui qui la recevait. Bien que les règlements militaires n'admettent que les seuls officiers commandant d'une place à l'honneur d'une justification publique de leurs actes, le Ministre de la Guerre décida, en 1871, que le sergent-major Bœltz serait traité comme tel, par faveur spéciale, et pour honorer ses services. Il comparut devant le Conseil d'enquête, présidé par un maréchal de de France, lequel dut se déclarer incompétent, mais non sans avoir publiquement constaté « que le sergent-« major Bœltz, investi accidentellement du comman-

« dement du détachement appelé à former la garnison
« de la Petite-Pierre, et par suite du commandement
« même de la place, et dépourvu de tout moyen sé-
« rieux de résistance, avait fait preuve de décision et
« d'intelligence en faisant détruire les munitions de la
« place avant de l'évacuer, et en assurant le salut de
« la petite troupe qu'il commandait. »

Puis une copie authentique de ce jugement, véritable
titre de noblesse, fut remise à Bœltz, en même temps
que le brevet de chevalier de la Légion d'honneur.

Après avoir pris sa retraite, Bœltz s'est retiré à Besançon.

Siège de Phalsbourg. — Nous allons maintenant raconter un des plus glorieux épisodes de toute la campagne. Aussi est-ce avec une satisfaction véritable et
une patriotique fierté que nous en retracerons les détails et que nous parlerons d'un homme dont le nom,
synonyme de bravoure, de loyauté et de vertu, doit
être appris aux jeunes générations, retenu par ceux
qui sont appelés à l'honneur de servir la patrie, et pro-
noncé avec respect par tous les Français. Dans un moment où certains esprits, frappés comme d'une com-
motion subite par la soudaineté des désastres, se
laissaient aller au désespoir ; à une époque où, après
l'effondrement si imprévu de sa gloire séculaire, une
fatalité sans exemple, pesant sur ce malheureux pays,
semblait devoir condamner d'avance à l'impuissance
tous les efforts et tous les dévouements, le commandant
Taillant a su garder intacte sa foi robuste et la saine
intuition de son rôle de soldat. Insensible aux événements extérieurs, sourd aux intimidations de l'ennemi,
rebelle aux obsessions funestes d'une fausse philan-
thropie, il a obéi jusqu'à la fin à la voix de l'honneur, et
suivi, sans en dévier un seul instant, la ligne droite.

UN PARLEMENTAIRE A BITCHE (Page 105.)

Ceux à qui doit écheoir, dans l'avenir, la lourde tâche de présider aux destinées de nos forteresses n'ont qu'à le prendre pour modèle; ils trouveront dans son exemple les règles imprescriptibles de leur devoir.

La petite place de Phalsbourg, que les romans populaires d'Erckmann-Chatrian ont rendue si célèbre, commandait le tunnel de Saverne, et pouvait gêner par son action les transits des Allemands par chemin de fer. Le général de Gersdorff, commandant le XI⁰ corps, fut donc chargé de s'en emparer. La garnison, relativement forte, comptait 1,252 hommes, y compris 200 échappés de Frœschwiller et les 28 soldats du 96⁰ que Bœltz avait amenés de la Petite-Pierre.

Le 10 août, les Prussiens se présentèrent devant la place, et la sommèrent de se rendre : mais, comme le dit la relation allemande « le commandant Taillant refusa résolument ; menacé d'être bombardé, il se borna à répondre : J'accepte le bombardement ».

Immédiatement, 60 pièces ouvrirent le feu, et lancèrent sur la place, en trois quarts d'heures, un millier de projectiles.

Ce n'était pas assez pour réduire le courage du commandant ; voyant qu'un coup de main ne viendrait jamais à bout de sa résistance, le général de Gersdorff jugea prudent de se servir d'un autre moyen et fit décider le blocus de la place, afin de la prendre par la famine. Mais, appelé en avant, il laissa ce soin au VI⁰ corps prussien, qui le suivait à peu de distance. Le surlendemain donc, 11 août, les troupes de ce corps d'armée entourèrent la ville. Taillant, « sommé une fois encore de capituler, refusa de nouveau (1) ». Alors

(1) *La Guerre Franco-Allemande*

le général prussien fit avancer toute son artillerie, et se résolut à un bombardement énergique :

. « Le 14, à sept heures et demie du matin, 10 batte-
« ries ouvrent le feu à 4,000 pas. Les défenseurs
« répondent avec 10 pièces; à cinq heures du soir,
« le bombardement continue encore à faire rage et
« plusieurs incendies se sont allumés au centre de
« Phalsbourg; 1,800 projectiles ont été jetés sur cette
« héroïque forteresse, mais le commandant persiste à
« refuser toute négociation, et l'ennemi se voit forcé
« de reconnaître qu'il n'en viendra pas à bout avec des
« pièces de campagne. Le soir, le général de Tum-
« pling reprend sa marche sur Sarrebourg, laissant
« à deux bataillons et à un escadron le soin d'observer
« la place (1). »

. L'investissement continua donc, traversé de temps
à autre par des bombardements qui finirent par détruire le tiers des maisons, sans que l'héroïsme des
défenseurs et celui des habitants faiblît une seule mi-
·nute. Août, septembre, octobre, novembre se passèrent
dans cette situation terrible : personne ne parlait de
capituler. Enfin, le 11 décembre, on mangea la dernière bouchée de pain !

« Hâves, exténués, mourant de faim, les habitants
« de Phalsbourg viennent chaque matin, sans un mot
« de découragement, sans une plainte, attendre à la
« porte de la caserne la maigre distribution de pain
« que donnent les soldats non moins affamés. Ils re-
« prennent le chemin de leurs maisons démolies, à
« travers la neige et la boue glacée. Dans ce lugubre
« défilé de gens réduits au dernier degré de la misère,
« toutes les classes sont confondues; riches et pau-

(1) Alfred DUQUET, loc. cit.

« vres, ouvriers et bourgeois courbés, pâles, chance-
« lants, sont là, calmes et résignés, avec la conscience
« de leur sacrifice, et soutenus par un seul sentiment,
« le plus grand et le plus noble de tous, l'amour de la
« patrie ! Mais ces cruelles épreuves ne peuvent se
« prolonger, *plusieurs personnes étant mortes de*
« *faim !...* — Le cœur se serre, les yeux se mouillent
« de larmes, si l'on pénètre dans les ambulances et à
« l'hôpital : là règne le silence de la mort !... (1). »

Enfin, le 12 décembre, n'ayant plus un atome de
nourriture à distribuer, le commandant Taillant fait
enclouer ses pièces, détruire les munitions qui lui restent et écrit la lettre suivante au major de Giese, commandant les troupes d'investissement:

« Monsieur le major,

« Le trop grand éloignement de l'armée française,
et la famine qui torture les habitants, les blessés et
les prisonniers de guerre, *mais qui ne pourrait nous
dompter si nous étions seuls ici,* ne nous permettent
pas de continuer la lutte, parce qu'il est de notre devoir d'être humains avant tout.

« C'est aussi pour obéir aux lois de l'humanité que
j'ai dû ne pas céder au vœu de mes compagnons d'armes, qui ont demandé de s'ensevelir avec leur chef
sous les ruines de la forteresse qu'ils défendent si bien
depuis quatre mois.

« Les portes de Phalsbourg sont ouvertes. Vous
NOUS Y TROUVEREZ DÉSARMÉS, MAIS NON VAINCUS.

« *Le commandant de la place de Phalsbourg,*

« Signé : TAILLANT. »

(1) Général AMBERT, *Récits militaires.*

Puis il fait abaisser les pont-levis, revêt son uniforme, et, entouré de tous ses officiers, attend stoïquement l'arrivée du vainqueur. Se refusant à signer
une capitulation ou à solliciter une faveur quelconque
de la générosité de l'ennemi, il se livre sans condition,
liant son sort à celui de sa troupe, et part pour la captivité, emportant avec lui l'admiration publique et
forçant au respect ses adversaires eux-mêmes, frappés
malgré eux de tant de dignité et de grandeur.

Un an plus tard, le Ministre de la Guerre adressait
le rapport suivant au Président de la République
française :

« Monsieur le Président,

« Le Conseil d'enquête sur les capitulations des
places fortes, présidé par M. le maréchal Baraguey-
d'Hilliers, a émis l'avis suivant au sujet de la reddition de Phalsbourg :

« Considérant que, dans la défense de la place qui
« lui avait été confiée, le commandant Taillant a rempli
« tous les devoirs prescrits par le décret du 13 octo-
« bre 1863 ;

« Que, par sa fermeté et son énergie, il a su main-
« tenir la discipline dans sa garnison ;

« Que, par une bonne et judicieuse organisation, il
« a suppléé à l'insuffisance du personnel d'artil-
« lerie ;

« Est d'avis que le commandant Taillant et son
« conseil de défense méritent des éloges. »

« D'après ce qui précède, et conformément aux dispositions de l'article 257 du décret précité, j'ai l'honneur de vous proposer :

« 1° De conférer à M. le lieutenant-colonel Taillant (1) le grade de commandeur dans l'ordre national de la Légion d'honneur ;

« 2° De décider que l'avis précité du Conseil d'enquête sera mentionné sur les états de service de M. le lieutenant-colonel Taillant et des officiers qui composaient avec lui le Conseil de défense de la ville de Phalsbourg, savoir :

MM. Darbourg, chef de bataillon au 63° régiment d'infanterie de ligne.

Vilatte, chef de bataillon, commandant le 1er bataillon de la garde nationale mobile de la Meurthe.

Desmares, capitaine de 1re classe du génie, commandant le génie de la place.

Thomas, capitaine en premier d'artillerie, commandant l'artillerie de la place.

Dejean, capitaine en premier d'artillerie.

de Geoffroy, capitaine adjudant-major au 63° régiment d'infanterie de ligne.

« *Le Ministre de la Guerre,*

« Signé : Gal E. de CISSEY. »

Au bas de cette pièce, M. Thiers écrivit : « Approuvé » et signa.

Le lieutenant-colonel Taillant, nommé commandant de la place de Saint-Denis, est mort il y a quelques années, et l'universel respect qui l'entourait fait encore aujourd'hui comme une auréole à sa mémoire. N'était-il pas en tout semblable à ces nobles et modestes héros, acteurs de notre immortelle épopée, dont le général

---

(1) Après le siège de Phalsbourg, Taillant avait été promu, par le Gouvernement de Tours, au grade supérieur.

Foy a tracé un jour à la tribune, dans son magnifique langage, un portrait si émouvant ?

« Nos officiers des régiments resplendissaient de
« pureté et de gloire. Vaillants comme Dunois et La-
« hire, sobres et durs à la fatigue parce qu'ils étaient
« fils du laboureur et de l'artisan, ils marchaient à
« pied à la tête des compagnies, et couraient les pre-
« miers au combat et sur la brèche. Leur existence
« était tissue de privations.... — Étrangers aux jouis-
« sances d'amour-propre de l'officier général, exempts
« de l'ivresse du soldat, ces martyrs du patriotisme
« vivaient de cette vie morale qui se consume dans la
« résignation du devoir (1). »

Siège de Bitche. — De la même trempe était le brave Teyssier, commandant de la place de Bitche. Celui-là non plus ne voulut jamais entendre parler de se rendre, et fit tant et si bien, que grâce à son énergie, à son courage et à son intelligente utilisation des avantages que présentaient pour la défense la position dominante de la forteresse, celle-ci ne fut évacuée que deux mois après l'armistice de Paris, et ne tomba entre les mains de l'étranger que par suite du traité de paix, non par le fait de la contrainte de l'ennemi. Nous entrerons donc pour le récit de ce siège mémorable dans quelques détails, empruntés pour la plupart à l'intéressant ouvrage, publié peu de temps après la guerre, par M. J. Dalsème, et corroborés d'ailleurs par tous les documents officiels, l'historique du 86° de ligne, et le Journal du siège, rédigé par le commandant Teyssier lui-même.

Quand, après le désastre de Wœrth, le général de Failly, entraîné dans la retraite du 1er corps, dut

(1) Général Foy, *Discours parlementaires.*

abandonner la place de Bitche où il avait passé dans une expectative cruelle la terrible journée du 6 août, il y laissa un bataillon du 86ᵉ (commandant Bousquet) fort d'environ 800 hommes. En sorte que la garnison de la place se trouva formée d'un bataillon d'infanterie de ligne, de 200 douaniers, 250 artilleurs, tous réservistes, un millier d'éclopés venus de Frœschwiller, 250 gardes nationaux, et 30 gendarmes. Quant à l'armement, il comprenait 53 pièces en tout, dont 13 seulement, de modèles plus ou moins anciens, étaient en état de servir.

Mais à la tête de cette poignée de soldats se trouvait un homme que la mitraille n'avait jamais effarouché et dont l'âme fortement trempée, loin d'être abattue par les responsabilités, grandissait au contraire à l'approche du péril. Petit-fils d'un vieux serviteur de la France, mort capitaine réformé au régiment de Champagne (1) et chevalier de Saint-Louis ; fils d'un officier de la Grande-Armée (2), Teyssier s'était déjà montré digne d'une pareille lignée, et avait deux fois versé son sang pour le pays à Sébastopol d'abord, à l'assaut du bastion central : puis à Montebello, pendant la campagne de 1859. Au moment où les hasards de la guerre faisaient peser sur ses épaules le lourd fardeau de la défense d'une place assiégée, il était plein encore

(1) Le régiment de Champagne, devenu plus tard le 7ᵉ d'infanterie, était le plus renommé peut-être des régiments de l'ancienne monarchie. Un lieutenant-colonel de ce régiment, menacé d'être passé par les armes avec toute sa troupe s'il ne rendait pas immédiatement une place qu'il était chargé de défendre, répondit : « Je m'en f...» Les historiens traduisirent cette réponse énergique en termes polis : « Je suis du régiment de Champagne. » Le mot passa en proverbe et fut dès lors employé dans la bonne société pour dire décemment : « Je m'en f... » (Général THOUMAS, *Notices biographiques*.)

(2) Général AMBERT, *Récits militaires*.

d'une juvénile ardeur, malgré ses 49 ans, et suffisamment vigoureux de corps et d'esprit pour mener à bien
sa tâche. Les Allemands ne furent pas longtemps à
s'en apercevoir.

Le premier soin du commandant Teyssier, aussitôt que le siège devint probable, fut d'emmagasiner
précieusement les convois de vivres et de fourrages
laissés à la gare en attendant des ordres, et de réunir
tous les fonds disponibles, soit 300,000 francs. Puis,
comme dès le 2 août, des cavaliers ennemis avaient
paru à distance, il leur envoya, en manière d'avertisse-
ment, trois coups de canon de fort calibre, et les dispersa
sans qu'ils insistassent davantage. Mais, le lendemain,
un parlementaire se présenta : il offrait, si la place
consentait à capituler, les honneurs de la guerre et
l'autorisation de rejoindre l'armée. — « Les Français
ne se rendent pas sans combattre ! » répondit Teyssier,
et il le congédia.

L'Allemand était à peine de retour, qu'une pluie
d'obus s'abattait sur la ville ; peine perdue. Teyssier
ne sourcilla pas : bien plus, ayant appris, le 11, que
des convois de vivres se dirigeaient sur Bitche, il leur
fit tendre une embuscade et s'en empara. Le chef du
convoi, très surpris, déclara qu'il n'avait pu supposer
que la ville ne fût pas encore aux mains des Allemands,
et que sa confiance, en approchant des portes, était
absolue ! ... Deux journalistes berlinois, arrivés le
lendemain avec la même sécurité, tombèrent également
dans la souricière, et la garnison s'amusa fort de ce
bon tour !

Cependant Teyssier, qui ignorait tous les événements de la campagne, envoyait des émissaires pour
se renseigner. L'un deux, le sergent Hattenburger, fils
d'un garde forestier du pays, parvint, au prix de mille

dangers, à joindre à Metz le maréchal Bazaine. Mais celui-ci, on ne sait pourquoi, le garda, en sorte que le commandant de la place de Bitche n'était pas plus avancé qu'au premier jour, quand, le 22 août, dans la nuit, il reçut la visite d'un parlementaire qui le somma de se rendre et lui remit un papier terminé par ces deux phrases textuelles :

« Dans le cas que M. le Commandant devait rejeter « (*sic*) les propositions que je viens de faire, j'ai l'hon- « neur de prévenir que le bombardement de la forte- « resse commencera dès aujourd'hui, et qu'à partir du « premier coup de feu qui sera tiré des remparts « de Bitche, aucune condition ne pourra plus être « admise, à moins que la place ne se rende à discré- « tion.

« Trente minutes sont données afin de recevoir la « réponse que M. le Commandant jugera à propos de « donner.

« *Le Commandant supérieur bavarois,*

« Signé : KOLLERMANN. »

Les trente minutes s'écoulèrent, bien entendu, sans que le commandant Teyssier ait répondu un seul mot à cette sommation hautaine. La place se prépara à recevoir les obus allemands, les femmes et les enfants se réfugièrent dans les caves, des barils pleins d'eau furent placés aux carrefours, enfin les artilleurs se rendirent à leurs pièces. Mais, chose étrange, le feu ne fut ouvert que le 24 ; il paraît que M. Kollermann s'était trop hâté de menacer, et qu'il n'était pas prêt. Son attitude même sembla témoigner d'un violent désir d'en finir autrement que par la force, car à peine la place avait-elle répondu à ses coups de canons, qu'il envoya de nouveau deux parlementaires, cette fois pour proposer une suspension d'armes. Mais Teyssier, flairant là quelque piège, les pria poliment de déguerpir, leur donnant juste le temps de regagner leurs lignes. Alors Kollermann, furieux, dut se résigner à investir la forteresse et à renoncer momentanément à toute tentative d'intimidation.

Cependant les jours se passaient, amenant des escarmouches, des sorties, des petits combats où l'ennemi avait rarement l'avantage. Le 2 septembre, un parlementaire vint offrir au commandant des journaux allemands ; « les armées françaises étaient partout battues, disaient-ils ; les Allemands victorieux marchaient sur Paris ; l'anarchie menaçait la France !... »

— « Je n'ai rien à recevoir de vous, répondit fièrement Teyssier ; d'ailleurs, que m'importe ce qui se passe hors de mes remparts ! »

Le brave officier était beaucoup mieux renseigné qu'il ne voulait le dire, car, ce même jour, un mobile nommé Dumont, fils du capitaine des douanes, était arrivé, venant de Metz à travers les lignes ennemies, et avait fait connaître au commandant de place la triste réalité. C'était pour la cacher à ses soldats et à la population que celui-ci refusait toute communication officielle. Ne songeant qu'à son devoir, n'ayant d'autre préoccupation que le salut de la place dont le gouvernement lui avait confié la garde, Teyssier recommanda à Dumont le secret absolu, et se prépara à continuer la lutte, comme s'il avait l'espoir d'être un jour secouru.

Malheureusement, tandis que le bombardement, repris par l'ennemi avec une terrible violence, incendiait la place, où l'eau commençait à manquer, écrasait les maisons et ruinait la citadelle, une partie de la population se déshonorait par une pusillanimité sans nom. Une députation, ayant à sa tête le maire lui-même, dont nous voulons taire le nom, alla supplier Teyssier de demander aux Allemands la libre sortie des malades, des femmes et des enfants. Refusée, elle insista pour que le commandant laissât sortir de la forteresse, à leurs risques et périls, ceux qui le désireraient !... Teyssier céda par humanité. Alors on vit un millier d'individus de tout âge et de tout sexe, conduits par ce maire indigne, par des fonctionnaires et quelques ecclésiatiques, se diriger vers une porte qu'on leur ouvrit. Cette cohue, affolée et tremblante, se répandit dans la plaine ; les uns furent pris, les autres, en petit nombre, purent se sauver en se glissant à travers les accidents du sol (1).

Aussitôt Teyssier nomma une commission municipale, composée de citoyens de bonne volonté, dont le patriotisme mérite de ne pas être laissé dans l'oubli. C'étaient MM. Eusèbe Mauff, Mathias Mangis, Jacques Müller, Jean-Baptiste Staub, Mayer Faber, Thomson, Christophe Steiner, Jacques Staub, Parquin, Laurent et Nicolas Rémi. Le maire fut M. Lamberton, brasseur, l'adjoint M. Mauves, clerc de notaire (2). Ces braves gens se mirent immédiatement à l'œuvre, et on peut dire sans exagération que jamais tâche ne fut plus ardue que la leur.

Bitche n'était plus qu'une fournaise : le typhus et la variole, déchaînés sur la malheureuse cité, faisaient chaque jour de cruels ravages dans sa population déjà réduite des deux tiers ; la famine commençait à torturer ces malheureux, et tuait d'inanition ceux que le feu ou les projectiles épargnaient ! Mais si quelques-uns avaient été lâches, ceux qui restaient étaient des héros.

(1) Général AMBERT, *Récits militaires*.
(2) J. DALSÈME, *Le siège de Bitche*.

Les femmes, avec un courage surhumain, se firent sœurs de charité ; deux prêtres, les abbés Guépratte et Guévin, allèrent, au risque de leur vie, porter sans relâche aux combattants et aux malades des consolations et des secours. La municipalité volontaire ne quitta pas la brèche, et, sûr de ces vaillants comme de lui-même, Teyssier put répondre par un refus énergique à une troisième sommation de l'ennemi.

Celui-ci était enfin lassé. Reconnaissant son impuissance à réduire des gens qui préféraient l'honneur à l'existence, il cessa peu à peu son feu, et se borna à bloquer étroitement la place, pour en faire mourir de faim les défenseurs. Il comptait sans la patriotique ingéniosité des Lorrains.

Un jour, un bûcheron vosgien se glisse jusqu'aux remparts, pendant un bombardement furieux, et y fait entrer une voiture de sel. Amené au commandant de la place, il s'abouche avec lui, reçoit ses instructions, puis s'éloigne et, dès le lendemain, se met à courir les alentours pour « y prêcher la croisade de ravitaillement » (1).

« Des villages limitrophes, principalement de Lie-
« derscheidt, nos paysans se répandent en Bavière et
« font leurs achats... Alors, avec l'intelligent concours
« des campagnards, un vaste système de contrebande
« étend son réseau sur le pays (2). »

La ville, pourvue maintenant de vivres, pouvait se moquer du blocus. Aussi Teyssier refusa-t-il dorénavant de recevoir aucun parlementaire, se bornant à

---

(1) Général AMBERT, loc. cit.
(2) J. DALSÈME, loc. cit. C'est avec regret que nous taisons le nom du brave bûcheron vosgien. Peut-être est-il mort? S'il existe encore cependant, pouvons-nous le signaler à l'attention des autorités allemandes, auxquelles il est aujourd'hui soumis.

déjouer les ruses de l'assaillant, à maintenir son monde
en haleine, et faisant impitoyablement fusiller les
espions (1). Mais pour continuer à se procurer des
vivres, il fallait de l'argent, et les caisses étaient vides !
Déjà la solde des officiers avait été réduite à 50 francs
par mois, et la troupe ne touchait que des accomptes...
la hideuse famine allait-elle donc revenir ?

Un officier du 86e, le lieutenant Mondelli, se dévoua
pour le salut de tous. Puissamment aidé par un négo-
ciant de Sarreguemines, M. Erhardt, il parvint à
franchir les lignes allemandes, à rentrer en France par
la Belgique, et à se rendre à Tours, après un voyage
de six jours. Là, il fut reçu par Gambetta qui lui annonça l'envoi déjà effectué d'une somme de 50,000 fr.
que M. de Drée, vice-consul de France à Neuchâtel,
était chargé de faire entrer dans la place. Il ne restait
à Mondelli qu'à revenir à Bitche, ce qu'il réussit à
faire avec le même bonheur.

La place tenait toujours ; la population se maintenait admirable de stoïcisme, de dévouement et de
courage ; ce même M. Erhardt, qui avait seul donné au
lieutenant Mondelli la possibilité d'accomplir sa mission,

(1) Le 15 septembre, un cuirassier, qui se disait échappé de
Fro·schwiller, demanda à entrer dans la place. On l'accueillit
et on lui donna du service, non cependant sans le surveiller de
près. Et bien fit-on, car, peu de jours après, un fantassin le
reconnaissait comme *son pays*, et signalait qu'il était repris de
justice. Le commandant le fit arrêter, et on s'aperçut alors
qu'il ignorait le maniement du sabre, qu'il portait aux boutons
de sa tunique un numéro différent de celui du régiment où il
prétendait avoir servi, enfin que ses bretelles étaient du même
cuir dont sont confectionnés les ceinturons des soldats bavarois.
Traduit en conseil de guerre, il avoua tout, et son identité, et
son casier judiciaire (trois ans de prison pour vol) et son triste
métier d'espion. C'en était assez pour justifier sa condamnation
à mort, qui fut exécutée le jour même devant la garnison
réunie.

risquait sa vie pour faire entrer dans la ville assiégée deux tonneaux de vin vieux destinés aux malades, et réunir de nouveaux fonds, une fois les 50,000 francs du gouvernement épuisés ! C'était à qui montrerait le plus de générosité, de patriotisme, de bravoure et de dédain de la mort ; et vraiment, on pouvait se demander qui aurait définitivement le dessus, de cette poignée de braves gens si entêtés dans leur résistance, ou des armées de l'empereur allemand, pourvues abondamment de tous les moyens d'action possibles, quand, dans la nuit du 31 janvier au 1er février, un parlementaire vint annoncer qu'un armistice était signé entre les deux gouvernements.

— « Je n'en ai pas été informé, répondit le commandant Teyssier, et je ne saurais m'y soumettre que quand il m'aura été officiellement communiqué. »

Les Allemands revinrent à la charge cinq jours après, munis d'une copie officielle du traité.

— « Vous voyez bien que la place de Bitche n'est pas comprise dans l'armistice, fit Teyssier après en avoir pris connaissance ; nous restons donc en état de guerre, dans les mêmes conditions qu'hier. »

Et il congédia les parlementaires (1), leur déclarant formellement qu'il ne leur remettrait la forteresse de Bitche que sur un ordre écrit émanant du Ministre de la Guerre français.

Cependant, voulant remplir son devoir jusqu'au bout, il se décida à envoyer à Bordeaux, où se trouvait alors le Gouvernement, un émissaire qui pût faire connaître la situation véritable et demander des ins-

---

(1) On sait en effet que par suite d'une inexcusable légèreté, Jules Favre avait omis, dans le protocole signé à Versailles, la mention de toute une armée et celle de la place de Bitche, qui seule avec Belfort, tenait encore les Allemands en échec.

SORTIE DE LA GARNISON DE BITCHE (Page 115.)

tructions. Ce fut encore le capitaine Mondelli qui se chargea de cette mission délicate, et fit deux voyages successifs, dont le second seul aboutit à une solution. Mais, entre temps, les Allemands impatientés avaient menacé de reprendre le bombardement de la place, et on juge quelle responsabilité l'exécution d'une pareille menace, la paix étant déjà signée, eût assumée sur la tête du commandant Teyssier. Il ne pensa pas pouvoir l'encourir sans outrepasser les limites que le droit des gens assignait à sa résistance, et le 26 mars, il se résolut à signer une convention. Toutefois, il n'entama aucune négociation avant d'avoir détruit son matériel, et vendu pour 100,000 francs à une usine de Niederbronn et au profit du Trésor une partie des vivres restant, et tout l'armement hors de service.

Enfin le 27 mars, il sortit de la ville avec armes et bagages, *enseignes déployées*, ses bagages portés sur des convois fournis par l'autorité allemande. Les Bavarois n'entrèrent dans la place qu'après le départ de la garnison française, et par une porte différente de celle qu'avait pris celle-ci. « Il n'y aura pas d'honneurs de la guerre, disait la convention, puisqu'il n'y a pas de capitulation. »

Au même moment, le capitaine Mondelli arrivait à Bitche, rapportant de Versailles des instructions relatives à la livraison du matériel, des armes, des vivres, à des conditions moins favorables que celles obtenues par Teyssier, du seul prestige de son indomptable fermeté !

Ainsi donc, Bitche ne s'était pas rendue. La force brutale seule, en privant momentanément la France de son libre arbitre, exigeait d'un traité diplomatique la livraison d'une place que sept mois de siège n'avaient pu réduire à merci ! Moins heureux que ceux de Belfort, ses nobles défenseurs virent leur dévouement rendu stérile par des raisons d'ordre politique auxquelles ils n'avaient jamais voulu penser ! Mais leur souvenir demeure, pieusement gardé et par ceux d'ici et par ceux de là-bas, tandis que repose au musée d'artillerie le drapeau qui leur fut donné par les héroïques femmes de Bitche, attendant le jour « où il pourra, comme l'a dit leur chef valeureux, être rapporté par une armée française triomphante, » aux pays qu'elle aura reconquis (1).

Siège de Belfort. — Il nous reste maintenant, pour épuiser la liste des glorieuses défenses, à parler de Belfort. Mais les péripéties de ce siège célèbre ont été contées tant de fois, que son histoire est devenue classique, et que tous les Français la connaissent par cœur. Nous nous bornerons donc à citer les lignes émues que M. le général Thoumas lui a consacrées dans son livre *Les Capitulations* parce qu'elles en sont le résumé à la fois le plus exact et le plus éloquent.

« La défense de Belfort, dit M. le général Thoumas,
« est un des rares souvenirs de la guerre de 1870-71
« qui donnent à un cœur français une consolation sans
« mélange. Elle dura 103 jours, depuis le 2 novembre
« 1870 jusqu'au 13 février 1871 ; la garnison comptait
« 17,000 hommes environ dont seulement deux batail·
« lons et demi d'infanterie de ligne, une demi-batte-
« rie d'artillerie à pied et une demi-compagnie du

---

(1) Le 54ᵉ de marche, auquel appartenait ce drapeau, avait été formé à Bitche, avec les éléments divers dont disposait le commandant Teyssier. On réussit même, pour se consoler des tristesses du blocus, à lui constituer une mauvaise fanfare, qui prit pour refrain, avec cette spirituelle insouciance qui n'abandonne jamais le Français, la chanson si connue de Béranger : « Les gueux, les gueux sont des gens heureux ! »

« génie ; le reste était formé de mobiles et de mobili-
« sés. La place subit, à partir du 30 novembre, le
« bombardement le plus violent ; dès le 6 décembre,
« un officier de l'État-Major allemand écrivait que
« Belfort ne tiendrait plus que cinq jours. Non seule-
« ment Belfort tint plus de cinq jours, mais le colonel
« Denfert ne consentit à rendre la place que sur l'or-
« dre du gouvernement français. La garnison sortit
« avec les honneurs de la guerre, libre de tout enga-
« gement. Cette brillante défense fut, sans nul doute,
« le motif principal de la clause du traité de Franc-
« fort qui conserva Belfort à la France. Le pays doit
« donc au colonel Denfert, à la courageuse garnison
« et à la presque totalité de la population de la ville,
« qui les soutint par son attitude, plus que de l'admi-
« ration, c'est-à-dire de la reconnaissance (1). »

Nous n'ajouterons qu'un mot. Les soldats d'aujour-

---

(1) Voici le texte de la lettre par laquelle le colonel Denfert
répondit à la sommation du général de Treskow :

« Général

« J'ai lu avec toute l'attention qu'elle mérite la lettre que
vous m'avez fait l'honneur de m'écrire avant de commencer les
hostilités. En pesant dans ma conscience les raisons que vous
me développez, je ne puis m'empêcher de trouver que la retraite de l'armée prussienne est le seul moyen que conseillent
à la fois l'honneur et l'humanité pour éviter à la population
de Belfort les horreurs d'un siège.

« Nous savons tous quelle sanction vous donnerez à vos menaces, et nous nous attendons, général, à toutes les violences que
vous jugerez nécessaires pour arriver à votre but ; mais nous
connaissons aussi l'étendue de nos devoirs envers la France
et envers la République, et nous sommes décidés à les remplir.

« Veuillez agréer, général, l'assurance de ma considération
distinguée.

Le Colonel Commandant supérieur,

« DENFERT-ROCHEREAU. »

d'hui, ceux de demain, sont de même sang que les défenseurs de Bitche, de Belfort, de Lichtenberg, du même sang que les défenseurs de Tuyen-Quan! Ayons donc confiance! La prochaine fois, *tous* nos commandants de place seront des Taillant, des Teyssier et des Denfert, et nos forteresses seront bien gardées!

Combat de Nouart. (Page 125.)

CHAPITRE V

BEAUMONT. — SEDAN

L'armée de Châlons. — Massacre de Passavant. — Les journaux de Paris apprennent à M. de Moltke la marche sur Metz. — Dépêches du général de Failly surprises par les Allemands. — Combat de Nouart. — Bataille de Beaumont. — Madame Bellavoine. — Charge du 5ᵉ cuirassiers. — Le lieutenant-colonel Demange au pont de Mouzon. — Bataille de Sedan. — Bazeilles. — Le caporal Grosbras. — *La dernière cartouche.* — L'ordonnance Boutron. — Le maréchal de Mac Mahon est blessé. — Ducrot et Wimpffen. — Charges de la division Margueritte. — *« Oh ! les braves gens ! »* — Les champs de Floing et de Cazal. — La percée de Cazal. — La capitulation. — Le camp de la misère.

Nous sommes au 20 août. Grâce à une activité vraiment prodigieuse et aux remarquables dispositions prises par le général de Palikao, ministre de la guerre,

une nouvelle armée, forte de 140,000 hommes, s'est
formée au camp de Châlons sous les ordres du maréchal de Mac Mahon. Elle comprend quatre corps
d'armée (1er, général Ducrot, 5e, général de Failly,
7e, général Douay, 12e, général Lebrun), six divisions
de cavalerie, dont deux, celle des généraux de Bonnemain et Margueritte, constituent la réserve générale,
et 486 pièces de canon, dont 84 mitrailleuses. Formée
en grande partie de réservistes et de bataillons de
dépôt, cette armée renferme cependant d'excellents
éléments, à ne compter que la division d'infanterie de
marine du général de Vassoigne, et l'on peut dire,
avec le colonel Canonge, que la défaite récente n'a
pas ébranlé son dévouement à la Patrie.

Contrairement à l'avis du Maréchal, qui voulait se
retirer à Paris et y attendre l'attaque allemande, on
jugea dans les conseils du gouvernement que le meilleur parti à prendre était de diriger ces forces vers l'est,
de les porter au secours de Bazaine, afin d'opérer
leur jonction avec l'armée de Metz, et d'opposer ainsi
aux envahisseurs une masse puissante qui permît de
rendre aux opérations de la guerre un caractère offensif en rapport avec le tempérament du soldat français.

C'était là un plan hardi, qui pouvait certainement
avoir d'heureuses conséquences ; mais les difficultés
de toute sorte qui en entravèrent l'exécution, les retards que subit la marche de l'armée, l'indécision du
commandement, enfin la fatalité qui, cette fois encore,
nous poursuivit sans relâche, l'empêchèrent de réussir. Quoi qu'il en soit, le départ de Châlons fut fixé
au 21.

A cette date, la IIIe armée allemande (Prince Royal)
est arrivée sur la Meuse, entre Commercy et Neuf-

château. Une IVe armée, dite *de la Meuse*, formée de corps prélevés sur les troupes du prince Frédéric-Charles, et placée sous les ordres du prince royal de Saxe, est aux environs de Verdun. Les deux masses forment un total de près de 200,000 hommes. Enfin la Ire et la IIe armée bloquent Metz.

Le grand État-Major allemand avait bien appris qu'une armée française se formait à Châlons, mais il était dans l'ignorance la plus absolue des mouvements que cette armée devait entreprendre. Sa perplexité était donc grande, et il se bornait, à tout hasard, à prescrire une marche concentrique sur Châlons, quand une série d'indiscrétions déplorables vint à propos lui dévoiler tout notre plan de campagne et le tirer d'embarras. Mais avant d'entrer sur ce sujet dans quelques détails portant eux-mêmes leur enseignement, il nous faut raconter un fait douloureux qui montre avec quelle brutalité nos ennemis entendaient faire la guerre, et combien peu leur répugnait une sauvagerie si éloignée cependant de la civilisation dont ils ne cessent de se targuer.

Massacre de Passavant. — Le 24 août, la IVe division de cavalerie allemande était en exploration dans les environs de Vitry-le-François. Elle venait d'aborder le village de Sivry-sur-Ante, quand elle rencontra un bataillon de mobiles de la Marne qui se rendait de Vitry à Sainte-Menehould.

« Après avoir envoyé à ces mobiles quelques obus, « une fraction de la division les chargea, les dispersa, « et les fit en grande partie prisonniers ; un grand « nombre furent sabrés ou tués à coups de lances. « Les Allemands ont prétendu que les gardes mobiles « avaient voulu se rendre, mais que ne sachant pas

« par quels signes conventionnels manifester ce des-
« sein, ils s'étaient arrêtés et avaient formé le carré
« de leur mieux. C'est là ce qui aurait été cause de
« la charge inutile des cavaliers (1). »

Possible, mais alors comment expliquer les actes
odieux qu'on va lire :

« En traversant le village de Passavant, un mobile
« (prisonnier) quitta les rangs pour aller boire au
« ruisseau. Un Prussien tira sur lui, croyant qu'il se
« sauvait. Ce coup de feu, donnant partout l'alarme,
« amena une terrible confusion et fut le signal d'un
« honteux massacre. 32 de ces malheureux furent tués
« sur place, 92 mutilés. Ajoutons, car de tels détails
« doivent être conservés, que les auteurs de cette
« cruauté étaient des uhlans du 15ᵉ et des hussards
« du 16ᵉ régiment (2). »

L'armée du Prince Royal se faisait la main vraisem-
blablement, pour les hideuses boucheries de Bazeilles...

Le même jour, un journal de Paris, saisi par des
patrouilles de cavalerie, fut remis au commandant de
la IIIᵉ armée ; il contenait des détails précis sur la
formation à Châlons de l'armée de Mac Mahon, mais
ne donnait aucun renseignement sur sa mission. Le
25, un télégramme, parti de Paris le 23, et venu par
Londres, se chargea de préciser davantage et d'ouvrir
les yeux à l'ennemi.

« Armée de Mac Mahon rassemblée à Reims. Em-
« pereur Napoléon et le prince à l'armée. Mac Mahon
« cherche à rejoindre Bazaine. »

---

(1) ROLIN, La guerre dans l'Ouest.
(2) ***, Les victimes de la Basse et de Passavant, Châlons.

Enfin, dans la soirée du même jour, l'État-Major allemand recevait, à Bar-le-Duc, des renseignements qui levaient ses derniers doutes. C'étaient d'abord des journaux de Paris qui montraient la presse, l'opinion publique et la Chambre exigeant que l'armée de Châlons se portât au secours de Bazaine et déclarant que ce serait une honte de laisser une armée française aux prises avec l'ennemi sans lui porter secours. C'était ensuite un second télégramme de Londres qui donnait communication d'un article paru, le 23, dans le *Temps*, article d'après lequel, « Mac Mahon s'était subite-« ment décidé à courir à l'aide de Bazaine, bien qu'en « découvrant la route de Paris, il compromît la sécu-« rité de la France. Toute l'armée de Châlons avait « déjà quitté les environs de Reims ; cependant les « nouvelles reçues de Montmédy ne faisaient pas en-« core mention de l'arrivée des troupes françaises « dans ces parages (1). »

Cette fois, il n'y avait plus à hésiter. M. de Moltke lança sa cavalerie pour avoir la confirmation de ces nouvelles, et pleinement éclairé maintenant sur les projets du maréchal de Mac Mahon , ainsi que sur l'exacte position de son armée, il fit faire aux troupes allemandes un grand mouvement de conversion vers le nord , abandonna sa marche en aveugle sur un point encore hypothétique, et donna aux princes un objectif certain, qui était l'armée française, en marche entre Reims et Montmédy.

Il ne sera pas besoin, nous en sommes sûr, d'in-sister longuement sur les déplorables conséquences de ces indiscrétions fatales. Ceux qui les commirent eussent été certainement les premiers à les déplorer,

(1) *La Guerre Franco-Allemande.*

s'ils en avaient pu connaître toute la gravité. Mais il faut que la leçon porte ses fruits : la presse a une mission assez haute à remplir, et fait preuve, dans les questions où la patrie seule est en jeu, d'assez de désintéressement, pour sacrifier au salut suprême son désir de paraître bien informée. Son devoir, en temps de guerre, est d'être muette; et pas une ligne ne peut, sans danger, être publiée avant d'avoir été soumise au visa de commandement. La presse saura s'imposer elle-même cette loi sacrée du silence, et abdiquer sans regrets les privilèges de la traditionnelle liberté.

Les résultats du mouvement exécuté à coup sûr par les Allemands ne se firent pas attendre. Dès le 27, le 12e chasseurs se heurtait à Buzancy, contre des escadrons saxons qui faisaient prisonnier le lieutenant-colonel de la Porte, grièvement blessé. La marche de nos colonnes, inquiétée sur son flanc droit, insuffisamment protégée par la cavalerie, qu'on avait mal placée, interrompue même par suite d'un faux renseignement qui faillit jeter toute l'armée hors de sa direction, devenait hésitante et se ralentissait sensiblement.

Le 29, tandis que le Maréchal donnait l'ordre à tous ses corps de remonter au nord pour échapper à la pression de l'ennemi et franchir la Meuse à Mouzon, les deux armées allemandes opéraient leur jonction à quelques kilomètres de nous, et M. de Moltke prenait ses dispositions pour livrer une grande bataille. Le malheur qui s'acharnait après nous voulut que l'officier d'état-major porteur des ordres envoyés au général de Failly tombât entre les mains de l'ennemi; les dépêches, très importantes, dont il était muni, furent saisies, et les Allemands y trouvèrent « les dispositions du commandant en chef des forces

« françaises pour la journée du 29 août et divers ren-
« seignements sur les mouvements effectués les jours
« précédents par l'armée de Châlons (1). »

En outre, le corps de Failly, n'étant pas prévenu
du mouvement vers Mouzon, resta sur la route dangereuse où il se trouvait. Une de ses divisions (Guyot
de Lespart) vint se heurter contre une brigade saxonne,
à Nouart, et la refoula en lui mettant 360 hommes
hors de combat. Cette vigoureuse attitude permit à
tout le corps d'armée de se dégager et de suivre les
instructions du Maréchal, instructions que le général
de Failly venait de recevoir par un second émissaire.

Le 29 au soir, donc, le 5ᵉ corps arrivait à Beaumont, pour y bivouaquer. Les hommes, harassés,
s'entassèrent pêle-mêle dans l'obscurité, et s'instal-
lèrent au hasard, négligeant de belles positions dé-
fensives placées au nord de la ville, pour dresser plus
vite leurs tentes, et s'endormir. Aucune précaution
ne fut prise pour se garder, aucune patrouille ne fut
expédiée en reconnaissance, et tandis qu'un sommeil
de plomb s'emparait de tous ces pauvres diables,
heureux enfin d'étendre leurs membres endoloris, les
masses sombres de l'ennemi pouvaient s'approcher en
toute sécurité, et se glissant à travers les bois, venir
au soleil levant couronner de leurs avant-gardes les
hauteurs du sud.

Bataille de Beaumont. — Le lendemain 30, l'incroyable insouciance du général de Failly ne se démentit pas. Vers midi et demi, les hommes dispersés
pour chercher des provisions, ou nettoyer leurs armes

(1) *La Guerre Franco-Allemande.*

et leur linge, semblaient plutôt appartenir à la garnison d'un camp d'instruction un jour de repos, qu'à une armée en campagne, quand brusquement, le canon retentit devant nos bivouacs, et les obus tombèrent en une pluie meurtrière. La surprise du 5ᵉ corps était complète ; les régiments durent se former tant bien que mal, riposter sans direction d'ensemble, et opposer à des masses bien dirigées et compactes une résistance dont l'énergie ne pouvait pas compenser le défaut de cohésion. « Malgré le désordre provoqué tout d'abord par la brusque agression des Prussiens, la défense s'était organisée prompte et vigoureuse », dit la relation allemande, et cet hommage rendu par l'ennemi à nos soldats montre assez combien ils eussent été redoutables, sous une direction meilleure. Leur courage demeura cependant impuissant contre le nombre et la force. Refoulés de Beaumont, ils reprennent une seconde position en arrière, sur les hauteurs situées au sud de Mouzon, et s'y cramponnent jusqu'à six heures du soir. « Mais alors, attaquées par trois corps ennemis, écrasées par une artillerie très supérieure, nos troupes sont rejetées sur la rive droite de la Meuse (1). » Malgré l'intervention du 12ᵉ corps, accouru au secours du 5ᵉ, malgré une charge héroïque dont nous allons conter les émouvants détails, le corps de Failly doit traverser en désordre le pont de Mouzon après avoir perdu 4,800 hommes, dont 1,800 tués ou blessés, 42 bouches à feu et tout le matériel abandonné dans les camps. Le général Morand (2), les colonels de Behagle du

(1) Colonel VIAL, *Campagnes modernes*, Paris 1887.
(2) Le général Morand appartenait au 7ᵉ corps, qui, en continuant sa marche vers la Meuse, avait été attaqué par les Prussiens débordant la droite du 5ᵉ.

11e de ligne, de Contenson du 5e cuirassiers, Jamin du Fresnay du 8e chasseurs étaient tués ; au 11e de ligne, on comptait 35 officiers hors de combat ; au 68e, 723 hommes et 26 officiers.

Quant aux pertes des Allemands, elles atteignaient le chiffre élevé de 3,529 hommes, dont 847 tués.

Mme Bellavoine. — Au nombre des nobles actions qui éclairent d'un rayon de gloire cette fatale journée, il faut citer en première ligne la conduite héroïqua d'une femme, Mme Bellavoine, qui le 30 août risqua sa vie pour prévenir le général de Failly de l'arrivée imminente de l'ennemi.

Directrice depuis 1863 d'un orphelinat situé à 2 kilomètres de Beaumont, à la Maison-Blanche, orphelinat qu'elle a fondé avec ses seules ressources et qu'elle n'entretient que grâce aux secours de la charité privée, Mme Bellavoine avait vu l'arrivée successive des régiments allemands, et le terrible danger dont était menacé le camp de Beaumont. Elle n'hésita pas ; au risque d'être fusillée, elle quitta en toute hâte sa demeure et se rendit auprès du général de Failly, qu'elle ne put joindre qu'avec toute sorte de difficultés. Informé avant midi qu'il allait être attaqué, le général aurait peut-être pu prendre quelque disposition d'ensemble. Mais il ne voulut rien croire, en sorte que la courageuse action de Mme Bellavoine ne servit à autre chose qu'à montrer ce dont est capable une femme de cœur.

Charge du 5e cuirassiers. — Laissée sur la rive gauche de la Meuse pour protéger les abords du pont de Mouzon et permettre aux troupes en retraite d'en effectuer le passage, la brigade de Béville (5e et

6ᵉ cuirassiers) voit, vers cinq heures et demie, monter devant elle le flot envahissant du IVᵉ corps allemand. Le colonel de Contenson, du 5ᵉ, sent que l'heure du sacrifice a sonné, et comme son collègue, le colonel Martin, ne veut s'engager que sur un ordre formel, il entraîne son régiment à la charge.

« Le colonel de Contenson se place, sabre en main, « à la tête de ses cuirassiers et se précipite aussitôt à « toute bride sur le 27ᵉ prussien. Le capitaine Helmuth « interdit formellement à ses hommes de se pelotonner « en groupes, leur ordonnant, au contraire, d'at- « tendre de pied ferme que l'assaillant soit plus rap- « proché, et de n'entamer le feu qu'à son commande- « ment. Les escadrons français arrivent jusque sur « l'infanterie, mais un feu à volonté, éclatant alors à « bout portant, cause dans leurs rangs d'effroyables « ravages. Le colonel de Contenson et son cheval « tombent mortellement frappés à quinze pas de la « ligne de tirailleurs; plusieurs autres officiers sont « également tués ou blessés. Ceux de ces braves « cavaliers qui sont encore debout poursuivent cepen- « dant la charge, mais les fusiliers, qui les attendent « de pied ferme, en ont facilement raison. Un sous- « officier français s'était jeté sur le capitaine Helmuth « et luttait avec lui en combat singulier jusqu'à ce « qu'il tombât enfin sous les balles et les baïon- « nettes (1). »

Ce brave sous-officier s'appelait Cornuéjouls.

La charge magnifique du 5ᵉ cuirassiers avait coûté quatre officiers tués : le colonel, le lieutenant-colonel, un chef d'escadron et un lieutenant, sept officiers blessés, 11 sous-officiers et 90 hommes. Certes, les

(1) *La Guerre Franco-Allemande.*

APRÈS LA DERNIÈRE CARTOUCHE. (Page 141.)

résultats obtenus n'étaient pas proportionnés à cette douloureuse hécatombe, mais cet héroïque régiment venait d'ajouter à l'éclatante histoire de la cavalerie française une page nouvelle, signée de la main même d'un ennemi confondu de tant de bravoure, et forcé, malgré lui, à admirer.

Le lieutenant-colonel Demange au pont de Mouzon. — L'armée française est tout entière maintenant sur la rive droite de la Meuse, et le Maréchal, renonçant à atteindre Montmédy, donne l'ordre à tous les corps de se concentrer, le lendemain, 31 août, à Sedan, où l'Empereur lui-même, fantôme vivant d'une grandeur déchue, s'est rendu par chemin de fer, sur l'instante prière du commandant en chef.

Pendant que le 5ᵉ corps, qui se croit à l'abri, prend, dans la nuit du 30 au 31, un repos troublé par la hantise de sa déroute, « sur l'autre rive du fleuve, dit « M. le colonel Canonge, un détachement que l'on a « oublié erre et cherche un moyen de passage. Ce « détachement, conduit par le lieutenant-colonel De-« mange, appartenait au 88ᵉ de ligne.

« ... L'artillerie avait formé son parc derrière le « 88ᵉ de ligne, et présentait une masse de chevaux « et de voitures qui attirait les coups de l'artillerie « allemande. Bientôt plusieurs caissons sautent, les « chevaux affolés se précipitent dans nos bivouacs, « quelques voitures attelées à la hâte se lancent au « galop parmi les tentes-abris, renversant les hommes « et produisant une confusion inexprimable.

« Les compagnies du 88ᵉ de ligne se précipitent aux « faisceaux et les rompent. Quelques-unes se portent « plusieurs pas en avant, sans ordre, avant que les « officiers aient eu le temps de les arrêter. La panique « est imminente.

« Mais le lieutenant-colonel Demange s'était élancé
« le premier en avant du front de bandière; il com-
« mande aussitôt de reformer les faisceaux et de rester
« sur deux rangs en arrière. Puis, d'une voix très
« calme, il demande son cheval et ses armes.

« Je le vois encore entourant lentement et méthodi-
« quement sa taille d'une ceinture de zouave, tout en
« rassurant les hommes qui se trouvaient le plus près
« de lui. Enfin, montant à cheval et dressant sa haute
« stature, il tire son épée, fait faire un roulement,
« puis commande : « Rompez les faisceaux ! »

« Cette attitude avait déjà produit son effet. Les
« hommes sont immobiles et s'alignent; quelques-uns
« plaisantent, les officiers sont à leur place de bataille
« et achèvent de remonter, par leur exemple, le moral
« de leurs soldats.

« Alors, se plaçant en arrière du drapeau, le lieute-
« nant-colonel Demange indique à haute voix un peu-
« plier comme point de direction et commande une
« marche en retraite en échelons par bataillon à
« quatre-vingts pas, comme s'il s'était trouvé sur le
« terrain de manœuvres..... Cette marche sous le
« feu de l'artillerie ennemie a été admirable d'ordre et
« de silence. On se serait cru à l'exercice.... (1). »

Ainsi groupé et mis en main, le 88° se battit vail-
lamment tout le jour; mais à la tombée de la nuit un
détachement de ce régiment, oublié dans une ferme
qu'il avait défendue avec opiniâtreté, s'aperçut que le
terrain situé entre lui et l'armée française était occupé
par les Allemands, et qu'il se trouvait coupé de sa
ligne de retraite. Il comptait 223 officiers, sous-officiers et soldats, tous, ainsi que leur chef, le lieute-

(1) Colonel CANONGE, loc. cit.

nant-colonel Demange, décidés à périr plutôt qu'à se rendre. On prit donc le parti de se frayer un passage les armes à la main.

« Une heure avant le jour, le détachement fractionné « se dirigeait vers le faubourg de Mouzon : à sa tête « marchait le lieutenant-colonel Demange, ayant à sa « hauteur le commandant Escarfail, le capitaine adju- « dant-major Lordon et le lieutenant Kelberger. La « compagnie prusienne de grand'garde est surprise, « refoulée, et le bataillon auquel elle appartient doit « entrer tout entier en ligne. Déjà l'héroïque Demange « est tombé grièvement blessé. Il se fait placer sur le « bord de la route : « En avant! s'écrie-t-il; ne vous « occupez pas de moi. » (*Historique du 88e de ligne.*) « L'impétueuse colonne continue sa course sous la « fusillade, et, suivie de près, arrive au pont qui est « barricadé (1). »

« .... On escalade comme l'on peut cet obstacle, et « l'on se trouve enfin au milieu des Français!!!... On « se compte alors, et l'on vérifie que 90 seulement ont « pu passer : le reste est tué, blessé, noyé ou pri- « sonnier (2). »

Le lieutenant-colonel Demange, amputé de la cuisse, mourut le 12 septembre à l'hôpital de Mouzon. Son corps fut transporté à Bar-le-Duc, et inhumé avec tout le respect que méritait sa valeur. Quant au lieutenant Kelberger, il avait été tué à l'entrée du faubourg.

Ce fait d'armes fut le dernier épisode de la bataille de Beaumont, lugubre préface d'un drame plus terrible encore, la journée de Sedan. En accompagnant notre brave et malheureuse armée jusqu'à son calvaire, nous

(1) Colonel CANONGE, *loc. cit.* D'après le récit du comman- dant Guèze, en 1870, sous-lieutenant au 88e de ligne.
(2) *Historique du 88e de ligne.*

allons trouver à chaque pas de ces héroïsmes qui con-
solent un peu de la défaite, et permettent aux vaincus
de garder la tête haute, avec la foi entière de l'avenir.

Bataille de Sedan. — Le 31, dans la journée, le
mouvement prescrit par le Maréchal s'effectua, et
toute l'armée française se trouva groupée au nord, à
l'est et au sud de Sedan, nos corps formant un arc de
cercle dont la ville était le centre. Ici encore, les
troupes s'étaient installées au bivouac comme elles
avaient pu, sans se préoccuper ni de l'utilisation du
terrain ni même de leur propre sécurité. D'ailleurs
elles étaient épuisées de fatigue, affamées et encore
sous l'énervante impression des échecs antérieurs. Mal·
heureusement, cette fâcheuse influence se faisait probablement sentir aussi dans l'État-Major général, car
non seulement on n'y semblait pas préoccupé des
dangers de la situation, mais encore on n'ajoutait pas
foi aux rapports qui, de divers points, signalaient l'approche des corps ennemis et leurs inquiétants mouvements sur nos deux flancs. De son côté, l'ennemi avait
nettement pris son parti; il voulait enserrer notre
malheureuse armée dans un réseau de fer d'où il lui
fût impossible de se dégager, et la contraindre alors à
mettre bas les armes. Ce plan, hélas! ne réussit que
trop. Il est vrai que pour le mettre à exécution, les
Allemands disposaient de 250,000 hommes, appuyés
par 813 bouches à feu, tandis que nous n'avions à leur
opposer que 124,000 hommes avec 419 canons!

Dès l'après-midi du 31, les Bavarois s'emparèrent du
pont du chemin de fer de Bazeilles, juste au moment où
le génie français arrivait pour le faire sauter. Cette surprise donna lieu à un combat vigoureusement soutenu
par le 12ᵉ corps, et qui se termina vers 3 heures par
la retraite des Bavarois, sans toutefois que le pont pût

être repris. Plus avant dans la soirée, un détachement prussien vint occuper le pont de Donchery, en sorte que les Allemands, maîtres des débouchés de la Meuse, purent, pendant la nuit, jeter leurs troupes sur la rive droite, et commencer l'opération qui devait nous couper de Mézières et des routes communiquant avec l'intérieur du pays.

Les troupes françaises étaient donc, le 31 au soir, disposées de la façon suivante : au sud de Sedan, occupant les pentes qui dominent Bazeilles et les dernières maisons du faubourg de Balan, le 12e corps (général Lebrun) ; à sa gauche, face à l'est et dominant Givonne et Daigny, le 1er (général Ducrot). Au nord de la ville, derrière le ravin de Floing, et dominé par les crêtes de Saint-Menges et d'Illy, le 7e (général Douay). Enfin, tout près des remparts, dans l'enceinte fortifiée qu'on appelait le *Vieux-Camp*, le 5e (général de Failly). Quant à la cavalerie de réserve, on l'avait placée tout près du 7e corps.

Le 1er septembre, jour dont le souvenir est à jamais couvert d'un voile de deuil, les Allemands attaquèrent à l'aube. Il faisait un brouillard épais, qui montait des prairies bordant la Meuse, et jetait sur la campagne comme un tapis de gaze blanche, dissimulant dans ses plis le nombre des colonnes ennemies. Le froid était intense et pénétrant, et nos soldats, engourdis par une nuit passée au bivouac sans feu et sans pain, cherchaient devant leurs misérables petites tentes à ranimer un peu leurs membres endoloris en battant la semelle, quand vers 4 heures et demie, des coups de feu, dont la lumière rouge perçait çà et là la buée, retentirent au sud de Bazeilles, et des balles vinrent s'applatir en sifflant contre les murs et les maisons. C'était le IIe corps bavarois, général von

der Thann, qui, sous la protection de son artillerie
postée sur les hauteurs de la rive gauche, marchait à
l'attaque de Bazeilles et s'avançait à travers les prés.

Défense de Bazeilles. — *La dernière cartouche.* —
Ceux à qui revenait l'honneur de résister à ce premier assaut étaient les braves soldats de l'infanterie
de marine, les *marsouins*, comme on les appelle, qui
soutiennent dans les cinq parties du monde, sous les
brûlants soleils du tropique, aussi bien que dans les
fanges meurtrières du Mékong et du Fleuve-Rouge,
la gloire et la puissance du pavillon français. Comme
le général Lebrun, craignant une surprise, avait eu la
sage précaution de faire sonner le réveil une heure
avant le moment fixé, nos hommes sont prêts à répondre aux Bavarois, et ceux-ci, qui croyaient nous
prendre à l'improviste, sont tout étonnés de recevoir
immédiatement des projectiles qui leur font subir des
pertes sensibles. Grâce cependant à leur nombre, ils
parviennent à s'emparer d'une partie du village, mais
ce n'est qu'au prix des plus sanglants sacrifices, car
l'opiniâtreté des défenseurs ne se dément pas un seul
instant. Rendus furieux par cette résistance, ils cou-
vrent Bazeilles d'obus incendiaires, et cheminent à
travers deux rangs de maisons enflammées. L'infanterie de marine tient toujours. Alors, la rage de l'ennemi ne connaît plus de bornes : avec des torches
flambantes, il met le feu dans les rues encore intactes. Bientôt le malheureux village n'est plus
qu'une fournaise, que les nôtres sont forcés d'évacuer.
C'est à peine si quelques masures restent encore debout. Les Bavarois, ivres de sang et de fureur, se
ruent à travers ces ruines fumantes, fusillent des
blessés, s'emparent des habitants affolés qui n'ont pu
fuir, et massacrent impitoyablement tout ce qui tombe

sous leur main, sans pitié ni pour les femmes, ni pour
les enfants, ni pour les vieillards. La plume se refuse
à retracer de pareilles horreurs. Par ces cruautés sans
nom, par ces infamies commises de sang-froid, pendant trois jours et trois nuits, alors que l'ivresse du
combat ne pouvait plus être donnée pour excuse, ces
hommes indignes de porter l'uniforme ont déshonoré
à tout jamais le nom bavarois. Ils étaient bien les fils
de ceux qui après avoir reçu de l'empereur Napoléon
des bienfaits de toute sorte et couvert le maître d'adu-
lations serviles pendant ses succès, abandonnèrent
lâchement l'armée française au moment de ses revers,
et, tournant contre elle leurs armes mercenaires,
l'obligèrent à leur passer sur le ventre, à Hanau! Ils
étaient bien ceux-là mêmes que les Prussiens avaient
si facilement battus en 1866, et qui allaient pousser la
bassesse jusqu'à offrir les premiers à leur vainqueur
d'hier une couronne impériale qui leur enlevait et leur
indépendance et presque leur autonomie!

Quant aux atrocités de Bazeilles, nous en donne-
rons une faible idée en disant que sur 423 maisons
que comptait le bourg, 37 seulement furent brûlées
par les obus, tandis que 363 furent incendiées volontairement; que, d'après la liste officielle établie en 1871
par le maire, 43 habitants des deux sexes furent mas-
sacrés sur place, enfin que les pertes matérielles ont
été évaluées à cinq millions de francs!

Disons-le à l'honneur de l'humanité : il y eut dans
l'Europe entière une immense explosion d'indignation.
Les journaux étrangers dénoncèrent au monde civilisé
cette conduite qui reportait la guerre à quatorze
siècles en arrière, et l'horreur en fut telle que le général von der Thann dut plaider les circonstances
atténuantes. Par une lettre adressée le 20 juin 1871,

à l'*Allgemeine Zeitung,* il prétendit que le feu avait été
mis à Bazeilles autant par nos obus que par les canons
bavarois ; que les citoyens morts pendant la lutte
avaient tous été *tués accidentellement* et que leur nombre
ne dépassait pas trente-neuf !! enfin que tout cela était
un malheur regrettable, mais un de ces événements
fréquents à la guerre et impossibles à empêcher.

Malheureusement pour le général bavarois, le démenti ne se fit pas attendre. Von der Thann avait eu,
dans sa lettre, l'audace d'en appeler au témoignage de
M. Bellomet, maire de Bazeilles. Cet honorable magistrat protesta avec la dernière énergie contre ces
insinuations (1), et ses affirmations irrécusables furent
encore corroborées par la parole du vénérable abbé
Baudelot, alors desservant de village, aujourd'hui curé
de Carignan. Au surplus, il existe une pièce authentique, conservée aux archives de la ville de Sedan,
dont les termes suffisent à fixer ce point d'histoire.
C'est une communication officielle adressée par le
commandant allemand de la place de Sedan, le 29 septembre 1871, au commissaire civil, et interdisant les
souscriptions ouvertes en faveur des pauvres de Bazeilles par les Anglais venus pour visiter le champ de
bataille. « Je vois, dans ce fait, dit le commandant,
un blâme et une fausse interprétation de *la sentence
exécutée contre ce village.* »

C'est assez clair. Les inutiles cruautés de Bazeilles
étaient bien *voulues*, et leur souvenir couvre d'une
honte ineffaçable les généraux et les soldats bavarois.

Cependant, le IV° corps prusssien était arrivé pour
renforcer les Bavarois : l'ennemi enveloppait maintenant Bazeilles et débordait le village vers l'est. De notre

_____

(1) *Echo de Givet,* du 5 août 1871.

côté, les divisions Grandchamp et Lacretelle, toutes deux du 12ᵉ corps, s'étaient portés au secours de la division de Vassoigne, et tenaient tête à l'ennemi en face de la Moncelle et de Daigny. Mais l'artillerie allemande, beaucoup plus forte que la nôtre, faisait dans ces troupes des ravages sanglants. A un moment donné, « un « obus vient tomber sur le 34ᵉ, tue deux soldats et en « blesse cinq autres. L'un d'eux, le caporal Grosbras a « le bras gauche complètement fracassé. Il va trouver « son lieutenant :

« — Mon lieutenant, dit-il, j'ai le bras coupé. Puis-« je me retirer ? »

« En effet, le bras de ce malheureux ne tient presque « plus à l'épaule. L'officier, tout ému de tant de cou-« rage, ne peut répondre.

« — Bah ! mon lieutenant ! un bras de plus ou de « moins, ce n'est pas grand'chose, » dit stoïquement « Grosbras. Et il se dirige tranquillement vers l'ambu-« lance, supportant son membre mutilé avec l'autre « main (1). »

Bientôt il est impossible de tenir. Entourée de tous côtés, décimée par les obus, chassée par l'incendie, l'héroïque infanterie de marine doit se replier sur Balan. C'est ici que se place l'épisode immortalisé par le pinceau de notre grand peintre Alphonse de Neuville, et connu de tous sous le nom de *la Dernière Cartouche*

Au nord de Bazeilles, dans une maison isolée qui touche au faubourg de Balan et qu'on appelle la maison Bourgerie, une poignée d'hommes s'était barricadée et, prolongeant la résistance avec une audace incroyable, tenait en échec un corps d'armée tout entier. Le 15ᵉ régiment bavarois cernait la maison, fusillait

(1) Dick DE LONLAY, *loc. cit.*

les fenêtres, mais n'osait cependant tenter l'assaut de cette petite forteresse, tant l'énergie de ses défenseurs lui en imposait. Dirigés par trois officiers d'infanterie de marine, le commandant Lambert, les capitaines Ortus et Aubert (1), ceux-ci ont organisé aux ouvertures de la maison des meurtrières par lesquelles ils déciment les Bavarois. Vainement l'ennemi amène renfort sur renfort ; vainement ses projectiles déchiquètent les matelas dont sont barricadées les fenêtres, labourent les boiseries et réduisent les portes à l'état d'écumoires ! Des deux chambres du premier étage, où se tiennent les défenseurs encore valides, part un roulement continu de mousqueterie, et chaque fraction ennemie qui s'approche est désorganisée en un clin d'œil. Mais bientôt cependant la petite troupe est elle-même réduite à quelques hommes : les blessés gisent pêle-mêle avec les morts, sur le lit, sur le sol où coule un ruisseau de sang : les chambres sont remplies d'une fumée âcre et épaisse qui asphyxie, les plafonds se trouent et s'éventrent, jetant partout des débris qui sont autant de projectiles... Von der Thann, impatienté de cette résistance prolongée, la fait maintenant réduire par le canon. Puis, pour comble d'infortune, les munitions s'épuisent : on est obligé de vider les cartouchières des blessés et des morts... encore trois coups à tirer... encore deux... encore un ! Celui-là, c'est le capitaine Aubert qui le tire lui-même, tandis que le commandant Lambert, sa cuisse blessée entourée d'un mouchoir, regarde, appuyé sur l'entablement d'un vieux

----

(1) Le commandant Lambert, aujourd'hui général de brigade, était récemment commandant militaire du palais du Sénat. Le capitaine Ortus est devenu également colonel, quant au capitaine Aubert, le tireur de la « dernière cartouche », il a pris sa retraite comme chef de bataillon.

bahut placé près de la fenêtre, et que les soldats, les poings crispés et la figure contractée, attendent, la rage au cœur de leur impuissance, que la mort vienne les chercher !

Enfin, le terme de cette lutte héroïque est arrivé. Le commandant Lambert descend, fait ouvrir la porte, et s'offrant en holocauste à l'exaspération des Bavarois, présente sa poitrine. Une vingtaine d'hommes l'entourent, en poussant des cris de haine et de fureur. Les baïonnettes le menacent de toute part... Il va être massacré, quand un capitaine bavarois se précipite entre lui et ses soldats, le couvre de son corps et lui sauve la vie... Le nom de cet ennemi généreux ne doit pas être passé sous silence. Il s'appelait Lessignold.

Quant aux survivants de la défense, ils étaient quarante à peine, presque tous blessés. On les fit prisonniers. Le soir, on conduisit les trois officiers au Prince Royal.

« — Messieurs, leur dit-il, je n'admets pas qu'on désarme d'aussi braves soldats que vous. Gardez votre épée ! »

La maison Bourgerie a été depuis convertie en musée historique où sont conservées pieusement les reliques de ses admirables défenseurs. Le plafond crevé, l'armoire mouchetée de balles, l'alcôve maculée et hachée sont restés tels quels. Dans un coin, une vieille horloge frappée par un projectile et arrêtée au milieu de la lutte, marque éternellement l'heure de ce glorieux fait d'armes, 11 heures 35 minutes. Et le voyageur qui, visitant le champ de bataille si douloureux, arrive à cette maison délabrée, et gravit l'escalier de cette chambre, se découvre respectueusement devant ces lieux témoins de tant d'héroïsme, et envoie un souvenir d'émotion et de gratitude aux braves, morts ou vivants, qui y ont soutenu si dignement l'honneur immortel du nom français !

Dans la défense de Bazeilles, la division de Vassoigne perdit 32 officiers tués, 70 blessés et 2,555 sous-officiers et soldats : les Bavarois laissèrent sur le carreau près de 4,000 des leurs, la moitié environ de la perte totale des Allemands à la bataille de Sedan.

L'ordonnance Boutron. — Tandis que se déroulait ce drame grandiose, le général Lebrun, commandant du 12e corps, se tenait avec son état-major entre Balan et Bazeilles. Tout à coup un obus, parti des batteries bavaroises de Wadelincourt, siffle dans l'air, s'abat sur la route, et éclate avec fracas, enveloppant le groupe entier d'un nuage de fumée et de poussière. On s'empresse autour du général, que l'on croyait mort, mais qui est heureusement sain et sauf ; on se compte, et on aperçoit à quelques pas de lui le cadavre affreusement mutilé de son ordonnance, le soldat Boutron, qui gît sur la route dans une mare de sang, au milieu des débris des deux chevaux qu'il tenait en main, et que le projectile a mis en pièces.

Boutron était un brave et fidèle soldat, qui avait accompagné le général Lebrun en Afrique, en Crimée et en Italie, « et partout où il y avait eu des dangers à « courir, cet homme n'avait jamais laissé échapper « une occasion de servir son chef, de s'attacher à ses « pas, bien qu'il lui donnât l'ordre de ne pas s'exposer « inutilement. Au mois de juillet 1870, la guerre est « déclarée, et Boutron servait depuis dix ans dans la « garde de Paris ; il était marié, et il n'avait plus que « deux mois à faire pour avoir droit à la pension de « retraite. Il apprend que son général va se rendre à « l'armée. Que fait-il ? Il déclare à tout le monde qu'il « ira le rejoindre ; il n'y a plus pour lui ni raison d'in-

« térêt ni raison de famille. Il est soldat, il doit son
« sang à la patrie ; qu'il serve là-bas ou ici, peu im-
« porte, et puis son général part, il faut qu'il parte.

« Le général lui résiste, mais ce que peut la volonté
« d'un homme est immense pour le bien. Il demande
« et obtient un changement de corps, et va trouver son
« général à Metz.

« Après nos premiers revers, il le suit au camp de
« Châlons, et là, partout, comme il l'avait été dans les
« guerres précédentes, il devient la providence de
« l'officier général auquel il s'est attaché. Il veille à
« son dîner, hélas ! dîner sur le pouce, un morceau de
« pain et de chocolat, et encore! Il s'occupe des che-
« vaux, et, s'il ne tombe pas de sommeil et de fatigue,
« il songera à lui-même.

« Dans la nuit du 31 août au 1er septembre, on était
« sous Sedan. On dormait comme on pouvait, officiers
« et soldats, colonels et généraux, étendus sur le sol
« nu. Le général s'était couché dans son manteau,
« comme les autres, avec le ciel sombre sur sa tête. A
« son réveil dès l'aube, il s'aperçoit qu'autour de lui
« règne une petite tente dont la toile l'a préservé des
« fraîcheurs de la nuit. Il se glisse hors de cet abri, et
« tandis que tout le monde dort, il aperçoit Boutron
« qui tient près de lui le cheval qu'il doit monter.

« Dix minutes après, la bataille s'engage ; le cheval
« est frappé d'une balle et d'un culot d'obus qui le
« mettent hors de service. Boutron arrive aussitôt avec
« un autre cheval tout sellé, et il ne faisait pas bon là,
« comme l'a dit si énergiquement M. de Cissey, qui,
« lui aussi, connaît les mauvais endroits.

« La bataille fait rage ; cette journée de Sedan est
« l'une des plus dures de la campagne ; Boutron n'était
« jamais loin de son général, il avait toujours deux

« chevaux en main et l'œil au guet ; cela dura ainsi
« pour lui encore pendant deux heures, au milieu du
« tapage le plus infernal, lorsqu'un obus tombe, éclate,
« et Boutron disparaît avec ses deux chevaux dans un
« nuage de fumée et de poussière. — C'en est fait de
« ce brave homme ; il avait son affaire, comme disent
« les troupiers ; ses deux chevaux étaient en capilo-
« tade, et lui, tombait frappé en pleine poitrine, comme
« les vrais braves.

« Voyons ! cet homme, frappé si héroïquement dans
« son rôle modeste de cavalier d'ordonnance, qui, dans
« toutes les campagnes, a fait le même service, était-
« ce donc un simple domestique ? C'était un héros, et
« sa veuve peut être fière de sa mémoire (1). »

Nous avons voulu citer entièrement, et sans en
changer un seul mot, ces lignes émues consacrées par
un des officiers généraux les plus connus au serviteur
modeste qui a payé de sa propre vie son dévouement
à sa personne. Elles appartiennent à un article publié
le 27 mars 1875 dans le *Nouvelliste de Rouen*, et reproduit dans l'ouvrage consacré par le général à la journée de Sedan. Elles constituent pour la mémoire de
Boutron un véritable titre de gloire, pour les conscrits
de demain un précieux enseignement, et pour tous un
exemple des vertus qui honorent l'uniforme, quand
sous ses nobles plis bat un vrai cœur de soldat.

Le maréchal de Mac Mahon est blessé. — Peu de
temps après le commencement de l'action, et pendant
que le 12ᵉ corps, occupé tout entier devant Bazeilles et
la Moncelle, luttait désespérément avec ses seules ressources, le général Lebrun s'aperçut que des masses
considérables arrivaient sur sa gauche, menaçant Dai-

_____

(1) Général LEBRUN, *Bazeilles-Sedan*. Paris, Dentu, 1884.

CHARGE DES CHASSEURS D'AFRIQUE A SEDAN. (Page 151.)

gny et Givonne et qu'il risquait d'être bientôt tourné. Il en prévint immédiatement le Maréchal, lui demandant de le faire appuyer par le corps du général Ducrot.

Le Maréchal sauta en selle et se dirigea au galop vers Bazeilles. Mais comme, au débouché de Balan, on lui dit que le général Lebrun était près de la Moncelle, il tourna à gauche vivement et vint se placer en face de ce village, où il s'arrêta un moment pour observer les mouvements de l'ennemi. Tout à coup, un obus éclate, brise la jambe de son cheval et l'atteint lui-même à la hanche d'un de ses éclats. Le Maréchal pâlit.

« Monsieur le Maréchal, vous êtes blessé ! lui crie le colonel d'Abzac, son aide de camp. Descendez de cheval ! »

— « Non : ce n'est rien ! » répond le Maréchal.

Mais une minute après, le duc de Magenta perd connaissance, et on est obligé de l'emporter (1). Un de ses officiers d'état-major court au galop prévenir le général Ducrot que c'est à lui, comme plus ancien, que revient le commandement suprême. Il était alors 7 heures et demie.

Quelques instants plus tard, l'Empereur pâle, fatigué, accablé de tortures physiques et morales, arrivait avec son état-major tout près de l'endroit où cet événement s'était passé. Il resta là quelque temps, pensif, donnant le douloureux spectacle de l'anéantissement complet où le plongeait l'effondrement lamentable de sa grandeur passée, indifférent à la pluie de fer qui tombait tout autour, et semblant chercher une mort

---

(1) L'emplacement exact où le Maréchal est tombé, près de l'intersection du chemin de Balan à la Moncelle avec celui de la Moncelle à Bazeilles, est marqué par une croix en pierre sans inscription.

qui ne voulait pas de lui. Puis, sans dire mot, il partit, et saluant le cadavre du capitaine Lesergeant d'Hendecourt, son officier d'ordonnance, qui venait d'être coupé en deux à ses côtés par un obus, il reprit tristement sa route. Devant Givonne, il vit tomber près de lui le général de Courson et le capitaine de Trecesson, grièvement blessés : il s'arrêta encore et causa un instant avec le général Ducrot. Enfin, à 11 heures et demie, vaincu par la souffrance, l'âme broyée et le corps torturé, il rentrait à Sedan, pour signer lui-même sa déchéance en faisant arborer le drapeau blanc.

Mais revenons à la bataille. Aussitôt investi du commandement en chef, le général Ducrot, comprenant que tout était perdu si l'ennemi s'emparait de la route de Mézières, donna l'ordre de la retraite et enjoignit aux 7e, 12e et 5e corps de se jeter sur cette route pour la rouvrir coûte que coûte. Malheureusement, le général de Wimpffen, récemment arrivé à l'armée pour y remplacer le général de Failly, relevé de son commandement après la triste affaire de Beaumont, exhiba des lettres de commandement à lui délivrées d'avance par le Ministre de la Guerre, prit instantanément la direction de la bataille, et arrêtant le mouvement de retraite déjà commencé, ramena les 1er et 12e corps sur Givonne et Balan.

Quelque opinion qu'on puisse avoir sur l'une ou l'autre de ces manœuvres, dont l'antagonisme a donné lieu à des polémiques sans fin et à un procès retentissant (1), il est incontestable qu'un double changement aussi radical dans la tactique, à si peu d'intervalle et dans un pareil moment, ne pouvait qu'être funeste. Les

(1) *Procès de Wimpffen-Cassagnac* devant la Cour d'assises de la Seine, 1872.

événements, en se précipitant, se chargèrent d'eux-
mêmes, et bien malheureusement pour nous, de le
prouver.

En effet, pendant toutes ces déplorables allées et
venues, les Allemands continuaient à s'avancer sur nos
deux flancs. Peu à peu le cercle de fer se ferme ; les
corps prussiens atteignent Saint-Menges, puis Fleigneux et Illy tout à fait au nord. A midi et demi, la
garde royale, venue par l'est, donne la main aux
troupes qui, par l'ouest, ont occupé ce dernier village.
Le cercle est fermé : nous sommes définitivement enveloppés. Le général de Wimpffen n'a pu, au sud,
rompre la ligne épaisse des Bavarois, malgré son retour offensif : si nous ne perçons pas par la route de
Mézières, c'est la destruction totale, c'est la capitulation. Le général Ducrot veut tenter de ce côté un dernier effort.

Charges de la division Margueritte. — Déjà vers
onze heures du matin, comme les têtes de colonne de
l'infanterie prussienne commençaient à se montrer à
Fleigneux, le général Margueritte avait fait pour les
arrêter une première tentative. Se tournant vers les
escadrons du 3e chasseurs d'Afrique, à la tête desquels
leur colonel, marquis de Galliffet, bien que promu
général depuis la veille, avait tenu à rester, il leur
montra du doigt la ligne noire des casques allemands
et se levant sur ses étriers :

— « Enlevez-moi ça, les chasseurs », dit-il.

Un cri immense, puissant, unanime, lui répondit.
Alors le général de Galliffet, s'adressant à ses cavaliers, leur dit d'une voix forte :

— « Mes amis, nous avons l'honneur d'ouvrir la
la brèche : nous ne nous reverrons pas tous ! Je vous
fais mes adieux ! »

Et il se découvrit devant ces braves qu'il lançait à la mort.

Une trombe véritable, qui renverse devant elle ceux qui ne sont pas assez prompts pour se garer, s'abat instantanément sur l'infanterie allemande. Malgré le feu terrible qui part de ses rangs, malgré une pluie d'obus que dirige sur le plateau une batterie de 14 pièces, nos chasseurs d'Afrique, vrais successeurs des héros d'Isly et de Balaklava, enfoncent la première ligne des tirailleurs, portent la déroute dans les compagnies ennemies, et les forcent à suspendre leur marche offensive. Quand, après cette irruption soudaine, ils reviennent se rallier près du gros de la division, il en manque près d'un tiers, mais l'assaillant, surpris et désorienté, est obligé d'attendre, pour se remettre en route, que des renforts lui soient arrivés. Hélas ! ceux-ci ne tardent guère : de gros bataillons, sortant successivement et en masses compactes de la vallée de la Meuse, viennent couronner la hauteur. L'artillerie, bien postée dans des positions dominantes, fait rage. Quant à la nôtre, réduite au silence par des pertes sanglantes, à bout de munitions, elle a tenu cependant jusqu'à la limite extrême, mais pour ne pas perdre inutilement ses pièces, elle a dû enfin se retirer. La division Margueritte vient chercher un abri dans le bois de la Garenne, où un de ses chefs, le général Tillard, est coupé en deux par un obus. Le bois, fouillé en tous sens par les projectiles ennemis, est intenable : nos escadrons reviennent sur le plateau.

Il est près de 2 heures. A ce moment le général Ducrot voyant le cercle de feu se rétrécir sans cesse, amène sur la crête pour la lutte suprême, les divisions Pellé et L'hérillier : puis s'adressant au général Margueritte :

« Je vous demande de charger, lui dit-il. Balayez
« d'abord tout ce qui est là, devant nous : après, vous
« vous rabattrez à droite, et vous chercherez à prendre
« en flanc la ligne ennemie. »

Margueritte salue et s'incline : puis, suivi de son
état-major, il va reconnaître lui-même le terrain sur
lequel doit combattre sa division. Mais, au même
instant, le brave et déjà illustre général reçoit dans la
figure une balle qui, traversant ses deux joues, lui
brise la mâchoire et lui coupe la langue. On le remet
à cheval ; le lieutenant Réverony, son officier d'ordonnance, le soutient sous le bras droit, pendant qu'un
hussard de l'escorte le soutient sous le bras gauche,
et le triste cortège revient au pas vers la division. Le
général est dans l'impossibilité de parler ; sa langue
pend hors de sa bouche, et de son horrible blessure
coule un large filet de sang qui descend sur sa tunique... il lui reste cependant la force de faire un geste,
et de montrer à ses cavaliers la direction de l'ennemi...

Exaspérés et impatients de venger un chef qu'ils
aimaient, ceux-ci se précipitent, sans même attendre
un commandement : le 1er chasseurs d'Afrique, suivi
à courte distance par les 3e et 4e régiments de même
arme, prolongé sur sa gauche par le 1er hussards et le
6e chasseurs de France, se rue sur les fantassins
prussiens, tandis que les pièces françaises auxquelles
il reste quelques gargousses ouvrent un feu désespéré.
Le terrain est déplorable ; des ressauts de plus d'un
mètre, des dépressions brusques et profondes rompent
la cohésion des escadrons ; la terre est labourée d'obus ;
la mitraille rugit, les balles sifflent partout et en tout
sens. Mais à travers le fer et le plomb la rafale passe,
roule, mugit, tourbillonne, et vient se briser avec
fracas sur une muraille de baïonnettes, comme un

flot furieux sur le rivage hérissé de brisants ! Il y a
des chutes effroyables, des culbutes de pelotons entiers, s'effondrant les uns sur les autres, à chaque étage
de ce sol, qui est comme une nouvelle marche d'un
immense escalier de mort. Bientôt, tout ce qui se
trouve de cavaliers à portée veut prendre sa part de
cette chevauchée furieuse : des escadrons de cuirassiers, massés derrière un pli de ravin, se jettent sur
les faubourgs de Gaulier et de Cazal, où l'ennemi se
présente en masse. Les 2ᵉ et 3ᵉ escadrons du 4ᵉ lanciers quittent l'infanterie à laquelle ils sont attachés
pour fondre sur Floing, et se faire presque tous tuer
dans la rue accidentée de ce village !... C'est une rage
de mourir qui s'est emparée de tous ces vieux soldats,
coutumiers de vaincre, et désespérés à la seule pensée de la défaite !

Et pendant ce temps, le flot terrible des Allemands
monte toujours. Le général de Galliffet, qui a pris la
direction de la charge, voit venir à lui le général Ducrot, pâle, crispé, les traits décomposés :

— Encore un effort, dit celui-ci ! l'honneur des
armes l'exige !

— Tant qu'il en restera un, répond Galliffet.

Et tout ce qui reste encore s'élance une dernière
fois. « Mais en vain ! sabrés, dispersés momentané-
« ment, les tirailleurs ennemis se sont repliés sur la
« deuxième ligne : contre celle-ci qui est pleine et ren-
« forcée à ses ailes par des carrés, viennent se briser
« les efforts réitérés, désespérés des escadrons dont les
« débris se dispersent de tous côtés (1). »

Il y avait là-bas, de l'autre côté de la Meuse, sur
les hauteurs de la Croix-Piaux et de la Marfée, deux

_____

(1) Colonel CANONGE, loc. cit.

groupes d'hommes silencieux et graves qui suivaient avec une émotion dont ils n'étaient pas maîtres les péripéties de ce drame héroïque. Le premier, composé du Prince Royal, du général de Blumenthal et du prince royal de Saxe, semblait oublier un instant la direction tactique de la bataille pour admirer tant de courage et tant de mépris de la mort. Le second, où se trouvaient, entourés d'un nombreux état-major, le roi Guillaume, le général de Moltke et le comte de Bismarck, ne quittait pas non plus des yeux le coin de terre ou des hommes, des Français, donnaient à leurs vainqueurs l'inoubliable spectacle d'une abnégation surhumaine devant laquelle ne pouvait rester insensible aucune fibre de soldat! Tout à coup le vieux roi laisse tomber la main qui soutenait sa jumelle. Il se tourne vers les deux hommes auxquels il était redevable de ses succès inespérés, et s'écrie, en désignant du doigt le tourbillon sublime : « Oh! les braves gens ! »

Ainsi un autre Guillaume (1), près de deux cents ans auparavant, s'était écrié aussi, devant l'indomptable ténacité de nos pères : « Oh! l'insolente nation! »

Oui! c'est une noble et courageuse nation que notre chère France, une nation tant aimée qu'on donne avec joie sa vie pour elle, et que pour la défendre ses enfants deviennent des héros. Qu'elle ait été trahie par la fortune, c'est possible, mais que la couronne des reines soit tombée de son front, c'est une espérance de ses ennemis séculaires, que les jeunes générations, sorties de son sein fécondé par tant de sang généreux, se chargeront de démentir.

(1) Guillaume d'Orange, roi d'Angleterre, à la bataille de Nerwinden, gagnée par le maréchal de Luxembourg, le 29 juillet 1693.

Mais ce n'était pas assez de cette exclamation arrachée au souverain lui-même — en une heure d'enthousiasme — pour rendre à nos braves l'hommage entier qu'ils méritaient. L'histoire, elle aussi, leur devait un salut d'admiration respectueuse, et, comme si elle eût voulut en doubler le prix, c'est par la plume d'un adversaire qu'elle le leur a rendu.

« Bien que le succès n'ait pas répondu aux efforts
« de ces braves escadrons, dit la relation allemande,
« bien que leur héroïque tentative ait été impuissante
« à conjurer la catastrophe à laquelle l'armée française
« était déjà irrésistiblement vouée, celle-ci n'en *est*
« *pas moins en droit de jeter un regard de légitime*
« *orgueil vers les champs de Floing et de Cazal* sur les-
« quels, dans cette mémorable journée de Sedan, sa
« cavalerie succomba glorieusement sous les coups
« d'un adversaire victorieux (1). » Succomba ! on peut
le dire sans être taxé d'exagération, car 80 officiers,
et plus de 800 hommes avaient payé de leur sang cet
admirable sacrifice ! Mais « entre toutes ces pertes,
celle du général Margueritte était irréparable » (2).

Le noble blessé, après un pansement sommaire sur le champ de bataille, avait été transporté à la sous-préfecture de Sedan. L'Empereur, qui s'y trouvait également, vint le voir et lui serrer la main.

— J'espère, général, lui dit-il, que votre blessure sera sans gravité, et que votre haute valeur ne sera pas perdue pour la patrie.

Margueritte se fit apporter du papier et un crayon.

— Sire, je vous remercie, écrivit-il d'une main mal assurée ; moi, ce n'est rien, mais que va devenir l'armée, que va devenir la France ?

(1) *La Guerre Franco-Allemande.*
(2) Colonel CANONGE, *loc. cit.*

Puis, comme son entourage l'interrogeait respectueusement, il traça encore les lignes suivantes, qui
sont comme le testament de ce cœur vaillant et de cette
âme élevée.

« Notre épreuve est grande ; mais notre gloire à nous
« chasseurs d'Afrique reste intacte ; et c'est quelque
« chose.

« Ayez beaucoup de sollicitude pour vos hommes ;
« ils le méritent à tous égards, et supportons la mau-
« vaise fortune en gens de cœur (1). »

Moins d'une semaine plus tard, le 6 septembre, le
général mourait en Belgique, au château de Beau-
raing, où, sur la demande de la duchesse d'Ossuna, il
avait été transporté.

Cependant, le douloureux holocauste de notre malheureuse armée s'achève. Entassés dans les murailles
trop étroites de Sedan, enserrés dans un cercle de fer
et de feu qu'aucun effort humain ne peut briser, nos
pauvres soldats vont être, en vertu d'une capitulation
fatale, livrés à un adversaire sans pitié. Toute tentative d'ensemble est condamnée à l'impuissance, comme
est vaine maintenant toute espérance d'échapper autrement que par la mort à la loi rigoureuse du vainqueur.
Il en est encore cependant qui ne veulent pas se rendre,
et préfèrent succomber le sabre en main, qu'être traî-
nés dans les prisons de l'ennemi.

La percée de Cazal. — Vers 2 heures et demie du soir,
alors que la division de Bonnemain manœuvrait dans
les ravins de Gaulier et de Cazal pour se raprocher de
la place, un escadron du 1er cuirassiers, auprès duquel
se trouvait le commandant d'Alincourt, fut brusque-

(1) Colonel CANONGE, *loc. cit.*

ment séparé de son corps par un afflux de troupes battant en retraite. Le commandant proposa à ce petit groupe de tenter une percée à travers l'ennemi, et non seulement l'escadron tout entier demanda à le suivre, mais encore quelques volontaires, égarés de ce côté par les hasards de la bataille, se joignirent immédiatement à lui.

Alors le commandant d'Alincourt se mit en tête de la colonne, ayant à sa gauche M. La Fuente (1), lieutenant d'état-major ; puis derrière et placés par rang de quatre, MM. Haas, capitaine commandant, Blanc, capitaine en second, Théribout, lieutenant en premier, de la Lande, capitaine d'état-major, Garnier, lieutenant en second, de Montesson, sous-lieutenant, tous du 1er cuirassiers, Séligman-Lui, sous-intendant militaire, Strohl, capitaine, et Diehl, sous-lieutenant au 3e cuirassiers.

Le groupe s'avança d'abord au pas, puis, arrivé au faubourg de Cazal, se lança à la charge, sabrant et culbutant les premiers soldats qu'il rencontra et que la surprise rendait incapables de se défendre. Mais bientôt, les Allemands, revenus de leur stupeur, barricadent la rue à l'aide de voitures, fusillent les cuirassiers, tuent le commandant d'Alincourt, MM. de la Lande et Théribout, blessent deux autres officiers, et mettent hors de combat plus de la moitié des héroïques cavaliers. Ce généreux effort avait avorté, comme tant d'autres ; les survivants furent tous pris, et il ne reste de leur sublime folie qu'un souvenir, perpétué par une petite plaque fixée sur une chapelle, et la sainte émo-

(1) M. La Fuente a donné sa démission après la guerre et collaboré à divers journaux sous le pseudonyme de Freudenthal.

tion soulevée par leur fait d'armes dans les rangs déci-
més de leurs frères d'armes vaincus.

Le lendemain de cette lugubre journée, nos pauvres
soldats, strictement gardés par des détachements allemands, étaient entassés dans la presqu'île d'Iges, et
traités par nos vainqueurs sans générosité avec une barbarie qui révolte et que l'histoire a déjà flétrie. Les
souffrances de ces braves furent inouïes, mais le courage avec lequel ils les supportèrent ajoute encore au
respect que doit la France à ces nobles victimes du
patriotisme et du devoir. Ils étaient dans *le camp de la
misère* 83,000 : nul ne saura jamais combien y ont succombé aux atteintes du froid, de l'humidité et de la
faim !

Quant aux pertes de la bataille, elles étaient énormes ;
nous comptions 3,000 tués et 14,000 blessés, en chiffre
rond. Le Maréchal et 18 généraux étaient atteints. Les
généraux Margueritte, Guyot de Lespart, Girard, Tillard et Liédot ; les colonels Clicquot, du 1er chasseurs
d'Afrique, de Linage, de l'état-major ; les lieutenants-
colonels de Gantès, du 1er hussards, Ramond, du
1er chasseurs d'Afrique, de Linières, du 3e chasseurs
d'Afrique, était au nombre des morts.

Les Allemands, eux, n'avaient perdu qu'un seul général, le commandant du XIe corps, de Gersdorff ; mais
il laissaient sur le champ de bataille 8,459 hommes,
dont 465 officiers !

D'ailleurs, qu'importent les pertes, en présence de
résultats pareils à ceux que nos ennemis venaient d'obtenir? La seule armée française qui tînt encore la campagne était détruite; le pays était ouvert et la capitale
découverte. Certes, ils pouvaient croire avec quelque

apparence la guerre terminée, et la France écrasée pour longtemps !

Ils comptaient sans le patriotisme français, qui, après avoir lutté pour la vie, allait maintenant, pendant quatre mois encore, lutter courageusement pour l'honneur !

Le colonel Péan, du 1ᵉʳ grenadiers. (Page 184.)

CHAPITRE VI

LE SIÈGE DE METZ

Il nous faut maintenant suivre jusqu'à la fin de sa douloureuse agonie cette vaillante armée de Metz, conduite peu à peu par son chef à la plus lamentable des catastrophes. Nous allons voir 150,000 hommes, solides, aguerris, braves et dévoués, végéter misérablement

pendant deux longs mois dans une inaction démorali-
sante, s'user inutilement dans les souffrances des bivouacs boueux, s'étioler lentement sous l'étreinte de
la misère, des privations et d'une rage impuissante,
pour finir, dans la honte d'une capitulation ignomi-
nieuse, une destinée qui eût pu être glorieuse et brillante. Dénouement déplorable et fatal d'une série
de combinaisons tortueuses, dont le véritable mobile
demeurera probablement toujours un mystère, mais
qui s'inspirèrent malheureusement beaucoup plus de
considérations personnelles que des lois imprescriptibles de l'honneur et du devoir.

Nous ne nous attarderons pas dans cette voie lugubre, où nous ne rencontrerions que tristesse et dégoût.
Aussi bien avons-nous pour but, non pas de rouvrir
une blessure encore saignante, ou de raconter une fois
de plus un drame trop connu, mais seulement de rappeler combien fut héroïque dans ses souffrances, noble
dans son infortune, stoïque dans sa passion, cette armée
accablée par un malheur immérité. Et nous lui asso-
cierons, dans un souvenir ému, l'admirable population
messine, modèle du plus pur patriotisme et de l'abnégation la plus absolue, restée si chère après vingt ans
à ceux dont elle partagea les angoisses et les douleurs
et si digne des regrets que met au cœur de la patrie
française une séparation dont elle ne se console pas.

Nous avons vu, après la bataille de Saint-Privat,
l'armée du Rhin s'installer dans ses bivouacs autour
de la place de Metz, sous la protection de forts dont la
construction, commencée en 1867, était encore inache-
vée. Le blocus, immédiatement entamé par les Allemands, se ferma rapidement, et dès le 20 août, toute
relation normale avec l'intérieur était interceptée. Toutefois, et ceci n'est point une constatation insignifiante,

la ligne enveloppante ne fut solidement constituée partout que le 25. Jusqu'à cette date, les forces principales de l'ennemi, préoccupé des mouvements de l'armée de Châlons, se maintinrent dans la partie ouest de la place, sur les routes de Briey et de Verdun, laissant à l'est un rideau de troupes tout à fait insuffisant pour enrayer un mouvement offensif tant soit peu vigoureux de notre part. Le Maréchal ne jugea à propos d'en tenter aucun.

Le 26 seulement, il fit passer la Moselle aux trois corps d'armée campés sur la rive gauche, déploya ses troupes sur le plateau de Borny d'où furent refoulés les avant-postes ennemis. Mais ayant négligé de donner le signal convenu pour l'attaque, il fut obligé de faire reprendre sans combat les emplacements du matin, sous un orage épouvantable qui jeta le désordre dans tous les corps.

Quatre jours se passèrent à reconstituer les régiments désorganisés : le 31, toute l'armée, recommençant exactement la manœuvre du 26, venait pour la seconde fois se déployer sur le plateau de Borny, et tentait, dans les conditions les plus défavorables, de s'ouvrir un passage les armes à la main.

Bataille de Noisseville. — Voici, en effet, ce qui s'était passé. Le 25 août, le général Ducrot, de l'armée de Sedan, en traversant le village d'Attigny, avait voulu profiter de la proximité de Metz pour donner à Bazaine des nouvelles de l'armée de Châlons. S'adres-à un courageux citoyen, dont le nom mérite d'être connu, M. Lagosse, maire de Montgon, il lui confia une dépêche annonçant formellement l'approche de cette armée, et demanda au Maréchal de tout préparer pour une action commune au moment opportun. M. Lagosse, au prix de mille dangers, parvint jusqu'à

11

Thionville (1), et remit sa dépêche au colonel Turnier, commandant de place, lequel la donna à son tour à un agent de police, nommé Flahaut, pour la porter à Metz.

Ainsi, tandis qu'un maréchal de France, investi du commandement suprême, et dépositaire des espérances de la patrie, restait inactif dans la position dangereuse où il s'était volontairement placé, deux hommes obscurs, un paysan et un fonctionnaire infime, n'hésitaient pas à risquer leur vie pour le salut commun, acceptaient la mission la plus périlleuse qui soit en temps de guerre, et rétablissaient entre les deux armées des communications que le commandement supérieur n'avait pas su conserver !

L'agent Flahaut réussit à traverser les lignes allemandes ; et le 29 au soir, il remettait sa dépêche au maréchal Bazaine. Les nouvelles qu'il apportait faisaient évidemment à l'armée de Metz un devoir de se diriger vers le Nord, à la rencontre de celle de Châlons, et l'entourage du Maréchal ne cachait pas ses sentiments à cet égard. « Il faut partir tout de suite ! » lui disait un officier supérieur de son état-major.

Le Maréchal se décida à tenter le 31 un mouvement offensif. Malheureusement les positions qu'il fit prendre à son armée ce jour-là étaient identiquement celles qu'on avait occupées le 26. En outre, la marche des différents corps, commencée à la pointe du jour (2), fut singulièrement retardée par l'encombrement qui se produisit au défilé de Vantoux, que tous étaient obligés

_____

(1) A cette date, la place de Thionville n'était pas encore investie.

(2) Pour qu'une semblable opération réussisse, il est indispensable que les troupes prennent position pendant la nuit et se trouvent prêtes à attaquer au lever du soleil.

de traverser après avoir passé les ponts de la Moselle. Bref, lorsqu'à quatre heures du soir le premier coup de canon put être tiré par les troupes du maréchal Lebœuf (3ᵉ corps), l'ennemi, parfaitement éclairé sur nos intentions, avait eu tout le temps nécessaire pour prendre ses dispositions, diriger des renforts importants sur le point menacé, et opposer à nos efforts des masses compactes, puissamment retranchées, protégées par une artillerie redoutable, et prêtes à toute éventualité. C'est dire que l'opération était manquée.

Ce n'était cependant pas faute pour notre courageuse infanterie d'avoir déployé cette fois encore une bravoure incomparable et un irrésistible élan. Sur tous les points, elle était victorieuse et avait pris pied dans les positions ennemies. Mais il semblait vraiment qu'on voulût la retenir, la brider, l'empêcher de pousser jusqu'au bout ses charges vigoureuses : en tous cas, l'approche rapide de la nuit ne lui permettait pas de profiter de ses succès.

Prise de Noisseville par le 95ᵉ. — L'attaque, avons-nous dit, avait commencé par le 3ᵉ corps (Lebœuf) placé à la droite française. Un des régiments de ce corps d'armée, le 95ᵉ, colonel Davout, duc d'Auerstædt (1), fut chargé de s'emparer du village de Noisseville, flanqué au sud par un groupe de maisons appelé la Brasserie, lequel avait été fortifié par des travaux de défense consistant en banquettes, tranchées-abri, barricades, meurtrières dans les murs, etc.

Ces travaux étaient gardés par un bataillon du régiment de grenadiers prussiens Prince-Royal, soutenu en arrière par cinq bataillons, trois escadrons de dragons et deux batteries.

(1) Aujourd'hui général de division, inspecteur général d'armée.

Le colonel Davout commença par mettre son régiment dans un ravin à l'abri des vues de l'ennemi : puis, « en présence du maréchal Lebœuf et du « général Changarnier (1) qui, avec tout l'état-major « du 3ᵉ corps, s'étaient portés sur ce point, il réunit « autour de lui tous les commandants de bataillon et « de compagnie et leur expliqua en détail l'opération « confiée au régiment, ainsi que le rôle attribué à cha- « cun d'eux, et leur recommanda de se porter rapide- « ment en avant, sans laisser tirer un seul coup de « fusil ; s'adressant ensuite au régiment, il fit sentir à « tous, en quelques brèves paroles, le prix de l'hon- « neur qu'il leur était réservé d'enlever la principale « position de l'ennemi (2). »

Le 1ᵉʳ bataillon avait pour mission de faire sur Nois- seville une fausse attaque, tandis que le 2ᵉ enlèverait la Brasserie et tournerait le village. Au signal donné par un coup de canon tiré du fort Saint-Julien, le régi- ment s'ébranle : « La charge se fait entendre et le « 2ᵉ bataillon parcourt ainsi par bonds successifs un « espace de 500 mètres sous un feu très vif et sans « tirer un coup de fusil. On marche comme à une fête « avec un entrain irrésistible ; le colonel Davout, l'épée « à la main, est en tête, excitant ses hommes de la « voix et du geste (3). »

Les Prussiens, abordés à la baïonnette, perdent la tête et lâchent pied : en un clin d'œil, la Brasserie est

(1) Le général Changarnier, mis à l'écart après les événe- ments de décembre 1851, était venu spontanément offrir ses services à l'Empereur, après nos premiers désastres, et suivait en volontaire le 3ᵉ corps auquel il apportait « l'élan commu- nicatif d'une ardeur que l'âge avait respectée ». (Colonel CA- NONGE.)

(2) Général THOUMAS, *Temps* du 3 octobre 1889.

(3) *Historique du 95ᵉ de ligne*, par le lieutenant E. BLOCH.

abandonnée ; les grenadiers du Prince-Royal se sau-
vent, laissant entre nos mains « une cinquantaine
« de prisonniers (1), et des fusils qu'ils jettent en
« fuyant (2). »

Tandis que les braves fantassins du 2e bataillon s'oc-
cupent d'organiser solidement la position qu'ils viennent de conquérir, le général Clinchant donne l'ordre
au 1er bataillon d'attaquer le village de front. « Cette
« attaque se fait avec vigueur ; les tirailleurs se por-
« tent en avant sous un feu très vif ; la compagnie
« Hauger, appuyée par la compagnie Guelfucci, se jette
« résolument baïonnette basse sur la tranchée-abri qui
« couvre la droite de Noisseville. Les ennemis sont
« littéralement enlevés et s'enfuient dans le village.

« La 1re compagnie, envoyée par le commandant
« de Planhol, accourt à l'aide et poursuit les fuyards.
« La panique se communique aux défenseurs du cime-
« tière, véritable forteresse crénelée défendue par
« 300 fantassins, et de tous côtés les Prussiens battent
« en retraite, laissant le 1er bataillon maître de la posi.
« tion (3). »

« Le maréchal Lebœuf et le général Changarnier
« accoururent féliciter le régiment qui, répétèrent-ils
« plusieurs fois, s'était comporté comme à la manœu-
« vre (4). » Oui, et il fallait pour cela un rude courage,
car dans cette charge furieuse exécutée *sans tirer*,
dans cette enlevée à la baïonnette où le troupier français se retrouvait enfin, le 95e avait subi des pertes
cruelles. 3 officiers tués, 5 blessés, 75 sous-officiers ou
soldats tués, 220 blessés restaient sur le carreau !

(1) Dont le capitaine commandant le poste.
(2) *Historique du 95e*.
(3) *Historique du 95e*.
(4) Général THOUMAS, *loc. cit.*

« Le sous-lieutenant Jullian, qui, sortant de Saint-
« Cyr, n'était resté aux bataillons actifs que sur ses
« instances, fit preuve d'un entrain et d'une bravoure
« remarquables. Blessé d'abord à la cuisse, il n'en
« reste pas moins devant sa section et la conduit à
« l'assaut ; blessé de nouveau à la tête, il prend un
« fusil et crie à ses hommes : « En avant, suivez-moi ! »
« Il tombe enfin frappé à mort par une troisième balle ;
« mais l'élan de ses soldats était décuplé... Le ser-
« gent Archer, de la 1re compagnie du 1er bataillon,
« eut le bras gauche fracassé par une balle. Le capi-
« taine Herbinger l'engageant à se retirer, il lui
« adressa cette noble réponse : « Pourquoi faire ? il
« me reste encore le droit, et c'est le meilleur (1). »

Pendant que ces épisodes héroïques illustraient les
annales des régiments du 3e corps au centre de notre
ligne, le 4e corps attendait pour se porter en avant qu'on
lui donnât l'ordre de s'ébranler. Stoïques sous un feu
d'artillerie des plus violents, les soldats des divisions
de Cissey et Grenier déchiraient leurs paquets de cartouches et préparaient leurs chassepots en mordillant
leur moustache d'impatience, mais sans proférer un
murmure ni un cri. Enfin l'heure de l'action a sonné.
Au commandement de leurs officiers, les régiments
s'ébranlent : le long glacis qui les sépare de la position de Servigny est franchi sous une pluie d'obus, qui
ne parvient pas à rompre la cohésion ni même l'aligne-
ment. Puis bientôt notre artillerie, renforcée des grosses
pièces du fort Saint-Julien, prend le dessus. Les lignes
épaisses de nos tirailleurs font sur les batteries allemandes un feu d'enfer, et celles-ci, ne pouvant plus
tenir, sont réduites à reculer en arrière de leur ligne
d'infanterie.

(1) *Historique du 95*

« Ce mouvement de retraite, a écrit un officier supé-
« rieur témoin oculaire, imprima un véritable élan aux
« troupes du 4ᵉ corps. Sans que l'ordre en fût donné,
« la charge retentit ; une ardeur nouvelle courut dans
« les rangs et l'on put croire un instant que la journée
« allait se terminer par une de ces brillantes attaques
« à la baïonnette qui avaient tant de fois assuré nos
« succès. Mais cet espoir devait être de courte durée.
« Le maréchal Bazaine... fit cesser cette sonnerie. »

    « Au moment où le 4ᵉ corps s'ébranla, a dit un autre
« officier, également présent sur le champ de bataille,
« où la charge battit sur toute la ligne, le Maréchal
« s'avança au milieu des bataillons ; il paraissait dé-
« cidé, nos troupes marchaient avec un tel entrain,
« une telle régularité, que le succès semblait assuré ;
« l'ennemi se retirait en désordre, ses premières tran-
« chées étaient enlevées, il n'y avait plus qu'à conti-
« nuer, et avec de l'énergie nous pouvions aller prendre
« pied sur le plateau de Sainte-Barbe. Que les réserves
« suivent, qu'elles soutiennent les premières troupes
« et le passage est ouvert... Telles étaient les pensées
« de tous, quand on vit le Maréchal rejoindre la route
« de Sainte-Barbe, contourner deux fois une mauvaise
« auberge où l'on venait de se battre, et revenir sur
« ses pas, sans dire un mot, sans laisser un ordre,
« reprenant la direction qui conduit à Saint-Julien et
« à Metz... « Ah ! nous sommes perdus, s'écria-t-on de
« bien des côtés, ce n'est que trop certain, il ne veut
« pas sortir... On l'avait bien dit ! (1). »

    La nuit vint arrêter la lutte, et nos soldats couchè-
rent presque partout sur les positions conquises. Le

_____

(1) *Metz, Campagne et Négociations*, par un officier supérieur de l'armée du Rhin. Paris, Dumaine, 1872.

1ᵉʳ septembre, dès l'aube, à l'heure même où les Bavarois promenaient leurs torches incendiaires dans
les maisons ensanglantées de Bazeilles, les Allemands,
qui avaient profité de la nuit pour amener de puissants
renforts, reprenaient l'offensive, et rentraient presque
sans côup férir dans les villages que nous occupions
encore.

Aucune direction d'ensemble n'avait présidé à la
défense de nos conquêtes de la veille, et le seul ordre
que reçut l'armée fut de reprendre ses précédents bivouacs.

A midi tout était terminé; 3,554 Français dont 145 officiers venaient de payer de leur sang cette comédie
lugubre dont le dénouement n'avait été que trop mûre-
ment prémédité. Un général, le brave Manèque, chef
d'état-major du 3ᵉ corps, était mort; trois étaient blessés, les généraux Montaudon, Osmont et Lafaille.
Quant aux Allemands, ils n'avaient perdu que 2,976
hommes, dont 126 officiers.

L'investissement n'était commencé que depuis quinze
jours à peine, et déjà les vivres devenaient rares. Dès
le 4 septembre, on distribua de la viande de cheval;
dès le 15, les batteries, privées de leurs attelages que
le défaut d'alimentation, joint à l'abatage journalier
de 250 animaux, diminuait dans des proportions énormes, ne purent plus fournir qu'un nombre de pièces
mobiles absolument insuffisant pour une action exté-
rieure. Puis vinrent des séries interminables de pluies
torrentielles qui transformaient les bivouacs en des
océans de boue, où se traînaient péniblement des chevaux amaigris, efflanqués, et se dévorant les uns aux
aux autres la crinière et la queue pour tromper la faim
qui les torturait.... Officiers et soldats, les vêtements
en loques et souillés de boue, erraient à travers les

PRISE DE NOISSEVILLE PAR LE 95ᵉ. (Page 163.)

tentes, l'air abattu et résigné, de cette résignation douloureuse qui ronge dans leurs intimes replis les âmes
les plus fortement trempées, et use les tempéraments
les plus solides mieux que toutes les explosions de
rage... De ces régiments magnifiques, de ces guides
aux chamarrures éclatantes, de ces cuirassiers étince-
lants sous leur armure géante, de ces grenadiers
immenses, que naguère encore on applaudissait aux
revues de Longchamp, il ne restait déjà plus que des
ombres, des troupeaux d'hommes accablés sous le
double fardeau de la souffrance et du malheur, et privés désormais de l'espoir qui console et de la confiance
qui soutient. Metz devenait un tombeau où cette admirable armée était ensevelie vivante, et chaque jour qui
se passait resserrait plus étroitement sur elle les plis
de son linceul.

Cependant, comme le 7 septembre, on avait appris
par des rumeurs et des journaux pris aux avant-postes le désastre de Sedan et l'effondrement définitif des
espérances fondées sur l'arrivée de l'armée de Châlons,
le maréchal Bazaine crut pouvoir entrer en communication avec le prince Frédéric-Charles. Celui-ci, témoi-
gnant aussitôt d'un extrême bon vouloir, répondit à ces
avances avec un empressement qui eût dû éveiller la
méfiance, et annonça au Maréchal la révolution du
4 Septembre, en dépeignant l'état intérieur de la France
sous les plus sombres couleurs. Un conseil de guerre
fut tenu le lendemain au grand quartier général, et le
Maréchal y déclara qu'on ne tenterait plus de grandes
sorties d'ensemble, mais qu'on se bornerait désormais
à de petites opérations circonscrites au front de chaque corps d'armée, et cela *en attendant les ordres du
gouvernement*. Puis, les pourparlers avec l'ennemi
recommencèrent.

Nous n'entrerons dans aucun détail au sujet dè ces relations singulières, que les lois militaires condamnent formellement, et que le jugement de Trianon a flétries comme elles méritaient de l'être. Aussi bien ces douloureux souvenirs sont-ils encore présents à toutes les mémoires, et il nous répugne de les remuer à nouveau. Nous ferons donc le silence sur l'intervention louche de l'espion Regnier, sur la mission du pauvre général Bourbaki, si loyal, si brave, si honnête et si odieusement joué, ainsi que sur les deux voyages effectués plus tard à Versailles, auprès du roi de Prusse, et à Chislehurst, auprès de l'Impératrice, par le général Boyer, aide de camp du Maréchal. D'ailleurs, les documents abondent, qui traitent de ces tristes épisodes, et la lumière à leur endroit a été faite dans un procès public. Pour nous, qui voulons rendre hommage à ceux, officiers et soldats, qui dans ces jours maudits n'ont pas désespéré de la France, nous allons, avant de nous séparer de l'armée de Metz, la montrer jusqu'à la fin digne de respect, et retrouvant dans son patriotisme assez de force et d'énergie pour infliger encore à l'ennemi de sanglantes leçons.

Petites opérations de guerre. Lauvallier. Peltre. — La première des petites opérations tentées pour augmenter les ressources en vivres et en fourrages eut lieu le 22 septembre, au hameau de Lauvallier, où le 3e corps captura 25,000 gerbes de paille ; la seconde fut dirigée le 27 septembre sur le village de Peltre, situé au sud-est de Metz, sur la ligne ferrée de Strasbourg.

Il s'agissait ce jour-là d'enlever le village, et de lancer ensuite une locomotive blindée jusqu'à Courcelles, pour se saisir des nombreux wagons de vivres que les Prussiens y avaient accumulés. Le combat s'engagea avec vigueur; le 90ᵉ de ligne s'empara du château de Mercy, et le train arriva jusque devant Peltre. Malheureusement, il ne put aller plus loin. « Un espion, qui « vendait de l'eau-de-vie dans les ateliers du chemin « de fer, avait vu les préparatifs qui s'étaient faits, et « la nuit même franchissant nos lignes, il s'était hâté « d'aller prévenir l'ennemi, qui prit des mesures immé· « diates; le parc à bestiaux qui se trouvait près de « là fut reporté en arrière, et la voie coupée en avant « de Peltre, à hauteur du hameau de Crépy, de ma- « nière à y arrêter notre convoi sous le feu d'un poste « qui venait d'y être placé. En effet, à la vue de la « coupure, la locomotive dut stopper, nos soldats (1) « sautèrent en bas des wagons, et ils furent assaillis « immédiatement par une fusillade des plus vives qui « leur fit éprouver des pertes sensibles. Sans se laisser « émouvoir, ils enlevèrent promptement les maisons, « en délogèrent l'ennemi et vinrent rejoindre les trou- « pes du général Lapasset...... Les Prussiens décon- « certés abandonnèrent le village et se retirèrent en « désordre, laissant entre nos mains 150 prisonniers ; « les approvisionnements qu'ils n'avaient pu enlever « furent rapportés à Metz, à la plus grande joie de nos « soldats (2). »

Ah! certes, des troupes qui combattaient avec cette énergie, malgré le rationnement, malgré le mauvais temps, malgré les privations et les souffrances, méritaient mieux que le sort qui les attendait! Ces escarmouches qui ne rapportaient pas ce qu'elles coûtaient augmentaient chaque jour le nombre des blessés, déjà

(1) Le 14ᵉ bataillon de chasseurs à pied.
(2) *Metz, Campagne et Négociations.*

si considérable (1) ; le Maréchal ne daignait ni féliciter les survivants, ni porter aux malheureux qui gisaient dans les hôpitaux ou ambulances les consolations que la présenee du chef suprême rend si précieuses aux soldats !

Dévouement des Messins. — C'est ici le lieu de rappeler avec quelle abnégation et quel dévouement, les habitants de Metz, si cruellement éprouvés eux-mêmes, prodiguèrent à nos blessés leurs soins et leur fraternelle hospitalité. Pas une maison un peu aisée qui n'ait accueilli un malade ; pas un établissement public qui n'ait ouvert ses portes et offert généreusement toutes les ressources qu'il possédait. « Les femmes surtout « montraient un dévouement dont l'histoire devra conserver à jamais le souvenir. Toutes, sans distinction, « s'étaient vouées au service des malades et des blessés « et venaient suppléer par leur dévouement à l'insuffisance de notre personnel ; elles s'étaient réservé « pour elles seules une énorme ambulance organisée « sur la promenade, sous des tentes et des wagons ; « on les y voyait le matin faisant les pansements, le « jour gardant leurs malades, leur apportant leur « nourriture ou leur faisant la lecture : jusqu'à la fin, « leur charité ne se démentit pas (2). »

Dans une assemblée générale présidée par le maire, le vénérable M. Maréchal, les femmes de Metz constituèrent à l'hôtel de ville un comité central chargé de recevoir, de confectionner et de livrer aux diverses ambulances tous les objets nécessaires.

Elles ouvrirent une souscription qui produisit tout de suite une somme de 87,500 francs, sans compter les

(1) Ce nombre était, le 22 septembre, de 11,298, sur lesquels il y avait une mortalité moyenne de 70 personnes par jour.
(2) *Metz, Campagne et Négociations*.

dons en nature. Puis après avoir ainsi payé de leur argent, elles payèrent de leur personne et se répandirent dans les ambulances, où, avec un courage surhumain, elles bravèrent jusqu'à la fin les horribles maladies qui s'abattaient, suivant la loi commune, sur la malheureuse ville assiégée, la dysenterie, la petite vérole, la fièvre typhoïde et même le typhus. Veillant sans relâche au chevet des blessés, elles leur apportaient les consolations de leur présence, ces mille petites attentions délicates que seule la main d'une femme sait donner, se chargeant des lettres, des commissions, des dernières volontés des mourants. Elle savaient garder devant la mort un visage souriant, et adoucir les souffrances suprêmes des malheureux qui succombaient en les bénissant. Nobles et chères Françaises ! Les survivants de l'armée du Rhin n'oublieront jamais qu'il leur ont dû le seul rayon de soleil qui ait éclairé leurs angoisses !

La mortalité, pendant le siège, a été de 6,500 hommes aux hôpitaux. Quant à la population civile, elle vit périr, pendant l'année 1870, 3,174 personnes, au lieu de 1,200, chiffre moyen des autres années ! Les fossoyeurs ordinaires ne pouvaient suffire à leur triste besogne ! Un acteur du théâtre, dont nous regrettons de n'avoir pu nous procurer le nom, se dévoua pour les aider, fut atteint de typhus, et faillit payer de sa vie son admirable sacrifice. Tout ce qui était valide en hommes, incorporé dans la mobile ou la garde nationale, montait la garde sur les remparts, organisait des compagnies de francs-tireurs, fournissait des émissaires qui réussissaient assez souvent à franchir les lignes, ou s'instruisait pour défendre la ville, si l'armée venait à partir. Et quand, après la capitulation, beaucoup d'officiers qui n'avaient encore signé aucun engagement

d'honneur, cherchèrent à éviter la captivité et à porter
au Gouvernement de la Défense nationale l'appui de
leur épée, ce furent les habitants qui leur fournirent
tous les moyens d'évasion dont ils pouvaient disposer.
Si, plus tard, l'armée du Nord résista aussi vigoureusement aux Allemands, jusqu'à la fin de la guerre,
grâce à la composition exceptionnelle de ses cadres,
c'est aux Messins que la France le doit.

Voilà ce que cette noble cité, aujourd'hui allemande,
hélas! a fait pour la patrie. Ne l'oublions jamais, et
disons-nous que ceux qui mettront fin à son martyre
ne feront qu'acquitter la dette contractée par nous il
y a vingt ans!

Combat de Ladonchamps. Le sergent Pète-Sec. — Cependant le Maréchal se rendait compte que les petites
opérations tentées jusqu'alors ne pouvaient passer
pour des actions de guerre véritables et que plus tard
le Gouvernement et l'opinion seraient en droit de lui demander compte de son inaction. « Ce fut là, à n'en pas
« douter, une des raisons qui l'engagèrent à entre-
« prendre une opération assez localisée pour qu'elle ne
« compromît rien, mais assez sérieuse pour qu'elle ait
« du retentissement (1). »

Le 7 octobre donc, dans la matinée, le maréchal
Canrobert reçut l'ordre de faire exécuter un fourrage
sur les deux fermes des Grandes et Petites-Tapes,
situées au nord de Metz, dans la plaine qui longeant
la Moselle s'étend sur Thionville, et où nous occupions
comme position avancée le château de Ladonchamps.
L'opération devait être soutenue par la division Deligny, composée du bataillon de chasseurs et des quatre
régiments de voltigeurs de la garde impériale, et pro-

(1) *Metz, Campagne et Négociations.*

tégée sur les deux flancs par les troupes des 3ᵉ et 4ᵉ corps.

Au signal donné, vers 1 heure de l'après-midi, nos soldats s'ébranlèrent : la 1ʳᵉ brigade des voltigeurs de la garde (général Brincourt) refoula devant elle les lignes prussiennes et poussa jusqu'aux Grandes-Tapes, tandis que la 2ᵉ brigade (général Garnier) s'emparait, aux prix d'efforts inouïs, du hameau de Saint-Remy, et que le bataillon de chasseurs entrait dans celui de Bellevue.

L'entrain, l'énergie et la bravoure de ces soldats d'élite avaient été, de l'aveu de nos ennemis eux-mêmes (1), au-dessus de tout éloge. Ces vieux combattants de Crimée et d'Italie, ces héros d'Inkermann, de Sébastopol et de Solférino, tous chevronnés, presque tous médaillés; ces sous-officiers sur la poitrine desquels, en tête de nombreuses médailles commémoratives, brillait souvent la croix de la Légion d'honneur, avaient voulu tenir haut et ferme, pour la dernière fois, les nobles drapeaux de la Garde, troués de tant de glorieuses blessures. Ils se vengeaient de l'inaction où on les avait jusqu'alors laissés malgré eux : ils montraient à leurs compagnons d'armes, tous leurs cadets, que ce n'était pas leur faute si on n'avait pas vaincu! Ah ! quels vigoureux et héroïques troupiers, et comme Bazaine était coupable de ne les avoir pas jetés, le 18 août, sur les bataillons prussiens, déjà désorganisés par l'infanterie de Canrobert !

Quelle trouée ces vaillants eussent faite, à la pointe de leur baïonnette, dans les rangs qui se serraient autour de nous! Quelle route ils eussent ouverte, par laquelle nous aurions tous passé, pour venir mêler

(1) *La Guerre Franco-Allemande.*

12

notre sang à celui des soldats de Mac Mahon, et défendre Paris et la France, de nos poitrines et de nos épées !

Mais aussi quel rayon de fierté leur suprême et inutile courage fit-il luire un instant dans les rangs de cette pauvre armée, dont le glas funèbre sonnait déjà à l'horloge du destin ?

Il y avait, au bataillon de chasseurs de la Garde, un brave sous-officier nommé Ducros, chevronné sur toutes les coutures, que soldats et officiers désignaient sous le sobriquet caractéristique de *Pète-Sec* (1). C'était un serviteur modeste, dévoué, peut-être un peu fort-engueule, mais solide comme le roc, irréprochable, et honoré de l'estime et de l'affection de ses chefs. Quelques jours avant la déclaration de guerre, Ducros s'était assez grièvement blessé à la main en faisant du gymnase ; si bien que lorsque l'ordre de départ arriva, le commandant Dufaure du Bessol (2) décida de le laisser provisoirement au dépôt, quitte à le rappeler aux compagnies actives aussitôt qu'il serait rétabli. Ce n'était point là l'affaire du sergent, qui voulait partir à tout prix : il s'adressa à son capitaine, au médecin, au commandant... puis, voyant qu'il n'obtenait pas gain de cause, il alla acheter un revolver, se présenta au mess des officiers, et là déclara nettement à son chef de corps que si on ne l'emmenait pas, il allait de ce pas se faire sauter la cervelle.

Il fallut bien céder, et le commandant n'eut point à s'en repentir, car Ducros fut, pendant toute la campagne, un modèle de bravoure et d'énergie. Epargné

---

(1) Nous tenons ces détails d'un officier supérieur qui, pendans la guerre de 1870, était sous-lieutenant aux chasseurs de la Garde et fut blessé grièvement à l'affaire de Ladonchamps.

(2) Aujourd'hui commandant du 19e corps d'armée.

par les balles allemandes, il devint moniteur de gymnastique à l'École militaire de Saint-Cyr et quitta ce
poste pour faire partie de la mission militaire envoyée,
en 1875, au Japon. Voilà certes un bon choix, et fait
pour rehausser dans les contrés lointaines le prestige
des soldats français.

C'est aussi aux chasseurs de la Garde qu'appartenaient le sergent Hirsberger et le caporal-clairon
Grangé. Le premier, venu de Paris le 15 août pour
conduire un convoi d'effets, voulut absolument accompagner ses camarades sur le champ de bataille de
Rezonville, où il fut si grièvement blessé qu'il dut
subir une double amputation. Le second, bien qu'en
instance de retraite, n'avait pas voulu laisser partir
son bataillon sans lui. Amputé du bras le 16 août, il
mourut à l'ambulance des suites de cette opération.

Quels hommes! et on peut dire que dans l'armée de
Metz ils étaient légion. Nous avons vu, à Noisseville,
un régiment enlever à l'ennemi, à la baïonnette, un
village énergiquement défendu. « Or, comme l'a écrit
M. le général Derrecagaix, toute l'armée était en me-
« sure d'agir de même. C'est un fait important à cons-
« tater au double point de vue de l'intérêt de l'histoire
« et de nos traditions militaires. »

Mais revenons à l'affaire de Ladonchamps. L'opération que, manifestement, le Maréchal ne désirait
nullement pousser à fond, fut arrêtée, comme toutes les
autres, à la nuit tombante. Nous avions fait 800 prisonniers, pris fort peu de vivres, mais nous perdions
1,208 hommes, dont 64 officiers, parmi lesquels les
généraux de Chanaleilles et Garnier, blessés, et le général Gibon, tué. Les Allemands comptaient 1,778 hommes hors de combat.

Ce fut là le chant du cygne de cette armée, qui

n'avait plus un mois à vivre. Désormais, les jours suc-
céderont aux jours, sans que jamais la moindre lueur de
joie ou d'espérance vienne illuminer cette douloureuse
agonie. La pluie, tombant sans discontinuer, augmente
encore les souffrances morales et physiques : il y a
près de 20,000 blessés ou malades et il meurt un millier
de chevaux par jour. Séparés du reste du monde, sans
nouvelles de leurs parents, de leurs amis, mangeant
juste de quoi ne pas mourir de faim, nos soldats errent
inoccupés dans leurs bivouacs boueux, comptant les
heures qui les séparent encore de la catastrophe suprême. Mais tant de cruelles épreuves, si dignement
supportées, ne réussirent point à abattre les courages,
ni à détruire l'esprit militaire... Jusqu'à la fin, cette
armée resta un modèle inoubliable de patriotisme et
d'honneur !

Cependant le besoin de nouvelles, si impérieux dans
les masses assiégées, rendait les esprits inventifs. Un
homme ingénieux et dévoué, M. Jeannel, pharmacien
de la garde impériale, eut l'idée de construire des ballons pour emporter, où le hasard les conduirait, les dépêches des militaires et des habitants. Naturellement
M. Jeannel ne rencontra d'abord, de la part des autorités supérieures, que défiance et inertie. Il se mit
néanmoins courageusement à l'œuvre, sans autres ressources que les siennes propres et, s'installant dans
une salle d'hôpital, il se fit aider par des convalescents,
acheta ce qui lui était nécessaire et confectionna à ses
frais deux ou trois aérostats qui emportaient chacun de
4 à 5,000 lettres particulières. L'autorité finit alors par
s'émouvoir et, régularisant ce service, le confia au
commandement de la place de Metz. Ce fut là l'origine
d'un mode de communication appelé depuis, comme on
le sait, à un grand développement.

Un de ces ballons tomba près de Toul : un autre arriva le 16 septembre à Neufchâteau, et toutes les dépêches qu'ils contenaient parvinrent à leur destination.

N'est-il pas surprenant, en vérité, que le Maréchal n'ait pas utilisé ce moyen pour faire connaître au Gouvernement de Tours la triste situation de son armée et le malheur dont elle était maintenant menacée à si courte échéance. Non ! il préférait continuer avec l'État-Major ennemi ses relations suspectes. Les parlementaires se succédaient aux avant-postes, les lettres se croisaient entre le château de Frascati, où habitait le prince Frédéric-Charles, et le Ban-Saint-Martin, où était installé le Maréchal. Le malheureux ne voyait pas qu'en voulant s'improviser diplomate, il se livrait pieds et poings liés à son implacable adversaire, le comte de Bismarck.

Enfin, il dut finir par s'avouer la vérité. Aucune de ses manigances n'avait réussi : les troupes et les habitants arrivaient à leur dernière bouchée de pain. Il fallut capituler et, le 27 octobre 1870, jour à jamais déplorable, une convention signée, au nom des commandants en chef, par les deux chefs d'état-major généraux, le général de Stiehle et le général Jarras, livra à la Prusse 173,000 hommes, dont 3 maréchaux de France, plus de 50 généraux et 6,000 officiers, 45 drapeaux, 1,407 pièces de canon, 200,000 fusils, 3 millions de projectiles, 23 millions de cartouches et un immense matériel ! ! !

Et cette armée dont on trafiquait ainsi n'avait perdu sur les champs de bataille, où étaient tombés 42,483 des siens, ni un drapeau ni un canon ! Elle avait mis hors de combat 46,297 ennemis, conquis 2 canons et pris 1 drapeau les armes à la main ! Elle avait été jusqu'à la fin vaillante, disciplinée, soumise. Elle avait toujours montré le dévouement le plus pur et prodigué son sang sans compter...

O honte ! Et c'était un homme sorti de ses rangs, un homme ayant successivement franchi tous les échelons de la hiérarchie militaire, depuis l'épaulette de laine du simple soldat jusqu'au bâton de maréchal de France, qui lui infligeait ce suprême outrage et ce déshonneur sans précédent ! Bien plus, il livrait d'un trait de plume des drapeaux, nobles loques déchirées par la mitraille et tachées du sang le plus pur, ces drapeaux pour lesquels, comme a dit Napoléon, le soldat français éprouve un sentiment qui tient de la tendresse (1)! Ah! certes, parmi tous les cruels souvenirs de cette guerre funeste, le plus pénible est celui-là !

Les drapeaux. — Quand, à l'arrivée des recrues au régiment, le colonel les réunit pour la première fois sous les armes et leur présente le drapeau qu'ils doivent défendre au prix de leur vie, il leur dit :

« Ce drapeau est désormais pour vous la France,
« notre sainte patrie. *Nous ne le rendrons jamais*, car
« l'honneur du régiment est enfermé dans ses plis.
« Vous allez, devant Dieu et devant les hommes, jurer
« de mourir plutôt que de l'abandonner (2). » Puis il lui fait rendre les honneurs souverains. Les tambours battent, les trompettes sonnent, les troupes présentent les armes et tout Français, fût-il le chef de l'État, se découvre devant lui ! « Partout où les trois couleurs
« sont groupées dans l'ordre qu'on peut appeler légal,
« elles représentent le drapeau de la France, c'est-à-

(1) 25ᵉ Bulletin de la Grande-Armée. (16 novembre 1805.)
(2) Général AMBERT, *Récits militaires*.

« dire la France elle-même (1)! » Et l'amour que ce drapeau, quel qu'il soit, inspire, est aussi ancien que l'histoire des armées françaises. « Les soldats doivent « se faire une religion de ne jamais abandonner leur « drapeau, a écrit le maréchal de Saxe. Il doit leur « être sacré, et l'on ne saurait y attacher trop de cé- « rémonie pour le rendre respectable et précieux. Si « l'on peut y parvenir, on peut aussi compter sur « toutes sortes de bons succès. La fermeté des soldats, « leur valeur en seront les suites (2). »

« A une revue passée après Austerlitz, Napoléon « aperçoit le 4e de ligne sans drapeau. « Soldats du « 4e, s'écrie l'Empereur d'une voix terrible, qu'avez- « vous fait de l'aigle que je vous avais confiée ?... Le « colonel du 4e s'avance alors et présente 6 drapeaux « pris à l'ennemi. — « Bien! Vous n'avez donc pas « été des lâches, reprend l'Empereur; mais vous avez « été des imprudents. » Le régiment porta le deuil « jusqu'à ce que sa conduite lui ait fait rendre son « drapeau (3). »

Le maréchal Bazaine avait-il donc oublié tout cela ? ou bien, croyait-il, comme il l'a écrit, « que ces lam- « beaux d'étoffes n'ont de valeur morale que quand ils « sont pris sur le champ de bataille; ils n'en ont au-

---

(1) Général Thoumas, *Temps* du 22 octobre 1890. Cela est si vrai que le 23 septembre 1845, les survivants du 8e bataillon de chasseurs à pied, cernés, dans le marabout de Sidi-Brahim par les forces dix fois supérieures d'Abd-el-Kader, et résolus à se défendre jusqu'à la mort, ne trouvèrent d'autre moyen d'affir- mer leur entêtement sublime que d'attacher ensemble une cein- ture rouge, un mouchoir blanc et une cravate bleue, et de les planter au sommet du marabout. Cette loque, c'était la France, pour l'honneur de laquelle ils allaient tous mourir !
(2) Maréchal de Saxe, *Mes Rêveries.*
(3) Général Ambert, *Récits militaires.*

« cune quand ils sont déposés dans un arsenal (1)? »
Toujours est-il qu'il donna l'ordre de porter tous les
drapeaux, aigles (2) et étendards à l'arsenal de l'artillerie, soi-disant pour y être brûlés, en réalité *pour être
livrés à l'ennemi!* Mais ceux à qui le trouble et le désespoir de cette heure fatale laissaient encore la faculté
de se reconnaître les brûlèrent eux-mêmes et refusè-
rent de s'en séparer.

A la Garde, le général Desvaux, commandant en
l'absence du général Bourbaki, exigea que les aigles
fussent brûlées devant le général d'artillerie qu'il
chargea de les accompagner à l'arsenal. Celles du
1ᵉʳ grenadiers et des zouaves n'existaient déjà plus. Le
27 octobre, le colonel Péan, du 1ᵉʳ grenadiers, avait
réuni son régiment sous sa tente. A un signal donné,
le sous-lieutenant porte-aigle Rueff sortit de cette
tente, drapeau déployé, et le présenta aux grenadiers,
tous découverts, ainsi que leurs officiers. Alors le colonel prit le drapeau et l'éleva sans dire un seul mot,
tant était poignante son émotion. Un vieux sergent
baisa l'étoffe; puis le colonel, prenant le couteau que
lui tendait un sapeur, partagea la soie en une foule de
menus morceaux qu'il distribua aux soldats, tandis
que l'armurier brisait l'aigle d'or que les officiers se
partagèrent.

Le colonel Giraud, des zouaves, en fit autant. De
son côté, le général de Laveaucoupet, commandant la
3ᵉ division du 2ᵉ corps, s'était informé de ce que les
drapeaux devenaient à l'arsenal. Ayant appris qu'on
ne les brûlait pas, il adressa à ses quatre colonels le

(1) Ex-maréchal BAZAINE, *Rapport sommaire sur les opérations de l'Armée du Rhin,* p. 23.
(2) Dans la garde impériale, les drapeaux portaient le nom
d'*aigles.*

billet suivant : — « Faites sortir votre drapeau de
« l'étui ou plutôt du corbillard où il est enfermé. Qu'on
« lui rende pour la dernière fois les honneurs et qu'en-
« suite il soit brûlé. »

Le général Lapasset, commandant la brigade dite
mixte (1), répondit au général Frossard, chef du
2ᵉ corps d'armée, qui lui transmettait l'ordre du maréchal Bazaine : — « La brigade mixte ne rend ses dra-
« peaux à personne et ne se repose sur personne de la
« triste mission de les brûler. Elle l'a fait elle-même
« ce matin, et j'ai entre les mains les procès-verbaux
« de cette lugubre opération. » En effet, refusant pour
la première fois de sa vie militaire d'obéir à un ordre,
il avait fait venir ses colonels à la pointe du jour et
leur avait prescrit de faire brûler leurs drapeaux en présence de tous leurs officiers. Des soixante-seize drapeaux que comptait l'armée de Metz, « on parvint à
« en soustraire trente et un à l'infâme souillure qu'on
« leur ménageait ; l'ennemi n'en trouva que quarante-
« cinq à l'arsenal et, sans égard pour les théories du
« maréchal Bazaine, il les considéra comme des tro-
« phées sérieux, dont il orna le jour même le quartier
« général du prince Frédéric-Charles (2). »

Certains, en effet, avaient cru qu'un maréchal de
France ne pouvait pas mentir. Ils avaient obéi, convaincus que l'autodafé promis n'était pas un leurre...
Deux jours après, un train emmenait à Berlin ces drapeaux si chers, pour la conservation desquels ils eussent tous, sans hésitation et sans regret, donné leur
vie (3)...

(1) Cette brigade n'ayant pu rejoindre au début de la guerre
le 5ᵉ corps auquel elle appartenait, s'était repliée sur Metz,
avec le 3ᵉ lanciers. Elle fut alors rattachée au 2ᵉ corps.
(2) *Metz, Campagne et Négociations.*
(3) « L'ordre de porter les drapeaux à l'arsenal était écrit sur

Finissons-en avec ces lamentables souvenirs. Le 29
au matin, la capitulation devint exécutoire, et les
Prussiens entrèrent, tambours battants et musique en
tête, dans cette cité vierge qu'ils n'avaient point conquise. Mais déjà la plus vive agitation se manifestait
à Metz : « Les gardes nationaux et une foule d'habi-
« tants stationnaient sur la place d'Armes (1)... Peu à
« peu, sous l'empire d'une excitation commune, sous
« l'influence des discours les plus violents, les groupes
« passèrent des menaces aux démonstrations ; des
« soldats qui allaient verser leurs armes à l'arsenal
« furent désarmés, leurs cartouches leur furent enle-
« vées, et bientôt toute cette population se trouva
« armée de chassepots. L'entrée de la cathédrale fut
« forcée ; la grosse cloche, *la Mutte,* fut mise en branle ;
« il semblait que ce son lugubre, qui ne se fait entendre
« que dans les occasions graves, venait apporter à la
« cité l'annonce de ses funérailles ; sur d'autres points,
« le tocsin résonnait, pendant que les femmes éplo-
« rées s'abordaient en pleurant (2)... »

« le registre de correspondance du grand État-Major général.
« Le chef d'État-Major fit enlever et déchirer la page du registre
« sur laquelle avait été copiée la circulaire aux commandants
« de corps d'armée et au général Coffinières, commandant de
« la place de Metz. Dans les archives de l'armée on ne trou-
« verait pas trace des ordres donnés pour la livraison de nos
« drapeaux. » (Général AMBERT, *Récits militaires.*)

(1) Sur la place d'armes de Metz, devant la cathédrale, se
dresse la statue d'Abraham Fabert, né à Metz en 1599, mort
en 1662, le premier roturier qui ait été élevé à la dignité de
maréchal de France. Sur le socle, ironie sanglante ! sont gra-
vées ces paroles, prononcées par l'illustre soldat : « Si, pour
« empêcher qu'une place que le roi m'a confiée ne tombât au
« pouvoir des ennemis, il fallait mettre à une brèche ma per-
« sonne, ma famille, et tout mon bien, je ne balancerais pas
« un moment à le faire. »

(2) *Metz, Campagne et Négociations.*

Mais que pouvait le désespoir de cette population infortunée ? Que pouvaient ces démonstrations vaines contre l'impossible, contre la force brutale des 200,000 baïonnettes de l'ennemi ? Bientôt le calme se rétablit, la population se retira, et aux agitations stériles succéda un silence funèbre. L'esclavage de la noble cité lorraine était commencé, car aux portes apparaissaient déjà les hordes allemandes, s'abattant sur leur proie si longtemps convoitée avec une joie farouche qu'elles ne dissimulaient pas.

Le 29 au matin, les soldats versèrent leurs armes, sous une pluie torrentielle, la rage au cœur, les larmes coulant sur leurs faces amaigries. « Nous n'oublierons « jamais l'aspect des zouaves, immobiles derrière « leurs faisceaux, ne riant plus, ne chantant plus, « parlant à peine; le peu de paroles qu'on entendait « indiquaient assez leur indignation dans ce langage « imagé qui leur est propre; la douleur était peinte « sur les visages, et on sentait que ces vieux soldats « souffraient plus de l'humiliation présente qu'ils « ne redoutaient les mauvais traitements de l'en- « nemi (1). »

A midi les drapeaux de la Confédération du Nord flottaient sur ces murailles « que les boulets n'avaient même pas ébréchées (2) ».

Il ne restait plus qu'à rendre à l'ennemi nos sol- dats : — « Ce dernier acte, par lequel on allait dispo- « ser de la liberté de tant d'êtres humains, eût peut- « être mérité quelque solennité. Si les règlements ont « prescrit des honneurs pour les existences humaines qui « s'éteignent, cette armée qui périssait n'avait-elle pas

(1) *Metz, Campagne et Négociations.*
(2) *Ibid.*

« quelque droit à ce que l'on se préoccupât du cortège
« funèbre qui devait conduire ses débris à ce champ
« de repos qui s'appelait pour elle la captivité? Mais
« il ne fallait pas s'attendre à voir une pareille forma-
« lité éveiller l'intérêt du commandant en chef (1) ; il
« n'avait pas oublié son armée, lorsqu'il pouvait s'en
« servir, pour venir s'en occuper le jour où elle n'exis-
« tait plus; son désir avait été de s'en éloigner au plus
« vite, et la précipitation avec laquelle il avait hâté
« son départ avait témoigné suffisamment de ses sen-
« timents (2). »

La séparation entre officiers et soldats fut un des
plus navrants spectacles auxquels il soit donné à un
homme d'assister. « Nous ne méritons pas ce sort »,
disaient, en mêlant leurs larmes à celles de leurs chefs,
ces pauvres braves troupiers qui sentaient se briser
pour jamais ces liens de la fraternité des armes, encore
resserrés par l'infortune... « Nous aurions fait tout ce
qu'on nous aurait demandé ! »

Il est midi; la plaine boueuse se couvre d'un bétail
humain qu'on parque dans les champs, sous une pluie
battante. Les Allemands eux-mêmes, d'ordinaire si
durs, ne peuvent contenir leur émotion... On se dit
adieu encore... c'est fini !!!

Et dans Metz, au pied de la statue de Fabert, qu'en-
veloppe un voile de crêpe, un poste prussien vient former les faisceaux. Tous les magasins sont fermés ;
les hommes sont vêtus de noir; les femmes ont pris
des vêtements de deuil... Metz, la Pucelle, est une
ville allemande, et nous, ses défenseurs, nous ne sommes pas morts!...

(1) Le maréchal Bazaine avait refusé pour son armée les honneurs militaires, offerts par les Allemands.
(2) *Metz, Campagne et Négociations.*

Trois ans plus tard, le 10 décembre 1873, le 1ᵉʳ Conseil de la 1ʳᵉ division militaire, siégeant à Trianon, reconnaissait à *l'unanimité des voix*, le maréchal Bazaine coupable d'avoir :

1° Comme commandant en chef de l'armée du Rhin, capitulé en rase campagne, et fait ainsi déposer leurs armes aux troupes placées sous ses ordres ;

2° Traité verbalement et par écrit avec l'ennemi, sans avoir fait préalablement tout ce que lui prescrivaient le devoir et l'honneur ;

3° Rendu la place de Metz, dont il avait le commandement supérieur, sans avoir épuisé tous les moyens de défense dont il disposait et sans avoir fait tout ce que lui prescrivaient le devoir et l'honneur.

En conséquence, le conseil de guerre, à *l'unanimité des voix*, a condamné François-Achille Bazaine, maréchal de France, à la peine de mort et à la dégradation militaire.

Les Parisiennes à Champigny.

CHAPITRE VII

PARIS

Un reptile. — Nécessité de la lutte. — Le général de Palikao, MM. Henri Chevreau et Clément Duvernois. — Fabrication du matériel. — Le garde d'artillerie Henriot. — La brigade Guilhem à Chevilly. — Le commandant Algan. — Le commandant de Dampierre. — Le commandant Jacquot à la Jonchère. — Le caporal Toullec. — Le caporal Lecomte. — La porte de Longboyau. — Le Bourget. — Insurrection du 31 octobre. — Bataille de Villiers — Champigny. — Mort ou victorieux! — Le clairon Ranc et le tambour Chevalier. — Le 4ᵉ zouaves. — Le froid. — Combats de l'Hay, de Montmesly, d'Épinay. — Le Bourget et la Ville-Évrard. — Le bombardement. — Courage de la population. — Les femmes. — Les ambulances. — Les Frères de la doctrine chrétienne. — Bataille de Buzenval. — Henri Regnault, Gustave Lambert et le marquis de Coriolis. — Le lieutenant Beau et ses dix sapeurs. — Entrée des Prussiens dans Paris.

Lorsqu'après le désastre de Sedan et l'immobilisation de l'armée de Bazaine sous les murs de Metz, les

13

troupes du Prince Royal (III° armée) et du prince royal de Saxe (armée de la Meuse) reprirent leur marche vers Paris, il n'existait plus en France, en fait de forces régulières, que *sept* régiments d'infanterie et *dix* de cavalerie ! ! !

Une émeute que rien, ni l'effervescence causée par les premiers désastres de la guerre, ni les fautes de l'Empire, ni l'affolement du pouvoir ne saurait excuser, en présence des 600,000 allemands qui foulaient le territoire, venait d'avoir trop facilement raison du gouvernement régulier, et de chasser, sans résistance de leur part, ceux qui avaient mission de la défendre. A leur place, un groupe de personnages politiques, dont certains possédaient une notoriété peu faite pour inspirer confiance, avait, sans mandat du pays, saisi le pouvoir, et s'était constitué en *Gouvernement de la Défense nationale*, sous la présidence du général Trochu, précédemment nommé gouverneur de Paris par l'Empereur, dans un but certainement tout autre. La France ne possédait donc plus ni armée ni gouvernement reconnu.

Il y avait certes là de quoi justifier les espérances des Allemands qui croyaient tous à la fin très rapprochée des hostilités, et ne s'en cachaient pas. Pour eux, le siège de Paris devait être un simple jeu d'enfants et durer à peine quelques semaines ; ils comptaient sérieusement sur trois auxiliaires plus précieux à leur sens qu'une armée de 100,000 hommes, à savoir, l'absence d'approvisionnements, la démoralisation de la garnison et de la population parisiennes, enfin les mouvements populaires inévitables dans une pareille agglomération si fortement surexcitée. « La vraie guerre est terminée, « écrivait en arrivant devant Paris le correspondant de « la *Gazette de Cologne*, Hans Wachenhusen. L'intérêt

« dramatique a eu son apogée à Sedan ; car, en vérité,
« une association de *fantaisistes aux mains calleuses*
« ne représente pas un ennemi digne de nous. »

Détrompé rapidement, et témoin de l'obligation où
se trouvait acculé l'État-Major ennemi de bombarder
Paris quelques mois plus tard, le même *reptile* écrivait
encore : « Dans huit jours, messieurs les Parisiens
« feront connaissance avec nos obus. Je gage qu'à la
« première bombe éclatant en place de Grève, ou bien
« en plein jardin Mabille, ou bien encore dans un
« café-concert quelconque, le gouvernement de l'Hôtel
« de Ville se hâtera d'abdiquer ; car il faut bien se
« convaincre que tous ces beaux projets de défense
« nationale dont on nous entretient en ce moment ne
« dureront que ce que dure un feu de paille. »

Ce feu de paille devait flamber quatre mois et demi.

En tenant tête pendant si longtemps, avec ses seules
ressources, à 200,000 Allemands qu'il immobilisait
sous ses murs, Paris a permis aux armées de province
de se constituer, à la défense nationale de s'organiser,
à la France de prouver sa puissance, son courage, sa
vitalité, et de sauver son honneur en forçant le respect
des vainqueurs eux-mêmes. « Le patriotisme français,
« a dit un de leurs officiers, nous l'avouons en toute
« impartialité, a fait après Sedan bien plus que nous
« ne l'avions cru d'abord ; il a armé des masses bien
« plus nombreuses que nous ne le supposions, et fait
« durer la guerre au delà du terme que nous lui avions
« assigné alors (1). » Gardons-nous donc de traiter
d'insensés ceux qui, lorsque tout semblait irrévocablement perdu, ont rêvé de relever le drapeau de la
patrie. Au contraire, saluons dans un hommage d'admiration commune les hommes qui ont organisé la

(1) Wickede.

lutte suprême, et ceux qui l'ont soutenue; ceux qui
ont levé des armées en frappant la terre du pied, pour
ainsi dire, et ceux qui, plaçant leur pays plus haut que
leurs rancunes ou que leurs espérances, ont donné
leur sang pour le sauver de la honte ! Ce sont eux qui
ont arraché au général allemand von der Goltz cet
aveu, qu'aucune nation en Europe n'aurait pu faire ce
que nous avons fait (1). Ils ont été les artisans de
notre relèvement, peut-être de nos victoires futures :
ils ont étonné le monde et nous-mêmes par leur
indomptable énergie ; ils ont su mettre « les âmes et
les résolutions à la hauteur des effroyables périls qui
fondaient sur la patrie » (2), et lasser même, pour un
moment (3), la mauvaise fortune. Ah ! ne regrettons
jamais les sacrifices que nous avons faits pour les
suivre, si coûteux que ces sacrifices aient été. « Car,
« ainsi que l'a écrit Napoléon, les peuples se relèvent
« de tous les revers ; ils ne se relèvent pas du consen-
« tement donné à leur déshonneur. » Et puis, n'était-
ce point faillir à notre glorieuse histoire que de mettre
bas les armes avant d'avoir tenté l'impossible pour
chasser l'envahisseur ? « La France de 1870, qui avait
« à son actif Isly, Alma, Inkermann, Tchernaia, Sé-
« bastopol, Magenta, Solférino, Palikao, Puebla ; la
« France qui avait réduit la Russie, bousculé l'Au-
« triche, dont les aigles avaient plané triomphantes
« sur la grande muraille de la Chine et au sommet des
« Cordillères, devait-elle se soumettre après un mois
« de lutte ? La France devait-elle se courber devant
« l'envahisseur auquel elle avait porté de si rudes

(1) Colmar von der GOLTZ, *La Nation armée.*
(2) Proclamation du Gouvernement de la Défense nationale,
datée de Tours, le 30 octobre 1870.
(3) A Coulmiers.

« coups à Wissembourg, Reichshoffen, Spicheren,
« Borny, Rezonville, Gravelotte, Sedan.......? Non !
« En faisant, après Sedan, une paix hâtive, la France
« manquait à elle-même ; elle ne le devait pas, elle
« ne le pouvait pas ! (1) »

Le siège de Paris est donc, tant par lui-même que
par ses conséquences, un événement grandiose et qui
laissera dans l'histoire, malgré son issue fatale, une
trace lumineuse. Nous croyons qu'il eût été possible
de faire mieux, car en utilisant plus complètement et
plus habilement les dévouements tumultueux, mais le
plus souvent sincères, qu'offrait cette cité de deux millions d'âmes, on aurait probablement obtenu des résultats effectifs grâce auxquels la lutte eût pris une
autre tournure. Il y a eu des défaillances regrettables :
il s'est trouvé des hommes, des criminels, qui n'ont
pas craint de profiter des malheurs de la patrie pour
prêcher l'anarchie et la révolte, et d'ajouter les désordres de la rue aux dangers de l'extérieur... il y a eu
des braillards sinistres, des orateurs de clubs, foudres
d'estaminet et déterminés fuyards, à qui les soucis
de l'émeute ne laissaient jamais le loisir de paraître
sur les champs de bataille ; il y a eu des rhéteurs
inconscients qui s'imaginèrent bénévolement suppléer
à la science guerrière par des phrases creuses et des
proclamations sonores, et rééditer l'épopée de 92, en
ne lui empruntant que sa littérature boursouflée ; il y
a eu des inventeurs d'engins irrésistibles, qui ne les
expérimentèrent qu'en rêve, et des énergumènes de
sorties torrentielles qui ne quittèrent jamais le boule-
vard. Mais il y eut aussi une population résignée et
courageuse, dont la majeure partie fut superbe de

(1) Général Ducrot, *La Défense de Paris*. E. Dentu, 1875.

patriotisme et d'abnégation ; une armée qui donna par
la dignité de son attitude un éclatant démenti à ceux
qui, la croyant frivole et tapageuse, espéraient la réduire par la seule intimidation. Il y a eu des soldats
valeureux, des hommes dévoués, des femmes charita-
bles, des citoyens héroïques, si bien que Paris, comme
l'a dit le général Ambert, a réuni dans son sein pendant cette période tragique, toutes les grandeurs et
toutes les bassesses. Fermons les yeux sur celles-ci,
que rachètent de nobles exemples, et jetons un voile
pieux sur des faiblesses qu'effaceront dans l'histoire
tant d'admirables sacrifices, tant de traits superbes de
modeste et mâle vertu. Ceux-là seuls qui ont supporté
les douleurs du siège sont capables de mesurer la hauteur où peut atteindre l'âme d'un honnête homme, et de
condamner sans appel ceux autour desquels il convient
à la génération présente de faire le silence et l'oubli.

Il faut tout d'abord rendre un hommage mérité au
Ministère de 24 jours présidé par le général de Mon-
tauban, comte de Palikao, grâce auquel l'approvision-
nement en vivres de la cité fut assuré pour un laps de
temps dépassant la durée de tous les sièges connus.
Les efforts intelligents de deux hommes remarquables,
M. Henri Chevreau, ministre de l'Intérieur, et Clément Duvernois, ministre du Commerce, accumulèrent
très rapidement dans les murs de la cité menacée une
si grande quantité de farine et de bétail que, dès le
milieu de septembre, Paris put envisager sans trop
d'effroi la perspective d'un blocus de plusieurs mois.
Et ce n'était pas là une mince besogne, quand on
songe que le nombre des rationnaires, c'est-à-dire des
bouches participant à la consommation, devait dépasser deux millions par jour.

Le matériel de guerre fut également l'objet des préoccupations des ministres, qui dotèrent la place d'un nombre de canons, de fusils, de cartouches et de gargousses plus que suffisant pour sa défense. L'industrie privée, à son tour, contribua pendant tout le siège et dans une large mesure à augmenter et à améliorer le matériel.

C'est ainsi que furent construits, pour la majeure partie, les pièces de campagne se chargeant par la culasse et les mitrailleuses, que furent fabriquées les munitions nécessaires à ces engins, les poudres, les cartouches de toute sorte destinées aux différents modèles de fusil. C'est l'industrie privée, dirigée par des officiers compétents, qui créa les wagons et les locomotives blindées dont il a été tant parlé. C'est elle enfin qui permit de conserver, malgré la rigueur de l'investissement, des relations assurément précaires, mais néanmoins précieuses, avec le reste du pays, au moyen des communications aériennes (1). Tout cela mérite d'être rappelé pour montrer l'ingéniosité et

(1) Le service aérostatique de Paris, dirigé par Eugène Godard, qui vient de mourir, a envoyé de Paris, pendant le siège, 65 ballons qui transportèrent 164 voyageurs, 381 pigeons et 10,000 kilogrammes de correspondance contenant 2,500,000 lettres. Les aéronautes étaient recrutés parmi les marins de bonne volonté, auxquels Eugène Godard et les autres maîtres d'aérostation donnaient au préalable des leçons techniques et pratiques. On remettait à chacun d'eux 500 francs lors du départ. Ces aérostiers, bien qu'à leur première ascension, firent preuve d'une très grande habileté, car un seul, le matelot Price, disparut avec son aérostat, le *Jacquart*, parti le 28 novembre, et qu'il montait seul. On vit le ballon le lendemain matin, au-dessus de Plymouth, puis on n'en eut plus de nouvelles. Les Allemands ne capturèrent même que trois aérostats. Il est vrai qu'à dater du 18 novembre, on décida que les ballons ne partiraient plus que de nuit, les Allemands ayant construit des appareils spéciaux pour leur donner la chasse et les crever à coup de canon. M. de Bismarck avait en outre annoncé que

l'activité prodigieuse qui furent dépensées en ces tristes moments.

Malheureusement, les fortifications de Paris, qui dataient de 1844, n'étaient plus à la hauteur des nécessités de la guerre moderne; les troupes de la garnison, formées pour la plus grande partie de nouvelles levées, ne s'aguerrirent que peu à peu. Enfin, « à une « situation exceptionnelle, il eût fallu un homme « exceptionnel... La foi la plus complète dans la pos- « sibilité d'une défense prolongée ; une énergie s'affir- « mant par des actes et non par des paroles ; une « volonté de fer s'exerçant aussi bien contre les enne- « mis du dedans que contre ceux du dehors : telles « sont les qualités qu'aurait dû posséder le gouver- « neur de Paris (1). »

Nous n'apprendrons rien à personne en disant que ces qualités, le général Trochu ne les possédait pas...

Cependant, les armées allemandes s'approchèrent de Paris chaque jour davantage. Parties de Sedan le 4 septembre, elles s'avançaient sans rencontrer aucun obstacle, que des places insuffisamment fortes devant lesquelles restaient quelques troupes destinées à les assiéger ou à les bloquer. La seule force qui tînt encore la campagne, le 13° corps, avait dû en effet rétrograder de Mézières sur Paris pour échapper à une destruction complète. Disons en passant que cette retraite, dirigée par le général Vinoy avec la plus remarquable intel-

---

les passagers capturés seraient traités comme espions, et non comme prisonniers de guerre.

Quant aux pigeons, 243 restèrent en route, perdus ou tués. Toutefois, le système de transmission des dépêches avait atteint un tel perfectionnement que le dernier pigeon rentré à Paris en apportait, à lui seul, 40,000 de seize mots chacune. (Journal *Le Matin*, n° du 12 novembre 1890.)

(1) Colonel CANONGE, *Histoire militaire contemporaine.*

ligence et une énergie sans pareille, est un modèle du
genre qui peut soutenir hautement la comparaison
avec les combinaisons stratégiques les plus vantées
des Allemands.

Prise de Laon. — *Le garde d'artillerie Henriot.* —
Ici doit trouver place le récit d'un acte de sublime
folie, d'une hécatombe inutile et sanglante, dictée par
un désespoir inconscient, mais digne cependant du
respect et de l'admiration qu'inspirent aux hommes de
cœur le sacrifice voulu et prémédité de la vie, quand
cette vie ne peut plus servir au salut de la patrie ou
des siens. Quoiqu'on en ait pu dire, le farouche
héroïsme d'Henriot rappelle celui de Bisson, faisant
sauter son vaisseau pour ne pas le livrer aux Turcs,
de Rostopchine incendiant Moscou pour affamer la
Grande-Armée, des Sagontais s'ensevelissant sous les
ruines de leur ville plutôt que de la livrer à Annibal!
Il a été stérile, fatal même à la ville, c'est possible.
Mais en songeant à l'horrible courage de cet homme,
qui donc oserait faire entendre une parole de blâme ou
seulement de regret?

C'était le 9 septembre. Le grand-duc de Mecklem-
bourg, en vertu d'une capitulation qui lui livrait la
place de Laon avec tout son matériel et licen-
ciait la garnison composée de mobiles, venait d'entrer dans la ville. Il allait pénétrer dans la citadelle
à la tête d'un bataillon de chasseurs, quand tout
à coup une formidable explosion retentit, renversant
les murailles du fort et ébranlant les maisons sur
leurs fondations. Une fumée noire et épaisse forma
sur la ville un nuage sinistre : des débris de toutes
sortes, des pierres, des poutres volèrent dans les airs,
pêle-mêle avec des membres humains, des corps sanglants et déchiquetés. Le grand-duc fut atteint par un

éclat de bois. Le général Théremin d'Hame, commandant de la place, reçut une affreuse blessure dont il
devait mourir quelques jours après. Les Allemands
crièrent à la trahison, au guet-apens, à l'infamie, et se
ruèrent instantanément sur les malheureux mobiles
qu'ils massacrèrent dans les rues et presque dans les
maisons (1). Ce fut une scène d'horrible sauvagerie et
d'épouvantable désordre qui dura trop longtemps
pour l'honneur de nos ennemis.

Puis, quand le fracas de la catastrophe se fut apaisé,
on se compta. Les Allemands avaient perdu 15 officiers et 99 soldats ; les Français 19 officiers et 350
hommes. Mais parmi ceux-ci il manquait un employé
militaire, le garde d'artillerie Henriot, dont on ne put
retrouver aucune trace. C'était un vieux soldat, médaillé de Crimée et d'Italie, un serviteur modeste,
dévoué et brave. Chargé de livrer les poudres aux
Prussiens, il ne s'était pas senti ce courage. Il avait
pénétré dans la poudrière, attendu que la garnison
française ait évacué le fort, puis, croyant l'ennemi
déjà dans la place, il avait mis le feu...... Il ne s'était
trompé que de cinq minutes !....

L'autorité militaire, jugeant qu'un pareil héroïsme
ne devait pas être oublié, a fait placer dans la citadelle
de Laon reconstruite, une plaque de bronze où sont
gravés ces mots :

A LA MÉMOIRE DE HENRIOT (DIEUDONNÉ)

GARDE D'ARTILLERIE

QUI S'EST ENSEVELI SOUS LES RUINES DU MAGASIN

A POUDRE DE LAON

EN 1870

(1) Joseph TURQUAN, *Les Héros de la défaite*. Paris, Berger
Levrault, 1888.

Les autres places situées sur la route des Allemands capitulèrent successivement : Soissons le 15 septembre, Toul le 23 septembre, après une résistance très énergique qui dura quarante jours, Verdun le 8 novembre après un siège de plus de deux mois, rempli d'actions glorieuses. Le Conseil d'enquête sur les capitulations « a rendu une justice éclatante à l'énergie du gouver- « neur, le général Guérin de Waldesbach, et des « troupes sous ses ordres, qui dirigèrent de vigoureuses « sorties contre les batteries allemandes. Leur moral « ne se démentit pas un instant et elles méritèrent, « ainsi que leur général, les éloges de l'ennemi (1). »

Siège de Paris. — Le 17 septembre, l'investissement de Paris commençait par le petit combat de Montmesly. Le 19, il était terminé, et l'affaire de Châtillon, tentative suffisamment honorable, mais avortée, n'empêchait pas les troupes de la IIIe armée (Prince Royal), venues par l'est et le sud, de donner la main à l'armée de la Meuse (prince de Saxe), qui occupait, sur la rive droite de la Seine, les positions situées au nord de la capitale. Le blocus était complet. Dès lors, les Allemands procédèrent à la construction d'ouvrages de fortification qui avaient le double but de protéger leurs lignes et de rendre très difficiles les tentatives de sortie des assiégés : du côté de Versailles surtout, où se trouvait le grand quartier général du roi, celui du prince royal et la chancellerie de la confédération de l'Allemagne du Nord, ils les amoncelèrent en telle quantité que leur déblaiement exigea, une fois la guerre terminée, plusieurs mois de travail continu. C'est dire que la sortie tentée plus tard, le 19 janvier, précisément de ce côté, ne pouvait avoir aucune chance de réussir.

(1) Général THOUMAS, *Les Capitulations.*

Cependant le gouverneur de Paris comprenait qu'il était nécessaire d'aguerrir les troupes (1) ; d'autre part, il désirait reconnaître les positions de l'ennemi et élargir, autant que possible, le cercle de l'investissement. En conséquence, il fit reprendre, le 23 septembre, par le général Vinoy, le plateau de Villejuif, et occuper le Moulin-Saquet, ainsi que la redoute des Hautes-Bruyères. Puis, le 30, il chargea le même officier général d'attaquer les trois villages de Thiais, de Chevilly et de l'Hay, en s'appuyant sur les points conquis le 23, et d'aller détruire le pont de bateaux qu'on supposait exister à Choisy-le-Roi.

Cette fois, les Allemands ayant amené de puissants renforts, l'opération ne réussit pas ; mais, dans cette affaire, les régiments de la brigade Guilhem (35e et 42e de ligne) (2) montrèrent un courage, un sang-froid et une solidité dignes des plus vaillantes troupes de Frœschwiller et de Saint-Privat.

Le bataillon Algan à Chevilly. — Au moment où la retraite s'exécutait, avec un ordre auquel l'ennemi lui-même a dû rendre hommage (3), un bataillon du 35e, commandant Algan, qui occupait une grande ferme au nord de Chevilly, et avait, de là, pendant la durée du combat, exécuté deux ou trois mouvements offensifs très préjudiciables à l'ennemi, fut tout à coup débordé

---

(1) Le combat de Châtillon avait montré que certaines troupes des nouvelles levées n'avaient pas encore la consistance nécessaire pour tenir au feu. Une partie des jeunes zouaves de la division Caussade, prise d'une terreur panique, avait tout à coup lâché pied, et entraîné dans sa retraite toute la ligne française, menacée d'être tournée.

(2) Ces deux régiments formaient en 1870 la brigade d'occupation de Rome. Rappelés au début de la guerre, ils constituèrent les deux seuls corps réguliers d'infanterie que possédât l'armée de Paris.

(3) *Guerre Franco-Allemande.*

par les Prussiens qui réoccupaient le village, et bientôt complètement cerné. « Déjà le capitaine Rameau,
« avec quelques hommes, a voulu s'élancer de ce bâ-
« timent pour chercher du secours... lui et les braves
« qui l'accompagnaient ont été frappés à mort... tous
« les débouchés, toutes les issues sont gardées ; il ne
« faut plus songer à percer, on n'a plus qu'à vendre
« sa vie... Cette centaine de soldats lutte avec le cou-
« rage du désespoir... Chaque homme en vaut dix ;
« par les portes, par les fenêtres, par les créneaux,
« ils font un feu terrible ; les abords de la ferme sont
« jonchés de cadavres et de blessés... Cependant, le
« nombre des Prussiens ne cesse de s'accroître ; dans
« les rues, dans les maisons, devant, derrière, l'en-
« nemi est partout ; notre poignée d'hommes diminue
« rapidement ; la moitié est hors de combat... les mu-
« nitions s'épuisent. Notre tir devenant moins vif, les
« Prussiens s'approchent de la ferme et y mettent le
« feu ; à un signal donné, ils se précipitent dans la
« cour en poussant des hourras... Nos soldats font
« une décharge, s'élancent à la baïonnette et les re-
« jettent hors du bâtiment. Mais l'incendie n'a pas pu
« être éteint, un des locaux de la ferme est en feu...
« Les quinze hommes qui l'occupaient, avec le sous-
« lieutenant Bozonnat, grièvement blessé, en sont
« chassés par les flammes ; les autres défenseurs ont
« brûlé leurs dernières cartouches ; épuisés, anéantis,
« à bout de forces, ils cèdent, ils se rendent. A la tête
« de ces braves étaient Algan, chef de bataillon (1) ;
« Rameau, capitaine, tué ; Nolard, capitaine ; Tho-
« mas, sous-lieutenant ; Bozonnat, sous-lieutenant,
« blessé (2). »

(1) Blessé.
(2) Général Ducrot, *La Défense de Paris*.

Dans cette journée, le 35° de ligne eut, à lui tout seul, 24 officiers et 783 hommes hors de combat. D'ailleurs, le chiffre général des pertes (2,120 hommes et 70 officiers) montre que, pour un baptême de feu, nos troupes n'avaient point ménagé leur sang. Quant aux Allemands, embusqués dans des villages fortifiés, et couverts par des retranchements très forts, ils n'avaient eu que 389 hommes hors de combat !

Une perte à jamais regrettable était celle du vaillant général Guilhem, tué en quittant Chevilly. Il avait reçu dix balles dans la poitrine, et fut transporté par les Allemands à Rongis, où il mourut en arrivant. Deux jours après, ceux-ci remirent aux avant-postes son cercueil, couvert de feuillages et de fleurs, et escorté d'un piquet en armes, qui lui rendit les honneurs.

Le 13 octobre avait lieu la grande reconnaissance dirigée par le général Vinoy, sur Bagneux et Châtillon, dans le but d'obliger l'ennemi à montrer ses forces. « Cette opération fut sagement préparée et vigou-
« reusement conduite, comme toutes celles d'ailleurs
« qui ont été confiées au général Vinoy (1). » Toutes les troupes firent preuve d'énergie et d'entrain. La brigade Guilhem se montra digne de sa réputation : les régiments de marche « prouvèrent qu'on pourrait
« bientôt compter sur eux, à l'égal des vieilles trou-
« pes (2). » Enfin, les autres corps combattants méritèrent d'être cités en ces termes dans l'ordre du jour du gouverneur de Paris :

« Les bataillons (de mobiles) de l'Aube, qui abor-
« daient l'ennemi pour la première fois, les gardiens
« de la paix, qui ont perdu un officier et plusieurs
« hommes, se sont hautement distingués.

(1) Colonel Canonge, loc. cit.
(2) Général Ducrot, loc. cit.

« Le lieutenant-colonel de Grancey, des bataillons
« de la Côte-d'Or, a énergiquement contribué, à la
« tête de la garde mobile, au succès de la journée.

« Le commandant de Dampierre, des bataillons de
« l'Aube, entraînant sa troupe à l'attaque de Bagneux,
« où il est entré le premier, a succombé glorieusement,
« et je donne ici à ce vaillant officier des regrets que
« l'armée partagera tout entière. »

« Les troupes se retirèrent dans le plus grand or-
« dre lorsque, le but de l'opération étant rempli, le
« signal de la retraite leur fut donné (1). »

Quelques jours après, le 21, s'engageait le combat
de la Malmaison, entrepris sur les instances du général Ducrot, que les progrès de l'ennemi du côté de
Rueil inquiétaient. Ce jour-là nos jeunes soldats montrèrent, pendant cinq heures, un entrain et une vigueur tels que l'État-Major allemand et le roi Guillaume lui-même, accouru sur les hauteurs de Marly
pour voir l'ensemble du combat, ne purent se défendre d'une émotion caractéristique, qui eut pour effet
de faire reculer la ligne des avant-postes prussiens en
arrière des positions occupées jusque-là.

Le commandant Jacquot à la Jonchère. — Voici
d'ailleurs un épisode qui montre à quel point nos soldats, même improvisés, sont capables de courage,
quand ils sont enlevés par des officiers vigoureux.

Le commandant Jacquot, du 4e zouaves, précédait
avec une seule compagnie son bataillon qui traversait
le parc de la Malmaison. Arrivé à une brèche du mur,
il n'écoute que sa bravoure, se lance avec sa poignée
d'hommes hors du parc, gravit sous une pluie de balles
les pentes plantées de vignes de la Jonchère, et vient

---

(1) Colonel CANONGE, *loc. cit.*

littéralement se jeter au milieu des lignes ennemies.
Bientôt arrêté par un feu des plus violents, il ne veut
pas reculer, attendant toujours des renforts qui n'arrivent pas, et envoie demander du secours au général
Berthaut. Celui-ci parvient à diriger vers lui une compagnie du 36°, qui se trouvait au débouché du parc.
Immédiatement le commandant Jacquot met son
képi au bout de son sabre, fait sonner la charge et s'é-
lance, suivi d'une soixantaine d'hommes, dans un vigoureux retour offensif.

« Mais de la crête garnie d'une longue ligne de ti-
« railleurs part une pluie de projectiles, nombre de
« soldats sont atteints... Le commandant Jacquot,
« blessé à l'épaule, maintient sa petite troupe par son
« indomptable courage ; plusieurs hommes ayant
« commencé à plier, le capitaine Ducos les ramène
« en criant : « A moi les zouaves ! » et, pendant quel-
« que temps encore, nos soldats répondent énergique-
« ment à la fusillade des Allemands, sans pouvoir
« toutefois reprendre le dessus. Voyant la moitié de
« son monde tué ou blessé, voyant que l'ennemi, sou-
« tenu par des renforts incessants, gagne par sa gau-
« che, qu'il va être débordé, cerné, le commandant
« Jacquot ordonne la retraite.... Les zouaves descen-
« dent rapidement la côte de la Jonchère sous une
« grêle de balles. Le commandant Jacquot reçoit une
« seconde blessure et roule à terre... Le capitaine
« Ducos se précipite pour l'emporter, deux coups de
« feu le mettent hors de combat... Le sergent-major
« Petit de Grandville se dévoue ; il court à son com-
« mandant et le met sur ses épaules. A peine a-t-il
« fait quelques pas qu'il tombe frappé à son tour (1). »

_____

(1) Général Ducrot, loc. cit.

Cependant deux autres compagnies de zouaves, avec une compagnie du 36°, sont arrivées. Il y a là deux ou trois cents hommes au plus qui luttent en désespérés dans le ravin de Saint-Cucufa, contre des forces quatre fois supérieures, équivalant au moins à deux régiments ; nos morts, nos blessés jonchent le sol, et cependant la poignée de braves ne recule pas. Enfin, après deux heures d'efforts héroïques, force est de rentrer dans le parc : on se presse vers la brèche, on s'y engouffre, et on finit par regagner la Malmaison, sous la protection du 1er bataillon des mobiles de Seine-et-Marne, accouru enfin au secours de ces braves gens et déployé sur le plateau qui fait face à la Jonchère, d'où il tient l'ennemi en respect.

Dans ce seul combat, la compagnie de zouaves venue avec le commandant Jacquot avait perdu ses 2 officiers et 38 hommes sur 72. Une compagnie du 36° avait 2 officiers blessés et 45 hommes hors de combat sur 70. La compagnie L'lopis, des francstireurs, avait perdu 2 officiers et 52 hommes sur 200 !

« Le commandant Jacquot, qui s'était conduit en « véritable héros, succomba à ses blessures; sa « mort fut un deuil général pour l'armée (1) ».

Le caporal Toullec. — Quelques instants avant que le commandant Jacquot débouchât sur la Jonchère, des compagnies de franc-tireurs du 25° et du 26° de ligne avaient pénétré dans le parc de la Malmaison pour en chasser les Prussiens qui l'occupaient encore, et franchi des brèches pratiquées à la hâte dans le mur qui fait face à la porte de Longboyau. Le lieutenant de Luxer, du 25°, entré un des premiers avec le caporal Toullec et un homme pour reconnaître le terrain, fut tout à coup cerné par un groupe ennemi.

(1) Général Ducrot, *loc. cit.*

Un sous-officier prussien s'avance et crie : « Bas les armes ! » — « J'aime mieux crever ! » répond le caporal Toullec. Et les trois braves fondent sur les Allemands qui, surpris, se jettent de côté et leur permettent de se retirer ; mais à vingt-cinq pas, l'ennemi fait un feu de peloton qui tue le soldat et blesse au bras gauche le caporal Toullec. Ce brave soldat fut décoré pour cet acte énergique (1).

Le caporal Lecomte. — Quelques jours avant, le 17 octobre, un autre caporal, le nommé Lecomte, du 4e zouaves, avait été également cité à l'ordre de l'armée et nommé sergent dans les circonstances que voici : Un messager de l'armée, surpris par un poste prussien, avait eu sa barque coulée par la fusillade ennemie en traversant la Seine près de Bezons ; ce malheureux, ne sachant pas nager, s'était réfugié dans une île, où il était depuis quarante-huit heures, mourant de faim et de froid.

Le caporal Lecomte se jette à l'eau, met l'homme sur un tonneau trouvé près de l'île, et, toujours nageant, le ramène à la rive. A l'aller et au retour les sentinelles ennemies lui tirèrent plusieurs coups de feu qui ne l'atteignirent pas (2).

La porte de Longboyau. — Il nous reste maintenant, pour terminer le combat du 21 octobre, à conter les hauts faits d'une poignée de braves qui se firent tuer presque tous pour sauver deux pièces de canon. Cet épisode glorieux a été immortalisé par le pinceau d'Alphonse de Neuville, avec l'exactitude et la verve guerrière dont l'illustre peintre était coutumier.

Les deux batteries Pinel de Grandchamps (3) (mi-

---

(1) Général Ducrot, *loc. cit.*
(2) *Ibid.*
3) Aujourd'hui général de division.

trailleuses) et Nismes (1) placées près de la porte de
Longboyau, avaient longtemps tenu en respect l'artillerie allemande et coopéré puissamment à la vigoureuse
attaque de la Jonchère. Vers 5 heures, quand les renforts arrivèrent de toutes parts à l'ennemi, elles furent
en butte à une telle fusillade que, privées de presque
tous leurs servants, elles durent abandonner la position. Les pièces qui avaient encore des chevaux furent
emmenées. Deux pièces de 4, dont les attelages avaient
été détruits, durent être abandonnées. C'était juste le
moment où, la retraite devenue générale, nos fantassins
quittaient également leurs positions de combat.

Cependant, autour des deux pièces luttent encore
quelques chasseurs à pied, des francs-tireurs de la
ligne et un petit groupe de canonniers. Grâce à leur
attitude énergique, le capitaine de Grandchamps a pu
se replier avec ses mitrailleuses ; mais cela ne leur
suffit pas : il faut encore sauver les deux canons qui
sont là ! La fusillade dont les accable l'ennemi est
rendue avec usure... Ceux qui tombent laissent leurs
cartouches aux survivants. Mais brusquement, la
porte contre laquelle sont arc-boutés une dizaine
d'hommes, cède sous les coups de crosse... une compagnie prussienne débouche et se jette sur les pièces...
C'en est fait de celles-ci, lorsque le capitaine Nismes
et le capitaine Lallier, du 12ᵉ bataillon de chasseurs,
se précipitent en avant, entraînant la petite troupe,
fondent à la baïonnette sur les assaillants, tuent le
lieutenant prussien Michler et arrêtent net le reste de
la compagnie. « Malheureusement de nouveaux grou-
« pes ennemis accourent, le feu recommence plus
« violent que jamais... le sol est balayé par les pro-
« jectiles ; les balles ricochant sur les canons, frappent

(1) Actuellement aussi général de division.

« de tous côtés... Cependant nos hommes tiennent
« encore ; morts et vivants forment le dernier rempart
« autour de nos pièces... les sous-lieutenants Goud-
« mant et Schmit tombent grièvement blessés...
« Chasseurs, soldats de la ligne, canonniers, jonchent
« le sol de leurs cadavres... écrasés par le nombre,
« épuisés, anéantis, ces braves se replient... le capi-
« taine Nismes, le capitaine Lallier, avec 8 hommes res-
« tent encore, et font feu jusqu'à la dernière cartouche...
« Frappé de cette audace, l'ennemi n'ose aborder ces
« vaillants, qui ne se retirent qu'à toute extrémité (1). »

*Continuation des travaux de défense. — Prise et
reprise du Bourget.* — Tandis que les troupes de la
défense mobile livraient cette série de combats si honorables pour nos armes, le génie militaire complétait
sur tous les points les travaux de fortification destinés
à protéger Paris. A la fin d'octobre, de l'aveu même
de nos ennemis (2), *Paris ne pouvait plus être vaincu
que par la famine,* et **M.** de Bismarck faisait écrire
dans le *Journal officiel* de Prusse, que « la tâche des
« armées allemandes était une des plus difficiles dont

---

(1) Général Ducrot, *La Défense de Paris.* Le général cite
encore, à ce propos, nombre d'actes individuels de dévouement
que nous nous ferions un scrupule de ne pas reproduire. —
M. Goudmant, du 21ᵉ de marche, blessé d'une balle à la cuisse
gauche, fut sauvé par le caporal Otto, du 23ᵉ, qui l'emporta
sur ses épaules. M. Schmit, du 12ᵉ bataillon de chasseurs,
blessé d'une balle qui lui avait brisé la mâchoire et coupé la
langue, fut également sauvé par un de ses hommes, le chasseur
Halftermeyer, qui l'emporta sur ses épaules au milieu des
balles. Enfin, le trompette d'artillerie Huguet, un des huit
hommes restés jusqu'à la fin auprès des capitaines Lallier et
Nismes, ne consentit jamais à abandonner celui-ci. Il avait trois
balles dans le corps et n'en restait pas moins à cheval ; il put se
retirer jusqu'à la route de Saint-Cloud, où il tomba pour expirer.

(2) Gotze, capitaine du génie prussien. *Opérations du corps
du génie allemand.*

« l'histoire militaire du monde gardât le souvenir ».

Sur ces entrefaites, le général Carey de Bellemarre, commandant supérieur en avant du Bourget, voulant utiliser le corps des francs-tireurs de la presse qu'il avait sous ses ordres, fit enlever ce village aux avant-postes allemands, et l'occupa (28 octobre). Le gouverneur, bien que cette prise de possession lui parût inutile, sinon dangereuse, dut céder à la pression de l'opinion publique et garder la conquête des francs-tireurs. Mais dès le lendemain, l'ennemi tentait un retour offensif, appuyé par une violente canonnade. Il échoua. Alors, le matin du 30, il lança trois fortes colonnes d'attaque qui assaillirent concentriquement le village, et cette fois, malgré l'énergique résistance des nôtres, il parvint à le reprendre.

C'est là, dans ce lieu que les Allemands ont déclaré le plus sanglant des environs de Paris, que s'illustra le commandant Brasseur, du 128e de ligne, et que le commandant Baroche, du 12e mobiles, trouva une mort glorieuse, qu'il avait cherchée plutôt que de tomber aux mains de l'ennemi.

Le commandant Brasseur. — Placé en tête du village avec sept compagnies du 128e formées en majeure partie des hommes des dépôts de l'ex-garde impériale, Brasseur avait tenu tête avec une indomptable fermeté aux assauts répétés de la garde prussienne (2e division) conduite par le général Budritzki. Une colonne de cette garde, forte de quatre bataillons, l'attaquait de front, pendant que deux autres marchaient contre les flancs de la position. Bientôt il fut presque entouré. Alors il se jeta dans les maisons, et dirigea de là sur l'ennemi un feu meurtrier, qui obligea celui-ci à faire le siège de chacune d'elles. « Le combat qui, dès ce « moment, dura encore *trois heures* dans les rues du

« village, fut des deux côtés entretenu avec une ter-
« rible animosité. Les Français déployèrent une rare
« habileté dans la défense des bâtiments fortifiés (1). »

« Mais cependant les Prussiens prenaient le dessus
« car dans la mêlée les petits Français n'étaient ordi-
« nairement pas à la hauteur des gigantesques gardes.
« Les documents officiels, comme les lettres particu-
« lières, rendent unanimement aux troupes parisiennes
« le témoignage qu'elles se sont défendues avec une
« grande opiniâtreté, avec le courage du désespoir (2). »

« Dans l'église du village, huit officiers français et une
« vingtaine de voltigeurs de la garde se défendirent
« jusqu'à la dernière extrémité, et les grenadiers du ré-
« giment Kaiser-Franz durent grimper jusqu'aux hautes
« fenêtres de l'église et tirer de là sur l'ennemi, jusqu'à
« ce que le peu d'hommes de cette brave troupe qui
« restaient sans blessures finissent par se rendre (3). »

C'est alors que le commandant Brasseur, blessé au
bras, remit son épée à un officier. Le prince Guillaume de Wurtemberg, commandant la garde prussienne, voulut rendre au brave soldat un éclatant
témoignage de son admiration et de son estime : il lui
renvoya cette épée glorieuse au lieu même où il était
gardé prisonnier.

Quant au commandant Baroche, menacé d'être
cerné avec quelques hommes, il marche droit sur
l'ennemi : ses officiers, ses hommes l'entourent et le
pressent de se retirer. — « Non! dit-il, je ne veux
pas me rendre ! » — Le brave officier fait feu de son
revolver et tombe percé de balles! Le lendemain,

(1) *Illustrirte Zeitung* du 10 octobre 1871.
(2) *Ibid.*
(3) *Ibid.* C'est cet épisode qu'Alphonse de Neuville a rendu
d'une façon si poignante dans son tableau du Bourget.

l'ennemi, qui avait été témoin de son héroïsme, renvoyait aux avant-postes par un parlementaire, sa croix, son épée et sa montre.

Enfin, c'est également au Bourget que succomba un jeune officier à peine sorti de Saint-Cyr, le sous-lieutenant Hanrion, si plein d'avenir et d'espérances. Envoyé par son père, le général Hanrion, dont il était l'officier d'ordonnance, porter un ordre, il revenait près de lui, sa mission terminée, quand il fut frappé de deux balles.

« Un officier prussien, témoin de son intrépidité,
« honora la bravoure de ce jeune officier en lui faisant
« rendre avec un soin respectueux les derniers de-
« voirs (1). »

La reprise du Bourget avait coûté cher aux Allemands : la 2ᵉ division de la garde laissait sur le carreau 477 hommes, dont 33 officiers. Un de leurs généraux de brigade était blessé ; le colonel de Zalukowski, du régiment de grenadiers Reine-Elisabeth, et le colonel de Waldersée, du régiment Reine-Augusta, déjà grièvement blessé à Saint-Privat, étaient morts.

Insurrection du 31 octobre. — Le lendemain, éclatait dans Paris une tentative d'insurrection criminelle fomentée par les hommes qui devaient, cinq mois plus tard, faire l'abominable tragédie de la Commune. Exploitant l'émotion bien naturelle qu'avait produite dans la population la nouvelle de la catastrophe de Metz, jointe à la reprise du Bourget, deux révolutionnaires de profession, Blanqui et Flourens, soulevèrent la garde nationale des faubourgs et marchèrent à sa tête sur l'Hôtel de Ville, où les membres du Gouvernement, prisonniers de l'émeute, ne durent leur salut

_____

(1) Général DUCROT, *loc cit.*

qu'à l'énergique intervention des mobiles du Finistère, qui arrêtèrent les principaux meneurs. Cette échauffourée lamentable, qui ne fut malheureusement suivie d'aucune répression, est la tache du siège de Paris. Elle rendit pour un moment à la chancellerie prussienne ses espérances, et haussa le taux de ses exigences au point d'arrêter les négociations d'armistice entamées par M. Thiers. Ceux qui en furent les fauteurs, et qu'attendait du reste une fin misérable, n'étaient pas dignes du nom Français.

Bataille de Villiers-Champigny. — Cependant le moment était arrivé où l'armée devenue suffisamment solide, il fallait tenter de rompre le cercle d'investissement et tâcher de donner la main aux armées de province. Un projet avait été établi déjà pour se frayer un passage du côté d'Argenteuil, quand on apprit que l'armée de la Loire, victorieuse à Coulmiers, se disposait à marcher dans la direction de Fontainebleau. En envoyant ces nouvelles, M. Gambetta demandait avec instance que l'armée de Paris opérât son mouvement de ce côté, de façon à pouvoir, si elle réussissait, se joindre plus tôt à l'armée de la Loire. Le général Trochu se rendit à ce pressant appel, et c'est ainsi que fut décidée la sortie qui a donné lieu à la bataille de Champigny.

Le 30 novembre, les 1er et 2e corps, commandés par les généraux Blanchard et Renault, abordaient de front les formidables positions de Villiers et de Cœuilly, défendues par des obstacles naturels et des fortifications extrêmement puissantes. Malheureusement le 3e corps, général d'Exea, qui devait franchir la Marne à Neuilly et prendre à revers la ligne ennemie, n'exécuta son mouvement que trop tardivement, en sorte que lorsqu'il entra en ligne, « les 1er et 2e corps, épuisés par une

lutte de plusieurs heures, étaient incapables de con-
courir efficacement à la nouvelle attaque du parc de
Villiers, qui ne put être enlevé (1). »

On coucha sur les positions conquises, à quelques
pas de l'ennemi, et on passa la journée du lendemain,
1ᵉʳ novembre, à se refaire moralement et matériellement. Le 2, les Allemands nous attaquaient à leur
tour, avec une impétuosité qui causa d'abord une certaine panique. Mais, le premier moment de surprise
passé, on se reprit, on s'organisa, et la résistance
opposée aux efforts de l'ennemi fut telle qu'il ne put
parvenir à nous déloger de nos positions. L'opération
toutefois était manquée, puisque non seulement il
n'avait pas été possible de percer, mais que les deux
principaux points d'appui de la position allemande,
Villiers et Cœuilly, restaient au pouvoir de l'ennemi.
L'armée du général Ducrot rentra dans Paris.

Ce n'était certes pas là le résultat qu'avait espéré
atteindre le commandant en chef, quand, dans un accès
d'émotion chaleureuse et sincère, mais peut-être imprudente, il adressait à ses soldats cette phrase célèbre :
« Pour moi, j'y suis bien résolu, j'en fais le serment
devant vous, devant la nation tout entière : je ne ren-
trerai dans Paris que mort ou victorieux !... » Il s'est
trouvé des sceptiques qui ont eu le courage de railler
cette exaltation patriotique, ce pacte téméraire signé
d'avance, sans arrhes d'aucune espèce, avec la victoire
ou la mort... Cependant l'histoire dira qu'il ne tint
pas au général Ducrot tout seul que son engagement
solennel ne fût rempli. Le dévouement absolu avec
lequel il se prodigua pendant ces trois terribles journées, le courage invincible qu'il déploya, l'entrain pas-

_____

(1) Général DUCROT, *loc. cit.*

sionné qu'il sut, comme il l'a dit, « faire passer dans
le cœur de ses soldats » et les prodiges de valeur
qu'il obtint d'eux, malgré leurs intolérables souffrances
physiques, sont là pour attester que si des circonstances
fatales l'empêchèrent de remplir la première de ses
promesses, il ne négligea rien pour s'acquitter de la
seconde et trouver sur le champ de bataille une mort
qui ne voulait pas de lui.

La bataille de Villiers-Champigny est, après Coulmiers, la plus glorieuse de la seconde partie de la
guerre. Aucune armée ne se battit jamais avec plus de
courage, et dans des circonstances matérielles plus
défavorables, que celle qui tenta ces jours-là de forcer
le blocus de Paris. Obligée de s'attaquer à des défenses
formidables, de traverser une large rivière et d'opérer
son déploiement sous le feu de l'ennemi, elle parvint
à refouler celui-ci derrière ses fortifications, à conquérir une étendue de terrain relativement considérable,
qu'elle sut garder en dépit des efforts faits pour l'en
chasser. Avec moins d'incertitude dans la direction
générale des opérations qui émanait du Gouvernement,
avec un peu moins de malechance (1) et plus de liai-
son dans les attaques, la réussite aurait probablement
couronné tant de généreux efforts. Il en reste néanmoins un souvenir réconfortant, et cette pensée,
rassurante pour l'avenir, que nos troupiers, même improvisés, valaient au moins autant que les soldats si
réputés de l'ennemi.

Il est des régiments, aussi bien de la ligne que de
la garde mobile, qui se montrèrent absolument admirables. En tête, il convient de citer la vaillante brigade

---

(1) Une crue subite de la Marne retarda l'opération d'un jour
et permit aux Allemands de renforcer leurs positions menacées.

formée par le 35° et le 42° de ligne, qui ne paraissait jamais sur le champ de bataille que pour y être au premier rang; les mobiles de la Vendée et du Loiret, le régiment des zouaves, l'artillerie tout entière, qui subit dans la journée du 30 novembre des pertes effroyables... il faudrait citer tous les corps engagés pour ne pas commettre d'injustice, car sur aucun point du champ de bataille nos soldats ne faillirent à l'absolu dévouement qu'on leur avait demandé.

Le 42°, au prix de sacrifices énormes, était parvenu à moins de 200 mètres du parc de Cœuilly, quand, entraîné dans un mouvement rétrograde de toute l'armée, ce brave régiment dut à son tour se retirer. « Chacun « rivalisa d'efforts et d'énergie pour que le mouvement « se fît avec ordre et ne dégénérât pas en fuite; sous « les coups précipités de l'ennemi, on se retira par « échelons, l'emplacement où chaque échelon devait « s'arrêter étant marqué par des jalonneurs; le clairon « Ranc et le tambour Chevalier, qui n'avaient cessé « de battre la charge pendant le combat, se transpor-« taient successivement à hauteur des jalonneurs, et « sur l'ordre du commandant Cahen, ils sonnaient « *halte*, puis *en retraite* aussi tranquillement qu'à l'exer-« cice ; ces deux soldats ont été décorés après la « bataille (1). »

L'attaque du plateau de Villiers avait été effectuée par les zouaves.

« ... Tête baissée, ils se précipitent sur le plateau... « des murs, des fossés, des abris, jaillit un feu terrible; « la plupart tombent, les autres marchent, courent à « travers une grêle de balles... mais arrivés à cent « mètres du parc, ils sont foudroyés à bout portant...

---

(1) *Historique du 42° régiment d'infanterie.*

« Devant eux se dresse une muraille qui ne cesse de
« vomir le fer et le feu... Force est de s'arrêter...
« de reculer... 16 officiers sur 18 et 311 hommes sur
« 600 sont hors de combat. Cependant, ces braves
« n'ont pas inutilement versé leur sang; ils ramènent
« les deux pièces de canon laissées le matin sur le
« plateau, faute d'attelages (1). »

Quant aux tortures éprouvées par nos soldats dans
ces deux mortelles nuits du 30 novembre et du 1er décembre, elles furent indicibles. La température était
glaciale : elle descendit jusqu'à *dix degrés* au-dessous
de zéro! officiers et soldats durent rester là, sans bagages, sans tentes, sans même de couvertures ! La
proximité des avant-postes ennemis interdisait toute
espèce de feux, et pendant trois jours on vécut de bis-
cuit et de pain, sans pouvoir prendre aucun aliment
chaud, pas seulement un peu de café ! Le sommeil était
impossible, le repos et l'immobilité funestes ! Nombre
de blessés périrent de froid, nombre d'hommes encore
jeunes et valides laissèrent là leur santé pour toujours !...

Eh bien ! pas une plainte ne se fit entendre, pas un
acte d'indiscipline ne fut à réprimer. Les généraux
qui, après avoir dirigé ces vaillantes troupes au feu,
ont écrit l'histoire de leurs luttes sanglantes, de leurs
souffrances et de leurs désillusions, sont unanimes sur
ce point. Tous leur ont rendu ce témoignage, leur plus
beau titre de gloire devant la postérité, qu'elles ont
porté l'abnégation patriotique à des limites qui ne se
peuvent dépasser.

Combats de l'Hay, de Montmesly, d'Epinay. — L'action principale, dans cette tentative générale de sortie,

_____

(1) Général Ducrot, *loc. cit.*

est celle que nous venons de brièvement raconter. Mais en même temps, des diversions avaient lieu en des points différents, de façon à donner le change à l'ennemi sur le véritable point d'attaque. L'une, par suite d'une erreur dans la transmission des ordres, eut lieu le 29 novembre : c'est celle de l'Hay et de la Gare-aux-Bœufs, dirigée par le général Vinoy ; les autres, à Epinay-sur-Seine et à Montmesly, conduites par l'amiral La Roncière et le général Susbielle, se firent le 30. Toutes trois furent parfaitement inutiles, tant l'ennemi était bien renseigné, et ne servirent qu'à nous faire perdre du monde, en particulier le général de La Charrière et le baron Saillard, ministre plénipotentiaire et chef de bataillon des mobiles de la Seine.

Hélas ! ces morts regrettables n'étaient pas les seuls ! Sur les 429 officiers et 12,085 hommes qu'a coûtés cette bataille de trois jours, nous devons une mention particulière au brave général Renault, *de l'arrière-garde*, comme on l'appelait, un vétéran des guerres d'Afrique, où sa courageuse attitude et sa valeur intelligente dans des retraites pourchassées par les Arabes lui avaient mérité ce surnom ; au colonel de Grancey, le noble et brillant commandant des mobiles de la Côte-d'Or ; au commandant Franchetti, des éclaireurs de la Seine, dont l'escadron dévoué et peuplé de tant d'élites avait rendu de si grands services (1) ; enfin au colonel Prévault, du 42°, le digne chef d'un régiment digne de

_____

(1) Dans la journée du 30 novembre, le général Ducrot se faisait accompagner par quelques éclaireurs Franchetti connaissant bien le pays. « Tous se montrèrent aussi dévoués « qu'intelligents. M. de Bully, propriétaire du château de « Cœuilly, faisait pointer lui-même nos canons sur son château, « où était installé l'État-Major wurtembergeois. » (Général Du-crot, *loc. cit.*)

lui, d'un régiment qui laissait sur le champ de bataille 1,175 de ses hommes, avec 40 officiers! Nous devons rappeler aussi qu'avant de revenir en arrière, l'armée du général Ducrot, combattant à découvert contre un ennemi retranché, a mis à celui-ci près de 7,000 hommes hors de combat, et que ce n'est point sa faute si, malgré la bravoure de ses soldats et de ses officiers, le grand effort tenté pour briser l'étreinte allemande n'a pas été couronné de succès.

Le Bourget, la Ville-Evrard. — Cependant, le gouvernement ne voulait pas renoncer à tout espoir. L'armée fut réorganisée, et on arrêta un nouveau plan de sortie, cette fois-ci par le nord. Le 21 décembre, on attaquait le Bourget, transformé par les Allemands en une forteresse véritable, pendant qu'à l'est, du côté de la Maison-Blanche et de la Ville-Evrard, des troupes du général Vinoy opéraient une démonstration, protégée par le canon du plateau d'Avron.

Tout le monde connaît l'héroïsme déployé dans cette dernière affaire du Bourget par les fusiliers-marins du commandant Lamotte-Tenet. Leur furie si française et l'entrain avec lequel ils se portèrent à l'assaut des fortifications formidables du village sont devenus légendaires... Malheureusement « les Prussiens, très exac- « tement prévenus de cette nouvelle tentative de sor- « tie, l'attendaient de pied ferme (1) ». Ils la repoussèrent, et nos troupes durent reprendre encore une fois leurs positions, tant du côté du Bourget que du côté de la Ville-Evrard, où le général Blaise avait trouvé la mort.

Le gouverneur de Paris voulait maintenir les troupes à l'extérieur de la ville ; mais la résistance des

(1) Colonel CANONGE, *loc. cit.*

LA PORTE DE LONGBOYAU. (Page 212.)

forces humaines, si soutenues qu'elles soient par la
volonté, a ses limites. Le froid, qui, dans la nuit du
21 au 22 décembre, descendit jusqu'à 14 degrés, avait
produit 900 cas de congélation... il fallut faire can-
tonner l'armée et lui permettre de se refaire, pour
qu'elle ne succombât pas complètement. D'ailleurs elle
était à bout d'efforts. Son moral, si longtemps conservé intact, semblait faiblir en présence des misères
de toutes sortes qui fondaient sur elle, des nouvelles
désastreuses envoyées par la province, et des affres
de la faim... La population aussi perdait confiance...
L'homme de fer qui présidait aux destinées de l'Allemagne jugea alors qu'était venu ce qu'il a appelé le
moment psychologique ; il voulut satisfaire à l'impatience de son pays, qui s'irritait d'une résistance aussi
prodigieuse et aussi peu prévue : il décida qu'il fallait
en finir par un grand coup, et, les pièces de gros calibre étant arrivées en quantité suffisante, il ordonna de
bombarder Paris ! ! !

Le bombardement. — Le 27 décembre, les barbares
soldats du roi Guillaume de Prusse tiraient leurs
premiers coups de canon sur la capitale du monde
civilisé. A ce signal, il faut le dire à l'honneur de
l'humanité, un cri d'horreur retentit dans toutes les
nations de l'Europe qui devaient à la Révolution française leur émancipation ; mais les gouvernements
égoïstes regardèrent, sans émotion et sans scrupule,
l'écrasement d'un peuple que leur intérêt ne leur commandait pas de secourir.

Pas un seul ne protesta contre cet acte digne des
Vandales : pas un n'éleva la voix pour flétrir cette
inutile cruauté, et rappeler aux Allemands que de
pareilles horreurs ne sont plus de notre temps... Quant
aux habitants de Paris, ils supportèrent cette suprême

épreuve avec une fermeté admirable, qui doit les absoudre de bien des erreurs... Ils eurent des accès de colère, des explosions de rage, de la haine, du mépris, même des éclats de rire moqueur... mais de terreur, point.

L'essai d'intimidation, tenté par nos implacables ennemis comme leur ressource dernière, ne réussit qu'à leur infliger le ridicule qui s'attache toujours aux grands moyens produisant de petits résultats. La chute de Paris n'en fut pas avancée d'un jour.

Dès le 28, nous dûmes retirer du plateau d'Avron la grosse artillerie que nous y avions portée, et qui était écrasée par les feux convergents partis des hauteurs de Gagny et de Noisy-le-Grand. A dater du 5 décembre, les projectiles allemands, tirés par 275 pièces, abîmèrent les forts de Montrouge, de Vanves, d'Issy, la ville, la basilique et les forts de Saint-Denis, le Val-de-Grâce, le Jardin des Plantes, le Luxembourg où étaient des baraques d'ambulance, l'hospice des Aliénés, les Invalides, etc. Les forts, défendus par les marins avec un dévouement stoïque, recevaient une moyenne de 70 à 100 coups par heure (1)... Là, le service se faisait comme à bord d'un vaisseau, sans bruit, sans à-coups, par bordées qui venaient prendre *leur quart* sous la mitraille avec le même calme qu'elles montraient d'ordinaire dans la tempête... Après vingt-deux jours de bombardement, les forts étaient encore en état de repousser toute attaque de vive force (2) !

En ville « on se portait en foule vers les quartiers « bombardés pour contempler curieusement la trajec-« toire des obus, dont les gamins ramassaient les éclats

---

(1) Général Ducrot, *loc. cit.*
(2) Colonel Vial, *Histoire abrégée des Campagnes modernes.*

« qu'ils vendaient depuis 5 centimes jusqu'à 5 francs,
« selon leur grosseur (1) ».

Et cependant, ces obus tuaient ou blessaient une
moyenne de 60 personnes par jour !... Et ils n'épargnaient ni les monuments, ni les hôpitaux, pas plus le
dôme du Panthéon et la coupole de l'École militaire
que les murs de la Charité et de la Salpêtrière, de
Necker, des Jeunes-Aveugles, du Val-de-Grâce où
gisaient des malades et des blessés ! Et cette population vaillante, sur laquelle on tirait sans pitié, n'avait
pour se nourrir que 300 grammes par jour d'un pain
innomable, fait de résidus et de mauvais son, avec
30 grammes de viande de cheval... Et à cette époque,
à la fin de décembre, la mortalité atteignait par
semaine le chiffre énorme de 3,600 décès !!

Aussi, qu'importent à notre souvenir les braillards
qui voulaient décréter la victoire et proclamer la déchéance du roi de Prusse ? Qu'importent les exaltés,
les orateurs de clubs, les déclamateurs et les sophistes !
Ne reste-t-il pas, pour l'honneur éternel de la grande
cité, assez d'hommes braves qui ont payé de leur per
sonne sans compter, assez de soldats héroïques, assez
de femmes dont le dévouement sublime jette sur ces
jours de deuil comme un rayonnement de charité
divine ?

Les Parisiennes, à quelque classe de la société
qu'elles appartinssent, se sont montrées admirables.
Leur courage résigné dans les privations, leur abnégation dans les larmes, leurs attentions délicates et
raffinées auprès des blessés et des mourants sont au-
dessus de tout éloge. Lisez ce tableau qu'un témoin
oculaire a tracé près du champ de bataille de Cham-

(1) Général Ducrot, *loc. cit.*

pigny : « A droite, dans les champs, on a installé un
« poste de campement d'ambulanciers et de brancar-
« diers... Là sont encore, circulant dans un fouillis
« indescriptible et sanglant, quelques vaillantes Pari-
« siennes appartenant à toutes les conditions sociales,
« et quelques-unes aux plus hautes. Toutes sont vêtues
« de noir, avec le tablier blanc et le brassard de
« Genève. Elles ont apporté ou fait apporter des petits
« fourneaux de campagne, pareils à ceux qui servent
« le matin aux Halles aux marchands de café noir, de
« petit noir », comme on dit. La plupart, tête nue,
« manches relevées, elles vont, viennent, actives,
« douces, dévouées, tendre et belles comme des anges
« consolateurs, portant à deux mains des tasses de
« bouillon chaud, de chocolat fumant. C'était un spec-
« tacle à fendre l'âme... Dix degrés de froid !.. (1). »

Il en est qui ont pris le costume de vivandière, et
vont presque jusqu'au champ de bataille porter à ceux
qui vont mourir, un sourire avec un cordial. C'est Dica
Petit, c'est Lina Munte, c'est Massin, les charmeuses
adulées, alors dans tout l'éclat de leurs triomphes et
de leur beauté. — D'autres sont restées à leur théâtre,
mais pour y prendre le tablier blanc d'ambulancières,
et y jouer le rôle de sœur de charité. Ce sont Mmes Ma-
deleine Brohan, Favart, Émilie Dubois, qui en est
morte, Lafontaine, Jouassain, Edile Riquier, Reichem-
berg à la Comédie-Française... Sarah Bernhardt à
l'Odéon, Berthe Legrand, Scriwaneck aux Variétés,
toutes enfin, les jeunes, les vieilles, les célèbres, les
illustres d'aujourd'hui et celles de demain !

Les femmes du monde, dont les voitures blasonnées
sont remisées faute de chevaux, viennent à pied chaque

(1) Comte d'HÉRISSON, *Journal d'un officier d'ordonnance.*

jour aux baraques des Champs-Élysées ou à l'ambulance du Grand-Hôtel, assister aux cliniques de Nélaton, de Ricord, de Péan, de tout ce que l'École de médecine compte d'illustre, et faire les pansements les plus répugnants, et parfois les plus dangereux. C'est là qu'on peut voir, installées au chevet des malades, la maréchale Canrobert, la marquise de Flavigny, Mmes Augustin Cochin et de la Ferronnays, la comtesse d'Haussonville, Mme Bizot, veuve d'un général tué à l'ennemi, la duchesse de Fitz-James, et tant d'autres, dont les noms figurent aux premières pages de l'armorial français.

Mais si le dévouement de ces favorisées du sort est admirable, combien plus admirable encore le courage stoïque des femmes du peuple, des petites bourgeoises et des ouvrières, obligées d'attendre pendant les heures glacées de la nuit, dans la boue gluante et froide, sous la pluie qui fouette ou le vent qui cingle, une maigre ration de pain de siège, et un morceau de viande de cheval! Comme elles ont dû souffrir, ces pauvres créatures, rangées en file, transies et grelottantes, accablées sous le fardeau de leur pauvre ménage, et partagées entre les soucis de la vie matérielle et l'inquiétude mortelle dont les poignait chaque coup de canon tiré aux avant-postes, où montaient la garde leurs maris! Et cependant, elles n'ont jamais fait entendre une plainte, jamais poussé un cri d'impatience: leurs seules paroles étaient des caresses pour l'enfant qu'elles portaient endormi sur leurs bras !... Ces femmes qui ont souffert toutes les tortures, qui ont enduré souvent les tourments de la faim, dont quelques-unes, dit-on, ont dû mendier, la nuit, un morceau de pain (1), ces femmes furent des héroïnes, et nous devions

(1) Général AMBERT, *Récits militaires.*

à leurs vertus civiles cet hommage respectueux (1).

Un fait à noter, parce qu'il est tout à l'honneur de la population parisienne, est celui-ci : il n'y eut pendant le siège que *cinq* suicides ! On comprenait que la mort volontaire dans de pareilles circonstances, était une désertion et une lâcheté ! D'ailleurs, loin de songer à se soustraire au danger, les hommes valides tinrent à honneur de participer tous à la défense, et ceux qui n'appartenaient ni à l'armée, ni à la garde nationale, ni à la mobile, s'enrôlèrent dans des corps francs, portant l'estampille du Ministère de la Guerre. De ces irréguliers, dont le nombre fut peut-être un peu trop considérable, il en est certains malheureusement qui se bornèrent à parader avec des galons, des bottes et des plumets, et firent certainement plus de bruit que de besogne. Mais il en est d'autres, mieux commandés et mieux utilisés, qui se signalèrent en plusieurs circonstances par un courage et une intelligence dignes de vieilles troupes et rendirent des services que le général Ducrot lui-même, peu suspect en la matière, s'est plu à reconnaître en termes solennels. Tels sont, en particulier, le *corps d'artillerie de mitrailleuses*, du colonel Pothier, le *corps auxiliaire du génie*, commandé par l'ingénieur en chef Alphand, le *corps du génie volontaire*, commandant Flachat, les *Francs-Tireurs* de la Presse, les *Éclaireurs* Fery d'Escland et de Poulizac, enfin et surtout l'*Escadron des éclaireurs de la Seine* ayant à sa tête le brave Franchetti. Cet escadron, dit

(1) Les maladies qui s'abattirent sur la malheureuse population de Paris ont été effroyables. La variole seule, du 18 septembre 1870 au 24 février 1871, date de l'armistice, a causé 64,200 décès, soit 42,000 de plus que pendant la période correspondante de 1869-70. Pendant la semaine qui précéda l'armistice, il mourut 2,500 enfants!!

le général Ducrot, habilement dirigé par un chef hardi,
entreprenant, montra toujours le plus grand zèle, et
renseigna constamment le général en chef sur les
mouvements dé l'ennemi. « Aux batailles de la Marne,
« les éclaireurs formaient l'escorte spéciale du général
« Ducrot, tous firent noblement leur devoir. C'est là
« que fut atteint mortellement leur chef, le brave, le
« chevaleresque Franchetti, au moment où il portait
« des cartouches aux travailleurs les plus engagés
« devant Villiers. Il avait su, par son courage, son
« patriotisme gagner l'estime générale. Sa mort fut
« un véritable deuil public (1). »

Quant à l'essor inouï donné à la charité, rien ne
peut mieux en faire sentir la puissance que ce tableau
tracé par la plume d'Augustin Cochin : « Entrez dans
« les ambulances, allez suivre au palais de l'Industrie
« la visite du docteur Nélaton, à l'École des ponts et
« chaussées le docteur Desmarquais et le docteur Ri-
« cord ; entrez au Corps législatif pendant les opéra-
« tions du docteur Mœtsig, assistez aux séances des
« membres du Comité des visiteurs à l'Elysée ; faites-
« vous conduire à l'ambulance établie par la Presse
« au collège des Irlandais, par les Jésuites à Vaugi-
« rard, par les sociétés protestantes au collège Chaptal,
« par Jules Favre, dans les salons où M. de Gramont
« commentait ses dépêches... De telles visites imposent
« silence à toutes les critiques, et nul ne sort de ces
« lieux d'asile sans maudire la guerre, sans honorer la
« France, mère de tant de vertus. »

Ainsi, dans la pitié comme dans le patriotisme, toutes
les classes, toutes les croyances, toutes les opinions
étaient confondues, et c'est bien là la portée la plus

(1) Général DUCROT, *loc. cit.*

haute du spectacle que la France a donné au monde
pendant cinq mois !

« Ce qui frappait tout d'abord, a écrit très justement
« le général Aubert, était la fusion rapide et facile que
« les circonstances imprimaient aux éléments les plus
« divers. La même cause patriotique réunissait, fusil
« en main, l'homme du monde à l'élégant scepticisme,
« et le bourgeois... L'ouvrier, qui était à côté d'eux,
« avait conservé la foi robuste, en dépit d'appétits
« grossiers. Celui-là poursuivait un certain idéal géné-
« reux, mélangé d'erreurs presque criminelles. Ces
« trois hommes ont vécu ensemble, apprenant à se
« connaître. Ils ont partagé le lit de camp et la paille,
« ont marché le même pas et se sont prêté un mutuel
« appui. L'homme du monde a vu que l'ouvrier et le
« bourgeois sont utiles ; ceux-ci ont appris que leur
« camarade d'un jour savait mourir fièrement. Les ri-
« ches et les éclairés ont compris qu'il ne fallait repro-
« cher aux malheureux et aux ignorants, ni tant
« d'aveuglement, ni tant de colères ; les pauvres et les
« ignorants ont deviné que ceux qui les maudissaient
« souvent ne les connaissaient pas, et s'éloignaient
« d'eux par d'autres sentiments que la haine et le mé-
« pris. Combien n'y a-t-il pas de malentendus entre
« ceux qui vivent au château, et leurs voisins qui ha-
« bitent la chaumière (1) ! »

Enfin, pour clore ce livre d'or du patriotisme pari-
sien, rappelons encore la noble conduite des frères de
la Doctrine chrétienne qui perdirent 20 frères de maladies contractées aux chevets des mourants, et un, le
frère Néthelme, tué à l'ennemi, comme un soldat, en
relevant les blessés de Champigny. Pendant le siège,

_____

(1) Général AMBERT, *loc. cit.*

ces modestes et braves religieux soignèrent près de
30,000 blessés ou malades, sans pour cela fermer leurs
écoles un seul jour, sans interrompre le service de leurs
fourneaux économiques, qui donnèrent à manger à
tant de malheureux. Après la guerre, le Gouvernement
voulant honorer l'ordre tout entier, fit remettre par le
docteur Ricord la croix de la Légion d'honneur au
vénérable frère Philippe, son supérieur général. Celui-
ci la reçut avec émotion, puis la cacha sous sa robe
de bure, où nul ne la vit jamais que le jour de sa
mort !

Bataille de Buzenval. — Cependant, l'opinion publique demandait avec insistance qu'un nouvel effort fût
tenté avant de se résoudre à une reddition fatale. La
garde nationale, laissée jusque-là sur les remparts,
réclamait, avec un empressement qui n'était malheureusement pas partout sincère, l'honneur de jouer un
rôle à son tour... Obsédé et toujours irrésolu, le général Trochu finit par céder, malgré les sages avis du
général Ducrot, qui jugeait cette nouvelle tentative
inutile, et le 19 janvier fit attaquer par trois colonnes
les positions de Montretout, de la Bergerie et de Buzenval. Nous avons dit de quelles défenses cette région
était hérissée, et combien il était difficile pour nous de
la conquérir. Engagées dans des routes encombrées et
boueuses, marchant à tâtons par une nuit obscure pour
se rendre sur le champ de bataille, nos troupes, dont
une partie allait voir le feu pour la première fois, ne
purent déboucher avec la simultanéité nécessaire au
succès. L'attaque fut entamée avec vigueur, mais aussi
avec un décousu qui ne pouvait laisser aucun doute
sur la fatale issue de la lutte. Malgré quelques succès
partiels, malgré de très nombreux actes de bravoure
individuelle, on ne put percer nulle part et, la nuit

venue, il fallut battre en retraite, dans un désordre auquel la défaillance de quelques bataillons de garde nationale imprima un caractère particulièrement fâcheux.

Cette bataille néfaste, entreprise sans but précis, sans espoir de réussite, mal conçue et plus mal dirigée, ne servit en quoi que ce soit la cause de Paris et de l'armée. En revanche, elle causa des pertes irréparables, dont le retentissement pénible plongea la France tout entière dans la stupéfaction et la douleur. Il y avait dans les rangs de la garde nationale un homme déjà célèbre, un savant ingénieur, Gustave Lambert, qui préparait une expédition accueillie partout avec enthousiasme, pour aller planter le drapeau de la France sur les glaces inexplorées du Pôle Nord (1). Il y avait un jeune peintre de génie, l'honneur de l'école française, Henri Regnault, déjà entré dans la gloire, déjà le favori de la renommée, dont les toiles, placées aujourd'hui au Louvre, font aux œuvres des maîtres un cortège digne d'eux... Tous deux tombèrent, frappés par un soldat stupide qui ne les visait peut-être même pas, Regnault, au moment où, la rage au cœur, il déchargeait, avant de suivre la retraite, ses derniers coups de fusil...

Là aussi tombèrent le chevaleresque Rochebrune, le héros de l'insurrection polonaise de 1862, le noble marquis de Coriolis, engagé volontaire malgré ses 70 ans, M⁰ Peloux, bâtonnier de l'ordre des avocats de Valence, le brave colonel de Montbrison, commandant des mobiles du Loiret, qui d'abord attaché aux ambu-

(1) Gustave Lambert fut tué à l'attaque de la Bergerie. Officier de la garde nationale au début de la guerre, il préféra servir comme simple soldat dans la ligne et s'engagea au 119⁰. Le jour de Buzenval, il était sergent.

lances de la Société de secours aux blessés et ayant
fait en cette qualité la campagne de Sedan, avait tro-
qué le brassard de Genève pour l'épée du combattant,
la sécurité relative de l'infirmier pour la mort certaine
du soldat !

*Mort héroïque du lieutenant Beau et de ses dix sa-
peurs.* — Là enfin tomba parmi tant d'obscures victimes du devoir et de l'honneur, une poignée d'hommes
courageux, dont le dévouement superbe mérite une
mention spéciale.

On avait tenté vainement de s'emparer de la Bergerie, sorte de ferme crénelée et vigoureusement défendue, qui se trouvait à l'extrémité sud du parc de
Buzenval, sur le plateau de Garches. Deux officiers du
génie, le capitaine Coville et le lieutenant Azibert, avec
le sergent-major Lepage, se glissent alors dans un fossé,
atteignent en rampant la maison et tâchent de faire
brèche avec de la dynamite. Comme ils manquaient
d'amorces, ils voulurent déterminer l'explosion en tirant à bout portant des coups de revolver sur les charges, au risque d'être déchiquetés les premiers... Mais
la dynamite était gelée. Ils durent se retirer comme ils
étaient venus. Un instant après, ils reviennent avec
des pioches, et tentent encore une fois de pratiquer une
trouée dans le mur du jardin... impossible !... Et pendant ce temps, les troupes du général Ducrot sont là,
décimées par la mousqueterie et impuissantes à faire
tomber cette véritable forteresse ! Il faut en finir...
Alors, « sous un feu d'enfer, le général Tripier jette
« contre le mur une brigade de dix sapeurs et d'un
« sergent commandée par le lieutenant Joseph Beau,
« pour faire sauter le mur de Longboyau avec la dy-
« namite. Des dix hommes et de l'officier aucun ne
« survit ; tous, victimes de leur héroïsme, sont fou-

« droyés avant d'arriver au pied de la muraille... seul,
« le sergent, atteint de trois blessures mortelles, par-
« vient à traîner son corps sanglant jusqu'à nous (1) ».

L'insuccès de Buzenval fut immédiatement suivi de
la démission du général Trochu, en qualité de gouverneur de Paris. Personne d'ailleurs ne se faisait plus
d'illusions : les dernières forces de la ville écrasées,
les vivres épuisés, il fallait capituler. C'est à quoi dut
se résigner le Gouvernement, le 28 janvier, juste dix
jours après que le roi de Prusse, Guillaume Ier, avait
ceint, dans la Galerie des Glaces à Versailles, la couronne d'empereur allemand.

Entrée des Prussiens dans Paris. — Mais cette couronne, que la main de Napoléon avait fait tomber de
la tête des Habsbourg, et que l'anéantissement momen-
tané de la France permettait seule de relever, il sembla
que le vieux monarque ait voulu s'en emparer au milieu
d'une apothéose d'incendie. Le 22 janvier, ses soldats
mirent le feu au château de Saint-Cloud, au village et
aux maisons de Garches ; la sinistre flambée continua
les jours suivants entretenu par ces barbares avec une
régularité méthodique. Bien plus, au mépris le plus
cynique du droit des gens, « l'armistice ne suspendit
« pas ces actes de destruction sans objet, même après
« sa conclusion (2) ».

A cette satisfaction cruelle des sentiments de haine
implacable qu'ils nourrissaient contre nous, les Allemands voulurent en ajouter une autre toute d'amour-
propre, qu'exigeait impérieusement le chauvinisme
d'outre-Rhin. Les circonstances transformèrent cette
insolente bravade, qui aurait voulu être la prise de pos

---

(1) Général Ducrot, *loc. cit.*
(2) *Ibid.*

session triomphale d'une ville conquise, en une manifestation assez piteuse, dont l'orgueil allemand n'a
certes pas lieu de se grandir. Ce n'est pas ainsi que
nous sommes entrés autrefois dans les capitales de
l'Europe, quand nos armées victorieuses en chassaient
les gouvernements affolés !

La convention du 21 janvier ne spécifiait que la
reddition des forts. Elle s'opéra le 29, et nos braves
marins qui avaient tenu si ferme l'honneur du pavillon
hissé sur ces remparts ruinés, durent, la rage au cœur,
baisser leurs ponts-levis devant les avant-gardes ennemies. Voici un fait qui montre dans quelles dispositions d'esprit étaient ces héroïques soldats ; il s'est
passé au fort de Montrouge : « Un officier prussien, à
« la tête de son détachement, attendait que le fort fût
« évacué pour y entrer à son tour. Grave, rude, em-
« pesé, l'air fier et méprisant, cet officier regardait les
« fusiliers marins passer en rangs tristes et silencieux.
« Au moment où ces derniers franchissaient la poterne,
« les lèvres de l'officier prussien, dédaigneusement
« plissées, eurent comme un sourire d'orgueil. Un vieux
« quartier-maître s'en aperçut, un de ces loups de mer
« qui n'ont jamais eu peur. Il alla droit à l'Allemand,
« et d'une voix vibrante :

— « Ah ! ne riez pas, au moins ! dit-il en serrant les
« poings. L'officier prussien comprit sa faute, sa figure
« devint sérieuse.

— « Rire de vous, je ne le voudrais pas, répondit-il
« aussitôt avec la courtoisie la plus parfaite ; je songe
« plutôt à vous admirer (1). »

Cependant, l'acceptation définitive des préliminaires
de paix n'ayant pu être faite à temps par l'Assemblée

----

(1) Louis LANDE, *Revue des Deux-Mondes*, 1872.

nationale de Bordeaux, il fallut demander une prolongation d'armistice. L'ennemi l'accorda, mais à la condition qu'un corps de 30,000 hommes occuperait, jusqu'à cette acceptation, la partie de la ville de Paris, à
l'intérieur de l'enceinte, comprise entre la Seine, le
faubourg Saint-Honoré et l'avenue des Ternes.

Le 1er mars, à 11 heures du matin, les Allemands,
en ordre de marche comme devant l'ennemi, précédés
par des éclaireurs et une avant-garde, franchissaient les
fortifications : la colonne tourna autour de l'Arc de
Triomphe, sous lequel elle ne put pas passer, parce que
les chaînes étaient mises et que le monument avait été
barricadé avec des pavés et des charrettes; furieuse de
n'avoir pu imprimer à ce témoin de nos gloires passées
un affront suprême, elle descendit l'avenue des Champs-
Élysées jusqu'au palais de l'Industrie, où elle fit halte.
Alors l'état-major partit en avant, et vint faire le tour
de la place de la Concorde, au milieu des statues voi-
lées de noir.

Sur le parcours, toutes les maisons, toutes les fenêtres étaient closes ; les boutiques avaient mis leurs
volets, sur certains desquels on lisait, écrite à la main,
cette pancarte : « Fermé pour cause de deuil national. »
D'espace en espace pendaient aux murs des drapeaux
noirs : les rues aboutissant à la place de la Concorde
étaient hermétiquement bouchées par des draperies de
mort (1)... Le cortège avait défilé dans les avenues
désertes, où seuls quelques grooms anglais et quelques rares étrangers étaient venus le voir. Il n'y eut
à Paris, pendant ces jours de deuil, ni Bourse ni tribu-
naux. Cependant, le soir, quelques femmes sans pudeur

(1) Charles YRIARTE, *Les Prussiens à Paris et le 18 Mars*.
Paris, Plon, 1871.

firent mine de venir chercher fortune dans ce quartier réprouvé, et causèrent avec des soldats. Elles furent poursuivies, huées et publiquement fouettées. Une entre autres, qui s'était assise sur un banc à côté d'un officier bavarois, eut ses jupons mis en pièces, et faillit être jetée à l'eau (1).

A trois heures, Guillaume de Prusse passa une revue sur l'hippodrome de Longchamps, puis rentra à Versailles avec son fils. Après quoi, les Prussiens exigèrent qu'on leur ouvrît les galeries du Louvre, où ils se promenèrent par groupes, admis successivement. Au moment où l'un de ces groupes franchissait le guichet de l'Echelle, un homme du peuple lui lança une pièce de deux sous, en criant : « Voilà le commencement des cinq milliards (2) ! »

Les 30,000 Allemands demeurèrent quarante-huit heures parqués, comme des pestiférés, dans un quartier désert. Puis, le 3 mars, un courrier ayant apporté de Bordeaux l'acte authentique de la ratification des préliminaires de paix, ils partirent, tandis que nos troupes fermaient derrière eux les portes de la ville et que la foule, se ruant aux Champs-Élysées, pillait et saccageait les établissements des cafetiers et restaurateurs qui, de gré ou de force, leur avaient entr'ouvert leurs portes... (3).

Il y avait loin de cette occupation piteuse à la solennelle entrée que Napoléon, le 27 octobre 1806, avait faite à Berlin, salué par les autorités, harangué par les députés des différents ordres, et chevauchant au milieu des maréchaux et de la Garde à travers les

(1) Général AMBERT, loc. cit.
(2) Ibid.
(3) Général VINOY, L'Armistice et la Commune. Paris, Plon, 1872.

flots pressés d'une population accourue tout entière pour le voir... Un pareil triomphe, le vainqueur l'a peut-être rêvé en 1870, mais il a craint sagement les griffes du lion moribond et renoncé à une expérience périlleuse, où l'on eût vu peut-être combien ressemble peu à l'Allemand résigné le Français réduit aux extrémités du désespoir.

Telle fut la fin du siège de Paris. Le drame prenait place dans l'histoire; la longue et courageuse résistance de la vieille cité gauloise venait d'élever pour les âges futurs un monument illuminé de rayons glorieux et de pieux souvenirs... Hélas! ce monument, il appartenait à des Français d'en ternir l'éclat. Ces mêmes hommes qui, le 31 octobre et le 22 janvier, ajoutèrent aux horreurs du blocus celles de la guerre civile, voulurent donner à la page grandiose inscrite dans nos annales un épilogue monstrueux : la Commune.

La Commune ! il appartient à l'histoire de la juger ; et ce n'est point ici le lieu d'en évoquer plus longuement le souvenir.

Les zouaves pontificaux à Patay. (Page 253.

CHAPITRE VIII

LES ARMÉES DE PROVINCE

I. *La Loire.* — Le Gouvernement de la Défense nationale et la Délégation de Tours. — Entrevue de Ferrières. — Surprise d'Ablis. — Coulmiers. — Loigny. — La mère de Saint-Guilhem. — Retraite sur Orléans. — Chanzy. — Le plateau d'Auvours. — Le capitaine Lallement. — Le colonel Bel.

II. *Le Nord.* — Formation de l'armée du Nord. — Villers-Bretonneux. — Le lieutenant de vaisseau Meusnier. — Le comte de Brigode. — La brigade du Bessol. — Le capitaine Vogel. — Étrépagny. — Le cardinal de Bonnechose. — Prise de Ham. — Bataille de Pont-Noyelles. — Souffrances de de l'armée. — Bapeaume. — Le canonnier Moreau, *l'homme à la figure de cire.* — Le cheval du général Faidherbe. — Siège de Péronne. — Saint-Quentin.

III. *L'Est.* — Strasbourg. — Le général Cambriels. — Garibaldi et Crémer. — Combat de Nuits. — Villersexel. — Héricourt. — Le général de Kettler devant Dijon. — Prise du drapeau du 61ᵉ prussien. — Martyre de l'armée de l'Est. —

Le général Bourbaki tente de se suicider. — L'armistice. — Combat de la Cluse. — Les 13 héros. — Le lieutenant-colonel Achili.

I. — LA LOIRE

1. *La Loire.* — Dans une des premières séances tenues par lui à l'hôtel de ville, le Gouvernement de la Défense nationale avait agité la question de savoir s'il devait fixer son siège à Paris même ou dans l'une quelconque de nos grandes villes de province, d'où il pourrait plus facilement diriger la résistance du pays. Le plus jeune et le plus ardent de ses membres, celui-là même qui devait être l'âme de la résistance, Gambetta, comprenant le rôle que pouvait jouer la province, avait insisté énergiquement pour qu'on ne s'enfermât pas à Paris, ou que tout au moins les ministres de la guerre, des finances, de l'intérieur et des affaires étrangères allassent constituer à Tours, par exemple, le gouvernement national. On ne voulut pas l'écouter. Il fut décidé que Paris, bien que menacé de blocus, resterait capitale, et qu'une simple délégation, composée de trois membres, se rendrait à Tours, avec mission de créer sur la Loire une armée destinée à marcher au secours de Paris. Cette délégation, dont faisaient partie MM. Crémieux, Glais-Bizoin et l'amiral Fourichon, arriva à Tours le 16 septembre. Cinq semaines plus tard, Gambetta, parti de Paris en ballon, venait la rejoindre, et prenait, avec le titre officiel de ministre de l'intérieur et de la guerre, le rôle effectif et les pouvoirs d'un dictateur.

Or, à cette date, seize départements français étaient envahis, en totalité ou en partie. Paris était investi, Metz prête à succomber : toutes nos places de l'Est étaient prises ou à bout de résistance. L'ancienne armée avait disparu tout entière, prisonnière en Allemagne ou cernée à Metz, et, de toutes nos forces passées, il ne restait disponible, hors de Paris, que cinq régiments d'infanterie, quatre de cavalerie et *une* batterie d'artillerie ! Et il fallait avec cela disputer les restes du territoire national à plus de 600,000 Allemands victorieux, aguerris, grisés par des succès inespérés, et auxquels une réserve de 350,000 hommes restés de l'autre côté du Rhin assurait un renouvellement de forces incessant !

Cette tâche écrasante, si fort au-dessus des forces humaines que la tenter semblait une folie, un homme s'est trouvé pour la remplir. Il a rendu à ce pays, si rudement éprouvé et presque complètement démoralisé, la confiance en ses forces et le sentiment de sa vitalité : il a réveillé les courages, ranimé les défaillances, exploité les plus nobles passions pour arracher au patriotisme de tous des efforts inouïs, et réunir dans une ardente communion d'amour pour la France les hommes de toutes les opinions et toutes les croyances.

Aux ennemis implacables qui rêvaient de proclamer à Paris même le rétablissement de leur nouvel empire, qui croyaient qu'une fois Metz et Strasbourg écrasées sous une pluie de fer, la capitale tiendrait à peine et que la province se hâterait de demander merci, il a opposé des armées nouvelles, des milliers de poitrines, des fusils et des canons, grâce auxquels a été faite une seconde campagne, plus terrible que la première pour les Allemands.

Que ceux qui regretteraient encore les millions dépensés et les vies sacrifiées mesurent l'étendue des résultats. Qu'ils pensent à Belfort conservé à la France, à la nation relevée et retrempée par les

épreuves, à la notion de la patrie raffermie dans les
cœurs, à l'honneur national sauvegardé ! Qu'ils son-
gent au mépris où serait tombée la France, démembrée
après deux mois de lutte et descendue au rang de la
Prusse en 1806 ! Qu'ils comparent ce que nous pourrions être avec ce que nous sommes, et ils reconnaî-
tront alors que, malgré des erreurs et des fautes, le
nom de Gambetta n'est pas indigne du grand souvenir
qui plane sur lui.

Les chiffres suivants donneront une idée de l'effort
gigantesque auquel le pays a dû ses armées de province. Mais cet effort, seule en Europe la France était
capable de le produire ; nos adversaires en sont conve-
nus eux-mêmes, et nous le constatons à notre tour
avec un légitime orgueil.

Du 10 octobre au 2 février, le gouvernement de
Tours a jeté devant l'ennemi plus de 600,000 hommes,
munis de 1,404 bouches à feu (1). Douze corps d'armée, numérotés de 15 à 26, formèrent les armées de
la Loire, du Nord, de l'Est et des Vosges, dont les
réserves étaient dans les camps du Havre, de Caren-
tan et de Nevers. On installa un service topographique
qui distribua 15,000 cartes aux différents états-majors,
et un service télégraphique, qui relia Tours aux quartiers
généraux d'opérations. On se procura 1,500,000 fusils,
dont 122,000 chassepots fabriqués dans les manufac-
tures de l'État. On créa 238 batteries, 31 réserves divi-
sionnaires d'infanterie, 10 parcs de corps d'armée,
que servirent 46,000 hommes et qu'attelèrent 41,758
chevaux. Enfin, on fit venir des ports militaires plus
de 50,000 marins ou soldats d'infanterie de marine, et
pour payer tout cela, on trouva 874 millions (2) !

(1) Colonel CANONGE, loc. cit.
(2) Ibid.

Les hommes qui, avec rien, ont fait de telles choses, méritent que leurs noms ne soient jamais oubliés des Français. Ce furent, dans les premiers jours, l'amiral Fourichon et le général Lefort, puis bientôt Gambetta, l'apôtre puissant et convaincu de la défense à outrance, M. de Freycinet, un ingénieur des mines, délégué au Ministère de la Guerre, qui surprit ses collaborateurs eux-mêmes par son étonnante activité et ses admirables facultés d'assimilation ; le général de Loverdo, qui improvisa des régiments, des divisions et des corps d'armée ; enfin, le colonel Thoumas, qui, au prix d'un labeur surhumain, donna à nos armées leur armement, leur matériel, et fit produire aux ateliers, tant militaires que civils, le total énorme de un million de cartouches par jour (1).

Un ministre de la guerre, le général Borel, a dit, en rappelant ces prodiges : « Je doute qu'aucune admi-« nistration ait pu faire plus que n'a fait la délégation « de Tours. Tout ce qu'il était matériellement possible « de faire, elle l'a fait... » (2).

Est-ce à dire cependant qu'il n'y ait vis-à-vis de ses actes aucune restriction à formuler ? qu'aucune erreur n'ait été commise, qu'aucune faute n'ait entaché cette dictature de quatre mois ? Non, certes ; comme le dit le proverbe populaire, « il n'y a que ceux qui ne font

_____

(1) Le colonel Thoumas, aujourd'hui général de division en retraite, est l'éminent écrivain militaire que tout le monde connaît. Il a bien voulu, dans la préface qui est en tête de ce volume, prêter à notre travail le double et précieux appui de son nom respecté et de son talent universellement reconnu. Nous sommes heureux de pouvoir ici lui offrir l'hommage de notre gratitude, et nous faire l'écho du souvenir que l'artillerie française et, avec elle, l'armée toute entière, ont conservé de lui.

(2) Déposition devant la commission d'enquête du 4 septembre.

rien qui ne se trompent pas ». Le gouvernement de
Tours s'est trompé en voulant, dans ce moment de
crise aiguë, subordonner l'élément militaire à l'élément
civil dans la défense du pays. Il s'est trompé en
croyant pouvoir toujours diriger du fond du cabinet
les opérations militaires. Il a causé ainsi des insuccès
qu'on lui a amèrement reprochés... Mais quelle que soit
la responsabilité qui lui incombe de ce chef, la page
qu'il a inscrite dans notre histoire n'en restera pas
moins consolante et glorieuse, parce que, par une
affirmation d'énergie superbe et désintéressée, il a
sauvé ce pays de la honte et du désespoir.

Avant de s'engager dans une lutte, dont il ne se
dissimulait d'ailleurs nullement les risques, le gouvernement de la Défense nationale, siégeant effective-
ment à Paris, avait fait une tentative de conciliation,
et, comme nos défaites antérieures, dont il n'avait cependant pas la responsabilité, l'obligeaient à des offres
compensatrices, il avait, par l'organe de M. Jules Favre,
ministre des affaires étrangères, proposé de verser à
l'Allemagne une forte somme d'argent. M. de Bismarck répondit, dans la fameuse entrevue de Ferrières (19 octobre), qu'il lui fallait, outre de l'argent,
une portion du territoire. Franchement, la France
n'était pas à ce point écrasée qu'elle dût en passer
sans conteste par de semblables prétentions. Les pourparlers furent rompus, sur une parole aussi fière
qu'imprudente prononcée par Jules Favre, et les hostilités recommencèrent immédiatement.

Entre temps, l'État-Major allemand avait appris la
formation d'une armée française sur la Loire. Il déta-
cha de ce côté le Ier corps bavarois, général von der
Thann, qui, après quelques combats partiels, occupa
Orléans le 12 octobre, malgré une admirable défense

effectuée par la légion étrangère et le 39ᵉ de ligne, qui perdit là un de ses chefs, le commandant Arago, glorieusement tué dans le faubourg Bannier.

Surprise d'Ablis. — Mais avant même que le général von der Thann commençât son mouvement, deux divisions de cavalerie avaient été lancées dans les plaines de la Beauce pour en chasser les francs-tireurs et protéger les colonnes mobiles chargées du ravitaillement de l'armée d'investissement de Paris. Le 7 octobre, au soir, un escadron du 16ᵉ hussards prussiens et une compagnie bavaroise occupaient Ablis. Le 8, entre 4 et 5 heures du matin, des francs-tireurs, venant de Denouville, à 15 kilomètres dans le sud, surprenaient le village et y capturaient 68 hommes avec 99 chevaux. Le reste du détachement ennemi parvenait à s'échapper.

Le général major von Schmidt, prévenu par les fuyards, se dirigea immédiatement sur Ablis avec *deux brigades.* Trouvant le village évacué, il le frappa d'une lourde contribution, l'incendia, puis se retira, emmenant 14 habitants et faisant réclamer ses hussards prisonniers au préfet d'Eure-et-Loir, avec la menace de fusiller les otages si on ne les lui rendait pas. On ne les rendit pas (1).

Nous citons cet épisode, dont la guerre de 1870-71 contient trop de rééditions, non pas en manière de récrimination vaine, ou pour imprimer une flétrissure platonique aux méthodes de guerre si souvent employées par nos ennemis ; nous entendons simplement signaler un fait : ces mêmes Allemands qui avaient dû en 1813 le plus clair de leurs succès à des corps irréguliers de partisans, ne voulurent en 1870 reconnaître

_____

(1) Capitaine Cordier, *Les Armées de la Loire.*

le caractère de belligérants ni à nos francs-tireurs ni à nos gardes nationaux, et brûlèrent impitoyablement tout village où ils s'étaient laissé surprendre. Cette constatation ne sera peut-être pas inutile un jour.

La première armée de la Loire. Bataille de Coulmiers. — Cependant le général d'Aurelle de Paladines, nommé commandant en chef de l'armée de la Loire, avait concentré à Salbris les 15ᵉ et 16ᵉ corps, et se disposait, sur l'ordre du Gouvernement, à marcher vers Orléans, afin de reprendre cette ville. Vers la fin d'octobre, il commença son mouvement et vint franchir la Loire à Blois. Mais à ce moment même arrivait la fatale nouvelle de la capitulation de Metz, équivalant à la. menace d'avoir très prochainement les 200,000 hommes du prince Frédéric-Charles sur les bras. Il fallait se hâter... « Cette fois encore, M. Gambetta ne « désespéra pas ; s'il ne réussit pas à faire partager sa « généreuse confiance aux chefs militaires chez les- « quels l'expérience laissait peu de place à l'illusion ; « du moins, acceptant résolument la situation nouvelle, « élevèrent-ils leurs âmes à la hauteur du péril (1). »

Le 7, le 16ᵉ corps (général Chanzy) livrait à un fort détachement allemand le combat de Vallières, et repoussait l'ennemi après lui avoir tué ou blessé 160 hommes. Le 9, l'armée française était victorieuse à Coulmiers.

Oui, victorieuse, et aucun Français arrivé depuis vingt ans à l'âge d'homme ne peut avoir oublié l'universel élan d'enthousiasme qui salua ce premier sourire du succès, ni l'hommage spontané rendu par le pays tout entier à la valeur de nos jeunes troupes, et à l'énergique habileté de leurs chefs. Le patriotisme

---

(1) Colonel Canonge, *loc. cit.*

français, dans son impatience bien naturelle, voyait déjà Paris débloqué, l'Allemand repoussé, la France reconquise... Hélas! il fallut en rabattre, d'autant plus qu'une faute commise par la cavalerie fit perdre le bénéfice de tant d'efforts généreux, et sauva le général von der Thann du désastre qui le menaçait.

En effet, tandis qu'au centre l'artillerie du 15ᵉ corps énergiquement dirigée par le vieux et savant général de Blois, appuyait avec autant de vigueur que d'entrain l'action de l'infanterie ; tandis qu'entraînée par son chef, la division Barry (3ᵉ bataillon de chasseurs, mobiles de la Dordogne, 31ᵉ et 38ᵉ de marche) se lançait à l'assaut de Coulmiers et s'emparait de ce village avec l'appui de la brigade d'Ariès (39ᵉ de ligne et légion étrangère) ; tandis que l'amiral Jauréguiberry, électrisant ses soldats par son exemple (1), faisait enlever deux villages à la baïonnette par le 37ᵉ de marche et les mobiles de la Sarthe, et refoulait définitivement les arrière-gardes bavaroises écrasées par les batteries du 16ᵉ corps, la cavalerie du général Reyau, qui avait pour mission de couper au nord « la retraite de l'ennemi sur la route de Paris (2) », se laissait tromper par des renseignements erronés, exécutait une série de fausses manœuvres, et finalement se repliait sur le point d'où elle était partie le matin !

En sorte que malgré sa défaite, qui lui coûtait près de 800 hommes hors de combat et plus de 2,000 prisonniers non blessés, von der Thann put opérer sa retraite sans être inquiété. Il évacua Orléans et ne s'arrêta qu'à Toury (3).

(1) Général d'AURELLE, *La 1ʳᵉ Armée de la Loire*.
(2) *Ibid.*
(3) Notre intention étant de nous abstenir formellement de tout examen critique, nous ne parlerons que pour mémoire du

La brillante valeur de nos jeunes troupes, si incomplets qu'en fussent les résultats, engagea le Gouvernement à les lancer immédiatement vers Paris, contrairement à l'avis du général d'Aurelle, qui, sentant ce qui manquait encore de cohésion à ses soldats, préférait attendre l'ennemi dans le camp retranché qu'il avait établi devant Orléans. Ce fut là le début de dissentiments graves qui se terminèrent bientôt par le remplacement du général d'Aurelle. En attendant, comme le prince Frédéric-Charles arrivait à marches forcées dans la direction de Pithiviers, le Gouvernement envoya contre lui deux corps d'armée de nouvelle formation, le 18ᵉ et le 20ᵉ, sous les ordres du général Crouzat. Ces troupes se heurtèrent le 28 novembre, à Beaune-la-Rolande, contre le Xᵉ corps allemand, et ne parvinrent pas à l'entamer. Le général Crouzat n'avait pu, en effet, se décider à déloger l'ennemi à coups de canon d'une ville française : il fallut rétrograder. Mais ces opérations décousues avaient amené une dissémination de nos forces très préjudiciable au succès. Dans les premiers jours de décembre, on reçut avis de la tentative de sortie exécutée sur la Marne par l'armée de Paris. Le gouvernement revint donc à ses idées d'offensive, et jeta en avant les 16ᵉ et 17ᵉ corps. Le 16ᵉ corps livra le 1ᵉʳ décembre le combat de Villepion, où la brigade Bourdillon (3ᵉ bataillon de chasseurs, 39ᵉ de marche et 75ᵉ mobiles) « fit, par sa conduite, l'admiration de

mouvement exécuté par la 1ʳᵉ division du 15ᵉ corps (général Martin des Pallières). Ce mouvement tendait à prendre l'ennemi entre deux feux. Il ne réussit pas, et eut pour seule conséquence de priver le général d'Aurelle d'une force de plus de 30,000 hommes, qui eût sans aucun doute réussi le mouvement tournant manqué par le général Reyau.

l'armée » (1). Les deux corps d'armée réunis livrèrent le lendemain, 2 décembre, la bataille de Loigny, où les zouaves pontificaux, ou *volontaires de l'Ouest*, se couvrirent d'une gloire immortelle.

Bataille de Loigny ou *de Patay.* — Entamée dès le matin par les troupes du général Chanzy (16° corps) la lutte, jusque vers 2 heures et demie de l'après-midi, était restée indécise, malgré la supériorité numérique des Allemands. Mais, à ce moment, des renforts importants étant arrivés au général von der Thann, celui-ci ordonna de reprendre partout l'offensive, et contraignit nos soldats à abandonner leurs positions.

Or, dans le mouvement rétrograde, on avait oublié de prévenir deux bataillons du 37° de marche, qui occupaient le village de Loigny. Enveloppés d'ennemis, menacés par l'incendie qui dévorait une à une les maisons, ces braves gens prirent le parti de se réfugier dans le cimetière, d'où ils résistèrent énergiquement au flot de Bavarois qui les bloquait. Emerveillé d'un tel courage, jugeant qu'il ne pouvait pas laisser périr sans secours ces héroïques soldats, le général de Sonis, commandant du 17° corps, voulut tenter de leur côté un suprême effort. Il appela à lui les 300 zouaves de Charette, un demi-bataillon des mobiles des Côtes-du-Nord et deux compagnies de franc-tireurs de Tours et de Blidah qui se trouvaient à sa portée : en tout 800 hommes ; puis, se mettant à la tête de cette poignée de soldats, il se lança résolument à l'attaque de la division victorieuse qui occupait Loigny.

D'un élan irrésistible, et avec un courage superbe, ces vaillants suivent leur général. Ils enlèvent à l'arme blanche, sans brûler une amorce, la ferme de Villours,

(1) Général d'Aurelle, *loc. cit.*

défendue par sept compagnies allemandes. « De là,
« toujours sans tirer, ainsi que l'ordre en a été donné,
« ils parcourent, sous un feu formidable, les 1,200
« mètres de terrain complètement nu qui s'étend jusqu'à
« Loigny. Un petit bois situé à une faible distance
« du village, sur le bord du chemin, est enlevé et ceux
« que le feu a épargnés atteignent, non loin du cime-
« tière, les maisons les plus voisines du village en
« flammes. Déjà les rangs se sont bien éclaircis et
« le général de Sonis vient d'être renversé, une cuisse
« broyée ; mais l'étendard des zouaves, la bannière
« du « Sacré Cœur » est toujours en mains. Frappé à
« mort, le sergent de Verthamon la remit à Fernand
« de Bouillé ; lorsque celui-ci est tombé mort, il a été
« tour à tour remplacé par son fils, Jacques de
« Bouillé, qui est tué, par son gendre, de Cazeneuve
« de Pradines (1), qui est grièvement blessé, puis par
« M. de Traversay.

« Mais les renforts allemands affluent et le gé-
« néral de Treskow engage jusqu'à « sa dernière ré-
« serve (2) ». Le colonel de Charette doit ordonner
« la retraite ; il tombe blessé près du bois ; les Alle-
« mands arrêtent là leur poursuite et les survivants
« au carnage peuvent se retirer sur Villepion.

« Dans le cimetière, le 37ᵉ de marche tenait tou-
« jours ; le commandant Varlet avait été tué et le
« commandant de Fouchier fait prisonnier après
« avoir été blessé. Le dernier coup de feu de la ba-
« taille de Loigny fut tiré là vers 6 heures du
« soir (3). »

Des 300 zouaves pontificaux qui avaient répondu à

(1) Aujourd'hui député de la Loire-Inférieure.
(2) *La Guerre Franco-Allemande.*
(3) Colonel CANONGE, *loc. cit.*

l'appel du général de Sonis, 102 seuls restaient sans blessures. Les mobilisés des Côtes-du-Nord avaient perdu 110 hommes, les francs-tireurs de Tours et de Blidah 66. L'héroïque phalange était décimée ; mais son dévouement venait de lui assurer une renommée qui vivra autant que la France elle-même. Quant aux troupes du 16ᵉ corps, elles avaient montré une énergie, une bravoure, une solidité même qui, à nombre égal, leur eussent certainement donné un succès éclatant. Le 39ᵉ de marche, le 33ᵉ mobiles (Sarthe) se battirent avec « l'aplomb de vieilles troupes ». C'est le commandant en chef qui leur rendit cet hommage, et il s'y connaissait.

Là mourut en brave le duc de Luynes, capitaine aux mobiles de la Sarthe, à côté de son frère le duc de Chaulnes, grièvement blessé. Là aussi tomba le noble et vaillant Timoléon d'Épinay Saint-Luc frappé d'un éclat d'obus qui lui ouvrit la poitrine. Âgé de 64 ans, il avait voulu se battre quand même, et servait comme capitaine au 75ᵉ mobiles. On le transporta dans une maison où l'aumônier du régiment lui apporta les sacrements. Voyant groupés autour de lui les quelques soldats qui avaient porté son brancard, il se redressa dans un effort suprême, et jetant son dernier commandement : « Présentez armes ! Genoux terre ! » dit-il.... Puis il mourut (1).

Les blessés n'avaient pu être relevés et étaient tombés entre les mains de l'ennemi. Après quatre jours de tortures inouïes, dues au froid et à l'absence de soins suffisants, on chargea sur des charrettes les plus gravement atteints, tandis que les autres formaient un convoi à pied. Puis on se mit en route : une seule des

(1) Général AMBERT, *Récits militaires*.

voitures avait un édredon, donné par une femme cha-
ritable.

« Après cinq heures de marche on arrive à Janville.
« Sur la place, un Prussien, officier ou médecin,
« donna l'ordre au convoi de continuer jusqu'à Toury,
« ce qui demandait encore trois heures de voiture.

« — Abandonnez-nous sur la route, criaient les
« blessés : nous n'en pouvons plus.

« Dans ce moment parut la supérieure de l'hospice
« de Janville.

« Non, monsieur ! s'écria-t-elle avec énergie ; les
« blessés ne vous appartiennent pas. Ils sont à moi ;
« je ne veux pas qu'on les traîne plus loin !

« Le Prussien voulut protester.

« — Assez ! cria impérieusement la vieille religieuse.
« Alons, charretier, dételez vos chevaux, et vous,
« monsieur, qui voulez faire souffrir inutilement ces
« blessés, vous êtes un misérable !

« Elle était magnifique dans son indignation, et je
« crus voir le génie de la France planer sur nos têtes
« lorsque par instinct, par habitude, presque sans le
« savoir, cette religieuse leva son bras armé du cha-
« pelet, et nous dit :

« — Venez, mes enfants, sous la garde de Dieu !

« Cette brave religieuse était, dans son couvent, la
« mère Saint-Henri; elle avait été dans le monde
« Mlle de Saint-Guilhem. Elle eut la douleur de re-
« trouver dans le convoi son propre neveu, zouave
« pontifical blessé à mort (1). »

Combat de Pourpry. Retraite sur Orléans. — Ce

___

(1) De Maricourt, capitaine aux mobiles de Loir-et-Cher,
Souvenirs de l'Armée de la Loire. L'épisode raconté ici a été
reproduit dans un tableau admiré à un de nos derniers Salons
et devenu rapidement populaire.

RETRAITE D'ORLÉANS. (Page 256.)

même jour, 2 décembre, le 15ᵉ corps livrait le combat de Pourpry, où le 27ᵉ de marche, qui avait combattu bravement, perdait 30 officiers, dont les 3 chefs de bataillon. Mais toutes ces luttes isolées, bien que partout soutenues avec une remarquable énergie, ne nous faisaient pas gagner vers Paris un pouce de terrain. Les Allemands auxquels arrivaient des renforts incessants, devenaient maintenant trop nombreux : nos jeunes soldats, épuisés de fatigue et de souffrances, étaient hors d'état de continuer la lutte sans une interruption qui leur permît de se refaire un peu. Il fallut se décider à la retraite. Le 2 décembre, le Gouvernement, renonçant à diriger lui-même les operations, rendit trop tard malheureusement son libre arbitre au général d'Aurelle, qui exécuta de suite son mouvement de recul.

« Les brigades d'Ariès et Rebillard soutinrent cette « retraite avec une entente du métier et une bravoure « qui leur ont mérité la reconnaissance de l'armée et « du pays, ainsi que les éloges de nos ennemis eux- « mêmes (1)... »

Le 3, le prince Frédéric-Charles attaquait le camp retranché placé en avant d'Orléans et l'emportait le 4, malgré la résistance du 15ᵉ corps et la bravoure des marins qui servaient nos batteries de position. Ceux-ci ne traversèrent la Loire qu'à la nuit close, vers 11 heures du soir, après avoir encloué leurs pièces et détruit leurs munitions. L'ennemi s'empara ensuite de la ville, et la malheureuse armée de la Loire, rompue et désorganisée, put croire que le terme assigné à ses efforts était arrivé.

(1) Général d'Aurelle, *loc. cit.* On lit, en effet, dans la *Relation prussienne :* « La retraite des Français s'effectua lentement et en bon ordre. »

Mais l'énergie de Gambetta n'était pas domptée encore. Retirant le commandement au général d'Aurelle, qui après son brillant début, venait de subir des échecs, d'ailleurs prévus par lui, il forma deux armées de la Loire, dont l'une, confiée au général Bourbaki, alla bientôt opérer dans l'Est, et dont l'autre, sous les ordres du général Chanzy, dut tenir tête aux corps de Frédéric-Charles. A dater de ce jour, la guerre sur la Loire prit un caractère de défensive opiniâtre, de lutte pied à pied, qui, dirigée avec une énergie robuste et une foi complète dans l'avenir par le général en chef, devait finir par épuiser l'ennemi.

Bientôt, en effet, si l'on en croit un des officiers les plus en vue de l'armée allemande, les corps d'armée tombèrent à la valeur d'une division, les divisions à celle d'une faible brigade ; les bataillons comptèrent à peine 500, 400, même 300 hommes : l'artillerie fut menacée de manquer de munitions. L'habillement se trouva ruiné et les soldats prussiens, privés de chaussures, durent marcher en sabots, s'ils n'allaient pas pieds nus. Les cadres fondirent, et l'armée envahissante, harcelée sans cesse par des partisans, des franc-tireurs, des colonnes mobiles, dut s'affaiblir encore pour assurer sa sécurité par des détachements plus nombreux que jamais (1).

Ah ! si toutes les troupes de l'armée de la Loire eussent possédé la même valeur que celles dont nous avons admiré les hauts faits à Coulmiers, à Loigny, à Villepion ; si Chanzy avait été sûr de tous ses régiments, comme il l'était de beaucoup, quel désastre on aurait pu infliger à ces hordes, dégoûtées des fatigues d'une

(1) Colmar von der GOLTZ, *Gambetta et ses armées.*

guerre trop longue, harassées, elles aussi, par les luttes incessantes qu'elles soutenaient depuis quatre mois, et maintenues dans le devoir par la seule force de la discipline et de la cohésion ! Quelle revanche on eût prise de tant de défaites immérités, d'une si injuste accumulation de malheurs ! Mais, quelle que soit la bravoure individuelle des hommes, quel que soit l'amour que la patrie inspire à chacun de ses enfants, quels que soient même les dévouements que cet amour fait naître, tout cela ne suffit pas pour constituer une armée, c'est-à-dire une force unique, une machine compacte, un instrument complet placé dans la main d'un seul homme, qui est le chef. Cela ne s'improvise pas plus que la victoire ne se décrète ; et voilà pourquoi, si les fastes des armées de province sont pleins d'actions héroïques, d'actes sublimes de patriotisme et d'honneur, on y trouve aussi un grand nombre de ces défaillances soudaines, inexpliquées, qui paralysent toute conception d'ensemble, et annihilent les dispositions les mieux prises pour assurer le succès. Le général Chanzy a fait pour vaincre tout ce qu'il était humainement possible de faire ; mais les éléments dont il disposait étaient trop disparates pour lui inspirer une confiance absolue, et les héroïsmes individuels que nous allons signaler encore, eussent-ils été dix fois plus nombreux, ne pouvaient pas compenser l'infériorité professionnelle de nos jeunes levées, vis-à-vis des légions aguerries qu'elles avaient à combattre chaque jour.

Au commencement de décembre, l'armée française était en position sur la rive droite de la Loire, entre Beaugency et la forêt de Marchenoir. Là, pendant les journées des 8, 9 et 10, elle tint victorieusement tête aux forces allemandes et leur mit près de 4,000 hommes hors de combat. Mais l'évacuation de Beaugency par le général Camô sur un ordre venu de Tours obligea Chanzy à reculer et à venir prendre position sur le Loir, non cependant sans se retourner souvent et mordre quand l'ennemi le serrait de trop près.

« Si l'on tient compte de la situation tout excep-
« tionnelle que créait l'abaissement de la température,
« on voit qu'il était difficile de demander davantage
« à des troupes improvisées ou de création récente,
« soumises aux fatigues du bivouac, alors que leurs
« adversaires étaient cantonnés. Elles donnèrent, en
« effet, à ce moment, dans ces combats multiples où la
« lutte se déplaçait chaque jour à peine de quelques
« kilomètres, le maximum de ce que l'on pouvait en
« attendre.. (1). »

Sur le Loir, on résista encore aux attaques de l'en-nemi ; mais nos troupes étaient épuisées... Chanzy re-connut la nécessité de reculer encore et ordonna la retraite sur le Mans. Celle-ci s'exécuta « avec ordre, avec lenteur et en contenant les avant-gardes de l'en-nemi (2) ». Les souffrances de nos pauvres soldats étaient épouvantables... Le froid, devenu intense, pa-ralysait tous les courages, abattait toutes les énergies... Cependant, la division de Bretagne, général Gougeard, que nous allons bientôt voir à l'œuvre dans l'admirable charge d'Auvours, retrouva assez de forces pour re-pousser vigoureusement, le 17, à Droué, une division prussienne qui l'avait surprise et attaquée...

Quant au général en chef, il donna pendant toute cette rude campagne l'exemple de la plus mâle vertu, l'une énergie surhumaine et de talents de premier

(1) Colonel Canonge, loc. cit.
(2) Colonel Vial, Histoire abrégée des Campagnes modernes

ordre. Tombé malade et pouvant à peine se tenir à cheval, il conservait intacte son ardeur patriotique, ne désespérant jamais, lançant toujours des ordres qui sont des modèles de clarté et de précision, communiquant à tous sa foi robuste et sa vigueur inébranlable, harcelant et épuisant l'ennemi par une guerre de chicane qui lui faisait plus de mal que dix défaites :

« La guerre changeait d'aspect, a écrit un officier « prussien. De toute ferme, de tout buisson partaient « des coups de feu qui obligeaient nos patrouilles de « cavalerie à de continuelles poursuites sans qu'on « découvrît rien... Notre armée était forcée de doubler, « de tripler ses avant-postes, et d'occuper beaucoup « plus de terrain que ne le permettaient ses effectifs. « Les combats devenaient moins énergiques, ils étaient « menés avec moins de vivacité et, ce qui est caracté- « ristique, la fusillade à grande distance et la canon- « nade avaient grandi en importance. Des corps d'ar- « mée, des bataillons, il ne restait plus que le titre, « non la force ni la valeur (1). »

Arrivé au Mans, Chanzy voulait réorganiser son armée, la laisser se refaire, puis, reprenant une vigoureuse offensive, combiner avec les troupes du général Bourbaki, un grand mouvement concentrique vers Paris, afin de débloquer la capitale. L'envoi du général Bourbaki dans l'Est et la perte de la bataille du Mans, causée par l'affolement de quelques pauvres diables de mobilisés, qui n'avaient de soldat que l'uniforme, l'empêchèrent de donner suite à ses projets.

Bataille du Mans, 10, 11 et 12 janvier. — Le prince Frédéric-Charles, avec près de 100,000 hommes, s'avançait sur le Mans en trois colonnes : après les combats

(1) Colmar von der GOLTZ.

de Parigné-l'Évêque et de Changé, livrés le 10, il se trouva, le 11, déployé à l'est de la ville, face à l'armée française qui en défendait, de ce côté, les abords.

Le même jour, la lutte s'engageait sur toute la ligne. Le général Chanzy avait prescrit dans les termes les plus formels et les plus sévères la défense à outrance, la résistance jusqu'au dernier homme, jusqu'à la dernière gargousse, jusqu'au dernier souffle de force... Il est permis de dire que si certains ont montré là une faiblesse déplorable, des braves se sont trouvés cependant qui lui ont obéi.

Charge d'Auvours. — Il était 3 heures. Le IX⁰ corps prussien venait de s'emparer du plateau d'Auvours, d'où il pouvait enfoncer notre centre, pousser jusqu'à la Sarthe et couper ainsi la retraite à toute notre aile gauche. Le général de Colomb, commandant le 17ᵉ corps, appelle à lui le capitaine de vaisseau Gougeard, qui commandait à titre auxiliaire une division de mobilisés et lui demande, au nom du salut de l'armée, de reconquérir le plateau.

Gougeard n'hésite pas. Il forme en toute hâte une colonne d'attaque avec le 1ᵉʳ bataillon des volontaires de l'Ouest (zouaves pontificaux), 2 compagnies de mobiles des Côtes-du-Nord, 3 compagnies de mobiles du Gers et un détachement du 4ᵉ bataillon de chasseurs. Puis, se mettant à la tête de cette petite troupe, l'épée à la main, la voix haute : « Allons, s'écrie-t-il, en avant! Pour Dieu et la patrie! Le salut de l'armée l'exige! » La colonne s'ébranle, gravit les pentes sous une grêle de balles. Les rangs s'éclaircissent, le chemin parcouru se jonche de morts et de mourants : le général Gougeard tombe de son cheval percé de six balles... N'importe... On marche toujours, au son de la charge et des cris de *Vive la France!*... Il est

4 heures, la ligne française a reconquis le plateau et s'y maintient, en dépit des efforts tentés par l'ennemi pour le reprendre à son tour !...

« Les volontaires de l'Ouest se sont montrés héroïques ! » a écrit le général Chanzy (1). — « Ce sera pour moi un éternel honneur d'avoir commandé à de pareils hommes, » a écrit le général Gougeard (2). — Voulant récompenser l'admirable bravoure de tous dans la personne de leur valeureux chef, le général en chef lui donna, sur le champ de bataille même, l'accolade et la croix de commandeur de la Légion d'honneur (3).

Les zouaves pontificaux avaient perdu trois de leurs capitaines, MM. du Bourg, Delon et de Bellevue, mais le IXe corps prussien laissait sur le terrain 293 hommes dont 18 officiers !

Cette charge glorieuse doit donc être citée à l'égal des plus brillants faits d'armes de nos anciennes armées. Il a passé là, sur ce coin de terre à jamais sacré, un souffle puissant de patriotisme et de vertu guerrière dont le souvenir console et rend moins amère la triste constatation du désastre final. Ce sont ces rayons de gloire allumés çà et là, à travers le ciel sombre de nos défaites, qui nous donnent le courage d'en parler et d'y penser encore, pour y puiser la force nécessaire aux luttes de l'avenir, car dans la mémoire de ces dévouements stoïques et désintéressés, nous trouvons encore le droit de croire et d'espérer...

Un prêtre, l'abbé Fougeray, frère d'un zouave pontifical, avait suivi le régiment pour remplacer l'aumônier, disparu la veille. On essaya de le retenir en

(1) Général CHANZY, *La Deuxième Armée de la Loire.*
(2) Général GOUGEARD, *L'Armée de Bretagne.*
(3) Général CHANZY, *loc. cit.*

arrière, mais en voyant tomber les zouaves, il courut en avant et fut tué sur le corps du capitaine de Bellevue, dont il assistait les derniers moments (1).

Un officier de chasseurs à pied, le lieutenant Garnier, voyant passer devant lui l'ouragan déchaîné des soldats de Gougeard, rassemble quelques hommes épars et charge avec eux. La fusillade le ramène en arrière : il reforme son petit peloton derrière une levée de terre, et s'élance à nouveau... Trois fois il se jette ainsi devant les fusils ennemis. A la troisième, il tombe, la poitrine traversée. Les Allemands le ramassèrent et le portèrent à l'ambulance où des officiers ennemis, témoins de sa bravoure, vinrent lui serrer la main, en témoignage d'estime et d'admiration. Rendons d'ailleurs cette justice à nos adversaires, que leur courtoisie fut égale au courage des nôtres. Leurs officiers vinrent, le lendemain de la bataille, saluer respectueusement les restes des trois capitaines de zouaves pontificaux, étendus sur les dalles de la chapelle des Jésuites, au Mans (2).

Cependant, à la nuit tombante, le IX⁰ corps prussien tenta un retour offensif sur le plateau. Une compagnie, mise en observation sur la gauche de nos positions, fut refoulée, son chef, le lieutenant Benoît, tué, et les Allemands, débordant légèrement la droite des zouaves pontificaux, envoyèrent des coups de fusil dont la direction inquiéta le commandant de Noménit, qui tenait encore la crête. Celui-ci envoya le capitaine Lallemant pour s'assurer si cette alerte ne provenait pas d'une confusion due à l'obscurité, et si ces coups de feu n'étaient pas tirés par des troupes françaises. Le capi-

(1) Général AMBERT, *Récits militaires.*
(2) *Ibid.*

taine Lallemant prit avec lui quelques hommes, et s'avança dans les ténèbres, convaincu qu'il avait devant lui des mobiles égarés.

— Ne tirez plus, cria-t-il. Nous sommes Français.

— Et nous aussi, répondit une voix.

— Quel régiment?

— 5ᵉ de marche.

Le capitaine s'avança; mais à peine avait-il fait quelques pas, qu'il entendit ces mots : « Rendez-vous! » tandis qu'une décharge, tirée presque à bout portant, l'enveloppait d'une pluie de plomb qui passa, avec un bourdonnement sinistre, heureusement sans l'atteindre.

— Maladroits! riposta Lallemant. Puis, comprenant que s'il ne payait d'audace, il était perdu :

« Feu de bataillon! » commanda-t-il d'une voix forte à ses quatre compagnons.

Les Prussiens se le tinrent pour dit. Croyant n'être pas en forces, ils battirent en retraite, et Lallemant put rejoindre sain et sauf son commandant qui l'attendait, anxieux (1).

Plus heureux au pied du plateau que sur ses pentes, l'ennemi réussissait néanmoins à reprendre le village de Champagné. Le général Gougeard avait mis là des mobilisés, commandés par le colonel Bel, un ancien lieutenant démissionnaire de l'armée, avec mission de tenir jusqu'au bout : « Je donnai l'ordre écrit au colo- « nel Bel de barricader les rues, de créneler les mai- « sons et les murs du cimetière, de s'établir solidement « et de s'y défendre jusqu'à la mort (2)... » Le colonel Bel obéit, car lorsque les soldats de Frédéric-Charles entrèrent dans le village, ils durent franchir son ca- .

(1) Général AMBERT, *Récits militaires*.
(2) Général GOUGEARD, *loc. cit.*

davre, étendu dans la rue, à hauteur des premières maisons.

Malheureusement, pendant qu'à notre gauche, ces belles actions illustraient les armes françaises, au centre, sur la position dite *la Tuilerie*, qui était pour ainsi dire la clef du champ de bataille, les mobilisés de Bretagne, un ramassis de pauvres diables, mal armés, mal équipés, d'une instruction militaire presque nulle, abandonnaient leur poste sans combat, dans un accès de terreur panique, et entraînaient avec eux une partie de notre ligne, exposée, si elle ne reculait, à être coupée en deux. On fit, pour reprendre la Tuilerie, des efforts infructueux; les troupes de l'amiral Jauréguiberry déployèrent encore une fois un courage digne d'éloges... sans succès, hélas! Le 12, il fallut se résigner à la retraite que protégea, avec un admirable dévouement, le régiment de gendarmes à pied, soutenu de deux mitrailleuses. Ces braves soldats laissèrent au pont de la Sarthe quatre-vingt-cinq des leurs, dont deux officiers.

Qu'ajouter au douloureux récit de ces tristesses? L'armée de la Loire, désorganisée, battue, fut forcée, malgré l'énergie de son chef qui ne se démentit pas une heure, de reculer jusque derrière la Mayenne. Elle soutint, dans cette retraite, quelques combats honorables... Mais elle avait trop souffert pour être redoutable encore. D'ailleurs, les Allemands, satisfaits des positions conquises, ne la poursuivaient plus...

Elle attendit là l'armistice, mettant à profit sa tranquillité relative pour se renforcer encore et se préparer à de nouvelles luttes qui devaient lui être épargnées. A la paix, elle comptait encore 160,000 hommes!... Quel que soit l'insuccès définitif de ses efforts, l'histoire lui rendra cette justice que sa dure existence de près de cinq mois ne s'est pas écoulée sans gloire. La victoire de Coulmiers, les héroïsmes de Loigny, de Villepins, d'Auvours absoudront les défaillances du Mans. On se souviendra de ce qu'ont souffert pour la patrie ces hommes, arrachés brusquement à leurs foyers, jetés sans éducation préalable sur les champs de bataille contre des ennemis aguerris et victorieux, obligés de marcher et de combattre sans abri, souvent sans pain, dans la neige, le verglas, la boue gluante et meurtrière, la pluie glaciale et les vents d'hiver. Enfin on n'oubliera pas que ce sont eux qui ont arraché à un de nos adversaires cet aveu caractéristique, par lequel il termine l'histoire de la campagne de la Loire : « Ces « événements avertissent l'Allemagne de ne point mé-« priser un adversaire qui a donné les preuves les plus « irrécusables de son aptitude pour la guerre et de ses « inépuisables ressources (1). »

II. — LE NORD

« *L'armée du Nord*, qui disposait d'un effectif bien « inférieur à celui des armées de la Loire et de l'Est, « a cependant rendu des services signalés au pays « dans cette grande œuvre de résistance. Elle a livré « plusieurs batailles et de petits combats ; pendant « près de trois mois, elle a forcé l'attention de l'en-« nemi, et immobilisé, en les détournant de Paris, des « forces assez considérables sur le terrain compris « entre Amiens, La Fère, Saint-Quentin et Bapeaume.»
Cet hommage, rendu à nos soldats par un écrivain dont la compétence n'est pas niable, M. le colonel

(1) Colmar von der GOLTZ, *Gambetta et ses armées.*

Canonge, l'armée du Nord l'a mérité sans conteste, tant en raison de l'efficacité de ses efforts, que pour l'absolu dévouement qu'elle a prodigué sans compter. Du 20 novembre 1870 au 19 janvier 1871, elle a tenu la campagne sans interruption, bivouaquant dans des champs blancs de neige, marchant sur des routes glis-santes de verglas, supportant avec un stoïcisme admi-rable les tortures d'un froid exceptionnel, et opposant, malgré tout, aux efforts d'un ennemi nombreux, aguerri et bien dirigé, une résistance qui donna tou-jours illusion sur sa force et sa véritable situation. Sans doute, elle fut comme les autres, impuissante à briser le flot sans cesse montant de l'envahisseur : une fois cependant, à Pont-Noyelles, elle réussit à lui in-terdire l'accès des positions qu'elle gardait. Une autre fois, à Bapeaume, elle lui infligea un échec grave, dont les conséquences eussent pu devenir considéra-bles, sans des circonstances auxquelles sa valeur ne pouvait rien. Ce sont là des titres impérissables au souvenir et à la reconnaissance de tous les cœurs français.

Formée d'abord autour de Lille par le général Bour-baki, avec les éléments de toutes prevenances qui existaient dans les départements du Nord, du Pas-de-Calais et de la Somme, bientôt renforcée par bon nom-bre d'officiers, de sous-officiers et même de soldats évadés de Sedan et de Metz, elle prit rapidement une consistance suffisante pour éveiller les craintes de l'é-tat-major allemand, et le décider à diriger contre elle des forces imposantes, s'élevant à près de 40,000 hom-mes et commandées par le général de Manteuffel.

Il s'en fallait de beaucoup, cependant, que ce petit noyau de soldats, pour la plupart improvisés, à peine armés, mal chaussés et encore plus mal vêtus, méritât d'inquiéter à ce point nos formidables adversaires. Un des historiens de l'armée du Nord, nous pourrions dire son historien le plus remarquable, M. Daussy, actuellement premier président de la cour d'appel d'Amiens, n'a pas hésité à la qualifier à cette époque d'*armée du désespoir*, « qui, pour la lutte dernière, ra- « masse toutes les ressources, vieux débris, jeunes « recrues, et les jette à la tête de l'ennemi » (1). Et il ajoute, en parlant de l'arrivée à Lille du général Bour- baki : « Le général dut être peu encouragé en voyant « l'armée qu'on lui donnait à commander. Pour un « militaire, pour un homme qui avait eu sous ses or- « dres la garde impériale, réputée jadis la première « troupe du monde, le contraste était navrant. Moins « que tout autre militaire, il devait avoir confiance « dans les forces, à peine dignes de ce nom, dont on lui « donnait la direction » (2).

Certes, tout cela était loin de la perfection ; mais ces pauvres bataillons possédaient au plus haut degré « le courage, qui, dans les périls extrêmes, ne recule « point devant les dévouements sans bornes » (3). Ils éprouvaient « ce besoin de combattre qui, sous le coup « de malheurs inouïs, gonflait le vaillant cœur de la « France » (4). Ils avaient, d'un esprit délibéré, fait le sacrifice de leur vie, et voilà pourquoi nous gardons à leur mémoire le culte pieux du souvenir.

Le 22 novembre, Manteuffel attaquait Compiègne : le 27, il se présentait devant Amiens. La ville, on le sait, est dépourvue de remparts, et ne possède qu'une citadelle, qui la domine, mais du côté opposé à la di-

(1) H. DAUSSY, *La ligne de la Somme*. Paris, Dumaine, 1875.
(2) *Ibid.*
(3) *Ibid.*
(4) *Ibid.*

rection de l'attaque prussienne ; cette citadelle ne pouvait donc être d'aucun secours. Le général Farre, qui avait succédé au général Bourbaki (1), disposa ses troupes en arc de cercle, au sud de la ville. Obligé de s'étendre outre mesure, parce qu'il n'avait que 25,500 hommes et 60 canons, il ne put ni utiliser la ligne de retranchements qu'on avait construite à la hâte, ni se ménager une réserve. Après une résistance des plus honorables, où se prodiguèrent les généraux Derroja, Paulze d'Ivoy et du Bessol, le commandant en chef ordonna la retraite, et se retira sur Corbie sans être inquiété. La citadelle seule restait occupée par un détachement de mobiles aux ordres du capitaine Vogel (2).

(1) Le général Bourbaki venait d'être appelé au commandement de la 1ʳᵉ armée de la Loire, bientôt devenue armée de l'Est.

(2) A la bataille d'Amiens, le comte de Brigode, mort depuis député à l'Assemblée nationale, commandait le bataillon du 48ᵉ mobiles où son fils était capitaine. Pendant l'action il vit tout à coup passer devant lui une civière qui emportait un officier mortellement atteint. S'étant penché sur le moribond : « C'est mon fils! » s'écria-t-il d'une voix étranglée. Alors il l'embrasse en sanglotant, et revient à sa place de combat. « Je « n'oublierai jamais, a écrit un capitaine d'infanterie de marine « témoin de ce drame poignant, l'expression de sublime dou- « leur qui bouleversait les traits de ce vieillard... il se retourna « longtemps après pour regarder en arrière, mais il ne vit plus « son fils! Alors son front se courba vers la terre et deux « larmes glissèrent le long de ses joues. Il voulut marcher en « avant!... Était-ce la mort que ce père cherchait?... »

Quand le soir, en parcourant la liste des officiers de son bataillon tués à l'ennemi, ses yeux rencontrèrent le nom de son fils, le comte de Brigode éclata en sanglots, et ce seul cri sortit de ses lèvres tremblantes : « Mon enfant, mon pauvre enfant! »

« Lecteurs de cette page, s'écrie le général Ambert en rela- « tant ce souvenir si émouvant, si jamais l'accomplissement du « devoir vous semblait trop cruel, songez au vieillard de la « bataille, et n'oubliez pas ce qu'il a fait pour la patrie! »

PRISE DE HAM PAR L'ARMÉE DU NORD. (Page 278.)

Le lieutenant de vaisseau Meusnier. — Dans cette journée, dite bataille d'Amiens ou de Villers-Bretonneux, un détachement de marins, placé au poste le plus périlleux, se couvrit d'une gloire éclatante. Débarqué du chemin de fer le matin même, il avait été immédiatement chargé de servir une batterie de 12, établie derrière un épaulement sur la route de Breteuil, près de Dury, et destinée à protéger les approches mêmes de la ville. Quand le VIII° corps prussien arriva de ce côté, le feu de cette batterie lui fit éprouver des pertes sensibles ; et pour en finir avec elle, le général de Barnekow donna l'ordre de faire avancer six batteries à la fois.

En un instant, nos braves marins sont écrasés de projectiles. Leur chef, le lieutenant de vaisseau Meusnier, atteint de trois blessures graves, reste au milieu d'eux, refusant de se laisser emporter, et continue à diriger le feu de ses six pièces avec calme et sang-froid, jusqu'au moment où un obus prussien, l'atteignant de plein fouet, le coupe en deux, et jette ses débris sanglants au milieu de la batterie... Les servants tiennent bon encore et ripostent sans trêve, infligeant à leurs adversaires, si supérieurs en nombre, des pertes cruelles, et vengeant la mort de leur glorieux capitaine par celle du lieutenant-colonel de Borkenhagen, commandant de l'artillerie ennemie... Malheureusement, ils sont trop peu ; à la nuit, nos pièces sont presque toutes hors de service, et leurs servants presque tous hors de combat. Il va falloir abandonner la place, quand, tout à coup, une autre compagnie de marins, commandée par les lieutenants de vaisseau Rolland et Bertrand, arrive à la rescousse, traînant avec elle quelques pièces de 4 empruntées à la garde nationale... La lutte reprend, plus acharnée que jamais, les

Prussiens sont chassés du village de Dury en flammes .
et la retraite générale de nos troupes fait seule lâcher
pied à ces braves matelots dont un monument, objet
chaque année d'un pieux pèlerinage, consacre aujour-
d'hui la valeur et le courageux sacrifice.

Aussi bien, la bravoure des troupes françaises avait-
elle été générale. « Le colonel du Bessol, placé dans
« une situation défectueuse qu'il avait signalée, exposé
« en pointe à l'ennemi, avec 4 bataillons d'infanterie,
« 4 de mobiles et 24 canons, avait tenu tête toute la
« journée au Ier corps prussien, soutenu par une divi-
« sion de cavalerie, et disposant de 70 canons. Quel ne
« fut pas l'étonnement des Prussiens, lorsque par le
« livret des morts trouvés sur le champ de bataille,
« ils constatèrent qu'au lieu de vieux soldats qu'ils
« croyaient avoir combattus, ils avaient eu affaire à
« des conscrits de six semaines, qui n'avaient jamais
« vu le feu (1). »

D'ailleurs Manteuffel qui, le soir de cette affaire,
déchiffrait, à la lueur de quelques allumettes, les nouvelles qui lui arrivaient, en s'abritant derrière un mou-
lin à vent (2), Manteuffel n'était pas rassuré. La
preuve en est qu'il donna pour le lendemain l'ordre de
ne pas s'aventurer, et d'attendre des renforts, avant
de poursuivre les Français. Mais le lendemain, nous
étions en retraite, et l'armée allemande put, sans danger, occuper la ville ouverte d'Amiens.

Le capitaine Vogel. — La citadelle d'Amiens, placée
sur la rive droite de la Somme, tandis que la ville est
en majeure partie sur la rive gauche, se trouvait, au

(1) DAUSSY, *loc. cit.*
(2) Colonel de WARTENSLEBEN, *Les Opérations de la Première Armée, sous les ordres du général de Manteuffel.* Berlin, 1872.

moment de l'entrée des Allemands, occupée par 3 compagnies et 1 batterie de mobiles, dont les hommes étaient à peu près tous des enfants d'Amiens. Dominée presque de toute part, condamnée, si elle voulait se défendre, à tirer sur les maisons où ses soldats avaient leurs familles, leurs femmes et leurs enfants, elle était sacrifiée d'avance. Son commandant, le brave Vogel, résolut cependant de faire son devoir jusqu'au bout.

Le 28 novembre il fut sommé une première fois, le 29 une seconde. Inébranlable dans son énergique résolution, il repoussa toute espèce de proposition. Alors les Allemands occupant les maisons voisines, et le clocher dominant d'une église située à 300 mètres à peine du rempart, firent pleuvoir sur les embrasures une grêle de balles dont l'une, atteignant Vogel au côté droit, tandis qu'il organisait la résistance, l'étendit mort au pied d'un canon. C'était une perte irréparable, car son successeur, loin d'imiter son noble exemple, se hâta d'arborer le drapeau parlementaire et de capituler.

« Les Prussiens rendirent au brave Vogel les hon-
« neurs militaires ; il fut enterré à la place même où
« il avait été frappé, et après le discours de M⁹ʳ Bou-
« dinet, évêque d'Amiens, le général von der Grœben,
« s'adressant à ses soldats, prit la parole pour leur
« faire l'éloge de cette victime du devoir (1). »

Combat de Formerie. — *Surprise d'Étrépagny.* — Cependant, les troupes de l'armée du Nord n'étaient pas les seules qui donnassent à l'ennemi du fil à retordre. Le *corps de l'Andelle*, organisé par les généraux Gudin et Briand pour défendre Rouen, avait battu le 28 octobre à Formerie, sur la route d'Amiens à Rouen,

(1) DAUSSY, *loc. cit.*

un détachement de 1,500 hommes et de 6 canons. Le 29 novembre, vers une heure du matin, une petite colonne, commandée par le commandant Rousset (1), surprenait dans Etrépagny un demi-bataillon d'infanterie saxonne, deux escadrons, une section d'artillerie, tuait ou blessait 150 hommes et 80 chevaux, et s'emparait d'une pièce... On voit que nos ennemis, si prodigues de railleries pour notre insouciance à nous garder, ne prêchaient pas toujours par l'exemple... La rage qu'ils éprouvèrent de cette surprise prouve à quel point leur fut sensible l'idée qu'on ne les croirait plus impeccables. Malheureusement pour leur bonne renommée, ils l'assouvirent dans des représailles indignes de soldats et d'hommes civilisés. Revenus de leur terreur panique, ils réoccupèrent, le 30, le malheureux bourg, et pour punir les habitants d'une soi-disant complicité dont ceux-ci étaient absolument indemnes, ils mirent froidement le feu à plus de 60 fermes ou maisons! Tout commentaire affaiblirait la simple mention de semblables atrocités.

Le 9 décembre, les Allemands entraient à Rouen, et l'occupaient ainsi que Dieppe. La possession de ces cités leur procura sous forme de contributions de guerre, des sommes importantes, et le courageux dévouement de Mgr de Bonnechose, cardinal-archevêque de Rouen, sauva seul d'une ruine complète la malheureuse capitale de la Normandie (2).

Prise de Ham. — Cependant l'armée du Nord, qui se montait actuellement à environ 30,000 hommes et

---

(1) Aujourd'hui colonel en retraite.
(2) Le cardinal de Bonnechose fit en personne le voyage de Versailles, dans les conditions les plus difficiles et les plus pénibles, pour solliciter du roi un adoucissement aux trop rigoureuses mesures fiscales dont était victime la ville de Rouen.

disposait de 60 canons, venait de recevoir un nouveau chef. Le 3 décembre, le général de division Faidherbe était venu se placer à sa tête, et dès le 8, il la mettait en mouvement pour venir reprendre Amiens. Mais, sur ces entrefaites, un événement se produisit, qui montre à quel degré les troupes prussiennes, si vantées, étaient, elles aussi, accessibles à l'intimidation. Le château de Ham, sur la Somme, était occupé par un détachement fort de 250 hommes, ce qui était plus que suffisant pour défendre des murailles solides, dont le canon seul eût pu venir à bout. Le 9 décembre, la division Lecointe arrivait à Ham : un parlementaire, le capitaine Oudard, se présenta devant le pont-levis et somma la garnison allemande de se rendre. Au mépris du droit des gens, il fut reçu à coups de fusil et blessé d'une balle à l'œil. Aussitôt le général Lecointe fit tirer contre le fort quelques coups de canon de campagne, dont les effet matériels furent d'ailleurs très peu sensibles, et déploya ses troupes tout autour de la ville. Les Prussiens prirent peur ; ils s'imaginèrent avoir en face d'eux toute l'armée française, entrèrent en négociation, et comme on se garda bien de les détromper, ils capitulèrent le 10, en livrant tout leur matériel de guerre. N'est-ce pas là un joli fait d'armes et comme le souvenir de ces capitulations mémorables où les ancêtres de nos vainqueurs de 1870 se rendaient sans conteste à quelques housards suivis de loin par une infanterie toute essoufflée ? N'est-ce pas là une leçon de modestie infligée par nos moblots déguenillés à ces soldats arrogants qui n'ont jamais dû leur succès qu'à leur nombre, trop savamment, hélas ! utilisé par leurs chefs ? N'est-ce pas enfin un encouragement à ne plus douter de nous dans l'avenir, et avoir foi dans le succès quand nous lutterons à armes égales et à chiffres égaux ? Coulmiers, Bapeaume, Etrépagny, Ham, sont plus encore que les luttes grandioses d'Alsace et de Gravelotte, le gage de notre relèvement futur. Car si des poignées d'hommes à peine militarisés, mal armés, mal chaussés, ont pu, sous la conduite de chefs intrépides, tantôt surprendre, tantôt intimider, tantôt même rompre les régiments réputés alors les meilleurs de l'Europe, que feront nos deux millions de soldats, quand pour la patrie et pour la liberté, des généraux jaloux de venger l'honneur de la France les conduiront face à face avec un ennemi dont les succès inespérés ne leur en imposeront plus ?

Bataille de Pont-Noyelles. — Le 23 décembre, Faidherbe occupait les hauteurs de l'Hallue, à quelques kilomètres au nord-est d'Amiens. Manteuffel se porta contre lui avec 26,000 hommes et 108 canons, l'attaqua vigoureusement sur toute la ligne, lui prit d'abord quelques villages daus la vallée, mais ne parvint pas à l'entamer sur les hauteurs et dut cesser le combat le soir, pour attendre des renforts et se couvrir de fortifications.

Après cette chaude affaire, les Allemands durent reconnaître que « sous le rapport de la bravoure, nos « troupes ne le cédaient en rien aux leurs, et il est « certain qu'ils gardèrent de cette journée une impres-« sion profonde de respect pour la vaillance de nos « soldats..... On le vit bien à leur attitude lorsque, le « soir, Manteuffel et Gœben vinrent, avec quelques « troupes, passer la nuit à Amiens (1). »

Quant au général Faidherbe, pour affirmer son succès, il maintint ses troupes bivouaquées toute la nuit sur leurs positions. Le froid était intense : il ge-

---

(1) Daussy, *loc. cit.*

lait à 8 degrés. La terre était couverte de neige, le sol glacé et dur. Nos pauvres troupiers endurèrent des souffrances atroces. Aussi le lendemain de la bataille, le général en chef dut-il se décider à la retraite, bien à contre-cœur. « Nos malheureux soldats, à peine vê- « tus, n'ayant pour nourriture que du pain qui arri- « vait gelé dans les voitures, étaient hors d'état de « bivouaquer une seconde nuit... Le froid, et non l'en- « nemi, nous chassait des hauteurs inhospitalières de « l'Hallue (1). »

L'armée du Nord se retira sur Albert sans être in- quiétée, puis de là, se réfugia derrière la Scarpe, entre Arras et Douai. Elle ne devait y demeurer que quel- ques jours.

Bataille de Bapeaume. — Dès le 1er janvier en effet, le général Faidherbe reprit la campagne et se dirigea au secours de Péronne, assiégée par les Allemands. Le 3, il attaquait vigoureusement à Bapeaume, le corps d'observation du siège, qui comptait environ 18,000 hommes, et le repoussait hors de ses lignes. C'était une victoire réelle : tous les villages situés au nord de Bapeaume et occupés par l'ennemi étaient tombés en notre pouvoir : les Allemands ne possédaient plus que la ville elle-même, que Faidherbe n'avait pu se résou- dre à bombarder... encore la brigade Pittié, maîtresse du village de Thilloy, placé au sud-ouest de la ville, menaçait-elle leur ligne de retraite et les mettait-elle dans une situation critique, qui les forçait à évacuer Bapeaume dans la nuit... Un effort de plus le lende- main, et nous touchons au but... Péronne est débloquée, la ligne de la Somme est à nous!... Malheureuse- ment cet effort, le général en chef, pour un motif

(1) DAUSSY, *loc. cit.*

inexpliqué, ne crut pas devoir le demander à ses troupes. Peut-être craignait-il qu'elles ne fussent à bout de forces. Leur état était en effet très misérable. « Nous étions encombrés de blessés, a écrit M. Daussy. « Nos soldats, depuis deux jours, n'avaient pas fait la « soupe et n'avaient eu pour toute nourriture que « leur pain qui était gelé. Ils n'avaient pas la ressource « des aliments substantiels que le soldat prussien « trouvait en tout temps dans sa boîte de fer-blanc. « Ils étaient, depuis deux jours, exposés, sans vête- « ments suffisants, aux rigueurs d'une saison des plus « rudes. »

Tout cela était à coup sûr lamentable ; mais devait-on cependant oublier le résultat tant désiré, quand on était si près de l'obtenir?... Le général en chef le jugea ainsi, et se mit en retraite le 4, tandis que les Allemands, tout joyeux d'en être quittes à si bon compte, réoccupaient Bapeaume et s'attribuaient une victoire là où ils n'avaient subi qu'une défaite signalée.

Quant à la place de Péronne, ne voyant pas arriver de secours, elle capitulait le 9.

C'est à la bataille de Bapeaume que fut blessé le canonnier Moreau (Joseph), dit l'homme à la figure de cire, dont la presse s'est occupée, il y a quelques années encore, à l'occasion d'une pétition adressée par lui aux Chambres. Atteint d'un éclat d'obus en pleine figure, Moreau avait eu toute la face emportée et était resté pour mort sur le champ de bataille. Grâce aux soins éclairés qui lui furent prodigués, il guérit de son affreuse blessure. Un appareil prothétique, fabriqué spécialement pour lui par M. Delalain, sur les données des chirurgiens du Val-de-Grâce, remplaça les parties osseuses ou charnues qui lui manquaient, et, s'il ne put lui rendre la lumière, lui permit de manger, de boire, de vivre en un mot. Un masque de carton peint recouvre entièrement la cicatrice hideuse et fait au pauvre blessé une figure postiche, d'une fixité singulière et impressionnante, mais nullement repoussante, comme le serait la vue de cette face qui n'a plus forme humaine.

Moreau, doté d'une pension de retraite et chevalier de la Légion d'honneur, a épousé, *après sa guérison*, une brave fille qui lui était fiancée avant la guerre. Il occupe avec elle une petite maison au Favril, près Landrecies, où il tient un débit de liqueurs, et vend une brochure qui relate en détail sa blessure, sa guérison, et le mécanisme vraiment incroyable de son appareil. Il y a quelques années, celui-ci s'étant abîmé il demanda à l'État de lui en octroyer un nouveau. Inutile de dire que sa requête a été favorablement accueillie.

Quelques jours après Bapeaume, il se passa un fait assez piquant, dont les états-majors s'amusèrent beaucoup. Le 13 janvier, une patrouille allemande avait capturé cinq dragons français. L'un de ceux-ci déclara qu'il était l'ordonnance du général Faidherbe, et que le cheval qu'il montait était la propriété du commandant en chef. Aussitôt, le général de Gœben, qui avait à cette époque remplacé Manteuffel, envoyé dans l'Est contre Bourbaki, s'empressa de restituer cheval et cavalier au général Faidherbe, avec une lettre des plus courtoises. Or, le dragon avait menti et Faidherbe le renvoya, lui et sa monture, au général prussien.

Siège de Péronne. — La petite place de Péronne, entourée d'une simple enceinte et dépourvue de toute espèce d'ouvrage avancé, était en outre commandée par des hauteurs très rapprochées d'elle. Dès le 28, 64 pièces de campagne s'établirent sur ces hau-

teurs, et, après avoir sommé, sans résultat, le commandant Garnier de se rendre, les Prussiens ouvrirent le feu : « Les habitants, surpris par le bombarde-
« ment dont ils avaient à peine été avertis, se réfu-
« gièrent affolés, les uns dans les caves des maisons,
« les autres dans les casemates, où rien n'avait été
« préparé pour les recevoir, pas même un banc... Les
« projectiles s'attaquèrent d'abord à l'église, dont le
« clocher servait de repère pour régler le tir, puis,
« aussitôt après, à l'hôpital, où flottaient trois dra-
« peaux blancs à la croix de Genève, *que les Prussiens*
« *voyaient parfaitement.* A trois heures, l'hôpital était
« en flammes ; il fallut, sous une pluie d'obus, en éva-
« cuer les malades, les blessés, les infirmes pour les
« transporter à la caserne qui était voûtée... Il y eut
« là des actes de dévouement admirable... (1). »

« La rigueur excessive du froid rendait les secours
« contre l'incendie très difficiles. Les pompes étaient
« gelées. La position de la malheureuse petite ville
« était affreuse. La terreur y était au comble. Néan-
« moins elle tint bon... (2). »

Le bombardement continua, presque sans interruption, mais avec des intensités différentes jusqu'au matin du 31 décembre. « Dans la nuit du 30 au 31, la tour
« de l'église, jusque-là restée debout, prit feu ; un
« effrayant incendie mit en fusion le bronze des clo-
« ches, qui coulait en torrents de lave, et par moments
« s'élançait dans la nuit claire en gerbes d'étincelles
« multicolores, spectacle étrange et sinistre. La vieille
« *Bancloque* de 1398, dont la voix, depuis près de
« cinq siècles, s'était mêlée aux joies et aux douleurs

---

(1) H. Daussy, *loc, cit.*
(2) *Ibid.*

« de la ville, s'abîma avec les autres dans la four-
« naise... (1). »

La malheureuse population, en proie aux horreurs
de la faim et de l'incendie, entassée pêle-mêle dans
d'étroits réduits où elle ne recevait ni air, ni lumière,
semblait à bout d'énergie. Le 30, une démarche fut faite
auprès du commandant Garnier par la municipalité, pour
l'inviter à capituler; mais le brave soldat, qui connaissait l'importance de son poste, ne voulut rien entendre,
et déclara qu'il tiendrait jusqu'au bout. Alors les Prussiens, désespérant d'en finir avec leurs seules pièces
de campagne, firent venir d'Amiens et de La Fère des
canons français de gros calibre, capturés dans ces
deux places, et le 2, le bombardement recommença, à
raison de 2 à 3 obus toutes les cinq minutes (2). A ce régime, Péronne devint rapidement un monceau de ruines.

Cependant, le général de Barnekow, commandant
du siège, était en proie à une sérieuse inquiétude : la
marche de Faidherbe sur Bapeaume l'avait fort effrayé
et bien que le recul de l'armée du Nord, après le succès du 3 janvier, lui parût inexplicable, il s'attendait
chaque jour à de nouveaux mouvements offensifs qui
pouvaient singulièrement compromettre le succès de
son entreprise; il avait donc grande hâte de la terminer.
Le 9 janvier, il prévint le commandant Garnier qu'un
nouveau renfort d'artillerie lui était arrivé ; qu'il allait
poursuivre le bombardement avec un redoublement
d'intensité : que personne, ni femmes, ni enfants, ni
malades, ni bouches inutiles ne serait admis à quitter
la ville, irrévocablement vouée à une destruction complète ; qu'enfin l'armée française, retirée dans le Nord,

(1) H. DAUSSY, *loc. cit.*
(2) *Ibid.*

ne semblait pas de longtemps devoir se porter au secours de celle-ci. Il offrait, au surplus, une capitulation honorable.

L'infortuné commandant Garnier, tiraillé entre le
sentiment de son devoir militaire, qui lui ordonnait de
continuer la lutte, si inégale qu'elle fût, et l'insistance
d'une population aux abois, ne sut pas fermer plus
longtemps son âme à la voix de l'humanité. Le 9, il
entrait en négociation avec l'ennemi, et lui rendait ce
qui restait de la place confiée à ses soins.

Certes, à n'envisager que le point de vue supérieur
du patriotisme et du devoir, on est en droit de blâmer
le commandant Garnier d'une pareille faiblesse, succédant si brusquement à tant de bravoure et d'énergie :
mais il faut avouer que sa situation était bien difficile,
et que le malheureux officier peut invoquer à sa décharge des circonstances atténuantes en nombre suffisant.

M. Daussy les a résumées dans une page éloquente
que nous voulons reproduire intégralement : « Garnier,
« absolument sans nouvelles du dehors, était dans l'i-
« gnorance complète de la véritable situation. Aucun
« des émissaires de Faidherbe n'était parvenu jusqu'à
« lui. Ce qui était manifeste, c'est que le canon fran-
« çais se taisait depuis six jours, et qu'avec sa voix
« s'était éteint l'espoir du secours. Ce qui était poi-
« gnant, c'était l'état affreux de la malheureuse ville,
« ruinée, abîmée, à moitié détruite. La population ré-
« fugiée dans des casemates infectes, parquée là comme
« un troupeau, dans le désordre, la saleté, l'ordure,
« par un froid des plus rigoureux, entassée pêle-mêle
« dans ce milieu hideux, où la naissance, la maladie
« et la mort se coudoyaient, où la bête seule vivait
« chez la plupart, en proie aux terreurs, à l'insomnie,

« à toutes les souffrances physiques et morales, était
« à bout de forces. La petite vérole y faisait de cruels
« ravages ; de nombreux cas d'aliénation mentale s'é-
« taient déclarés... L'aspect de la ville était hideux ;
« sur 700 maisons, 82 avaient été détruites, 600 étaient
« plus ou moins effondrées et endommagées, quelques-
« unes à peine restaient intactes (1). »

Qui donc, plus que Garnier, serait resté insensible
à tant de douleurs ? Ce qui est certain, c'est que les
Allemands surent reconnaître l'énergie de cette mémorable résistance. La garnison sortit avec les honneurs de la 'guerre, et la ville de Péronne fut affranchie
de toute réquisition en argent et en nature. En tout
cas, on peut le dire, le siège de cette petite place a été,
pour l'ennemi, l'œuvre laborieuse de la conquête de la
ligne de la Somme, celle qui leur coûta le plus d'inquiétude et d'efforts, et « les douloureux sacrifices que le
« patriotisme a imposés à ses habitants lui donne droit
« à la sympathique reconnaissance du pays (1). »

Bataille de Saint-Quentin. — Péronne perdue pour
nous l'issue de la lutte ne pouvait pas être douteuse.

Cependant, après quelques jours de repos, Faidherbe
se décida à une nouvelle tentative pour inquiéter les
armées de siège de Paris. Parti d'Albert le 16 janvier,
il se porta sur Saint-Quentin où, par suite de l'état des
routes couvertes de neige et de verglas, il n'arriva que
le 18. Les Allemands, prévenus, s'y trouvaient en
forces. Après une lutte opiniâtre qui dura toute la
journée du 19, à la date même où les armées de Paris
effectuaient la malheureuse sortie de Buzenval, il

_____

(1) H. Daussy, *loc. cit.*
(2) *Ibid.*

fallut pour la dernière fois reculer. Laissons encore ici parler M. Daussy.

« Nos soldats, que les marches précédentes avaient « déjà harassés, qui venaient de se battre toute la « journée, qui mouraient de faim et de sommeil (1), « dont un grand nombre, à défaut de chaussures, « avaient les pieds entortillés de cravates ou de linges, « nos pauvres soldats marchèrent toute la nuit, et ar- « rivèrent le lendemain matin, les uns au Cateau, les « autres à Cambrai. Il est aisé de comprendre le dé- « sordre de cette retraite, dans la nuit noire, sur les « routes encombrées d'attelages et de troupes déban- « dées, et combien de malheureux durent se laisser « tomber d'épuisement dans les fossés du chemin (2). »

Les Allemands, épuisés eux-mêmes, ne poursui- virent heureusement pas l'armée du Nord. Mais il n'en est pas moins vrai, et le général Faidherbe a tenu à l'affirmer dans son dernier ordre du jour, que seuls, ceux qui ont vu cette retraite, peuvent s'imaginer ce que nos pauvres soldats ont souffert.

Quelques jours après, le 28 janvier, l'armistice ve- nait mettre un terme à ces épreuves, subies avec tant de courage et de patriotique résignation. L'armée du Nord était dissoute ; on peut dire d'elle que ses efforts ne furent point stériles, car ils ont, dans une large mesure, contribué à regagner à la France l'estime respectueuse de l'Europe, saisie d'admiration devant les prodigieuses ressources d'une nation qui ne déses- pérait jamais.

(1) Ne pouvant faire cuire leur viande, ils l'avaient jetée.
(2) H. DAUSSY, loc. cit.

III. — L'EST

Après un siège mémorable, qui avait duré plus d'un mois, et un impitoyable bombardement qui détruisit 600 maisons, tua 300 personnes et en blessa 400, Strasbourg s'était rendue aux Allemands, le 27 septembre 1870. Les habitants de la malheureuse ville, il faut le dire bien haut, « montrèrent au milieu des plus ter- « ribles épreuves un dévouement dont la France, sé- « parée pour un instant de cette héroïque cité, doit à « jamais garder le souvenir (1). » Car lorsque le gé- néral Uhrich, voyant tous ses ouvrages extérieurs enle- vés, et ses murailles trouées de deux brèches prati- cables, se résigna à capituler, ce fut « au milieu des « protestations passionnées de la population strasbour- « geoise, qui ne voulait pas devenir allemande (2). »

Mais, le sacrifice une fois consommé, l'Alsace était totalement perdue, car les petites places de Neufbri- sach et de Schlestadt ne pouvaient pas tenir longtemps, et Belfort, étroitement bloquée, ne nous était plus d'aucun secours. Le Gouvernement songeant alors à couvrir les départements des Vosges et de la Haute- Saône, improvisa une petite force d'environ 10,000 hommes avec quelques bataillons de mobiles, des vo- lontaires, des franc-tireurs, et en donna le commande- ment au général Cambriels (3). Malheureusement, ces troupes, peu ou pas exercées, mal habillées (beau- coup étaient en blouses, et portaient leurs cartouches dans un mouchoir), pourvues d'armes les plus diverses,

(1) Général THOUMAS, *Les Capitulations.*
(2) *Ibid.*
(3) Aujourd'hui général de division en retraite, grand-croix de la Légion d'honneur, ancien commandant de corps d'armée.

étaient absolument privées de cohésion et incapables d'un effort sérieux.

Cependant, dès le 5 octobre, le général Cambriels les lança contre les colonnes allemandes qui franchissaient les défilés des Vosges et se répandaient déjà dans les vallées de la Meurthe, de la Mortagne et de la Moselle. Elles ne purent pas tenir. Repoussées à la Burgonce (1), puis, quelques jours plus tard, à Bruyères, menacées même d'être tournées par des forces supérieures, elles durent passer les Faucilles, et venir se concentrer dans Besançon. Elles y arrivèrent le 15 octobre. Renforcées alors par une série d'adjonctions qui doublaient presque leur nombre, elles furent constituées en un corps d'armée, dénommé le 20e, qui livra, sur l'Ognon, une série de petits combats honorables, mais fut néanmoins obligé de battre en retraite, perdit Dijon et se retira à Chagny, d'où sous les ordres du général Crouzat, qui remplaçait le général Cambriels (2), il alla, vers la fin de novembre, rejoindre l'armée de la Loire

Il ne restait donc plus, dans l'Est, à cette date, de troupes organisées. Seul, le général Garibaldi, qui était venu offrir ses services au Gouvernement de la Défense nationale, occupait encore Autun, avec des « bandes d'origine variée, souvent douteuse (3) », appartenant aux diverses nations de l'Europe, et dont les habitudes n'étaient pas toujours des modèles de discipline et de régularité. Enfin, dans les environs de

(1) Là fut noblement tué le général Dupré, qui commandait une brigade formée du 32e de marche et du 31e mobiles (Deux-Sèvres).

(2) Le général Cambriels, blessé grièvement à la bataille de Sedan, avait dû résigner son commandement après avoir subi la terrible opération du trépan.

(3) Colonel CANONGE, loc. cit.

Beaune, le général Crémer (1) s'occupait à constituer une division sous son commandement.

C'était, au total, une petite armée de près de 25,000 hommes, qui, à partir du 20 novembre, était prête à entrer en campagne. Mais pour que son action fût de quelque efficacité, il eût fallu une entente cordiale entre ses deux chefs, de l'unité dans la direction, une énergie constante dans l'exécution. Tout cela lui manqua. Crémer fit preuve à la vérité, d'une réelle hardiesse et de pas mal de vigueur : mais Garibaldi, après quelques tentatives incohérentes pour reprendre Dijon, tentatives qui avortèrent misérablement, se retira de nouveau à Autun, et s'y enferma dans une immobilité déplorable, qui laissa aux Allemands toute liberté pour écraser la division Crémer (2).

Il faut citer à l'actif de cette dernière, le très honorable combat de Nuits, livré le 18 décembre ; là, elle résista énergiquement pendant toute une journée à la division badoise, appuyée de 7 escadrons et de 6 batteries. Le bataillon des mobiles de la Gironde, commandé par M. de Carayon-Latour, se distingua d'une façon toute particulière, et les deux commandants de brigade, colonel Celler et lieutenant-colonel Graziani, trouvèrent une glorieuse mort. L'ennemi dut, le lendemain, se retirer sur Dijon très en désordre, et il n'est pas douteux que sa retraite ne se fût changée en

---

(1) Le général Crémer, capitaine d'état-major et aide de camp du général Clinchant au début de la guerre, s'était évadé de Metz. Remis lieutenant-colonel par la commission de revision des grades, il refusa ce qu'il considérait comme une déchéance, quitta le service et mourut en 1872.

(2) « Le général Garibaldi ne réussit jamais à combiner ses « opérations avec celles de la division Crémer; il agit à sa guise « et fut une gène constante, jusqu'au jour où il devint nuisible.» (Colonel CANONGE, loc. cit.)

déroute, si le corps du général Garibaldi eût bien voulu, pour un instant, renoncer à sa fâcheuse inaction.

Opérations de l'armée de l'Est. — Cependant, le gouvernement songeait à entreprendre sur nos frontières de l'Est une campagne plus sérieuse. Il voulait tenter de débloquer Belfort, de reconquérir l'Alsace et de se porter sur les grandes lignes de communications des Allemands pour les couper. C'est alors, vers la mi-décembre, qu'il se décida à envoyer sur Besançon la première armée de la Loire, commandée par le général Bourbaki et composée des 15ᵉ, 18ᵉ, 20ᵉ et 24ᵉ corps.

La mission qu'on confiait à cette armée était délicate : pour réussir, elle exigeait le plus grand secret et une rapidité foudroyante. Nos jeunes troupes, si mal armées et si peu aguerries, étaient-elles capables de la remplir, dans une saison meurtrière et par un hiver exceptionnel ? L'événement allait bientôt prouver que non.

Deux corps d'armée furent transportés par chemins de fer (1) : les deux autres firent la route par étapes : le 29 décembre, toute l'armée était rendue aux points de concentration, mais, hélas ! depuis le 24, les Allemands connaissaient sa marche, et le bénéfice de la surprise était irrémédiablement perdu pour nous. Le général de Werder s'empressa d'évacuer Dijon, dont « pour le malheur de l'armée de l'Est (2) », la garde fut confiée au général Garibaldi, et vint prendre posi-

---

(1) Le transport par voies ferrées fut effectué dans des conditions tellement déplorables que les 18ᵉ et 20ᵉ corps en souffrirent plus que s'ils eussent, comme les autres, fait la route à pied. A certains endroits, il fallut rester trois ou quatre jours en panne, au milieu de la neige, presque sans nourriture, et par un froid de 14 degrés !!

(2) Colonel CANONGE, *loc. cit.*

tion en avant de Belfort, pour couvrir le siège de cette place. En même temps, deux corps d'armée allemands, le II⁰ et le VII⁰, étaient dirigés à marches forcées sur notre flanc gauche, et le général de Manteuffel, abandonnant l'armée qui manœuvrait contre Faidherbe, venait en personne en prendre le commandement.

Le 9 janvier, les 18⁰ et 20⁰ corps se heurtaient, à Villersexel, contre la division Schmerling, qu'ils chassaient du village en flammes, avec une perte de 654 hommes dont 24 officiers. Les Allemands allèrent alors se poster sur la rive gauche de la Lisaine, entre Belfort et Montbéliard, et nous attendirent. Le 13, un combat d'avant-postes s'engageait à Arcey ; le 14, l'armée de l'Est débouchait toute entière devant l'armée allemande, et lui livrait la bataille d'Héricourt.

Cette bataille dura deux jours. L'ennemi, embusqué derrière des positions très fortes, dont les abords découverts formaient pour les assaillants des glacis meurtriers, pourvu d'une puissante artillerie qu'abritaient des retranchements en terre durcie par le froid, ayant des munitions en abondance, put défier tous nos assauts, d'autant plus que la garnison de Belfort ne tenta aucune sortie pour inquiéter ses derrières. Nos efforts échouèrent complètement à droite et au centre : seules, les divisions Crémer et Penhoat obtinrent sur notre gauche un succès véritable, qu'elles ne poursuivirent pas. Le 17 janvier, voyant ses troupes mortes de froid et de faim, sans approvisionnements et sans munitions, connaissant d'autre part l'approche rapide de Manteuffel sur ses derrières, le général Bourbaki comprit que l'opération tentée par lui était définitivement manquée, et qu'il fallait reculer sans perdre de temps. Il ordonna donc la retraite sur Besançon.

Mais Manteuffel l'avait devancé. Envoyant contre

le général Garibaldi un détachement commandé par le
général de Kettler, il s'était avancé sans perdre une
minute, et atteignait la Saône dès le 19. Kettler, lui,
essaya vainement de reprendre Dijon, et livra contre
les troupes de Garibaldi une série de combats absolument glorieux pour celles-ci, dans l'un desquels même,
(combat de Pouilly, 23 janvier), le 61° régiment prussien perdit son drapeau. Mais le chef des partisans
ne sut pas tirer parti de la bravoure de ses troupes :
victorieux et tranquille, il ne comprit pas qu'il avait
la mission d'honneur de maintenir les communications
de l'armée française ; que cette mission, il ne la rem-
plissait nullement en restant dans l'inaction, et que
son devoir était de bousculer le faible détachement
qu'il avait devant lui, pour de là se porter sur le flanc
de Manteuffel en marche.

Son immobilité persistante « prépara et assura la
« ruine de la malheureuse armée de l'Est (1). » Elle
« eut, en effet, « pour résultat de clouer à Dijon un
« corps français tout entier et d'assurer au général de
« Manteuffel la liberté de ses mouvements, sans avoir
« à craindre d'être inquiété de ce côté (2). »

A dater de ce moment, l'existence de l'armée de
l'Est et de son chef devient un véritable martyre. Tra-
quée au nord par le général de Werder qui la serre de
près, au sud par le général de Manteuffel, qui, nar-
guant toute prudence, a abandonné ses propres communications pour se jeter sur les nôtres, elle erre au
hasard livrant d'incessants combats, cherchant une
ligne de retraite et n'en trouvant nulle part. Les souffrances, les privations, le froid la déciment : la démo-

(1) Colonel CANONGE, loc. cit.
(2) La Guerre Franco-Allemande.

ralisation s'empare d'elle, le découragement l'envahit. Le 26, toutes les routes du sud lui étant barrées, elle est dirigée sur Pontarlier : mais son malheureux général, Bourbaki, incapable de résister plus longtemps aux douleurs de la défaite, et aux reproches immérités de lenteur que lui adresse le gouvernement, Bourbaki tente de se faire sauter la cervelle. Alors, le général Clinchant se met à la tête de nos infortunés soldats : il les conduit sur Pontarlier, dans l'espérance de gagner Lyon en longeant la frontière... Impossible : les Allemands de Manteuffel sont déjà là qui lui arrachent cette suprême chance de salut. Il faut se réfugier en Suisse, ou capituler.

Cependant une lueur d'espérance vient illuminer cette agonie lamentable. Le 29 janvier, tandis que le 21e corps lutte à Chaffois contre le VIIe corps allemand, une nouvelle arrive, qui interrompt la lutte. Un armistice a été conclu le 27, à Paris, précédant probablement la paix, et nos soldats exténués entrevoient un instant la possibilité de sortir, sans mettre bas les armes, de cette situation désespérée, et d'échapper au déshonneur qui les menace. Hélas ! ce n'est qu'un leurre, une déception nouvelle ajoutée à leurs souffrances inouïes ! L'armistice existe bien réellement, mais par un inconcevable et criminel oubli de notre négociateur (1), il ne s'applique ni *à l'armée de l'Est*, ni *à Belfort !* Et, chose vraiment prodigieuse, la Délégation de Bordeaux qui, seule, est au courant du véritable état des choses en province, la Délégation de Bordeaux n'a pas été avisée de cette clause restrictive, qui va livrer pieds et poings liés à l'ennemi une armée française de plus de 90,000 soldats !

(1) Jules FAVRE.

Peut-être que sans ce fatal oubli, nos braves gens auraient, dans un effort suprême, percé quelque part le cercle qui les enserrait... Il est trop tard maintenant, car l'ennemi, qui lui, est absolument renseigné, a pris ses dispositions en conséquence. Le 1er février, l'armée de l'Est passe en Suisse, seule ressource qui lui reste pour échapper à une honteuse capitulation.

90,314 hommes franchissent le défilé de Verrières, sous la protection de la brigade Pallu de la Barrière, qui arrête net les Allemands au combat de la Cluze, et entrent sur un territoire neutre, en y déposant leurs armes jusqu'à la paix. Là, dans cette vieille terre d'honneur et de liberté, ils ont reçu une hospitalité cordiale dont la France reconnaissante se souviendra toujours.

Quant au général Garibaldi, à la première nouvelle de l'armistice, qui pourtant ne le concernait pas, il avait abandonné Dijon au général de Kettler et s'était replié sur Lyon.....

Le combat de la Cluze. — Avant de nous séparer de cette pauvre armée de l'Est, à qui ses épouvantables souffrances, sa vaillance dans les combats, sa fin si émouvante et si malheureuse assurent à jamais place dans nos souvenirs, il nous faut relater l'héroïsme de douze de ses soldats, tombés les derniers sur le sol français, et dont le dévouement a peut-être seul sauvé tous leurs frères d'armes.

C'était au combat de la Cluze. Une compagnie de 150 hommes, commandée par le capitaine Malaspina, occupait le fort de Larmont et assistait aux efforts de notre arrière-garde, aux prises avec des forces supérieures.

— Douze hommes de bonne volonté ! s'écrie le capitaine. Nous allons nous embusquer ici, dans le bois, et faire feu jusqu'au dernier.

Les treize héros se postent : leur fusillade, bien dirigée, arrête les têtes de colonne ennemies, et donne le temps aux nôtres de reprendre haleine et de se reformer. Mais, au bout d'une demi-heure, on n'entendit plus rien de ce côté ; le dernier coup de feu avait été tiré par le capitaine, et le lendemain, on trouvait sous la neige les treize cadavres alignés, dormant leur éternel sommeil dans l'attitude calme et fière de ceux qui sont morts en faisant leur devoir.

C'est aussi au combat de la Cluze que fut tué le lieutenant-colonel Achilli, du 44e de marche. Voyant un instant son régiment faiblir :

— Eh bien ! les enfants ! qu'est-ce donc ?

— Mais nos camarades passent en Suisse.

— Justement ! ce sera notre gloire d'être restés en France.

— Mais nous allons être tués !

— Sans doute ! c'est ce que je vous dis, vous resterez en France !

Au même instant, une balle lui traversait la poitrine. C'était sa troisième blessure, et on avait dû le hisser sur son cheval (1) !

(1) Général AMBERT, Récits militaires.

Les aérostiers. (Page 329.)

CHAPITRE IX

LES MARINS

Forces maritimes de la France en 1870. — Départ de l'escadre
de la Baltique. — Projet de débarquement sur les côtes prussiennes. — L'escadre de la mer du Nord. — Ouragan du
5 septembre. — Croisières et blocus. — Opérations sur les
mers lointaines. — La corvette *Augusta*. — L'aviso le *Bouvet*
et le *Météor*. — La marine au siège de Paris. — Les matelots
dans les forts. — Le Bourget. — Le plateau d'Avron. — Le
bombardement. — Défense du fort de Montrouge. — Les
ballons.

La part prise par le corps de la marine à la défense
du territoire, pendant la guerre de 1870-71, a été considérable, et son appoint, tant en personnel qu'en
matériel, à ce point précieux que, sans lui, le terme de
la résistance eût été probablement avancé de plusieurs

mois. C'est en effet grâce aux grosses pièces amenées des arsenaux de Brest, de Cherbourg et de Lorient, grâce aussi aux canonniers expérimentés qui les servaient, que les forts de Paris ont pu lutter jusqu'à la fin contre la puissante artillerie des Allemands. Et, dans la guerre de province, tandis que fusiliers et artilleurs de la flotte soutenaient de leur exemple les dévouements parfois hésitants de nos jeunes levées, leurs chefs, qui pendant de longues années avaient promené sur toutes les mers du globe nos couleurs triomphantes, prêtaient avec une prodigalité généreuse au gouvernement de la Défense nationale le concours inappréciable de leur expérience et de leur renommée.

Déjà nous avons pu voir ces matelots, survivants de pénibles campagnes en Cochinchine, au Mexique, au Sénégal, se couvrir de gloire à Orléans et à Amiens. Nous avons vu l'héroïque division de Vassoigne, entièrement composée d'infanterie de marine, lutter désespérément dans Bazeilles incendié, et ne céder aux Bavarois, quatre fois plus nombreux, qu'après leur avoir infligé des pertes presque égales à son propre effectif. Nous allons maintenant étudier avec quelque détail l'ensemble du rôle joué par nos forces maritimes pendant toute la durée de la guerre, accompagner notre flotte dans les mers inhospitalières où son dévouement, bien que frappé de stérilité par l'inclémence des éléments, n'en fut pas moins admirable, et suivre enfin nos valeureux équipages dans les diverses étapes où ils prodiguèrent sans compter leur bravoure légendaire et leur traditionnelle ténacité.

I. *Campagnes sur mer.* — Les forces navales de la France, au mois de juillet 1870, se décomposaient comme suit :

55 bâtiments cuirassés ;

227 bâtiments en bois et à hélice ;

45 bâtiments à roues ;

Et 75 bâtiments à voiles.

Au total 402 navires portant 2,109 canons et montés par 62,912 hommes d'équipage.

Mais, sur ce chiffre, 81 bâtiments étaient hors d'Europe, et des 321 restant, très peu se trouvaient en état de prendre immédiatement la mer. La plupart avaient, au contraire, à parfaire leur installation, à s'approvisionner, à *armer* en un mot, et ces préparatifs exigeaient un délai relativement long, d'autant plus que les approvisionnements des arsenaux, diminués par l'exiguïté des ressources budgétaires votées pendant les dernières années, étaient absolument insuffisants. Bien que rien de cette situation n'ait été tenu caché par l'amiral Rigault de Genouilly, ministre de la marine, le gouvernement passa outre et forma à Cherbourg une escadre qui, primitivement fixée à 27 navires, dont 14 cuirassés, ne put, et encore avec de grandes difficultés, mettre à la mer que 7 cuirassés et 1 aviso. Le vice-amiral Bouët-Willaumez, nommé commandant en chef, arbora le 23 juillet son pavillon sur la frégate cuirassée de premier rang *la Surveillante*, et prit la mer le 24, traînant encore sur ses bâtiments les ouvriers du port qui bâclaient les derniers travaux, et disposant d'un matériel si mal aménagé que plusieurs jours après, sur sa propre frégate, on était en peine de tirer le canon pour le service des signaux. L'impératrice Eugénie avait tenu cependant à venir assister en personne au départ de l'escadre, et elle l'accompagna même en mer pendant quelques milles sur l'aviso *le Coligny*.

Les instructions données à l'amiral étaient complexes. Il devait tout d'abord se montrer dans les eaux danoises, envoyer un navire à Copenhague pour tâcher d'entraîner le Danemark dans notre alliance et immobiliser ainsi un ou deux corps d'armée prussiens, revenir de là en face du port de Wilhemshafen pour y bloquer la flotte prussienne, et enfin envoyer une expédition dans la Baltique, quand les navires de renfort qu'on lui promettait l'auraient rejoint. Il lui était recommandé de s'abstenir de toute attaque contre les villes ouvertes (1). Enfin, on l'avisait que l'escadre de la Méditerranée, commandée par le vice-amiral Fourichon, était envoyée d'urgence à Brest, pour le soutenir en cas de besoin.

Or, au moment même où cette expédition se décidait dans les conseils des Tuileries, l'escadre prussienne, commandée par le prince Adalbert, quittait les ports anglais où elle était en relâche pour entreprendre dans l'Océan Atlantique un voyage d'instruction. A la nouvelle de la déclaration de guerre, elle rentra en hâte dans le port de Wilhemshafen, et là, le prince Adalbert, ne se sentant probablement pas de taille à jouer les Duquesne ou les Duguay-Trouin, abandonna ses quatre cuirassés au vice-amiral Jackman, pour venir en France guerroyer à la tête d'une division de cavalerie. Singulière confusion des rôles, mais qui n'avait rien de particulièrement choquant dans un pays où l'on a vu longtemps les destinées de la marine confiées à un général de division !

Quoi qu'il en soit, le gouvernement allemand reconnaissant sa complète infériorité sur mer, renonça de prime abord à se mesurer avec notre escadre. Sa principale préoccupation était d'ailleurs d'empêcher

_____

(1) Les Allemands devaient nous montrer à bref délai combien de pareils scrupules étaient inutiles.

un corps de débarquement d'envahir son littoral. Il n'ignorait pas qu'une flotte considérable de transport était en armement à Cherbourg sous les ordres du vice-amiral de la Roncière le Noury, et que bientôt, si rien ne venait se mettre à la traverse, une armée de 30,000 hommes, à laquelle se joindraient peut-être 40,000 Danois, serait débarquée sur les côtes de Hanovre, dans ce pays tout frémissant encore de la lutte si glorieuse, mais si funeste, de 1866, et viendrait porter la guerre au cœur même des nouveaux territoires arrachés par la force à leurs légitimes souverains. Pour conjurer ce péril redoutable, le roi Guillaume avait donné au général Vogel de Falkenstein, commandant en chef des défenses de tout le littoral, une armée de 120,000 hommes et prescrit aux cuirassés prussiens de se vouer strictement à la défense des ports. Ceux-ci s'étaient disséminés dans les estuaires des trois fleuves qui apportent leurs eaux à la mer du Nord, à savoir l'Ems, la Weser et l'Elbe, tandis qu'à Wilhemshafen leurs trois plus gros navires formaient réserve, escortés d'une chaloupe canonnière chacun. Là, protégé par des passes extrêmement difficiles, embossé derrière d'inaccessibles abris, l'amiral Jackman guettait les mouvements de nos navires et surveillait l'approche du danger.

Malheureusement, les inquiétudes de nos adversaires ne devaient pas être de longue durée. Déjà toute idée de débarquement était abandonnée à Paris, avant même d'avoir reçu un commencement d'exécution, à la suite d'un conseil orageux tenu sous la présidence de l'Empereur. Dans ce conseil, le Ministre de la Marine, sous l'inspiration de l'Impératrice, refusa avec hauteur de subordonner ses escadres au prince Napoléon qui revendiquait le commandement supérieur de l'expédition, et le Ministre de la Guerre, maréchal Le Bœuf, déclara qu'il ne pouvait donner que des mobiles et pas un soldat. Deux jours après, la triple catastrophe de Wissembourg, de Spicheren et de Frœschwiller, venait tout à coup plonger la France entière dans un douloureux émoi. Dès ce moment, nul ne pouvait songer encore à porter la guerre chez l'ennemi, car nous n'avions plus assez pour nous défendre de toutes nos forces réunies. Les troupes un instant désignées pour une expédidition dans la mer du Nord furent appelées en toute hâte à Paris ou à Châlons, et les transports, désarmés, laissèrent disponibles des équipages bientôt utilisés dans les différentes armées en formation. Quant à l'escadre de l'amiral Bouët, qui avait, au prix de très grandes difficultés, franchi les passes du Cattegat et pénétré dans la Baltique, mais à laquelle les renforts promis n'étaient point parvenus, elle dut, avec ses faibles forces, suffire à la garde de cent cinquante lieues de côtes et au blocus de plus de quinze ports ! Bien que celui de Kiel ne renfermât qu'une frégate, bien que les forces navales prussiennes dans la Baltique fussent très peu sérieuses, toute attaque de la côte était interdite à une escadre qui ne portait pas un seul bataillon de débarquement. Il fallait donc se borner à l'immobilité et au blocus. L'amiral Bouët-Willaumez poussa celui-ci jusqu'aux extrêmes limites permises par la saison. Dès le milieu de septembre, la Baltique devint intenable : le froid précoce menaçait la ligne de retraite des cuirassés, qui risquaient, s'ils prolongeaient trop longtemps leur croisière, de trouver les détroits fermés par les glaces... L'amiral donna l'ordre du retour, et, le 29 septembre, il mouillait dans la rade de Cherbourg, découragé et désolé. Moins d'un an après, ce bril-

L'OURAGAN DU 5 SEPTEMBRE 1870. (Page 309.)

lant homme de mer succombait à son chagrin (1).

Cependant, l'escadre de la Méditerranée, composée de 4 frégates, 2 corvettes cuirassées et d'un aviso, avait été, comme on l'a vu, dirigée sur Brest. Elle y mouilla le 26 juillet. C'est le 7 août seulement que son chef reçut l'ordre d'apareiller pour la mer du Nord. Il partit immédiatement, rallia à Cherbourg 2 cuirassés et 2 avisos et vint mouiller le 11 sous l'île anglaise d'Heligoland (2), mais hors de ses eaux. Le blocus de la côte allemande fut notifié aussitôt aux autorités ennemies et aux consuls étrangers de Hambourg.

Le point choisi par l'amiral comme centre de croissières était distant de quatre milles (3) de l'île d'Héligoland; on n'entretenait d'ailleurs avec celle-ci que des communications très rares, son gouverneur, un colonel anglais, ayant des instructions qui l'obligeaient à une grande réserve. Pas un pilote, danois ou anglais, n'avait consenti à se mettre à la disposition de l'escadre, tant nos revers faisaient le vide autour de nous! Bien plus, nos officiers ne possédaient que des cartes tout à fait insuffisantes, et pas un seul plan exact du port de Wilhemshafen!

« Le ravitaillement se faisait en mouillage de pleine « mer, par les envois de France. Chaque bâtiment, il « est vrai, faisait son eau avec sa machine; mais l'em- « barquement du charbon était un travail incessant,

(1) Ces détails, ainsi que les suivants, sont empruntés, partie à l'ouvrage du commandant Chevalier : *La Marine française et la Marine allemande en* 1870-71, partie à des documents inédits, appartenant à un officier supérieur de la marine en retraite.

(2) Par un traité récent (1890), Héligoland a été cédée par l'Angleterre à l'Allemagne.

(3) Le mille marin vaut 1,852 mètres.

« pénible à l'excès, et toujours précaire, car, tantôt
« une alerte, tantôt la grosse mer, forçaient de le sus-
« pendre et d'embarquer les chaloupes (1). »

Le jour, les croisières restaient au mouillage et faisaient leur charbon sous la protection de deux frégates qui croisaient au large, tandis que les avisos
donnaient la chasse aux bateaux ennemis qu'ils aper-
cevaient : la nuit, il fallait appareiller et prendre le
large, pour éviter les torpilleurs. On juge quelles fatigues cette existence imposait à nos équipages ! Cependant, l'escadre se maintenait dans la mer du Nord ;
pendant un grand mois, elle resta devant le port de
Wilhemshafen, qu'elle bloqua étroitement, et inter-
cepta d'une manière absolue le commerce de l'ennemi.
« Brême et Hambourg, deux des premières places du
« globe, dont le commerce se chiffre par centaines
« de millions, têtes de lignes des paquebots qui re-
« lient l'Allemagne au monde entier, virent leur vie
« maritime suspendue. Ce fut pour l'Allemagne un
« dommage considérable, et les Anglais, témoins im-
« partiaux, surent rendre justice dans leurs journaux
« à l'énergie et à l'efficacité du blocus (2). »

C'était bien là tout ce que pouvait faire l'amiral.
Ses ressources ne lui permettaient pas en effet d'entreprendre l'attaque de Wilhemshafen, défendu par des
passes dangereuses qu'il eût fallu au préalable reconnaître à fond et draguer sur de grandes étendues.
Quant aux autres points du littoral, encore plus inaccessibles à des navires d'un fort tonnage, on n'eût pu
les aborder qu'avec des bâtiments de flottille suscepti-
bles de prêter le travers à des batteries de côte... et
l'amiral n'en avait pas !

(1) Documents inédits.
(2) *Ibid.*

La vie de nos marins s'écoulait donc fatigante et monotone, sans un seul de ces événements de guerre qui eût rompu la désolante uniformité de leur pénible croisière. Le 18 août, on signala cependant un parlementaire, que l'amiral, pour ne pas montrer ses forces, fit recevoir à distance par son chef d'état-major. C'était le prince de Hesse, qui venait sommer l'escadre de cesser la saisie des bâtiments de commerce, sous peine de représailles en France, où, disait-il, les armes allemandes étaient prospères. L'amiral répondit « qu'il « ne lui appartenait pas de changer les lois de la « guerre, et qu'il continuerait à user de ses droits jus- « qu'à ordre contraire de son gouvernement. »

Le 5 septembre, éclata un ouragan terrible. L'escadre dut prendre le large en toute hâte, et cinq jours durant, elle resta en pleine mer, ballottée par des lames furieuses qui menaçaient à chaque instant d'engloutir ses vaisseaux. La mer était à ce point démontée que dans certains coups de tangage, nos cuirassés montraient à nu huit ou dix mètres de leur quille! La frégate cuirassée la *Magnanime* eut l'axe de sa roue de manœuvre brisé, et gouverna pendant cinq jours, à grand'peine, avec une roue de rechange installée tant bien que mal. La *Provence* éprouva un semblable accident, et quand, après la tempête, ces deux frégates, pour réparer leur avarie, durent mouiller en pleine mer par 40 mètres de fond, chacune d'elles eut une quinzaine d'hommes blessés en essayant de relever ses ancres qu'il fallut finalement abandonner (1). Ce-

_____

(1) Ce terrible coup de vent se fit sentir sur toutes les mers d'Europe. Dans la nuit du 6 au 7 septembre, le plus fort cuirassé de la flotte anglaise, le *Captain*, chavirait brusquement sur la côte d'Espagne, près du cap Finistère, et s'engloutissait, avec tout son équipage, au milieu de l'escadre de l'amiral Sir

pendant l'escadre ne fut pas dispersée, et l'énergie de ses équipages la sauva d'un désastre complet.

C'est au plus fort de la tempête, alors que les cœurs, serrés par l'angoisse, se préparaient stoïquement à une fin obscure, misérable et sans gloire, que l'aviso l'*Hirondelle* vint apporter la douloureuse nouvelle de la catastrophe de Sedan. L'état de la mer ne permettant pas à l'aviso d'aborder le vaisseau-amiral, son capitaine fit connaître par des signaux la proclamation de la République, la nomination de l'amiral Fourichon au ministère de la marine, et la mission qu'avait l'*Hirondelle* de le ramener à Dunkerque. C'en était fait des espérances de luttes maritimes, de diversions sur les côtes, et de tentatives de débarquement. D'ailleurs, cet ouragan de cinq jours montrait assez que le mouillage sous Héligoland n'était plus tenable, et qu'il fallait renoncer à une station fixe de blocus. Le charbon de l'escadre était épuisé, et les bâtiments qui en apportaient, dispersés. L'amiral, en proie au plus amer chagrin, dut se soumettre à la nécessité qui l'étreignait. Il donna l'ordre à ses bâtiments de partir en route libre pour aller se ravitailler en France... Ce fut à peine s'ils eurent assez de combustible pour gagner, les uns l'Angleterre, les autres Dunkerque. Quant à la *Magnanime*, elle rentra le 15 dans le port de Cherbourg (1).

Ainsi se termina cette campagne maritime sur laquelle on avait tant compté. Désormais, la Baltique nous était fermée, au moins jusqu'au printemps. Pour

Alexander Milne, impuissante à lui porter secours. Une plaque de marbre, où sont gravés en lettres d'or les noms de *tous* les Anglais embarqués sur le *Captain*, rappelle cet effroyable sinistre, dans l'église cathédrale de Saint-Paul, à Londres.

(1) Documents inédits.

la mer du Nord, on ne pouvait y faire que des croisières volantes, et c'est ce dont fut chargé le vice-
amiral de Gueydon. « Croisières et blocus ruinaient
« à la vérité le commerce ennemi. Mais ils ruinaient
« aussi les corps de nos bâtiments surmenés, et non
« moins les corps de nos braves marins, sans jamais
« rebuter néanmoins leur indomptable courage (1). »

Entre temps, on avait envoyé à l'arsenal de Brest,
qui en eut dès lors et jusqu'à la paix le précieux dépôt,
la majeure partie de l'encaisse métallique de la Banque
de France, les tableaux les plus importants du musée
du Louvre, les diamants de la Couronne et les drapeaux des Invalides. Mais, dans la crainte que Brest
ne fût attaqué aussi et succombât, un cuirassé, commandé par un officier déterminé, se tenait prêt à
transporter à Saïgon, par une route désignée d'avance
et au premier signal, ces trésors de nature si diverse.
Est-il rien de plus poignant que le souvenir de cette
extrémité navrante, où fût, en un jour de malheur,
réduit notre noble et malheureux pays !

Cependant le rôle de la marine, bien que singulièrement diminué par les événements, n'était pas terminé. L'amiral Fourichon, en prenant le ministère,
jugea que nous ne pouvions pas renoncer aux avantages que nous donnait sur mer l'incontestable
supériorité de notre flotte et imprima aux opérations
maritimes une action générale dont le double but,
atteint d'ailleurs, était de paralyser le commerce allemand et d'assurer la sécurité des côtes et des posses-
sions françaises. Les rigueurs d'un hiver exceptionel-
lement précoce et pénible obligeaient déjà à relâcher
la sévérité du blocus dans la mer du Nord : on ne

(1) Documents inédits.

maintint donc dans ces parages qu'une seule escadre, forte de sept cuirassés et de cinq corvettes ou avisos, avec une réserve à Cherbourg. Cette petite armée navale, bien que condamnée par l'état de la mer à une dissémination désavantageuse, suffit à en imposer à l'ennemi, et à le réduire à l'immobilité dans les ports où il se trouvait. En même temps, on constituait à l'embouchure de la Seine, de la Loire et de la Gironde, ainsi qu'à Gibraltar et à Alger, des stations navales destinées à parer sur ses divers points à toute éventualité d'attaque. Enfin, comme certaines tendances séparatistes se manifestaient à Nice, et qu'une insurrection paraissait imminente en Algérie, on reconstitua l'escadre de la Méditerranée, à laquelle on affecta six cuirassés et deux avisos, sous le commandement du vice-amiral Jurien de la Gravière.

Cependant, les quelques navires que nous avions encore dans les mers lointaines ne demeuraient pas inactifs. C'est ainsi que les deux corvettes allemandes *Hertha* et *Medusa*, surprises dans les mers de Chine, furent étroitement bloquées par la division navale française dans un port du Japon, dont elles ne purent sortir de toute la guerre. La corvette *Arcona*, signalée vers les Açores, fut poursuivie par la frégate *la Bellone*, et réduite à s'enfermer dans le port de Fayal. Ayant peu après trompé la surveillance de la *Bellone*, elle s'enfuit à toute vapeur vers les côtes du Portugal, refusant, malgré la parité des forces, le combat que lui offrait notre cuirassé : mais bientôt atteinte, et menacée d'une vigoureuse attaque, elle se réfugia dans le port de Lisbonne, où vinrent immédiatement la bloquer définitivement la *Magnanime* et le *Magellan*.

De même l'*Augusta*, le seul navire ennemi qui nous ait causé quelque dommage, fut, à dater du 7 janvier,

LES MARINS AU BOURGET. (Page 319.)

enfermée dans le port de Vigo par la frégate *l'Héroïne*, et immobilisée complètement. L'*Augusta* était une corvette cuirassée, puissamment armée et bonne marcheuse. Vers le milieu de décembre, elle réussit à forcer le blocus de Wilhemshafen, piqua droit sur l'Irlande, où par suite d'une inconcevable tolérance des autorités anglaises, elle put renouveler son charbon, puis de là revint dans les eaux de Brest, capturer un de nos navires marchands. Cinglant ensuite sur Rochefort, elle enleva un des bateaux de service du port, et finit par nous prendre un troisième navire à l'embouchure de la Gironde. Ce fut là le seul dommage que subit notre commerce maritime. Comparé à celui que les cuirassés français infligèrent aux allemands, il est minime, et ce qui prouve combien peu on s'en émut, c'est que de toute la guerre le taux de nos assurances ne s'éleva pas d'un centime (1).

Si l'*Arcona* avait été prudente, le *Météor* le fut moins. Rencontré par l'aviso français le *Bouvet*, commandant Franquet (2), dans le port de la Havane, il accepta le défi de celui-ci, et apareilla aussitôt à sa suite. Les deux bâtiments prirent le large, escortés à distance par des officiers espagnols, chargés de s'assurer, conformément aux règles maritimes internationales, que les deux champions ne combattraient pas dans les eaux cubaines.

Le *Bouvet* était inférieur en échantillon et en artillerie à son adversaire ; il manœuvra pour l'aborder et y réussit. Le choc renversa la mâture du *Météor*, qui, son pont encombré de débris, et ayant son hélice prise dans ses agrès désemparés, fut obligé de s'ar-

(1) Documents inédits.
(2) Aujourd'hui vice-amiral.

rêter. Le *Bouvet* reprenait du champ pour s'élancer de nouveau sur le prussien et le crever avec son éperon, quand un boulet vint frapper sa machine et la rendre impuissante. Les officiers espagnols intervinrent alors, prétendant qu'on était rentré dans les eaux neutres, et les combattants furent obligés de regagner le port. Le *Météor* demeura d'ailleurs condamné à l'inaction pendant le reste de la guerre (1).

Ce n'était là, malheureusement, que des escarmouches, et certes notre marine, avec ses engins puissants, ses officiers si vaillants et si expérimentés, ses admirables équipages, eût mérité d'avoir un champ d'opérations plus vaste et plus fécond. Mais à l'heure où la France vaincue et envahie ne luttait déjà plus que pour l'existence, nul ne pouvait songer à tenter sur mer des diversions coûteuses, dont le succès, si complet qu'on fût en droit de l'espérer, devait fatalement rester stérile. Nos vaisseaux se virent donc réduits à un rôle tout à fait limité de protection et de défense. Quant aux marins disponibles, ils allaient, par suite de la prolongation de la guerre et de la durée du siège de Paris, trouver l'occasion d'exercer leur bravoure, et montrer que la patrie ne fait jamais en vain appel à leur dévouement.

II. *La marine au siège de Paris.* La nouvelle des premiers désastres essuyés à Spicheren et en Alsace était à peine parvenue à Paris, que déjà le gouvernement se préoccupait de l'éventualité possible d'un siège de la capitale. Le 7 août, l'amiral Rigault de Genouilly, ministre de la marine, fit décider par la Régente que les équipages de la flotte non utilisés pour le service de mer seraient appelés à Paris, exclu-

(1) Documents inédits.

sivement chargés de la défense des forts de Romain-
ville, Noisy, Rosny, Ivry, Bicêtre, Montrouge, ainsi
que des batteries de Montmartre et de Saint-Ouen, et
qu'une flottille, formée de bateaux légers et de canonnières, opérerait sur la Seine.

En même temps, le chemin de fer amenait à Paris
le régiment d'artillerie de la marine, quelques troupes
d'infanterie restées dans les dépôts, une partie de la
gendarmerie maritime et un personnel nombreux d'in-
génieurs, de commissaires et de médecins. Huit officiers généraux de la marine sous les ordres du vice-
amiral baron de la Roncière le Noury, se partagèrent
le commandement de ces forces, montant environ à
14,000 hommes, et prirent chacun la direction d'un
des secteurs qui formaient l'enceinte de la place.

Quant à la flottille de la Seine, placée sous le commandement du capitaine de vaisseau Thomasset, elle
comprenait un yacht, *le Puebla*, 5 batteries flottantes
cuirassées, 9 canonnières, 6 chaloupes à vapeur pon-
tées (dites vedettes), et 6 canots à vapeur, le tout
portant 33 canons et 8 pierriers.

Les préparatifs nécessités par le transport du personnel et du matériel, par l'installation des troupes
dans les forts, l'aménagement de ceux-ci, leur mise
en état de défense, la constitution des approvisionnements locaux, la pose et la mise en train des engins
spéciaux qui devaient assurer les communications
télégraphiques, électriques ou sémaphoriques entre
les différents postes, furent rapidement menés, et fort
savamment dirigés. L'administration de la marine y
déploya une activité prodigieuse, si bien que lorsque,
vers le milieu de septembre, l'ennemi se présenta en
face des forts, il trouva ceux-ci dans un état matériel
de défense qui rendait illusoire pour lui tout espoir

d'un coup de main. Bien plus, malgré la position
désavantageuse où ils se trouvaient pour la plupart,
malgré leurs courtines démodées et leurs larges terre-
pleins qui en faisaient de vrais nids à obus, les forts
tinrent jusqu'à la fin du siège ; aucun ne fut réduit ni
même entouré.

Rien de plus curieux que l'existence menée pendant ces cinq longs mois, entre quatre murs de pierre,
par nos braves équipages, si peu faits à cette vie de
terriens. Ecoutons à cet égard l'amiral de la Roncière.

« Dès leur arrivée à Paris, nous avions enseigné
« aux marins à considérer un fort comme un vaisseau,
« à y observer les mêmes règlements, à y prendre les
« mêmes habitudes, à y suivre le même régime, en un
« mot. On y employait le même langage qu'à bord :
« on faisait partie de l'*équipage* de tel ou tel fort, et on
« ne pouvait sortir du fort sans demander la permission
« *d'aller à terre*. Les parapets étaient les *bastingages*,
« les embrasures les *sabords*. Le dimanche, c'étaient
« les mêmes distractions qu'à bord. Outre les jeux
« gymnastiques et les assauts, triomphe des prévôts et
« des maîtres d'armes, le loto, ce whist des matelots,
« en faisait le plus souvent les frais. Et la *marchande*
« venait tous les jours, comme à bord, à des heures
« prescrites, étaler à une place déterminée, aux yeux
« de l'équipage, des vêtements, des vivres et de menus
« objets de luxe, soigneusement contrôlés d'avance
« par le capitaine d'armes et l'officier en second.

« Ces habitudes, ces distractions ont suffi aux
« marins. Paris ne leur a pas présenté les attraits
« que nous redoutions d'abord. Il n'est pas aisé
« d'étonner nos hommes. Il n'ont pas tardé à voir
« avec répugnance que, dans une partie de la popu-
« tion, plus soucieuse de ses droits que de ses devoirs,

« l'ardeur de la guerre à la société se dissimulait der-
« rière l'ardeur de la guerre à l'Allemand. Paris fut
« ainsi pour eux un pays non mois étrange qu'étranger,
« et lorsqu'ils furent enfin renvoyés dans leurs ports
« ou dans leurs familles, ils auraient volontiers dit
« qu'ils allaient rentrer en France (1). »

D'ailleurs tous les marins n'étaient pas dans les forts. Beaucoup furent employés à servir des batteries de gros calibre, installées en dehors de l'enceinte, soit à demeure, soit d'après les besoins. Quant aux fusiliers, comme l'attitude défensive dont l'ennemi ne se départissait pas empêchait de les employer dans les forts selon leurs aptitudes, ils furent, dès le 10 novembre, groupés en trois bataillons de six à sept cents hommes, de manière à être disponibles pour toutes les expéditions (2).

Le Bourget. — C'est le 21 décembre, à l'attaque du Bourget, que ces derniers se distinguèrent particulièrement. Le 8° bataillon de marins-fusiliers, ainsi que deux compagnies venues de Montmartre, faisaient ce jour-là avec le 138° de ligne et le 11° bataillon de mobiles de la Seine, partie de la brigade du capitaine de frégate Lamothe-Tenet, chargée d'attaquer le village par l'ouest, tandis que la brigade Lavoignet l'attaquerait par le sud. Dès 7 heures 3/4 du matin, malgré une brume épaisse qui gênait singulièrement le tir de la batterie d'artillerie de marine qui l'appuyait, la brigade Lamothe-Tenet se lança à l'assaut, bouscula les fantassins prussiens de la garde royale qui défendaient les barricades, et s'empara de toute la partie ouest du Bourget. Le commandant Lamothe-

(1) Vice-amiral baron DE LA RONCIÈRE LE NOURY. *La Marine au siège de Paris*. Paris, Plon, 1872. Avant-propos.
(2) *Ibid.*

Tenet, dont la bravoure et l'énergie étaient admirables, eut, à la première barricade, son cheval tué à bout portant d'une balle au poitrail (1).

Malheureusement, la brigade Lavoignet, qui en même temps opérait par le sud, ne voyait pas ses efforts couronnés d'un succès égal. Arrêtée par des barricades fortement garnies de défenseurs, fusillée par les fenêtres et les toits des maisons, elle reste là, impuissante à gagner du terrain, tandis que des renforts nombreux arrivent aux Allemands et que leurs batteries de position ouvrent un feu d'enfer sur la partie du village conquise par nos marins.

Ceux-ci se cramponnent cependant. Encouragés par la brillante énergie de leurs chefs, ils s'acharnent à garder leurs décombres; la brigade tout entière, superbe de courage, demeure inébranlable sous les obus, espérant toujours que l'autre colonne viendra enfin à bout des obstacles qui l'arrêtent. Une compagnie même, commandée par le lieutenant de vaisseau Peltereau, veut chercher à aider les efforts de la brigade Lavoignet; elle fait le tour du village et attaque à revers les barricades du sud. Mais bientôt séparée des siens, coupée de sa ligne de retraite, cernée de toute part, elle succombe, avec son vaillant chef, n'ayant que l'ennemi pour témoin de son admirable sacrifice, et ne conservant que six hommes sains et saufs (2).

L'opération était manquée. Malgré l'entrée en ligne de la brigade de réserve (général Hanrion), malgré le feu des forts et des batteries françaises, force est de renoncer à s'emparer du village. L'ordre de la retraite

---

(1) Vice-amiral DE LA RONCIÈRE LE NOURY, *loc. cit.*
(2) *Ibid.*

DANS UN FORT DE PARIS. (Page 327.)

est donné, et à 2 heures 1/2, toutes nos troupes ont rejoint leurs cantonnements.

C'est, hélas ! l'éternel refrain de toutes ces tentatives trop décousues, le plus souvent mal préparées, toujours si médiocrement conduites par le gouverneur de Paris, dont les talents militaires n'égalaient malheureusement pas les qualités de rhéteur. Dans cette affaire, une batterie placée par lui-même pour faire brèche dans les murs crénelés fit plus de mal à nos soldats qu'à l'ennemi ; et il arriva que la brigade Lamothe-Tenet eut, pendant un temps beaucoup trop long, à recevoir des obus français en même temps que des obus prussiens (1) !

Cette brigade avait 8 officiers et 254 hommes tués ou blessés, sur 15 officiers et 689 hommes. L'enseigne de vaisseau Caillard, blessé, parvint à s'échapper après l'évacuation du village, et traversa en rampant le ruisseau de la Molette jusque près de l'emplacement de nos ambulances qui le recueillirent épuisé (2). Quel dommage que tant de talent et d'énergie ait été gaspillé dans des opérations vouées d'avance à l'insuccès (3) !

Le plateau d'Avron. — Quelques jours plus tard, les 27 et 28 décembre, sur le plateau d'Avron, c'était au tour des canonniers de se distinguer. Occupé dans la nuit du 28 au 29 novembre par l'amiral Saisset et ses 3,000 marins que soutenait en arrière la division d'Hugues, le plateau d'Avron avait été hérissé de

(1) Vice-amiral DE LA RONCIÈRE LE NOURY, *loc. cit.*
(2) *Ibid.*
(3) Dans aucune de ces attaques de lieux habités, la préparation par l'artillerie, si indispensable pour assurer la réussite, ne dura, d'après les ordres du général Trochu, plus d'une demi-heure, montre en main!

batteries de gros calibre, destinées primitivement à appuyer le mouvement sur la Marne et la tentative de sortie de Villiers-Champigny. Servies pour la plupart par des marins-canonniers, fortes de 74 pièces et commandées par le colonel Stoffel, l'ancien attaché militaire de France à Berlin, ces batteries avaient, pendant tout un mois, fait un mal très sensible aux Allemands établis sur les hauteurs de la rive droite de la Marne, et singulièrement gêné les progrès de leurs travaux. Aussi, dès que l'ennemi fut en possession de son artillerie de siège, dont l'arrivée avait été si long-temps retardée par la rupture du tunnel de Nanteuil (1), s'empressa-t-il de la hisser sur les plateaux de Mont-fermeil, de Gagny, du Raincy et de Noisy-le-Grand qui dominent à une distance variant de 2,400 à 3,400 mètres le plateau d'Avron, et chercha-t-il à éteindre le feu de celui-ci. Aussi bien, l'État-Major allemand vou-lait-il ainsi détourner l'attention de la défense et pro-céder tranquillement, grâce à cette diversion, aux préparatifs qu'il avait déjà commencés au sud de Paris en vue d'un bombardement de la capitale. Ce bombar-dement, la presse allemande le réclamait à grands cris, et le moment semblait venu de lui donner satisfac-tion (2).

(1) Le tunnel de Nanteuil-sur-Marne (ligne de Paris à Épernay) avait été rompu avant l'investissement de Paris. Cette destruc-tion obligea l'ennemi à établir une voie de détournement aboutis-sant à la gare de Lagny, pour construire et approvisionner les batteries dont il vient d'être question. Quant au parc de siège, placé à Villacoublay, près de Vélizy, il dut établir ses communi-cations au moyen de voitures qui mettaient huit jours pour faire le voyage, aller et retour, depuis Nanteuil. On peut affirmer que ces difficultés ont été la principale cause de l'abandon du projet de siège en règle, primitivement formé par l'État-Major allemand.

(2) Rustow, *Guerre des frontières du Rhin*. Paris, Dumaine, 1873, p. 567.

Le 27 décembre au matin donc, 13 batteries ouvrirent sur le plateau d'Avron un feu terrible. Leur tir convergent, extrêmement précis, parfaitement repéré d'avance, balaya en un instant nos positions avancées et causa dans nos rangs d'affreux ravages. Aussitôt, les bataillons se portent dans les tranchées, et, malgré les obus ennemis qui se croisent, y demeurent tout le jour, sous le commandement du capitaine de vaisseau Salmon. Il fait un froid glacial, et on ne peut faire de feu ni pour la cuisine ni pour se chauffer (1). Les souffrances sont horribles, et cependant aucune défaillance ne se produit, ni chez les fantassins qui restent stoïquement sous cette pluie de fer, ni chez les canonniers qui ripostent vigoureusement. « Les pièces « démontées sont immédiatement remises en état de « faire feu. Les marins rectifient soigneusement leur « tir, qui est d'une grande justesse. Par moments, « l'ennemi va, dans cette journée, jusqu'à tirer 120 coups « à l'heure sur tout le plateau qu'il attaque (2). » La nuit seule apporte une accalmie dans cet ouragan de fer.

Le lendemain 28, dès huit heures du matin, le feu reprenait avec une intensité nouvelle. Mais cette fois, « l'artillerie française ne répondit pas, par ordre, aux « batteries allemandes. Le gouverneur de Paris vint « s'assurer lui-même, dans la journée, que le plateau « n'était plus tenable (3)... » Il donna l'ordre de l'évacuer. En conséquence, aussitôt que l'obscurité le permit, des détachements de marins, venus des forts de Noisy, de Rosny et de Nogent, se dirigèrent sur le plateau, et se mirent en devoir d'en ramener les pièces.

---

(1) Vice-amiral DE LA RONCIÈRE LE NOURY, *loc. cit.*
(2) *Ibid.*
(3) Colonel CANONGE, *loc. cit.*

La terre était terriblement dure, le sol gelé profondément, et une épaisse couche de verglas rendait impossible l'usage de chevaux sur ces pentes très raides. Il fallut manœuvrer à bras. Grâce à l'habile énergie du colonel Stoffel, au dévouement surhumain des équipages, à l'ingéniosité d'un lieutenant de vaisseau, M. Lavison, qui avait inventé un système de traction tout à fait remarquable, on vint à bout de cette rude besogne. Au matin, toute l'artillerie était en sûreté, à l'exception d'un canon de 24 dont le tourillon était cassé et d'un canon de 30 tombé dans le fossé à la descente d'Avron, canon qu'on ne put ramener que deux jours après.

La marine française, si souvent à la peine, compte certainement dans ses glorieuses annales beaucoup d'opérations plus brillantes que la défense et l'évacuation du plateau d'Avron. Elle n'en a jamais accompli de plus difficile, et qui ait demandé plus d'abnégation, de ferme discipline, de vigueur et d'énergie. Il fallait pour y réussir des hommes solidement trempés, des caractères à l'épreuve, des natures faites de force et de courage. Ce sont là les qualités propres de nos vaillants matelots, formés dès l'enfance à la rude école de la mer, et façonnés à l'obéissance passive par le prestige qu'exerce nécessairement l'officier dans la lutte de chaque jour, où son autorité et ses connaissances techniques demeurent les seules sauvegardes de la vie de tous. Tels ils étaient au siège de Paris, tels nous les avons vus naguère, quand ils faisaient flotter fièrement le pavillon français dans les passes réputées infranchissables de Formose et de Fou-Tchéou ; tels nous les retrouverons, comme l'a écrit l'amiral de la Roncière, au premier appel de la patrie menacée, prêts à verser leur sang pour son salut et sa grandeur,

à racheter ses douloureux désastres et à faire revivre
ses gloires évanouies !

Les forts. — En même temps qu'ils tiraient avec
acharnement sur le plateau d'Avron, les Allemands
préludaient au bombardement de Paris en écrasant de
projectiles les forts situés à l'est de la capitale. A Rosny,
Noisy, Nogent, au fort de l'Est, les équipages eurent à
subir des pertes cruelles, qu'ils supportèrent avec le
plus noble courage. Puis bientôt, ce fut au tour des
forts du nord et du sud ; parmi ceux-ci, le fort de
Montrouge resta soumis pendant plus d'un mois à un
feu tel que ses parapets se trouvèrent presque complètement bouleversés, ses abris défoncés, ses embrasures démolies, et qu'une brèche praticable se produisit
au mur de gorge. Plus d'un tiers de la garnison était hors
de combat, trois officiers supérieurs sur cinq avaient
succombé, et les murailles déchiquetées n'offraient
plus de consistance quand l'armistice survint. Cette
défense du fort de Montrouge, dirigée avec une opiniâtreté et une vigueur peu communes par le capitaine
de vaisseau Amet, depuis vice-amiral, restera comme un
des plus brillants faits d'armes du siège, et « la marine
l'enregistrera dans ses fastes célèbres ! (1) » L'armée
et la population furent saisies d'admiration devant un
tel héroïsme, et lorsque le 27 janvier, à huit heures du
matin, le général Trochu réunit au Ministère de la
Guerre tous les chefs de service pour leur exposer la
situation et leur donner connaissance des préliminaires
de l'armistice, l'entrée du commandant Amet fut saluée

---

(1) Lettre officielle adressée au commandant Amet par le
contre-amiral de Dompierre d'Hornoy, délégué au Ministère de
la Marine.

par une manifestation spontanée d'empressement et de respect (1).

Eh bien! cette forteresse démantelée, ces bastions en ruines, ces parapets éventrés, où la mort fauchait impitoyablement chaque jour les plus vaillants, ce lambeau de terre arrosé de tant de sang généreux et voué à un abandon fatal, les marins ne voulaient pas le quitter... Il fallut l'ordre formel du gouverneur pour les arracher à ce lieu de misère et d'horreur, et un de leurs chefs les plus braves, le capitaine de frégate de Larret-Lamalignie, désespéré des deuils de la patrie, ne voulut pas y survivre. Il se tira deux coups de revolver! (2).

Le 29 janvier, après avoir mis en ordre ce qui restait de leurs « navires », et dit un dernier adieu à ces murailles près desquelles étaient tombés tant des leurs, les marins rentrèrent à Paris et se dirigèrent sur l'École militaire, où ils devaient être casernés. La foule s'inclinait sur leur passage et les saluait avec un respect sympathique, tandis que le général allemand, qui prenait possession du fort de Montrouge, demandait le nom du commandant, et manifestait hautement l'admiration que lui inspirait sa bravoure et celle de ses matelots (3).

Tel a été le rôle mémorable de la marine pendant ces jours de deuil, rôle dont la population parisienne a pieusement gardé le souvenir et dont la France entière conserve une reconnaissance émue. A un moment où il fallait tout improviser, où les forces militaires régulières de ce pays avaient cessé d'exister, il s'est trouvé là un corps compact, solide, formé d'hommes

(1) Vice-amiral DE LA RONCIÈRE-LE-NOURY, loc. cit.
(2) Ibid.
(3) Ibid.

vigoureux et rompus à une forte discipline, pourvu d'engins formidables, et sachant les utiliser. On l'a appelé, et il est venu confirmer par son exemple nos jeunes levées encore inexpérimentées et timides, et payer de lui-même partout où on a jugé bon de l'employer. Canonniers, fantassins, matelots, émissaires, aérostiers, les marins ont été tout cela à la fois. Pendant que les uns confectionnaient les gargousses, chargeaient les fusées et les obus, montaient les canonnières ou travaillaient aux fortifications, d'autres tentaient, au péril de leur vie, d'établir des communications par la Seine. Munis d'un réservoir à air, ces courageux matelots cheminaient sous l'eau, et leur entreprise hardie faillit un moment réussir (1).

Les ballons. — C'étaient des matelots aussi, ces dévoués qui, malgré le peu d'habitude qu'ils avaient de l'aérostation, n'hésitèrent pas à monter les ballons, et à aller porter à la province des nouvelles de la capitale.

« Lorsque, sur la proposition de M. Rampont, di-
« recteur général des postes, le gouverneur décida
« l'envoi de ballons montés, le nombre des aéronautes
« se trouvant insuffisant, M. Godard organisa à la
« gare d'Orléans une école composée de marins de
« bonne volonté qui fournirent pendant tout le siège
« aux besoins du service des ballons expédiés par cet
« aéronaute (2). »

Du 16 octobre au 28 janvier, 29 ballons, montés par des marins, quittèrent Paris (3), et eurent des fortunes

(1) Vice-amiral DE LA RONCIÈRE LE NOURY, *loc. cit.*
(2) *Ibid.*
(3) 65 ballons en tout furent lancés pendant le siège, soit par M. Godard, soit par MM. Yon et Dartois. (Voir chapitre VII, page 199. Note.)

diverses. Un seul, le *Jacquart*, parti le 21 novembre
de la gare d'Orléans, et monté par le matelot Prince,
du fort de Montrouge, se perdit sans qu'on ait jamais
pu savoir ce qu'il était devenu. D'autres atterrirent
sans encombre, soit à l'étranger, soit dans des parties
du territoire non envahies. Un certain nombre tombèrent entre les mains de l'ennemi, mais les dépêches
qu'ils portaient furent sauvées par le courage et la
présence d'esprit de ceux qui les montaient. Deux,
enfin, le *Tourville* et le *Bayard*, partis les 27 et 29 décembre, purent rendre au gouvernement des services
précieux. Leurs matelots, Mouttet, du fort de Noisy,
et Réginensi, du fort de Montrouge, réussirent, en effet,
à rentrer à Paris en traversant les lignes allemandes,
et apportèrent au général Trochu des dépêches de la
délégation de Bordeaux.

Si on ajoute à tant de hauts faits la vaillante conduite des marins à Amiens, où la seule batterie du
lieutenant de vaisseau Meusnier (1) tint en échec
toute une journée l'artillerie du VIII⁰ corps allemand,
à Orléans (2), où les canonniers de la flotte, soutenant
la retraite, ne voulurent abandonner la ville qu'à onze
heures du soir, après avoir encloué les pièces et détruit les munitions, à Strasbourg, où les hommes du
commandant Exelmans furent si précieux pour la défense ; si on songe à tant de chefs si braves et si expérimentés que nos armées, privées de presque tous
leurs généraux, trouvèrent dans les Jauréguiberry,
les Jaurès, les Penhoat, les Gougeard, les Moulac, les
Pothuau ; si enfin on suppute l'énorme quantité de matériel distrait des arsenaux maritimes, et amené si

(1) Voir chapitre VIII, page 275.
(2) Voir chapitre VIII, page 259.

rapidement dans les places ou sur les champs de bataille, on ne peut se défendre d'un sentiment d'admiration et de reconnaissance pour la marine, qui tout
entière, en ces heures de deuil et de larmes, a si
bien mérité de la patrie.

Le sergent Gombault. (Page 356.)

CHAPITRE X

LES CORPS FRANCS. — LES DÉVOUÉS ET LES MARTYRS

Les corps francs à Tours. — Combat de Binas. — Le bataillon
Lipowski à Châteaudun. — L'ordre de cabinet du 17 mars 1813.
— La sévérité draconienne des Allemands. — Les chasseurs
des Vosges. — Le capitaine Coumès. — Destruction du pont
de Fontenoy-sur-Moselle. — Les dévoués et les martyrs. —
Debergue, Gardon, Martin, Dubois, M⠀⠀ Dodu, Lix, Biard,
Gombault, Capron. — La défense de Parmain.

Il a été de mode, pendant les années qui suivirent
la guerre de 1870, de traiter les corps francs et les
partisans avec une désinvolture qui était presque du
mépris. On affectait de ne voir en eux que des bandes
indisciplinées, bruyantes, abusant du galon et du pa-
nache ; refuge de ceux à qui répugnait le service réel,

réceptacle des fantaisistes et des irréguliers. C'est
une erreur doublée d'une injustice. Certes, il s'est produit dans l'organisation et l'utilisation de ces corps
des abus nombreux : la précipitation avec laquelle il
a fallu faire face à une situation exceptionnellement
grave n'a pas permis d'apporter dans leur constitution
le soin méticuleux qui présiderait aujourd'hui à l'emploi d'auxiliaires de même nature. Certains corps de
francs-tireurs, décorés de noms pompeux et vêtus d'u-
niformes éclatants, ont été pour la défense nationale
un embarras plutôt qu'un secours ; d'autres ont gardé
une prudente réserve, et se sont méthodiquement abs-
tenus de se montrer là où il y avait du danger. Mais
il en est, et c'est le plus grand nombre, qui ont rendu
à l'armée et au pays de signalés services ; il en est qui
ont fait preuve de qualités militaires remarquables et
d'un admirable dévouement. Nommer les défenseurs
de Châteaudun, les volontaires de Cathelineau, les
chasseurs des Vosges, les zouaves de Charette ou les
éclaireurs de Franchetti, c'est rappeler le souvenir de
braves gens qui ont fait pour la Patrie tout autant que
les soldats de Metz ou ceux de Coulmiers.

Les corps francs à Tours. — A la première nouvelle
de nos défaites, les corps francs, dont la création avait
été autorisée par décret du 28 juillet, se formèrent de
toute part. Il y en eut à Paris, il y en eut à Tours, il
y en eut à l'armée de la Loire et à l'armée de l'Est.
Les hommes que leur âge dispensait des appels réguliers dans l'armée ou la mobile y affluèrent, ne voulant
pas rester inactifs devant l'invasion, et, en quelques
jours, les conditions sociales les plus diverses, les opinions les plus disparates vinrent fusionner à l'ombre
des plis sacrés du drapeau. « Singulier temps, dit
« M. le général Thoumas, où affluaient dans les bu-

« reaux du ministère, pour demander des armes et des
« munitions, des hommes aussi différents les uns des
« autres que Charette, Cathelineau ou son chef d'état-
« major M. de Puységur, le sculpteur Clésinger, Bon-
« bonnel, le tireur de panthères, Bartholdi, le futur
« auteur de la statue colossale de New-York, alors
« chargé des affaires de Garibaldi auprès du minis-
« tère, portant sur sa chemise rouge les galons de
« commandant ; Bordone le pharmacien, chef d'état-
« major de Garibaldi ; Frappoli, l'ennemi du héros
« italien, et bien d'autres encore, sans compter les es-
« pions allemands, déguisés en francs-tireurs et
« n'ayant pour en porter le costume que l'embarras
« du choix, depuis le bonnet de fourrure des volon-
« taires Hellènes jusqu'au chapeau Louis XIV à
« grandes plumes et au manteau rouge des éclaireurs
« de la Plata..... (1). »

Au début, on laissa chacun de ces petits corps agir
à sa guise, mais bientôt on les adjoignit à l'armée dans
le rayon de laquelle ils opéraient (2). C'est ainsi
qu'après la reprise d'Orléans qui suivit la victoire de
Coulmiers, Cathelineau, avec tous les francs-tireurs
autres que ceux de Paris (Lipowski) garda la forêt
d'Orléans, où pas un coureur ennemi ne put pénétrer.
En même temps, Lipowski, placé à la gauche de l'armée, observait les faits et gestes des Allemands, en
sorte que pas un de leurs mouvements ne demeurait
inaperçu pour les généraux d'Aurelle et Chanzy (3).

Combat de Binas. — Mais un des épisodes les plus

(1) Général THOUMAS, *Les Transformations de l'Armée
française,* t. Ier, Paris, Berger-Levrault, 1887.
(2) *Ibid.*
(3) Général D'AURELLE DE PALADINES, *La première Armée
de la Loire.*

brillants de cette défense de guérillas fut le combat de
Binas, livré le 26 octobre par les francs-tireurs attachés au 16e corps, au moment où, voulant profiter de
l'infériorité des Allemands, l'armée française tentait
un mouvement sur Orléans, par Binas.

« Le 26 octobre, les Bavarois dirigèrent sur Binas
« une colonne composée de 200 cavaliers, 200 fantas-
« sins et 2 pièces de canon ; ce poste était défendu par
« *trente-huit* francs-tireurs de Saint-Denis, de la com-
« pagnie Liénard, qui préférèrent mourir plutôt que
« se rendre. Ces braves vendirent chèrement leur vie ;
« embusqués, tirant à coup sûr à petite distance, ils
« épuisèrent toutes leurs cartouches. Armés de cara-
« bines sans baïonnette, ils s'en servaient comme de
« massues, assommant tous ceux qui s'aventuraient
« de trop près. Ils durent succomber sous le nombre,
« et lorsque le reste de la compagnie accourut à leur
« secours, un seul de ces braves n'était pas blessé !
« Le soir de ce combat, sur 38 hommes, 14 étaient
« morts ! Quant aux Allemands, ils comptaient 137
« tués dont un colonel, et un grand nombre de bles-
« sés (1).

Les faits de ce genre ont été nombreux pendant la
guerre. Nous avons cité déjà l'héroïque attitude des
volontaires de l'Ouest (zouaves pontificaux) à Loigny
et au Mans. Nous allons conter maintenant la courageuse conduite des francs-tireurs parisiens et des
chasseurs des Vosges.

Le bataillon Lipowski. — *Châteaudun.* — Le bataillon Lipowski peut être cité comme le type du corps
franc, et le général d'Aurelle de Paladines, bon juge
en la matière, lui a rendu un hommage mérité en des

(1) Général POUNCET, *Campagne sur la Loire de 1870-71.*

DESTRUCTION DU PONT DE FONTENOY-SUR-MOSELLE. (Page 344.)

termes qui sont comme un brevet de noblesse. « Sous
« un chef intelligent et d'une bravoure incontestée, le
« bataillon Lipowski eut nombre d'expéditions heu-
« reuses et rendit de réels services (1). » Il s'était formé
à Paris, avant même la bataille de Sedan, avait quitté
la capitale dans la soirée du 4 septembre, et après des
débuts assez fâcheux au point de vue de la discipline,
avait fini par choisir pour chef, à Tours, le capitaine
Lipowski, ancien officier de chasseurs à pied, qui sut
lui donner les qualités qui lui manquaient. Dès le
8 octobre, il surprenait à Ablis un escadron de hussards prussiens dans les conditions que l'on sait (2).
Le 18, il occupait Châteaudun, à l'effectif de 700 hommes, avec 165 autres francs-tireurs (de Nantes, de
Cannes et d'Indre-et-Loire) et 435 gardes nationaux
commandés par M. de Testanière, quand une colonne
ennemie de 12,000 hommes, appuyée par 30 bouches
à feu, se présente devant la ville et tente de l'occuper.
Une lutte acharnée s'engage immédiatement et dure
depuis midi jusqu'à 10 heures du soir. Tout le monde
y prend part, même les habitants, armés de fusils de
chasse. « Refoulés dans la ville, les défenseurs se
« battirent corps à corps dans les rues et à la lueur
« des incendies allumés par les obus allemands. Ils
« purent se retirer sans être poursuivis, laissant les
« Prussiens tirer dans l'obscurité les uns contre les
« autres (3). »
Ces héroïques combattants avaient perdu 120 hommes, et les Allemands 250 (4). Mais ceux-ci se ven-

---

(1) Général d'AURELLE, La première Armée de la Loire.
(2) Voir page 249, chapitre VIII.
(3) Général THOUMAS, loc. cit.
(4) Le Gouvernement de la Défense nationale rendit un décret
portant que Châteaudun avait bien mérité de la patrie.

gèrent cruellement, et traitèrent la malheureuse ville
avec un raffinement de barbarie que jamais, quoi qu'il
arrive, un cœur français ne saurait oublier. Qu'on en
juge ! « Sur 235 maisons complètement détruites par
« l'incendie, dit M. le colonel Canonge, 12 l'ont été par
« les projectiles, *et* 193 *ont été brûlées à la main avec*
« *le pétrole !*..... » C'était le pendant de Bazeilles et
d'Ablis.

Pour excuser ces atrocités, les Allemands ont argué
de ce fait, que les lois de la guerre autorisent à traiter ainsi les combattants dont la qualité de belligérant
n'est pas reconnue, et que cette qualité, ils se refu-
saient à l'accorder aux francs-tireurs et aux gardes
nationaux. Les Allemands ont l'argutie facile, ou la
mémoire bien courte. Avaient-ils donc oublié, en
1870, l'ordre du cabinet du 17 mars 1813, dans lequel
le père de leur souverain, le roi Frédéric-Guillaume III,
recommandait aux hommes de la levée en masse (land-
sturm) de ne pas revêtir d'uniforme, et de courir sus
aux Français, partout où ils les rencontreraient? Ces
principes de défense à outrance, que le gouvernement
prussien avait émis le premier, nos partisans ne faisaient, en prenant les armes, pas autre chose que les
appliquer, et encore avec des tempéraments. Les
Allemands étaient donc mal venus de se plaindre d'une
résistance dont ils avaient eux-mêmes donné l'exemple, et ils commettaient en tous cas un acte indigne
de gens civilisés en la châtiant avec une pareille barbarie. Le droit strict d'une nation envahie est de combattre l'envahisseur par tous les moyens en son pouvoir ; pourvu seulement que ces moyens ne soient pas
condamnés par les lois de la guerre, admises entre
peuples civilisés ; or, ces lois, nos francs-tireurs ne les
ont jamais violées. Au surplus, ainsi que l'a écrit le

maréchal Gouvion-Saint-Cyr, « l'idée de résister à
« une invasion puissante au moyen de l'armée perma-
« nente seule, sans y faire participer la population,
« serait pour un pays comme le nôtre une faute grave
« et un manque de confiance envers la nation. »

La vérité est que les Allemands se préoccupaient
beaucoup de cette résistance inexorable, de cette
lutte pied à pied qu'il leur fallait soutenir contre des
populations exaspérées, dont le patriotisme s'exaltait
en proportion des rigueurs d'un ennemi impitoyable.
Ils n'ignoraient pas que dans le Nord par exemple,
grâce au dévouement des habitants, nos généraux
étaient constamment bien renseignés, tandis que l'es-
pionnage si habilement organisé par eux-mêmes ne
réussissait pas toujours à les éclairer complètement sur
notre situation et sur nos mouvements (1). Ils cons-
tataient avec dépit que dans bien des circonstances,
les mesures les plus sévères, les promesses les plus
alléchantes ne parvenaient pas à vaincre la généreuse
inertie des populations, et à obtenir d'elles un concours sans lequel les services d'intérêt général ne pouvaient fonctionner. C'est ainsi que, lorsqu'après la
prise d'Amiens, l'intendant de la Ire armée, devenu
préfet de la Somme, fit appel aux mécaniciens et employés de la compagnie du Nord, pour réorganiser le
service des chemins de fer, leur offrant de gros sa-
laires, avec l'assurance de reprendre immédiatement
le transit des voyageurs et des marchandises, pas un
de ces braves gens ne se présenta. De même, la poste
allemande dut faire distribuer les lettres par des soldats, aucun de nos facteurs n'ayant consenti à la
servir (2).

(1) DAUSSY, *La ligne de la Somme.*
(2) *Ibid.*

Bien plus, l'intervention des gardes nationaux, des francs-tireurs, des habitants eux-mêmes, faisait parfois échouer les projets les mieux conçus de l'ennemi. Une patrouille de cavalerie, qui avait réussi à passer la Somme et se disposait à couper la ligne ferrée entre Corbie et Albert, dut abandonner l'entreprise, parce qu'elle avait trouvé, dit-elle, les villages occupés par les troupes françaises qui menaçaient de lui couper la retraite. Or, ces troupes n'étaient autres que la garde nationale d'Albert, qui, à la nouvelle de l'approche des Prussiens, s'était bravement portée au-devant d'eux. Grâce à elle, notre chemin de fer fut sauvé, et rendit par la suite de précieux services à l'armée du Nord (1).

A Épinal, pendant trois heures, le 7 octobre, 250 gardes nationaux arrêtèrent net un corps d'armée de 12,000 hommes, et permirent ainsi de sauver le matériel de la gare, avec 400 blessés du combat de la Burgonce, qui furent dirigés sur la ligne de Gray (2).

C'étaient également des gardes nationaux et des francs-tireurs, ceux qui, le 18 octobre, sans artillerie, résistèrent dans Châteaudun à toute une division prussienne, appuyée par 24 pièces de canon !

Aussi est-ce avec une colère non dissimulée que dans un des numéros de son *Journal officiel* (novembre

---

(1) DAUSSY, *loc. cit.*

(2) Dans cette défense, raconte le général Ambert, quelques hommes résolus s'étaient barricadés à Failloux; ils sont bientôt enveloppés. Le caporal Michel, de la garde nationale, commerçant très aisé et jouissant d'une grande considération dans la ville, reste sourd aux pressants appels qu'on lui fait de se retirer, et refuse d'abandonner son poste. Bientôt entouré, il oppose une résistance héroïque; le nombre ne l'intimide pas; il refuse de se rendre. Enfin, frappé de plusieurs balles, il tombe, et son corps est percé de coups de baïonnette.

1870), l'État-Major allemand insérait les lignes suivantes, tout à l'honneur du peuple français :

« A toutes les distances et de toutes les maisons
« dans la campagne, nos cavaliers sont assaillis de
« coups de feu ; à leur approche, le laboureur isolé
« jette sa bêche, empoigne son fusil à terre à côté de
« lui, et fait feu. Chaque maison devient une petite
« forteresse, chaque homme en blouse, un franc-
« tireur. »

Et il ajoutait : « Ce n'est que par une sévérité dra-
« conienne qu'il est possible de mettre fin à cette
« *manière traîtresse et infâme* de faire la guerre, et
« de donner satisfaction à nos troupes. »

Sévérité draconienne, soit! Mais qualifier de traître et d'infâme l'homme qui défend jusqu'à la mort le sol sacré de ses ancêtres, sa chaumière, sa famille et son foyer, c'est abuser étrangement de la licence permise au vainqueur, ou se méprendre absolument sur les droits que confère aux nations le souci légitime de leur indépendance et de leur liberté !

Revenons à Lipowski. Échappés de Châteaudun, les franc-tireurs de Paris continuèrent jusqu'à la fin de la guerre le cours de leur glorieuse carrière. Le 16 novembre, ils enlevaient, dans le village de Viabon, la correspondance du prince Albert de Prusse, ainsi que les ordres de mouvements de l'armée allemande : le prince lui-même n'échappait qu'à grand'peine et quasi par miracle. Le 29, ils défendaient héroïquement le pont de la Courie, à Varize. Plus tard enfin, à Alençon, le colonel Lipowski, avec 2,000 franc-tireurs, 8 pièces de campagne et 2 escadrons de cavalerie, repoussa victorieusement une colonne allemande en lui infligeant une perte de 800 à 900 hommes (1).

(1) Général Chanzy, *La Deuxième Armée de la Loire.*

De tels services ne purent cependant triompher de
l'inflexibilité des lois qui régissent notre organisation
militaire. Nommé général au titre auxiliaire, en même
temps que MM. de Charette et Cathelineau, Lipowski
fut, à la paix, rendu à la vie privée comme eux. Il
quitta la France et passa, dit-on, au service de la
Russie.

Les chasseurs des Vosges et le pont de Fontenoy. —
Vers la fin de novembre 1870, se formait au camp de
la Vacheresse, près de Lamarche (Vosges), un petit
corps de partisans, composé d'un noyau de soldats
réguliers, de militaires évadés des prisons ou des
mains de l'ennemi, de volontaires alsaciens et lorrains,
de gardes nationaux et forestiers ; en tout quatre cents
hommes environ. Son chef, le capitaine Coumès, était
un jeune officier blessé sous les murs de Metz, qui,
trompant la surveillance des Allemands, avait réussi,
quelques semaines plus tôt, à traverser leurs lignes et
à s'échapper. Rapidement organisée et instruite, cette
« *avant-garde des chasseurs des Vosges* », comme on
l'appelait, ne tarda pas à se mettre en campagne, car,
dès le 2 décembre, elle enlevait, à Contrexéville, un
détachement de landwehr, composé d'un sous-officier
et de quinze hommes, occupés à lever des contributions. A la suite de ce fait, les Allemands durent envoyer contre elle une colonne volante, qui parvint à
la repousser de la ville de Lamarche qu'elle occupait,
mais non sans avoir subi des pertes considérables.
L'éveil cependant était donné, et la petite troupe exposée à un écrasement prochain, si l'arrivée dans l'Est
de l'armée de Bourbaki n'eût détourné d'elle l'attention de l'ennemi. C'est cette accalmie que le capitaine
Coumès s'empressa de mettre à profit pour l'exécution
d'un projet formé dès le début de l'organisation du

camp de la Vacheresse, et qui consistait à utiliser la bonne volonté et le dévouement des chasseurs vosgiens dans le but déterminé de couper les voies de communication de l'armée allemande entre Toul et Nancy.

Du 28 décembre au 6 janvier, le capitaine Coumès parcourut, à pied, sous des vêtements bourgeois, le pays situé entre Lamarche et Nancy, exécutant ainsi, à travers les garnisons prussiennes, une reconnaissance préliminaire de la région qu'on aurait à traverser, et arrêtant sur place son itinéraire (1). Puis, à son retour, il remit à l'autorité militaire un rapport, au vu duquel celle-ci lui fit délivrer 600 kilogrammes de poudre, avec l'autorisation de tenter l'aventure, accordée par le Gouvernement de Tours.

On partit donc le 18 janvier à 5 heures du soir, et on marcha toute la nuit par un froid de 20 degrés, pour arriver entre 8 et 9 heures du matin, le 19, à la ferme d'Hayevaux, située à 40 kilomètres du point de départ. Là, la colonne fut allégée et réduite au strict nécessaire, c'est-à-dire à quelques éclaireurs montés, à 300 chasseurs, et aux voitures portant la poudre. Puis, le 20, à 8 heures du soir, on se remit en route dans la direction de Toul.

En tête marchait un groupe de cavaliers qui détachaient, de temps à autre, des patrouilles pour battre le pays. Un homme en habits civils précédait le détachement, soit à cheval, soit en voiture. Un premier groupe, distant de 500 mètres de la colonne, faisait des signaux au moyen de lanternes blanches et rouges. La troupe observait le plus profond silence; les hommes avaient l'ordre de marcher autant que possible dans les traces

(1) Colonel CANONGE, loc. cit.

laissées sur la neige par le chef de file. Il était défendu de fumer. En montant et en descendant les pentes, les hommes enfonçaient souvent dans la neige jusqu'aux genoux : plusieurs étaient épuisés !... Le 21, à 5 heures du matin, on atteignit la deuxième étape, la ferme de Saint-Fiacre, où un repas fut préparé pour les hommes, auxquels on défendit formellement de sortir des bâtiments. Dans une marche de nuit d'une durée de neuf heures, le détachement avait parcouru, par ce froid terrible, plus de 30 kilomètres, les 8 derniers à travers une épaisse forêt très accidentée (1). Quelle énergie il fallait à ces braves pour ne pas succomber à de pareilles souffrances !

C'est à Saint-Fiacre que fut fixé définitivement l'objectif de l'expédition : après discussion, et sur l'avis prépondérant du capitaine Coumès, on décida que l'ouvrage d'art à détruire serait le pont-viaduc de Fontenoy-sur-Moselle, situé à 9 kilomètres environ à l'est de Toul. Sans entrer à cet égard dans aucun détail technique, qu'il nous soit permis de dire que le choix était en tout point judicieux et dicté par un sentiment très exact de la situation. Une opération aussi bien conçue et aussi bien menée devait fatalement réussir.

Le 21 donc, à 2 heures de l'après-midi, la marche était reprise, mais cette fois sans aucun bagage. La poudre, mise en sacs, était chargée sur quatre chevaux, et les hommes avaient pris sur eux les amorces, ainsi que les outils nécessaires, pioches, haches, etc. A la nuit tombante, on arrivait au vieux manoir de

---

(1) Ces détails, ainsi que les suivants, sont extraits pour la plupart d'une monographie publiée par le grand État-Major allemand, et traduite par M. le commandant KUSSLER. Paris, Louis Westhausser, 1889.

Pierre-la-Treiche, habité par un garde forestier, où une courte halte était faite. On eut soin de placer en faction, dans le voisinage, des Alsaciens parlant allemand, qu'on avait au préalable enveloppés dans de grandes couvertures et coiffés de schakos de la land-wehr prussienne. On voit qu'aucune précaution n'était négligée, et celle-ci était particulièrement sage, car la petite troupe n'était alors qu'à 4 kilomètres des remparts de Toul, occupée par l'ennemi.

Malheureusement il fallait franchir la Moselle, et le bac de Pierre-à-Treiche, pris dans les glaces, était pour le moment inutilisable. On dut le dégager tout d'abord, tandis que le garde forestier allait chercher un deuxième bateau dans un village situé à quelque distance. Tous ces préparatifs ne purent être terminés qu'à minuit, et une fois le passage effectué, il restait à parcourir encore 11 kilomètres jusqu'à Fontenoy ; le temps pressait donc. Mais la nuit était très noire ; une neige épaisse couvrait le sol, amortissant ainsi le bruit suspect des pas. On se remit en route. Tout à coup, du côté de Toul, trois ou quatre détonations retentirent, répercutées dans le silence par les coteaux d'alentour. Qu'est-ce donc? Serait-on découverts? Faudrait-il échouer en arrivant au port? On s'arrête, on écoute... Plus rien... « En avant », dit à voix basse le capitaine... A 5 heures du matin, la vaillante petite troupe arrivait à 100 mètres de la station de Fontenoy, n'ayant laissé de sa marche aucune trace visible, car, au fur et à mesure qu'elle avançait, un homme, muni d'un rateau, a effacé l'empreinte des pas sur la neige...

La garde du village, de la station et du pont de Fontenoy était confiée, depuis le 11 janvier, à un détachement composé de deux sous-officiers, un tambour et 47 hommes de la landwehr, sous les ordres d'un vice-sergent-major nommé Koch. Ce sous-officier, mis en alerte par les coups de canon tirés à Toul, lesquels n'étaient, en effet, qu'un signal d'alarme, avait pris immédiatement ses précautions. Malheureusement pour lui, sa vigilance ne devait pas avoir raison de la décision, de l'énergie et de l'habileté de nos partisans. En effet, la sentinelle placée un instant auparavant à l'entrée du village aperçut parfaitement le détachement qui s'acheminait vers la station; mais prenant, dans l'obscurité, cette masse compacte pour des personnes se rendant à l'église, elle n'avait pas bronché d'abord. Quand, revenue de son erreur, elle courut au poste jeter l'alarme, il était trop tard; les Français, lancés au pas de course, étaient sur ses talons.

« Les Prussiens, dit le récit allemand, se précipi-
« tèrent vers la sortie; les premiers qui se présentent
« sont tués à coups de baïonnette ou de poignard; les
« franc-tireurs brisent les fenêtres, pénètrent à l'in-
« térieur de la station, dispersent le poste, blessant
« 7 hommes et faisant autant de prisonniers. La plus
« grande partie des Allemands s'échappent dans la
« direction de Toul et annoncent l'événement à un
« train chargé de prisonniers français, qui venait jus-
« tement de quitter la gare de cette ville. Le soldat
« Pott, bien que blessé, eut assez de présence d'esprit
« pour se diriger du côté de Liverdun, courant à la
« rencontre du train-poste qui approchait; se plaçant
« sur le remblai, il parvint, malgré l'obscurité, à ar-
« rêter le train par ses cris et à prévenir ainsi un
« plus grand malheur (1). » Quant au sous-officier

(1) Ce soldat reçut d'un propriétaire allemand qui se trouvait dans le train et lui devait la vie, une gratification de 3,000 marcks (3,750 francs).

Koch, il avait été blessé en cherchant à s'échapper, et
fait prisonnier, dit la relation allemande, par un officier français « qui parlait parfaitement l'allemand ».

Les francs-tireurs sont donc maîtres de la station.
Immédiatement des patrouilles partent sur la voie,
dans les deux directions; les rails sont coupés entre
Fontenoy et Nancy, puis entre Fontenoy et Toul, les
fils télégraphiques arrachés. Une des sentinelles prussienne est tuée, les autres prennent la fuite... « Au
pont maintenant! » s'écrie le capitaine Coumès.

On savait, d'après les indications d'un inspecteur
de la voie, qu'un fourneau de mine se trouvait dans la
première pile du pont du côté de Nancy, mais on ne
le découvrit qu'après une assez longue recherche.
Aussitôt, deux hommes y descendent, au moyen de
cordes, pour placer les sacs de poudre. Ils y étaient
encore quand le train venant de Toul est signalé; on
leur crie de se hâter, et ils remontent précipitamment;
mais l'un d'eux a oublié sa lanterne allumée sur les
sacs de poudre!... C'est la menace d'un danger terrible!... Un homme résolu redescend dans le puits et
éteint la lanterne. Puis la petite troupe attache la
mèche, y met le feu et s'éloigne...

Une minute après, au moment même ou des soldats
Allemands descendus du train-poste de Nancy arrivaient
à quelques centaines de mètres du pont, deux formidables détonations déchiraient l'air; une gigantesque
colonne de flammes embrasait l'atmosphère, une gerbe
de pierres retombait tout autour de la voie, et la première arche du pont de Fontenay s'abîmait dans la
Moselle, avec un épouvantable fracas. Il était six
heures trois quarts.

La périlleuse expédition tentée par les chasseurs
des Vosges avait donc pleinement réussi. Dès lors, il

fallait songer au retour, et le commandant Bernard, des mobilisés, qui le dirigea, eut soin de l'effectuer par un chemin tout à fait différent de celui qui avait servi pour venir. Le 24 janvier au soir, les francs-tireurs Vosgiens rentraient à Bulgnéville, sans avoir perdu un homme; ils y furent l'objet d'une réception solennelle, à la lueur des illuminations.

Ainsi donc, cette mince colonne, composée de volontaires et de soldats improvisés, avait en moins de trente-six heures, depuis le 22 janvier à deux heures de l'après-midi, franchi 60 kilomètres sur la neige, en partie hors des routes, traversé deux fois la Moselle, dont une, au retour, sur les glaçons, surpris la garde allemande et fait sauter le pont. Elle avait montré une audace merveilleuse, une discipline exemplaire, une résistance digne des troupes les plus vieilles et les plus aguerries. Elle avait rendu un immense service à la patrie, puisque l'ennemi ne dut pas employer moins de dix-sept jours à rétablir le pont, et que, pendant tout ce temps, les communications directes entre Strasbourg et Paris furent interrompues. Le seul regret qui se puisse exprimer, et les braves chasseurs vosgiens n'y sont pour rien, est que l'opération n'ait pas été exécutée plus tôt. Qui sait les résultats qu'eût entraîné la destruction du pont de Fontenoy, si on leur eût distribué dès le mois de décembre la poudre que le capitaine Coumès ne cessait de demander?

Quoi qu'il en soit, les Allemands, vexés et irrités, voulurent à leur habitude tirer de leur déboire une vengeance exemplaire, dont le pauvre village de Fontenoy, qui n'en pouvait mais, fit les frais. Dans la journée même du 21 janvier, un bataillon vint mettre Fontenoy au pillage, puis on fit sortir les habitants de leurs maisons, rentrer les bestiaux, et le village fut

brûlé au pétrole en deux fois, les 23 et 24 janvier (1)...
Voici d'autre part, dans son français caractéristique,
l'avis affiché partout par ordre du gouverneur de Toul;
c'est un document qu'il importe de conserver.

AVIS

La plus revêche surveillance à la sûreté du chemin de fer et
d'étape.

Le pont du chemin de fer près de Fontenoy, aux environs de
Toul, aujourd'hui fait sauter.

Pour la punition, le village de Fontenoy, fut brûlée (sic) de
fond en comble.

Le même sort tombera aux lieux, dans lesquels quelque chose
arrive de semblable.

Toul, le 22 janvier 1871,

Le commandant d'étapes,

« Von Schmadel. »

De plus, comme l'explosion avait eu lieu juste au
moment ou l'angélus tintait à l'église de Fontenoy, les
Allemands feignirent de voir dans cette coïncidence
toute fortuite la preuve d'une connivence existant entre les francs-tireurs et les populations, et défendirent
formellement de sonner les cloches dorénavant dans
un rayon de 10 kilomètres autour de la place de Toul.
Enfin, l'intérêt ne perdant jamais ses droits, le gouverneur général de Lorraine, von Bonin, infligea à la
province une contribution de guerre de 10 millions.

Que devinrent, après leur coup brillant d'audace,
ces héros modestes, à la fois si utiles et si dévoués?
Nous croyons qu'il n'est pas sans intérêt de le rappeler
ici. Imitant le noble exemple de fermeté donné par les
Teyssier et les Taillant, le capitaine Coumès, dont les
troupes n'avaient point été comprises dans l'armistice,

(1) Colonel Canonge, *loc. cit.*

refusa énergiquement de livrer son camp à l'ennemi,
et se déclara prêt à accepter le combat. Un ordre de
M. Spüller, préfet de la Haute-Marne, l'empêcha seul
d'en venir à cette extrémité. « Le 10 février, dit M. le
« colonel Canonge, la *Légion des chasseurs des Vosges*,
« munie d'un sauf-conduit pour traverser les lignes
« prussiennes, quittait Lamarche avec armes et ba-
« gages et évacuait la région vosgienne; son souvenir
« y est encore vivant, et plusieurs de ses chefs y ont
« laissé de sérieuses sympathies. »

Voilà donc pour les corps francs, et l'on peut voir,
à en juger par les faits qui précèdent, combien de
pages glorieuses compte leur courte histoire. Mais que
dire de tous ces braves gens, inconnus pour la plupart, qui, pour servir leur pays, se faisaient espions,
coureurs de bois et de grandes routes, et dans le seul
but d'abattre un cavalier allemand ou d'arrêter une
reconnaissance, risquaient mille fois leur liberté, leur
vie, le pain et l'avenir de leurs enfants? Que dire de
tous ces otages, emmenés par la neige, le vent et la
pluie sur des chemins glacés, transportés dans les
prisons d'Allemagne sur des wagons à bestiaux, menacés de mort à chaque instant, et supportant sans
faiblir les outrages, les insultes, les menaces et les
tortures morales et physiques les plus douloureuses?
Que dire de ces vieillards courbés par l'âge, qui prenaient encore un fusil et tombaient, comme le marquis de Coriolis, comme M. de Marnas, ancien pro-
cureur général à Paris, comme M. de Bouillé et le
marquis de Coislin, frappés sur le champ de bataille
en mêlant leur sang à celui d'enfants de vingt ans?
Que dire enfin de ces paysans, de ces ouvriers, fils
du peuple et généreux comme lui, qui payèrent de

DÉFENSE DE PARMAIN. (Page 356.)

leur vie leurs actes prémédités de sacrifice, et regardèrent sans faiblir les douze fusils du peloton d'exécution, en saluant d'un dernier adieu cette France bien-aimée, pour laquelle ils allaient mourir?

C'est Debergue, le jardinier de Bougival, vieillard de 60 ans, qui coupa cinq fois avec son sécateur les fils télégraphiques reliant le poste de la Jonchère au quartier général de Beauregard, et qui, gracié de la vie s'il voulait promettre de ne pas recommencer, refusa fièrement, « parce qu'il était Français ! » C'est Jean-Baptiste Gardon, et Jean-Nicolas Martin, deux ouvriers, qui combattirent avec nos soldats dans la sortie de la Malmaison (21 octobre), et qui, traduits pour ces faits devant une cour martiale, firent au président cette admirable réponse : « Tout citoyen a bien le droit de défendre son pays ! »

Les deux braves furent passés par les armes à l'endroit même où Debergue était tombé un mois avant (1).

C'est Dubois, qui, voyant l'ennemi entrer dans sa ville natale, à Épinal, prend un fusil, malgré les supplications des siens, s'agenouille au milieu de la rue, abat deux cavaliers prussiens, puis, sûr du sort qui l'attend, reçoit stoïquement la mort... C'est Mme Dodu, cette courageuse directrice de poste, qui risque cent fois sa vie en interceptant les correspondances ennemies; c'est Mlle Lix, receveuse des postes à Lamarche, qui s'enrôla dans les francs-tireurs des Vosges et combattit à Nompatelize avec eux (2); c'est le sergent Hoff, dont les étonnants exploits pendant le siège de Paris ont été contés cent fois, au point de devenir

(1) Un monument, placé à la sortie de Bougival, sur la route de la Celle-Saint-Cloud, rappelle le souvenir de ces trois martyrs du patriotisme.
(2) Général AMBERT, Récits militaires.

légendaires (1) : C'est Mlle Maria-Clémentine Biard, encore une receveuse des postes, qui, pendant plus de deux mois, fit seule, et au refus de certains hommes, le service de la correspondance, marchant la nuit sous un déguisement dans la campagne couverte de neige, ou se cachant de longues heures dans les bois, immobile et grelottante, pour laisser passer une patrouille qui la guettait! C'est Charles Gombault, sergent au 1er zouaves, qui, prisonnier de guerre et brutalisé un jour par un sous-officier allemand, bondit sous l'outrage, riposta par un coup de poing et mourut sous les balles bavaroises, à 22 ans, en disant aux 6,000 soldats français amenés de force à son supplice : — « Camarades, je vais mourir ! Crions tous : Vive la France ! (2). »

Enfin, c'est le pharmacien Capron et ses braves compagnons, dont l'héroïque attitude à Parmain tint en échec pendant huit jours tout un détachement allemand et coûta à l'ennemi une perte de près de 1,200 hommes !

Défense de Parmain. — Le bourg de Parmain, situé sur les bords de l'Oise, n'est séparé de la petite ville de l'Isle-Adam que par un pont en pierre. Lorsque, vers le milieu de septembre, les avant-gardes de l'armée du Prince Royal arrivèrent dans la banlieue de Paris, un convoi, escorté par des soldats d'armes diverses s'arrêta à l'Isle-Adam ; et quelques hommes, ayant

_____

(1) Le sergent Hoff a été l'objet d'une citation à l'ordre de l'armée de Paris, citation dont voici le texte intégral : « A tué le 29 septembre trois sentinelles ennemies, le 1er octobre, un officier prussien ; le 5, en embuscade avec 15 hommes, a mis en déroute une troupe d'infanterie et de cavalerie ; le 13 octobre, a tué deux cavaliers ennemis : enfin, dans divers combats individuels, a tué 27 Allemands. »

(2) L'abbé LANDON, *Six mois en Bavière*. Paris, 1872.

franchi la rivière, vinrent à Parmain où ils commirent certains excès. Cet incident irrita vivement les habitants du bourg, et décida plusieurs d'entre eux à s'armer et à se réunir pour s'opposer au retour de semblables désordres.

Un citoyen résolu, le pharmacien Capron, se mit à leur tête, réussit à grouper sous son commandement environ quarante hommes, parmi lesquels quelques pompiers possédaient seuls une lointaine notion des principes militaires les plus élémentaires, et dont plusieurs même n'avaient de leur vie jamais tenu un fusil. Ce n'était certes pas là une troupe bien redoutable : cependant, le 21, elle réussit à capturer un convoi ennemi qui marchait sur le bord de l'Oise, et envoya à Rouen un nombre assez respectable de voitures et de chevaux conquis. Un succès en appelle un autre, dit-on. Aussitôt la nouvelle de ce petit fait d'armes connu dans le pays, des volontaires en assez grand nombre, pompiers, gardes nationaux, forestiers et gardes-chasses vinrent renforcer le petit noyau de braves gens qui voulaient inquiéter la marche de l'ennemi, et M. Capron eut bientôt sous ses ordres une véritable compagnie, qui, pendant quatre ou cinq jours consécutifs, harcela les colonnes ennemies, tua leurs coureurs, et décima leurs patrouilles de cavalerie.

Impatientés et furieux, les Allemands voulurent en finir. Le 27 septembre, ils envoyèrent à l'Isle-Adam un bataillon, soutenu par de l'artillerie : mais, assaillis par une violente fusillade, surpris, et croyant avoir affaire à trop forte partie, ils se retirèrent le soir, non sans avoir mis le feu à quelques maisons. Dès le 29, ils revenaient, en nombre cette fois (ils étaient trois mille), occupaient la ville et se mettaient en devoir de prendre Parmain. Comme, cependant, après plusieurs

heures de lutte, ils n'avaient pas réussi à passer l'Oise,
une compagnie de pontonniers alla jeter un pont en
amont du bourg ; le gros de la colonne put franchir la
rivière, prendre en flanc les deux cents braves qui
luttaient depuis le matin, et les forcer à se retirer sur
Nesles, où Capron arriva à la nuit close, après un
combat de douze heures, dans lequel 200 hommes,
armés de fusils de chasse, avaient tenu tête à une brigade toute entière de soldats aguerris.

Les Prussiens bivouaquèrent autour de Parmain,
n'osant pas y entrer de nuit : le lendemain, comme
ils envoyaient du côté de Nesles une reconnaissance,
Capron, avant de se retirer, leur tua encore un officier et un cavalier. Mais cette suprême insulte d'un
insaisissable adversaire devait mettre le comble à la
rage de l'ennemi, et attirer sur le malheureux bourg
de terribles représailles... Fidèles cette fois encore à
leur tactique de terreur, les Allemands incendièrent
Parmain, au pétrole. Puis ils arrêtèrent une dizaine
d'habitants qu'ils conduisirent à Pontoise, nu-pieds,
et de là en Allemagne : enfin ils fusillèrent dans un
champ de betteraves quatre personnes, deux francs-
tireurs prisonniers, et deux jeunes gens arrêtés sur la
grande route. Les deux francs-tireurs étaient M. Des-
mortier, un vieillard de 71 ans, ancien magistrat au
tribunal de la Seine ; l'autre, M. Maître, propriétaire
à Jouy-le-Comte. Ceux-là, au moins, avaient été pris
les armes à la main. Quant aux deux jeunes gens, nul
n'a jamais su ce que les Prussiens pouvaient avoir à
leur reprocher.

Mais en voilà assez. De nouveaux épisodes n'ajou-
teraient rien ni à l'émotion poignante de nos regrets,
ni à l'intensité de nos souvenirs, ni à la gloire de nos

morts. Nous avons suivi nos soldats dans toutes les étapes de cette guerre funeste, et toujours nous les avons vus braves, valeureux et redoutables à l'ennemi. Écrasés par le nombre, impuissants à déjouer des combinaisons savantes, dont maints succès trop faciles nous avaient malheureusement fait mépriser la dangereuse efficacité, ils ont été vaincus. Mais, grâce à la bravoure de tous, grâce à l'ardent patriotisme des populations, grâce surtout à cet amour sacré du drapeau, où viennent se fondre tous les dissentiments et toutes les rancunes, la France s'est relevée plus forte de cette épreuve où elle devait périr.

Honorons donc pieusement la mémoire de tous ceux qui, vivants ou morts, ont sauvé l'honneur du pays, étonné le monde par une résistance dont aucune autre nation n'eût été capable, et donne à la génération présente, avec l'exemple du passé, une absolue confiance dans l'avenir. Quel spectacle admirable, en effet, que celui donné par ces pauvres soldats de Metz et de Sedan, revenant au mois de mars 1871 des prisons de l'ennemi où ils avaient subi toutes les tortures, sans effets, sans chaussures, sans linge, et recommençant une lutte de deux mois, plus terrible et plus douloureuse cent fois que la guerre à laquelle ils avaient échappé (1)! Quels braves gens que ces petits

---

(1) Je ne peux résister au désir de citer ici un épisode qui montrera de quelle trempe étaient ces anciens combattants de Crimée et d'Italie. Il y avait au 4ᵉ régiment provisoire, devenu depuis le 104ᵉ de ligne, un brave soldat, nommé Chigné, qui, pendant toute la campagne, s'était fait remarquer par son sang-froid, son courage et son dévouement. Revenu de captivité, et incorporé dans un des régiments nouvellement formés pour combattre la Commune, il y avait retrouvé un des officiers de son ancien régiment, M. le capitaine P. (aujourd'hui lieutenant-colonel, à l'obligeance duquel je suis redevable de ces détails) et demandé à être placé dans sa compagnie. Depuis, chaque

mobiles, ces francs-tireurs, ces gardes nationaux, arrachés à leurs foyers et à leurs familles, se battant crânement chaque fois qu'on le leur demandait, à Paris, au Bourget, à Coulmiers, dans l'Est, puis reprenant leur métier et leur charrue, et rendant en peu d'années par leur travail à la France épuisée, une richesse nouvelle et une incomparable prospérité!

Maintenant que les nécessités de la sécurité nationale ont imposé à tous, sans distinction de rang ou de fortune, le lourd impôt du service obligatoire et personnel, ne voyons-nous pas encore, chaque année, dans les manœuvres, nos réservistes oublier qu'ils sont citoyens et pères de famille pour redevenir soldats, et apporter sous les drapeaux, comme leurs aînés les territoriaux, cet entrain, cette gaieté communicative, cette saine bonne humeur qui est l'apanage de notre race?

Il me souvient qu'au moment du départ des premiers

fois que le régiment allait au feu, le capitaine P. était sûr de trouver à ses côtés Chigné, qui le veillait comme un gardien jaloux et ne le quittait pas plus que son ombre.

Le 23 mai, le capitaine P., qui venait de pénétrer dans une barricade avec ses hommes, observait ce qui se passait en avant, quand tout à coup Chigné, placé à sa droite, aperçoit un officier de fédérés qui s'avance tout contre le capitaine et le vise de son revolver. Sans hésiter, il se jette au-devant, lâche son coup de fusil : mais au même instant, il reçoit dans la jambe droite le coup de revolver qui était destiné à son chef, et tombe à côté de son adversaire mort.

Quelques moments après, le capitaine P., en ralliant ses hommes, aperçut Chigné, qui s'était relevé, et qui, assis sur le bord du trottoir, pansait sa blessure avec son mouchoir. Il alla à lui, voulut le faire retirer et transporter à l'ambulance...

— Allez donc, mon capitaine, répondit Chigné, ce n'est pas avec une aussi petite balle qu'on peut tuer un vieux loup comme moi !

Le brave garçon fut, quelques semaines après, décoré de la médaille militaire. Il l'avait bien gagnée.

contingents pour le Tonkin, certains officiers, et des plus braves, ne cachaient pas leur inquiétude. — « Qu'allons-nous faire là-bas, disaient-ils, de nos pauvres petits soldats d'un ou deux ans, point formés encore, point aguerris, sans expérience de la vie de campagne, transportés brusquement d'une garnison paisible à une vie toute de périls et d'épreuves, où il leur faudra lutter à la fois contre le climat, les traîtrises d'un ennemi sauvage, les difficultés d'un pays vierge, et ce terrible danger des expéditions lointaines, l'inconnu! »

Eh bien! ils ont répondu, les petits soldats! et nous savons maintenant de quoi ils sont capables. Car ils en étaient, les combattants de Bac-Lé, les défenseurs de Tuyen-Quan, le sergent Bobillot, le chasseur d'Afrique Graillot, qui sauva la vie au docteur Gentit au péril de la sienne, le brigadier Charlier, qui traversa les rangs chinois pour rejoindre sa colonne, et tant d'autres, dont les noms figurent dans tous les rapports officiels. Ils ont répondu, et leurs officiers sont revenus de là-bas tout réconfortés, pleins de foi et d'espérance, et fiers d'avoir commandé à de pareils hommes.

La vérité est qu'on peut tout demander au soldat français et tout en attendre. Sa bravoure seule nous avait faite vainqueur autrefois. Sagement dirigée dorénavant par une science dont d'autres n'ont plus aujourd'hui le monopole, elle saura dans l'avenir conserver à la patrie immortelle sa gloire séculaire et son indispensable intégrité.

FIN

TABLE DES MATIÈRES

CHAPITRE III

REZONVILLE. — SAINT-PRIVAT

CHAPITRE IV

LES PLACES FORTES

CHAPITRE V

BEAUMONT. — SEDAN

CHAPITRE VI

LE SIÈGE DE METZ

CHAPITRE VII

PARIS

CHAPITRE IX

LES MARINS

CHAPITRE X

LES CORPS FRANCS. — LES DÉVOUÉS ET LES MARTYRS

ILLUSTRATIONS

Paris. — Soc. d'Imp. PAUL DUPONT (Cl.) 31.11.91.

www.ingramcontent.com/pod-product-compliance
Lightning Source LLC
Chambersburg PA
CBHW050311030726
47505CB00003B/652